빈 병
교향곡

빈 병 교향곡

이강숙 소설

민음사

 차례

고구마의 무덤   7

견딜 수 없네   46

즉흥연주를 하는 사람들   74

쇼팽의 넋   137

세 개의 눈   165

빈 병 교향곡   197

내 친구 정현이   221

낡은 두 편지   254

기가 막혀서   282

작가의 말   315
작품 해설   317

고구마의 무덤

2004년 10월 10일

일요일이었다. 오후 4시가 조금 지나서였을까. 거실 입구에 신발장이 놓여 있는데 그 신발장 위에 노인의 아내가 냉면 대접 두 배 크기의 흰 도자기를 올려놓았다. 고구마 둘이 그 도자기 안에 들어 있었다. "이걸 한번 봐요."라고 아내가 말했다. 아내의 말 중에 "봐요."라는 말만이 고집 센 노인의 청각망에 걸렸다. 아내가 한 말의 의미는 노인의 청각망을 빠져나가 버렸다.

아내의 취미는 화초 가꾸는 일이다. 아파트 구석구석에 화초가 많다. 베란다에 크고 작은 화분들이 있다. 싱크대 주변에도 화분이 있다. 달걀노른자만 한 사보텐이 심어진 중형 커피 잔 크기의 화분을 아내는 아낀다. 사보텐을 좋아하는 아내이기 때문에 그 화분을 특히 아낀다. 사보텐을 보면 사막이 눈에 비친다는 말을 아내는 가끔 한다. 도시에서, 그것도 아파트 숲에서 사막이 비친다는 것은 기적이다, 라는 말도 가끔 한다. 싱크대 앞 창문 너머에는 멀리 하늘이 보인다. 아내는 먼 하늘을 바라보면서 아프리카 바이올렛 잎사귀 한 잎을 따서 중형 커피 잔 옆에 있는 물이 반쯤 찬 맥주 컵에 꽂는다. 잎으로부터 하얀 머리칼 같은 실낱이 컵 속의 물속에서 생길 날을 기다린다. 머리칼 같은 실낱이 생기는 걸 보게 되면 "여보 이것 봐."라면서 탄성을 울린다. 노인은 아내의 탄성을 건성으로 듣는다. 머리칼 같은, 새로 생긴 흰 실낱 같은 '그 무엇'을 베란다에 있는 다른 화분으로 옮긴다. 옮겨 심은 후 아내는 화분 앞을 서성거린다. 어느 날 그 화분에서 기다리던 사건이 벌어진다. 잎 하나로 시작했던 일인데 거기에서 새싹이 돋아난다. 새로운 아프리카 바이올렛이 피어나는 것이다.

새로 태어나는 잎의 신비스럽고 비밀스러운 움직임에 놀라면서 아내는 "여보, 여보, 이것 좀 봐. 신기하지."라면서 탄성을 울린다. 노인은 아내의 취미에 흥미가 없다. 봄이 오기 이전의 봄, 그러니까 이른 봄에 대한 이야기를 아내는 자주 한다. 이른 봄 냄새를 맡을 수 있는 감각을 가지고 있다고 자처하는 아내는 노인에게 그러한 감각이 없다면서 답답해한다. 노인은 아내가 가졌다는 이른 봄 냄새를 맡을 수 있는, 그런 감각에 흥미를 가지지 않는다. 노인은 완연한 봄기운이 돌고 있는 시기에도 봄기운을 느낄 수 있는 감각을 가지고 있지 않다. 완연한 봄이 되면 '아! 봄이구나.'라는 말 정도를 할 수밖에 없는 사람이다. 그러니까 아내가 말하는 이른 봄은 노인에게 아직 겨울이다. 이른 봄이란 노인에게 있을 수 없는 계절이다. 아내는 계절 변화의 미묘한 맛에 대한 감각이 없는 노인이 못마땅하다. 그냥 못마땅한 것이 아니라 어떤 때에는 아주 영 못마땅하다.

은퇴 후 노인은 가당치도 않은 꿈을 꾸고 있다. 노인의 꿈은 실현 가능성이 없는 꿈이다. 아내는 노인의 꿈을 두고 가당치 않은 꿈이라고 한다. 음악을 평생 사랑했다는 이유 하나만으로 노인은 동네 피아노 학원에 가서 피아노를 배우고 있다. 자기가 아는 쉬운 노래를 피아노로 쳐보겠다는 꿈을 실현하기 위해서다. 이룰 수 없는 꿈이니 당장 그만두는 것이 좋다고 아내가 말하면, "여보 내가 독주회를 하겠대? 좋아하는 노래를 더듬거리면서 칠 수 있는 행복의 맛을 좀 누려보겠다는 것뿐이야."라고 대답한다. 젊었을 때 든 음악병이 늙어가면서 재발한 노인을 말릴 수 있는 사람은 이 세상에 없다. 슈베르트의 노래를 들으면서 노인은 눈물을 글썽이곤 한다. 노래를 들으면서 울고 있는 노인을 아내는 이해하지 못한다. 노인에겐 계절 감각이 없지만 아내에겐 음악 감각이 없는 모양이다. 노인의 꿈을 두고 가당치도 않은 꿈이라고 하는 아내이긴 했지만 노인을 불쌍하게 느낄 때가 있다. "음악을 저렇게 좋아하는 걸 보면, 차라리 저 사람은 음악을 전공했어야 하는데."라는 말을 가끔 한다. 무엇을 한번 하겠다고 하면 끝장을 보기 전까지는, 어느 누구도 말리지 못하는 고집을 가지고 있는 사람이 노인이라는 것을 결혼 후 수십 년을 살아온 아내는 잘 알고 있다. 그래서 아내는 노인을 어찌할 수가 없다. 이미 아내도

늙는 상태다. 그냥 두고 보는 수밖에 다른 도리가 없다.

거실의 한쪽 자리에 책상 하나가 놓여 있다. 의자가 있는 책상이 아니라 방바닥에 앉아서 일을 할 수 있는 노인의 책상이다. 아내가 신발장 위에 도자기를 올려놓고 있을 때 책상에 앉아서 무언가 읽고 있던 노인이 "당신 뭘 하오."라고 물었다. "고구마예요." 아내의 대답이었다. 화초, 화초, 하던 사람이 이제는 고구마인가 싶었지만 노인은 더 이상 아내가 하는 일에 이러쿵저러쿵하지 않았다. 아내의 고집도 노인의 그것 못지않다는 것을 알고 있는 노인이었다. "시장에 갔다 올 테니, 고구마 한번 잘 봐요."라고 했을 때, "잘 봐요."라는 말이 노인의 귀에 들리긴 했지만 한쪽 귀로 듣고 다른 한쪽 귀로 흘려버렸다. 아내가 시장에 간 후 얼마 지나지 않았던 것 같다. 노인은 집 근처에 있는 야산에 올라가 볼 생각으로 운동화를 찾기 위해서 신발장으로 갔다. 볼 생각이 있었던 것도 아니었는데 신발장 위에 놓여 있는 도자기가 눈에 띄었다. 별 생각 없이 노인은 도자기를 들여다보았다. 고구마가 물속에 있었다. 고구마 둘이 눈에 띈 것 때문에 야산행을 중단할 수밖에 없었다.

고구마는 노인에게 무엇인가. 어렸을 때나 은퇴를 한 지금이나 노인에게 고구마는 별 의미가 없었다. 그냥 '먹는 것'이었다. 삶아 먹든가, 구워 먹는가 하는, 그냥 먹는 것이었다. 그것이 노인에게 있어서 고구마의 전부였다. 몸체를 움직이면서 삶을 영위하는 동물이나, 움직이지는 않지만 나무나 풀 같은 식물이 고구마는 아니었다. 노인에게 고구마는 아무것도 아니었기 때문에 도자기에 든 고구마를 "잘 봐요."라고 한 아내의 말에 무슨 큰 의미를 부여할 리가 없었다. 의미를 부여하지 않았음은 물론 그러한 말을 하는 아내를 속으로 우습게 생각했다.

은퇴 후 노인의 삶에는 시계가 필요 없었다. 밤에 자고 낮에 일을 했던 은퇴 전의 생활을 잊은 사람처럼 살고 있었다. 자고 싶으면 자고 일어나고 싶으면 일어나는, 말하자면 기분 내키는 대로 사는 삶을 영위하고 있었다. 피아노 학원에 가는 일에만 신경을 쓰고 있고 다른 일에는 관심이 없었다. 아내가 도자기에 고구마를 담은 후 시장에 간 그날 노인은 해가 지기 전부터 집에서 술을 마셨다. 혼자서였다. 소주 한 병을 마신 후 오후 5시쯤 거실의 소파에서 잠을 자기 시작했다. 시장에 갔다가 돌아온 아내는 노인이 거실 소파에서 잠들어 있는 것을 보았다. 사람이 알아들을 수 없는 혼잣말을 입 안에서 어물거리면서 아내는 자기 방으로 들어갔다. 문을 닫은 방에서 아내가 무엇을 하고 있는지 아는 사람은 없다. 아무런 기척이 없고 기척이 있었다고 하더라도 그것을 들은 사람이 집 안에는 한 사람도 없었다. 해거름에 불과한 시각인데 부부 둘만이 살고 있는 집 안은 조용했다.

11일

시간이 얼마나 흘렀는지 모른다. 노인이 눈을 떴을 때 거실에는 불이 켜져 있었고, 벽시계는 새벽 3시를 가리키고 있었다. 전날 오후 5시경부터 이튿날 새벽 3시까지 잤으니 많이 잔 셈이다. 소주 한 병이면 노인에겐 과음이다. 잠을 깬 노인은 과음을 한 것에 비해서 위장이 크게 불편하지 않은 것에 놀랐고 또 그런 것이 노인을 기분 좋게 했다. 노인은 소파 앞의 책상에 가서 앉았다. 집 안은 계속해서 조용했다. 새벽 3시라서 그렇겠지만 집 안만 조용한 것이 아니라 바깥세상도 조용했다. 비죽하게 열려 있는 아내 방문으로부터 희미한 불빛이 새어 나오고 있었지만 기척이 없다. 세상모르게 자고 있는 것이 분명했다. 전날 몇 시까지 아내가 무엇을 하다가 잠이 들었는지 노인은 알 수 없다. 천지가 이렇게 조용할 수 있을까 싶을 정도로 세상은 깊은 산속같이 조용했다. 자기 집을 깊은 산속같이 느낀다는 것은 분명히 하나의 착각이다. 노인이 이건 착각이다, 라고 생각해서 그런지 그때부터 노인의 눈에 비치는 모든 것들은 실제와 다르게 지각되었다. 노인에게 느껴지고 생각되어지는 내용은 현실과 거리가 멀어졌다. 별 이유 없이 쓸쓸하다는 기분이 들었다. 노인은 자고 있는 아내를 깨우고 싶었으나 한밤중에 자고 있는 아내를 깨울 수 없다는 생각을 했다. 깨우다간 보나 마나 싫은 소리를 들을 것이 분명했다. '나 혼자다.' 라는 생각 때문에 노인은 견디기가 힘이 들어서 아내를 깨울까 하는 생각을 다시 했지만 그 생각을 접고 말았다. '내가 모처럼 좀 자고 있는데 이렇게 나를 괴롭혀요, 이 한밤중에.' 라는 아내의 말이 귀에 들리는 듯했다. 아내를 포기한 후 이번엔 '아파트 숲 속에서 잠을 자고 있는 동네 사람들을 깨울 방법은 없을까.' 라는 생각을 했다. '몇 시간만 지나고 나면 일어나서 아웅다웅, 지지고 볶는 삶을 살아갈 사람들이 너희들 아니더냐. 잠든 척하지 말고, 내숭을 그만 떨고, 어서 일어나.' 라는 말을 할까, 하는 생각을 해보았다. 그러나 그것은 어디까지나 그냥 그런 생각을 해보았다는 것이지 정말 그럴 생각이 있었던 것은 아니었다. 사실상 그럴 수도 없는 노릇이었다. 그런 생각을 걷어치운 후 노인은 신발장으로 가서 도자기 안을 들여다보았다.

한밤중에 도자기 안을 들여다보고 있는 노인의 몸짓은 노인 자신이 생각해도 무언가 이상했다. 고구마가 무엇이라고 그것에 호기심을 발동한단 말인가. 사정을 모르는 사람들은 고구마에 호기심을 발하는 사람을 두고 무엇이라고 생각하겠는가. 한밤중에 고구마를 들여다본다는 것 자체가 우스운 일이 아닌가. 더욱이 잠이 덜 깬, 반쯤 열린 눈, 꾸부정한 허리, 빗질이 잘되어 있지 않은 헝클어진 머리칼, 곧 넘어질 듯한 걸음걸이, 눈과 도자기 간의 거리를 가깝게 그다음엔 조금 멀게 조절을 하다가, 안경을 끼고 보다가 그다음엔 안경을 벗고 보려고 어설프게 움직이는 이상한 손놀림. 이런 것들의 총화인 노인의 몸짓은 아무래도 어딘가 이상한 사람처럼 보인다. 한밤중에 이상한 몸짓을 하면서 도자기를 들여다보고 있는 노인을 누가 정상적인 사람으로 보겠는가. 다행스럽게도 방 안에서 노인을 보는 사람이 없었다. 노인은 안심하고 도자기를 들여다보았다. 도자기 안을 들여다보던 노인은 갑자기 현기증을 느꼈고 자기 눈을 의심했다. 모든 것들이 실제와 다르게 지각되는 상황에 놓여 있었다고 해도 노인에게 '이럴 수는 없다.'는 생각이 들었다. 노인은 도자기를 다시 들여다보았다. 노인은 자기의 눈을 더 의심했다. 물속에 젊은 부부가 누워 있는 것이 아닌가. 노인은 눈을 비비면서 도자기를 들여다보았다. 키가 작은 통통한 여자와 키가 큰, 삐죽 마른 남자가 도자기 속에서 서로 어깨를 기대고 누워서 자고 있는 것이 아닌가. 노인은 놀랐다. 말 그대로 자기 눈이 착각 현상에 직면하고 있는 것은 아닌가, 라는 생각을 했다. 한 번 더 도자기 안을 들여다보았다. 분명 키가 작은 통통한 고구마와 키가 큰, 삐죽 마른 남자 같은 고구마가 도자기 속에 서로 어깨를 대고 누워 있었다. 삶든가, 굽든가 해서 사람의 입속으로 들어가야 할 것들이 물속에서 신혼살림을 차리고 있는 것으로 노인의 눈에 비쳤던 것이다. 노인은 눈을 다시 한 번 더 비비면서 고개를 흔들었다. 그리고 도자기 안을 다시 들여다보았다. 이번엔 남녀가 아니라 두 개의 고구마가 도자기 안에 들어 있는 것이 보였다. 하나는 통통한 고구마였고 다른 하나는 길쭉한 고구마였다. 아내가 시장에 가면서 한 말, "잘 봐요."라는 말을 노인은 그제야 기억했다. 노인은 한 번 더 고구마를 들여다보았다. 노인은 자기의 눈을 점점 더 의심했다. 이번엔 눈만을 의심한 것이 아니라 가슴이 덜컹하는 것을 경험했다. 삐죽 마른 키가 큰 남자로 보였던 고구마의 턱 같은 곳에서 가늘고 흰 수염 같은 것이 보일락 말락 뻗고 있었다. 어제 아내가 도자기를 신발장 위에 놓고 갔을 때 고구마의 상태를 정확하게 관찰해 두었어야

14

했다는 생각이 들었다. 그랬어야 그때와 지금의 형편을 비교할 수 있을 것이 아니겠는가. 비교할 수 있어야 가늘고 흰 수염 같은 것이 '새로 생긴 것'인지 '원래 거기에 있었던 것'인지를 알 수 있을 것이 아닌가. 도자기가 신발장 위에 올려졌을 때와 그때까지의 시간은 그다지 긴 시간이 아니었다. 그 사이에 변화가 일어났을 리 만무하고 설사 변화가 일어났다고 하더라도 무슨 큰 변화가 일어날 수 있는 시간적 거리일 수 없었다.

큰 변화가 일어날 가능성이 백 프로 없다는 확신 같은 것이 들었지만. 노인은 눈을 비비고 다시 고구마를 들여다보았다. 고구마의 한쪽 끝에 무엇이 보이는 것은 확실했다. 많지는 않지만 보일락 말락 한 흰 수염 같은 것이 보였다. 한쪽 끝은 고구마인 것이 분명한데 다른 한쪽 끝은 고구마로 보이지 않았다. 이상하게 생긴 '어떤 생명체' 같은 것이 보였다. 나중에 알게 된 것이지만, 노인의 눈에 보인 흰 수염 같은 것은 허깨비가 아니고 실상이었다. 노인은 놀랐다. 고구마로부터 흰 수염 같은 것이 자랄 수는 없을 것 같은데 그런 것이 자라고 있으니 어찌 놀라지 않겠는가. 다른 한편 수염이 자란다고 해도 하룻밤 사이에 그럴 리는 없다는 생각이 들었다. 아내가 다른 곳에, 가령 부엌 근처에 도자기를 며칠 전부터 두었다가 어제 오후에 신발장 위로 옮겼을지도 모르지 않는가. 하루 사이에 생긴 수염인지 하루보다 더 많은 날 사이에 생긴 수염인지 비교를 할 수 있어야 하는데 그때까지만 해도 비교할 수 있는 잣대를 찾지 못했다. 이런저런 생각을 하다가 노인은 다시 "이건 아니다."라고 소리를 질렀다. 며칠 전이 아니라 몇 주일 전이라고 해도 그렇지 않은가. 고구마로부터 수염 같은 것이 생길 리는 없다. 어떻게 고구마로부터 수염이 생길 수 있는가. 노인은 다시 고구마를 들여다보았다. 문제는 노인의 눈에 분명히 실낱같은 흰 줄이 보인다는 사실에 있었다. 실낱같은 흰 줄을 보자 노인은 정식으로 긴장을 하지 않을 수 없었다. 그때까지만 해도 노인은 자기와 고구마가 정식으로 대결을 하고 있다고 생각하지 않았다. 노인이 정식으로 긴장을 했다는 말은 사정이 급변했다는 뜻이다. 자기의 눈앞에 무슨 일이 벌어지고 있는가에 대해서 정식으로 관찰을 하지 않으면 안 되겠다는 생각이 들었다는 뜻이다. 고구마를 다시 들여다보는 것이 면밀한 관찰인지 뭔지 알 수는 없었지만 노인은 그때부터 아내가 말한 "잘 봐요."라는 말에 의미를 부여하기 시작했다. 아내는 노인이 모르고 있었던 것을 벌써부터 알고 있었던 것이 분명했다. 그러나 아무리 생각해도 자기 눈앞에서 벌어지고 있는 사건을 노인은 믿을 수가 없었다. 무엇이 어찌 되어서 이런 일이 벌어지나 싶었다.

  같은 날 오전. 노인은 피아노 학원에 갔다. 늙은이가 피아노를 배우겠다는 사실에 놀랐던지 학원 선생은 기초부터 정식으로 가르치겠다는 태도를 취하면서 있는 성의를 모두 동원해서 노인을 가르치려고 했다. 학원 선생은 말이 많았다. 피아노 앞에 앉는 자세라든가 건반 위에 손을 올려놓는 방법은 이래야 한다든가, 말이 많았다. 노인은 말 많은 선생의 친절이 불편했다. 기초부터 가르친다는 선생의 태도에도 문제가 있는 것 같았다. 선생이 생각하는 기초는 노인이 바라는 것이 아니었다. 선생이 생각하는 기초는 피아니스트를 위한 기초인지 모르나 노인은 피아니스트가 되는 것이 학원에 오는 목적이 아니었다. 자기가 아는 노래를 피아노로 칠 수 있게 되는 것이 학원에 오는 유일한 목적이었다. 노인은 선생에게 자기의 뜻을 분명히 밝혔다.

"선생님. 선생님을 처음 만나던 날 제가 말씀드렸지요. 피아니스트가 되는 것과 저와는 아무런 상관이 없습니다. 내 손가락이 건반을 누를 때 내가 좋아하는 노래가 피아노로부터 나오게 되기만 하면 저는 만족이거든요. 피아노를 잘 칠 생각은 없어요. 그냥 없는 것이 아니라 전혀 없어요. 이 나이에 잘 칠 수도 없을 거구요. 다시 말하지만 내가 좋아하는 노래는 슈베르트의 연가곡 「겨울 나그네」입니다. 연가곡 모두가 좋지만 그중에서 「홍수」를 특히 좋아해요. 피아노로 「홍수」를 칠 수 있게 되는 것이 제 꿈이거든요. 「홍수」를 칠 수 있게 도와주시라고 제가 지금 이 학원에 오는 것입니다."

노인의 말을 들은 선생은 기가 막힌다는 표정을 지었다. 피아노의 '피' 자도 모르는 사람이 「홍수」를 칠 수 있게 도와달라니 그게 말이나 될 법한 일인가 싶은 모양이었다. 그러나 학원 선생은 노인의 고집을 꺾을 수 없다는 것을 느낌으로 알았다. 선생은 노인에게 다음과 같은 말을 했다.

"노인 어른. 지금부터 제 말 잘 들으세요. 헷갈린다, 골치 아프다, 이런 소리를 하시면 안 됩니다. 자 손을 펴보세요. 손가락에 번호를 붙일 겁니다. 제 말 잘 들어보세요. 엄지손가락은 1번, 그 다음은 차례대로 2번, 3번, 4번, 제일 마지막 손가락인 새끼손가락을 5번이라고 합니다. 그리고 지금부터 제가 하라는 대로 해보세요. 1번으로 d음, 2번으로 f음, 3번으로 a음, 그리고 5번으로 한 옥타브 높은 d를 눌러보세요."

노인은 d음, f음, a음, 한 옥타브 높은 d음이라는 말을 듣고 어리둥절한 표정을 지었다. 어리둥절한 표정을 짓고 있는 노인을 보면서 선생은 "그것 보세요. 피아노의 기초를 배우지 않고 「홍수」를 친다는 것은 무리거든요. 기초를 먼저 배우세요."라고 했다. 노인은 선생의 말에 아무런 대응을 하지 않은 채 그냥 웃으면서 "d음, f음, a음, 높은 d음이 건반에서 어딘가요."라고 물었다. 선생은 놀랐으나 노인의 물음을 무시할 수가 없어 건반을 하나하나씩 지적하면서 여기, 그리고 저기, 식으로 노인의 물음에 대답을 했다. 노인은 선생이 지적하는 건반을 눌러보았다. 그 순간 고구마에게 놀랐던 것보다 노인은 더 놀라고 말았다. 박자는 없는 노래였지만 자기가 그렇게 좋아하는 「홍수」의 선율이 건반으로부터 흘러나오지 않는가. 노인은 옆에 선생이 있는 것도 무시하고, 1번 손가락을 d건반 위에, 2번 손가락을 f건반 위에, 3번 손가락을 a건반 위에, 5번 손가락을 한 옥타브 높은 d건반 위에 올려놓는 연습을 하기 시작했다. 손은 마음처럼 움직이지 않았다. 그러나 노인은 누구의 말도 듣지 않고, 손을 벌린 채로 네 손가락을 차례대로 건반 위에 올려놓는 연습을 계속했다. 그러고는 건반을 천천히 차례대로 눌러보았다. 박자는 없고, 음정만 있는 선율을 건반으로부터 만들어내려는 시도를 했던 것이다. 떠듬떠듬난 소리였지만 그 소리는 분명히 자기가 아는 「홍수」의 선율이었다. 노인은 그 소리를 듣고 넋이 빠질 정도로 감동을 받았다. 남이 아닌 자기의 손이 「홍수」의 선율을 만들어내다니, 기가 막힐 노릇이었다. 「홍수」의 첫 네 음을 피아노로 낼 수 있는 연습만을 하고 그날은 집으로 돌아왔다. 성악곡이긴 했지만 노인의 목적은 자기가 아는 노래를 피아노로 쳐보려는 것이 아니었던가. 박자는 전혀 없는 선율이었지만 「홍수」라는 노래의 '음정 통로'를 자기의 손이 거쳤다는 경험은 노인을 무한히 행복하게 만들었다.

12일

노인은 아침부터 학원에 가서 어제 하던 일을 계속했다. 박자가 없는 「홍수」의 선율을 만들면서 노인은 시간 가는 줄을 몰랐다. "오늘은 한 음을 더 보태자, 그게 오늘의 목표다."라고 노인은 중얼거렸다. 그리고 노인은 연습의 목표를 다음과 같이 정했다. d음, f음, a음은 조금 빨리, 그리고 한 옥타브 높은 d음은 조금 더 길게, 그다음은 한 음을 더 보태는 일인데 그것은 조금 전에 눌렀던 a음으로 다시 돌아오는 일이었다. 건반을 원시인이 누르듯이 누르고 있었지만, 슈베르트의 가곡 「홍수」의 첫 절의 절반이 원시 선율로 노인의 귀에 들리게 되었고, 노인은 '원시인이 되어도 좋다.'라면서 속으로 행복해하고 있었다. 연습 시간이 고통이 아니라 넋을 잃을 만큼 행복한 시간으로 변하는 경험을 하고 있었다.

13일

신발장 위에 도자기가 놓인 것은 10일 오후였다. 고구마를 관찰해 보자는 생각을 한 것이 11일 새벽이었고, 고구마를 다시 만나게 된 것이 13일이었다. 11일 새벽 이후의 하루와 12일 하루, 합해서 이틀을 고구마와 상관이 없는 삶을 살았다. 피아노 학원에서 슈베르트의 「홍수」를 만나느라 고구마를 잊었었다. 고구마를 관찰해 보자는 생각을 해놓고, 「홍수」 때문에 고구마를 잊고 산 것이다. 11일 새벽 3시에 고구마의 턱수염을 보면서 놀랐던 것이 사실이었고 관찰을 해보자, 라는 생각을 한 것도 사실이었으나, 그것이 과학적이고 체계적인 관찰일 수는 없었다. 다만 노인으로서는 자연현상을 자기 눈으로 관찰하려고 한 것이 난생 처음인 셈이고 누구 말마따나 눈 터진 이후 단 한 번도 시도해 보지 않았던, 가장 중요한 경험을 자청해서 하고자 했던 셈이었다.

아내는 주 중에 화실로 나간다. 13일은 화실로 가는 날이었다. 그날도 아내는 아침 일찍 집을 나섰다. 집을 나서는 아내를 배웅하기 위해서 노인은 집 출입구로 나갔다. 신발장 옆으로 배웅 나온 노인의 손을 잡은 아내가 "여보. 우리, 같이 고구마 좀 봅시다."라고 했다. 그때서야 노인은 이틀 전의 새벽 일을 생각하면서

20

아내의 제의에 응했다. 그때까지만 해도 노인은 고구마를 보고 놀란 사실에 대해서 아내에게 말을 하지 않았다. 고구마에 대한 여러 가지의 생각을 혼자 해보고 있었기 때문에 생각을 유보 상태로 두고 있었다. 유보 상태로 두고 있었다는 말은 전날 노인이 관찰한 것이 확실한 것인지 아닌지에 대한 확신이 없었기 때문이다. 확신이 생길 때까지 어떤 판단도 하지 않으려고 노인은 모든 판단을 유보해 두고 있었던 것이다. 기회를 봐서 다시 한 번 더 자세히 관찰을 할 작정이었다. 누구의 간섭도 받지 않고 혼자서 조심스럽게 최소한도 며칠간은 면밀히 관찰을 해볼 작정이었다. 아내가 "우리, 같이 고구마를 좀 봅시다."라고 했을 때 노인은 아내와 같이 고구마를 들여다보는 흉내만 냈다. 흉내만 내자는 생각을 하게 된 다른 이유가 있었다. 평소에 관찰이라는 것을 잘 하지 않던 사람이 갑자기 관찰 행위를 한다는 것이 뭔가 좀 어색하다는 생각이 들었던 것이다. 아내에게 "잘 다녀오소."라는 말을 한 후 노인은 남이 보지 않는다는 것을 확인한 후 도자기 안을 관찰하기 시작했다.

집 안에는 아무도 없었다. 노인이 도자기를 관찰하는 것을 보는 사람이 없었기 때문에 고구마를 관찰하는 이상한 사람도 다 있네, 라고 말할 사람은 없었다. 노인의 행위는 캄캄한 곳에서 이루어지는 것과 다를 바가 없었다. 노인에게 심리적 부담 같은 것은 없었다는 뜻이다. 심리적 부담 같은 것은 없었다, 라는 말을 하는 이유는 그때까지만 해도 노인의 마음 언저리 한쪽 구석에 고구마는 그냥 먹는 것이었지 관찰 대상이 아니라는 생각이 도사리고 있었다는 사실과 상관이 있다. 아무도 보지 않고 있는 상태였기 때문에 노인은 열심히 도자기 안을 들여다볼 수 있었다. 이리도 보고 저리도 보고, 가까이서도 보고 멀리서도 보았다. 그러는 와중에 노인은 자기의 눈을 또 의심하게 된다. 이게 도대체 어떻게 된 일인가. 노인의 눈에 비치는 모든 것들이 실제와 다르게 지각되었다. 고구마에 머리와 꼬리가 있다고 지각되었던 것이다. 고구마에 머리와 꼬리가 있다고 하는 건 노인이 지어낸 이야기가 아니지 않는가. 노인의 눈이 확인하고 있는 것이 아닌가.

　길쭉하고 삐삐 마른, 키가 큰 고구마도 그렇고, 키가 작은 통통한 고구마도 그랬다. 한쪽 끝은 11일 새벽에 고구마를 관찰한 것과 꼭 같았다. 아무런 변화가 없었다. 그러나 다른 한쪽 끝에서는 눈에 뜨일 정도의 변화가 일어나고 있었다. '자란다'라는 말이 가능할 것 같은 변화였다. 다시 말하자면 수염 같은 것이 자란다, 라는 말이 가능할 것 같은 변화가 일어나고 있었다. 수염이 자란다, 라는 말이 적당한 말이 될지 어떨지 모를 일이나 다른 말은 생각나지 않았다. '수염이 자란다.'라기보다 어쩌면 '싹이 돋는다.'라고 말하는 것이 더 옳을지 모른다. 문제는 싹이 돋는다, 라는 말이 적합한 말이라고 생각되지 않는다는 데에 있었다. 이유는 이랬다. 그동안 노인은 씨를 뿌린 후, 흙에서 무엇이 돋아날 때 싹이 돋는다, 라는 말을 사용하고 있었기 때문이었다. 물속에 담긴 채로 이삼 일밖에 지나지 않았던 고구마의 한쪽 끝에서 보

22

일락 말락 한, 작은 잎사귀? 수염? 같은 것이 돋아난다고 해서, 싹이 돋는다, 라고는 말할 수 없는 것이 아닌가. 그런데 그보다 더 신기한 것은 흰 수염 같은 것이 수중에서 흔들리고 있는데, 그 흔들리고 있는 곳 주변에서 놀라운 사건이 일어나고 있었다는 것이다. 만일 고구마 전문가로 자처하는 학자가 있다면 그 현상을 두고 무슨 말을 할까 싶을 정도로 노인을 놀라게 한 사건이었고 변화였다.

노인의 눈에 보이는 대로 적어보면 이렇게 된다. 고구마가 누워 있는 수면 근처의 물속에서 무언가 어늘어늘한, 묵 같은 것이 엉키고 있었다. 그것이 무엇인가를 확인하고 싶어서 물속에 손을 넣어서 만져보고 싶었으나 혹시 누굴 다치게 할까 봐 그럴 수가 없었다. 사람이 아니기 때문에 '누굴'이라는 말이 적합할지 모르지만, 만일 '누굴'이라는 말이 허용된다면, 누구인지 모를, 그 누굴 혹시 다치게 할까 봐서, 노인은 물속에 자기의 손을 넣을 수 없었다. 고구마가 스스로의 삶을 위해 몸살을 앓고 있는지 모른다는 생각, 고구마의 후생(後生) 탄생을 위한 입덧 같은 것을 하고 있을지 모른다는 생각, 손을 물속에 넣으면 본의 아니게 고구마 주변의 물을 휘저어 버리게 되고 그렇게 되면, 살기 위한 고구마의 몸살을 악화시킬지도 모른다는 생각, 이런 생각들이 노인으로 하여금 물속에 손을 넣지 못하게 했다. 물속에서 어늘어늘하게 엉키고 있는, '그 무엇'의 정체가 무엇인지 알 수 없었지만 노인의 눈에 그것이 고구마 몸살의 여파 같다는 확신이 들었다. 무엇이 어늘어늘하게 엉키고 있는 것도 신기한 일이었지만 노인에게 고구마를 위하고 싶은 생각이 든다는 것도 신기한 일이었다. 노인은 물속에 손을 넣는 대신 그것을 그냥 눈으로 보기만 했다. 눈에 보이는 것은 무언가 끈끈한, 아니면 미끈미끈한 어떤 것으로, 액체도 아니고 고체도 아닌, 흰 이끼 같은 것이었다. 아니면 물렁물렁한 묵 같은 것이 수면 주변을 포위하고 있는 듯도 했다. 보기에 따라 이렇게도 보이고 저렇게도 보여서, 고구마의 몸체와는 떨어져 있지만 고구마를 보호하기 위해서 무언가가 고구마 주변에서 방어망을 치고 있는 것 같기도 했다. 삶아 먹든가, 구워 먹으면 되는 고구마에게 이 무슨 이변이라는 말인가. 평생 먹을거리로만 보아오던 고구마가 아니었던가. 그런데 지금 노인의 눈에 보이는 것은 어떤 생명체의 움직임이 아닌가. 고구마가 생명체라니, 노인은 믿을 수가 없었다. 무언가 아직 확실히 알 수는 없으나, 아내가 "잘 좀 봐요."라고 말한 이유를 알고 싶었다. 노인의 무지를 그동안 아내가 얼마나 원망하고 살았을까.

내 눈에 보이는 물속의 고구마, 물속에서 꿈틀거리면서 새 생명 탄생을 위한 입덧 같은 것을 하고 있는 고구마, 먹을 것으로 알고 있었던 고구마가 입덧 같은 것을 할 수 있는지, 그러한 고구마가 정말 이 세상에 있는 것이 사실이라면, 그동안 노인이 고구마에 대해서 가졌던 고정관념의 설 자리는 어디에 있는가. 생각할수록 노인에겐 기막힌 일이 아닐 수 없었다. 노인의 그러한 고정관념의 설 자리가 없다면 노인은 아내 앞에서도 설 자리는 없

24

다. 노인은 아내 앞에서 항상 자기의 생각이 옳다고 주장하고 살지 않았던가. 노인은 아내에게는 물론 고구마에게도 부끄러웠고 미안했다. 다른 한편 노인은 '아직 모른다. 계속 더 관찰을 해본 후 결론을 내리자.'라는 생각을 했다. 노인은 자기변명의 기회를 가지려고 계속 안간힘을 썼다. '하루 건너서 볼 것이 아니라 매일 보자.'라는 생각을 한 것은 자기변명의 기회를 노리자는 생각과 무관할 수 없었다.

15일

매일 고구마를 보자는 다짐을 했지만 지방에서 노인이 잘 아는 목사 한 분이 교회의 일 때문에 서울에 올라옴으로 해서 고구마를 관찰하는 일에 차질이 생겼다. 노인은 목사를 환대해야 할 처지에 있었고, 환대의 방법으로 목사를 자기 집에 묵게 해야 할 처지에 놓였다. 목사는 결국 노인의 집에 머물게 되었고 노인은 고구마에게 신경을 쓸 겨를이 없었다.

피아노 학원에 가는 일도 노인은 게을리 할 수 없었다. 목사가 교회의 일로 시내에 나갔을 때 노인은 피아노 학원에 가서 연습을 했다. 학원 선생은 노인을 정상적인 사람으로 보지 않았다. 정신이 나간 사람이 아닌 것은 분명하나 보통 사람은 아니다, 라는 생각을 하면서 노인을 더 가르칠 생각을 하지 않고 학원의 피아노만 빌려주겠다는 태도를 취했다. 노인은 계속해서 「홍수」의 선율을 건반으로 만들어내는 일에 넋을 팔고 있었다. d음 f음 a음,

이렇게 세 음은 조금 빨리, 그리고 한 옥타브 높은 d음은 조금 길게, 그다음 다시 a음으로 내려오는 연습을 계속하다가, 학원 선생에게 가서 "선생님, 그다음 음은 건반의 어디를 눌러야 합니까?"라고 물었다. 선생은 못 말릴 노인이라는 것을 알고 그다음에 이어지는 「홍수」의 선율에 동원되는 음과 건반을 지적해 주었다. 그것은 f음, e음, d음, a음, 그리고 한 옥타브 아래의 a음이었다. 노인은 「홍수」의 선율을 귀로 완벽히 익히고 있었기 때문에 선생이 지적해 주는 건반을 누르자 귀에 익숙한 음정이 즉시 들렸다. 손가락의 움직임은 전날의 움직임과 같이 말 그대로 어설프기 짝이 없었다. 노인은 「홍수」와 전혀 닮지 않은 소리를 통해서 「홍수」를 듣고 있었다. 남이 만든 소리가 아닌 자기가 만든 소리를 통해서, 자기가 그렇게도 좋아하는 「홍수」의 선율이 마음 안에서부터 재생되고 있음을 느끼고는 희열에 잠기곤 했다.

그날 노인은 고구마로부터 일어난 일 하나를 더 알게 되었다. 비록 하나라고는 하지만 그 이전의 놀라움보다 더 큰 놀라움이었다. 항상 그랬듯이 도자기에는 물이 가득 들어 있었고 고구마는 도자기 바닥에 누워 있었다. 고구마의 입장에서 보면 물의 표면과 고구마가 누워 있는 거리는 가깝지 않았다. 물론 아주 먼 것도 아니었다. 통통한 고구마 셋 정도를 쌓아 올리면 물의 표면에 닿을 수 있을 정도의 거리였다. 그러한 정도의 거리를 유지하고 있는 수면 위에 사람 몸에 붙은 까마귀딱지만 한 크기의 물방울이 떠 있었다. 처음에 노인은 별 생각 없이 그 물방울을 보았다. 고

26

구마와는 상관이 없는 것으로 생각되었기 때문이다.

16일

새벽 5시, 손님인 목사는 아직 자고 있었고 노인은 일어나서 고구마에게 갔다. 노인은 다시 놀랐다. 전날 건성으로 보아 넘겼던 그 물방울이 고구마의 몸살 아니면 입덧과 상관이 있다는 확신을 얻게 되었다. 고구마 몸체 속으로부터 어떤 꿈틀거림이 있었던 여파인 것이 확실했다. 주둥이 모양새를 하고 있는 한쪽 끝에서 털 같은 것이 더 많이 생겼고, 몸집이 가늘고 긴 고구마는 싹이라기보다 이젠 고구마의 '꽃가지'라고 해도 될 정도로 며칠 전보다 훨씬 더 많은, 수염 같은 것이 보였다. 그 물방울이 고구마의 몸살과 상관이 있다고 노인이 생각하는 데에는 이유가 또 있었다.

고구마의 몸이 앓고 있었고 그 앓음과 상관이 있는 어떤 움직임이 그 물방울을 낳았다고밖에 생각할 수 없는 현상이 나타났기 때문이다. 까마귀딱지만 한 크기의 기존 물방울 옆에 작은 물방울들이 비누 거품같이 부풀어 오르다가 없어지고 부풀어 오르다가 없어지고 하는 것이 아닌가. 마치 자연현상의 신비를 대변이나 하려는 듯한, 믿기 어려운 현상이 노인의 눈앞에서 벌어지고 있었다. 고구마가 숨을 쉬고 있는 것이 분명했다. 부풀어 오르다 없어지고 부풀어 오르다가 없어진다는 것이 노인의 눈에는 영락없이 고구마가 숨을 쉬고 있는 것으로 보였다. 오르고 내림의 반복은 들이쉬고 내쉼의 반복이 아닐 수가 없었고, 들이쉬고 내쉼의 반복은 숨 쉼이 아닐 수 없었다. 도자기 안에 전기장치 같은 것도 없는데 작은 비누 거품 같은 물방울이 고구마의 몸체 주변에서 일어날 리가 만무하지 않는가. 더 놀라운 것은 까마귀딱지 같은 물방울이 하나로 있는 것이 아니라. 둘이 되려는 듯하다가 다시 원래 상태인 하나로 되돌아갔다가 다시 둘이 되려는 듯하다가 다시 하나로 되돌아가곤 했다.

수면에 떠 있는 물방울과 고구마의 몸체 사이에는 거리가 있었지만 고구마의 몸체 안으로부터 내뿜는 어떤 힘이 그 거리 안에서 무슨 작용을 하고 있는 것이 분명했다. 어떤 작용이 없었다면 어찌 그런 현상이 일어나겠는가. 그런 현상이 일어나는 이유를 알 도리는 없었지만 그 현상을 목격한 노인의 동공은 확대될 만큼 확대되었고 가슴은 쿵쿵거렸으며, 말 그대로 무엇이 어떻게 되어가는지 알 수가 없는 형편에 이르게 되었다. 노인은 어찌할 바를 몰랐다. 정신을 차리지 못할 지경에 다다르고 말았고 두 손을 모은 후 그냥 눈을 감을 수밖에 없었다.

노인과 아내는 목사를 남부터미널까지 바래다주고 집으로 돌아왔다. 노인은 아침부터 술을 마셨다. 아침부터 술을 마셨다고 하는 것은 그 전날 밤에도 마셨다는 뜻이다. 노인은 은퇴를 한 후에는 아침 술을 자주 하는 편이다. 아침 술을 한 다음 노인은 자기 책상이 있는 거실의 소파로 가서 아침잠을 자기 시작했다. 아침잠이 오후 1시까지 계속되었다. 자다가 깨었을 때 아내는 혼자서 점심을 먹고 있었다. 시계가 필요 없는 노인에게 무료한 무직 생활은 끝없이 지속되고 있었다. 동네 피아노 학원에 열심히 나가고는 있었지만 마음처럼 손이 피아노 앞에서 잘 움직이지 않았다. 노인은 '정말 내가 가당치도 않는 꿈을 꾸고 있는가.'라는 생각을 했다. 그러나 아무에게도 그런 말을 하지 않았다. 노인은 점심을 먹고 있는 아내 옆으로 갔다. 며칠 동안 묵고 간 목사의 인간 됨됨이가 좋았다는 말과 사람이 이 세상을 살아가는 데 있어서 생기는 여러 가지 문제에 대해서 이야기를 나누었다. 이런저런 이야기를 나누다가 "우리 밖에 나갈까. 나가서 영화나 볼까?"라고 말하는 노인에게 아내는 "싫어요."라고 했다. '피곤해요."라는 말을 덧붙였다. 밖에 나가서 영화라도 보지 않을 바에야 집 근처의 사우나에서 목욕이나 했으면 싶었다. 아내는 방금 밥을 먹었기 때문에 목욕도 싫다고 했다. 밖에 나가는 것도, 목욕을 하는 것도 싫다고 하던 아내가 "당신 이발할 때가 되었어요."라고 했다. 노인은 이발하는 것이 싫었고 아내는 노인이 이발을 하지 않고 있는 것을 견디지 못했다. 이발을 오래 하지 않아서 노인의 머리는 자랄 대로 자랐다. 머리가 긴 것이 못마땅해서 기회가 생기면 아내는 노인을 자기가 가는 미용실로 데리고 가서 이발을 하자고 했다. 이발을 하기 싫었지만 무료한 시간을 달래기 위해서 노인은 아내의 제의를 받아들였다. 아내가 노인의 긴 머리를 왜 그렇게 싫어하는지 노인은 알 수가 없다. 아내가 그토록 싫어하는 것을 더 이상 모르는 체하다간 아내의 기분을 상하게 하고 말 것 같아서 노인은 아내의 의견을 받아들이기로 했다. 아내의 단골 미용실로 갔다. 아내가 미용사 옆에 서서 여기를 더 깎으세요. 저기는 그냥 두고요, 라고 했다. 머리 모양새에 대해서 관심을 가지면서 미용사 옆에 서서 이래라저래라 하는 아내가 노인에겐 싫지 않았다.

이발을 마치고 집으로 돌아오기 전에 노인은 피아노 학원에 갔다. 박자는 없고 음정만이 있는 음들의 연속체가 노인을 그날도 무한히 행복하게 만들었다. 남이 재구성해 내는 것을 구경만 하다가, '미숙(未熟)의 극(極)'에 달하기는 했지만 자기가 재구성해 낸 소리로부터 「홍수」의 '소리 통로'를 경험하게 되는 행복감을 아는 사람은 이 세상에 노인밖에 없다고 해도 과언이 아니었다. 피아노 연습을 한 후 집으로 돌아오니 오후 3시가 넘고 있었다.

노인은 고구마 생각을 다시 했다. 까마귀딱지만 한 물방울 주변에서 비누 거품 같은 게 오르락내리락하던 것이 지금쯤 어떻게 되었는지 궁금했다. 조심스럽게 도자기를 들여다보았다. 작은 물방울들이 부글거리고 있었다. 이젠 아주 노골적이었다. 작은 물방울이 붙었다 떨어지고 붙었다 떨어지는 모습이 부글거림으로 노인의 눈에 비쳤다. 언제 생겼는지 알 수가 없는 하나의 물방울로부터 그것보다 작은 물방울 하나가 총알같이 튕겨 나왔다가 들어가고 튕겨 나왔다가 들어가고 있었다. 고구마의 속과 상관이 없는, 물 자체만의 움직임이라고 볼 수는 도저히 없었다. 비록 노인이 고구마 전문가는 아니었지만 그 물방울과 고구마의 관계를 부정할 사람은 없었다.

30

굵고 통통한 고구마의 주둥이에 털이 우거지고 있는 것이 보이는 노인의 눈에 갑자기 파란 하늘이 보였다. 통통한 고구마가 누워 있는 도자기의 바닥에서 보면 수면이 고구마의 눈에 파란 하늘로 보일 수밖에 없다. 인간의 눈에는 도자기의 바닥과 물 표면의 거리가 바로 눈앞이지만 도자기 바닥에 누워 있는 고구마의 눈에는 수면까지가 멀고도 먼 푸른 하늘이었다. 닿기가 불가능한 하늘만큼이나 먼 거리가 아니겠는가. 그런 먼 거리가 도자기 안에만 있을까.

17일

오전 9시 30분쯤 되었을까. 고구마는 지난날보다 변화하는 모습이 훨씬 뚜렷했다. 여기저기에서 물방울의 활동이 심해졌고, 키 큰 놈과 작은 놈 양쪽 주변 모두에서 금붕어가 물속에서 물을 부끔부끔 뿜어내듯이 물방울을 뿜어내고 있었다. 물은 노인이 처음에 본 물이 아니었다. 고구마의 생명 작용 덕분인지 물이 고구마에게 적응하려고 그러는 건지 알 수가 없었지만 물의 색깔이 변하고 있었다. 물이 맑다기보다 조금씩 어두워졌고, 좋은 일인지 나쁜 일인지 궁금하기가 이를 데 없었으나 물이 조금씩 탁해지는 것 같았다. 그렇게 되는 것이 고구마에게 좋은 일이겠지, 라는 추측밖에 할 수 없었다.

아내는 노인과 의논도 없이 도자기에 든 물을 갈았다. 노인은 왜 나와 의논을 하지 않고 물을 가느냐, 라고 말할 수 없었다. 아내에 비하면 노인은 고구마의 삶에 대해서 아는 바가 없었기 때문에 아내가 하는 일을 그냥 보고만 있어야 했다. 노인이 거실에서 빈둥거리다가 화장실에 갔다 나온 사이에 아내는 물 가는 일을 끝내고 있었다. 화장실에서 나온 후 노인은 고구마를 들여다보았다. 두 개의 고구마는 새 물속에 들어가 있었다. 노인은 혹시 싶어서 "이거 이러면, 그동안 해놓은 고구마의 일들이 수포로 돌아가는 거 아닌가. 다시 처음부터 시작해야 하는 거 아닌가."라고 했다. 그랬더니 아내는 "아니지요, 더러운 물은 안 좋아요. 새 물이라야 제대로 활동을 할 거예요."라고 했다. 옛 물은 이미 없어지고 새 물이 도자기 안으로 들어가 버린 후라서 노인은 더 이상 말을 할 수 없었다. 고구마에 대해서 아는 바가 없는 노인에게 무슨 할 말이 또 있겠는가. 그러나 노인은 궁금했다. 아니 궁금하다기보다, 혹시 자기의 추측이 맞을지 모른다는 생각에서, "물 갈아주는 것이 정말 고구마에게 좋은 거요?"라고 한 번 더 물어보았다. 아내가 한 짓이 옳은 짓인지 아닌지를 한번 확인해 보고 싶었던 것이다. 아내는 "갈아주는 것이 옳아요."라는 말을 단호하게 했다. "그렇다면 어느 정도 자주 갈아주어야 하는데?"라고 노인은 다시 물었다. 알지도 못하는 사람이 쓸데없는 질문은 왜 하는가 하고 타박을 당할 걱정을 하면서도 물어보지 않을 수 없었다. 다시 말해서 고구마에 대해서 아는 것이 없으면 가만히 있을 것이지 왜 말이 많은가, 라고 할 것 같아서 마음이 불안하면서도 노인은 물을 가는 일이 고구마에게 좋은지 어떤지를 확실히 해두고 싶었다. 그래서 묻고 또 물었던 것이다. "2주 정도 지나면 한 번씩 갈아주면 돼요."라고 했다. 2주라는 말까지 하는 걸 보니, 알고는 있는가 보다 싶어서 노인은 더 이상 묻지 않았다. 더 이상 묻지 않았을 뿐만 아니라 아내가 고구마에 대해서 잘 알고 있구나 싶어서 안심이 되었고 고구마에게 미안하다는 생각을 더 이상 하지 않았다. 오히려 아내에게 감사해야지 싶었다. 노인은 자기가 언제부터 고구마에 대해서 이 정도의 관심을 가지게 되었는가, 스스로 놀라고 있었다.

물이 맑아지고 나니, 고구마의 변화가 더 잘 보였다. 길게 자란 고구마의 턱수염이 눈에 확연히 보였다. 맑지 않았던 물속이라 그동안 잘 보이지 않았던 것이 너무나 잘 보였다. 어떤 수염은 수염이라기보다 나뭇가지가 자란 것 같았다. 가지의 길이가 길지는 않았지만, 물렁물렁한 가느다란 기름 줄기같이 보이기도 했다. 고구마의 몸뚱이 주변에 무언가가 어늘어늘한 것들이 더 확연히 보였다. 고구마 생태학자들의 눈에는 어떻게 보일지 모르나, 노인의 눈에 보이는 것은 정말 신기하기 짝이 없었다. 노인의 관찰이 정확한 관찰인지 알 수는 없었으나, 아무튼 신기한 변화는 계속되었다. 겉으로 보면 미미한 변화처럼 보일지 모르지만, 그리고 노인으로서는 무엇인지 알 수 없는 변화였지만 고구마 몸체 내에서 무언가 끊임없는 작동을 하고 있는 것은 틀림이 없다는 생각이 들었다. 육안으론 잘 보이지 않는 고구마 세포들의 미묘한 움직임들이 일고 있는 것이 확실했다.

　물을 갈기 전에 두 고구마는 부부같이 늘 붙어 있었다. 물을 간 후 아내는 고구마를 도자기 안에 거의 던지다시피 넣어버렸기 때문에 두 고구마의 위치가 그 이전과 달라졌다. 두 고구마는 등을 돌리고 있었고 서로 떨어져 있었다.

　노인은 고구마 부부가 떨어져 있는 것을 그냥 보고 있을 수가 없었다. 원래의 위치로 돌아가서 어깨를 서로 기대고 있는 모습을 보고 싶었다. 아내가 갈아준 물 때문에 그들이 서로 떨어졌다고 해도 그들 스스로가 움직여서 두 몸이 붙어주길 바랐다. 그들이 생명체라는 것을 노인이 알고 있었기 때문에 그런 기대를 했던 것이다. 두 고구마는 그럴 생각이 없는 모양이었다. 아내가 놓아둔 위치에 그대로 있었다. 주둥이에서 수염을 밀어내고 있는 것을 보면 살아 있는 것이 분명한데, 고구마는 스스로 움직일 수 있는 동물이 아니었던 것이다. 아무튼 물을 갈기 전과 달라진 그들의 모습을 노인은 보기가 싫었다. 달라진 모습이라는 것은 그 전에는 볼 수 없었던, 배를 하늘을 향해서 노출시키고 있는 것이었다. 보기 싫은 고구마의 배는 그 전의 상태로 돌아갈 생각을 하지 않고 있었다. 아내가 도자기 속에 놓아둔 그대로, 배를 하늘로 쳐든 채로, 그리고 서로의 거리가 떨어진 채로 누워 있었다. 애가 탔다. 노인은 고구마가 자기에게 불평을 하고 있을지 모른다는 생각을 했다. '당신 마누라가 우리를 이렇게 해도 되는 겁니까.'라고 성토를 하고 있는 것 같았다. 그런 생각을 하면서도 노인은 고구마에게 기대를 걸었다. 새 물에 적응하는 법을 빨리 익히길 바라고 있었다. 노인은 도자기를 들여다보면서 "고구마, 파이팅!"이라고 외쳤다.

18일

아침 7시. 아내는 혼자 목욕을 갔고, 노인은 조간을 보다가 고구마를 보러 신발장으로 갔다. 큰 놈의 몸뚱이에서 보글보글 거품이 일고 있었다. 까마귀딱지만 한 물방울을 생기게 한 고구마 몸뚱이의 위치를 노인은 기억하고 있었는데 그 위치보다 조금 아래쪽 몸뚱이 근처에서 새로운 물방울이 끓고 있었다. 새 물속에서 적응을 하기 시작한 것이 분명했다. 그 사실의 발견이 노인을 얼마나 기쁘게 했는지 모른다. 노인은 정말 기뻤다. 처음 물방울을 유발시킨 부분과 새 물로 간 후 물방울이 유발된 부분의 위치가 거의 비슷한 곳이었다. 아마 그곳 근처의 몸체에 큰 고구마의 숨구멍이 있는 것이 아닌가 싶었다. 통통하고 키가 작은 놈의 한쪽 끝 부분, 그놈의 턱같이 보이는 그 부분 주변에서도 실낱같은 수염이 수두룩하게 나오고 있었다. 큰 놈이든, 작은 놈이든 간에, 턱 근처에서 어늘어늘한 묵같이 엉킨, 이름 모를 어떤 것들이 계속 뻗어나고 있었다. 노인은 고구마에게 손뼉을 치면서 "잘한다, 고구마야. 고구마 파이팅!"을 다시 외쳤다.

다른 일을 하다가 도자기 속을 다시 들여다보았더니, 조금 전에 보았던 두 고구마의 위치가 바뀌어 있었다. 노인은 놀랐다. 어떻게 된 영문인지 하늘만이 알 것 같았다. 위치가 바뀐 이유를 노인은 끝내 찾지 못했다. 신발장을 누군가가 건드려서 도자기 안의 물이 출렁거리는 바람에 위치가 바뀐 것이 아닌가, 라는 추측을 해보았다. 그런 추측 이외의 생각이 노인의 머리에 떠오르지 않았다. 고구마 스스로가 자리를 옮겼을 리는 없다는 생각이었지만, 혹시 그들이 스스로 자리를 옮겼다면 얼마나 좋은 일인가. 새 물로 간 후 두 고구마가 떨어져 있었던 것이 분명한데 두 놈의 꼬리 부분이 붙어 있는 것이 얼마나 신기한지 몰랐다. 이런 신기함을 보는 것이 노인에게는 이 세상에서 다른 어떤 일을 보는 것보다 즐거웠다. 이놈들이 정말 생명체를 가진 암컷과 수컷인가. 암컷 수컷이라는 생각이 드니 노인은 저절로 웃음이 나왔다. 고구마에게 장난을 걸고 싶었다. 꼬리 부분이 붙어 있는 것을 보고, 괜히 그것들에 손을 대고 싶었다. 지금까지 가졌던 고구마에 대한 관심으로 보면 고구마의 몸에 손을 대면 되지 않는 것이 아니었던가. 그러니까 꼬리 부분을 떼어놓자는 생각은 앞뒤가 맞지 않는 생각이다. 생각의 차원에서 일관성이 없는 일종의 짓궂은, 장난기였다. 그런데 노인은 자기도 모르는 사이에 물속에 손을 넣고 말았다. 장난을 하고 만 것이다. 손을 넣고서는 두 놈의 꼬리 부분을 떼놓아 버렸다. 꼬리를 떼놓은 후 손을 도자기 속의 물로부터 빼내었다. 자기네들 스스로 꼬리를 붙이는가 한 번 확인을 해보고 싶은 충동이었을까. 아무튼 손을 빼내는 도중에 도자기 안의 물은 파동을 쳤다. 그 파동이 고구마의 몸체를 흔들었다. 시간이 흐른 후 물의 파동이 정지하자 둘은 다시 꼬리를 붙였다. 다시 붙는 꼬리를 보고 노인은 기뻐서 그 자리에서 펄쩍펄쩍 뛰었다.

피아노 학원에서 슈베르트 가곡 「홍수」의 선율을 반복적으로 연습했다. 노인의 눈으로부터 눈물이 흘러내린다. 집으로 돌아오면서 마음속으로 노인은 「홍수」를 부르고 또 불렀다. 그만큼 노인은 슈베르트의 「홍수」를 좋아했다.

저녁 7시. 큰 놈 작은 놈 할 것 없이, 물방울이 아니라 이번엔 작은 비누 거품 같은 것들을 뿜어내고 있었다. 그리고 턱 주변이 온통 새의 주둥이로 보였다. 그리고 그 주둥이 쪽이 기세가 등등했다. 주둥이 아닌 몸체의 중간 부분에서도 여기저기에 물방울이 터지고 있었다. 새로 갈아준 물이 벌써 부옇게 되었다. 몸이 뿜어내는 비누 거품 같은 것의 기운 때문인지 물의 색깔은 쉽게 변했다.

19일

아침 6시. 아내는 목욕을 하러 헬스 센터로 갔다. 노인은 아내가 집을 비우자 고구마를 들여다보기 시작했다. 이번엔 작은 놈의 온몸으로부터 거품이 일기 시작했다. 몸통의 한쪽 부분에 흰 줄 같은 것이 돋아나고 있었다. 더 자세히 들여다보니 몸통 곳곳에 보일까 말까 하는, 작은 흰 자국이 생기고 있었다. 작은 거품 같은 것이 그 자국을 향해 내뿜어지고 있었다. 주둥이 근처에는 수염이 더 돋았고, 거품도 전날보다 더 많았다. 거품 뿜는 일에 있어서 시작은 키 큰 놈이 먼저 한 것 같은데, 이젠 조용하다는

느낌이고 키가 작고 통통한 놈이 더 서두르는 것 같았다. 큰 놈은
주둥이에서만 비누 거품 같은 것을 구르르 하는 소리를 내면서
뿜는 것 같았다. 그리고 수면 위로 물방울을 타고 공기를 내뿜기
도 했다. 그 순간 다시 한 번 든 생각은 고구마가 확실히 숨을 쉬
고 있다는 것이었다. 그렇지 않고서야 물방울을 타고 공기가 수
면 위로 뜰 리가 없지 않은가. 고구마가 숨을 쉬다니, 아무리 생
각해도 신기한 일이었다. 노인은 시간이 갈수록, 아무 말도 하지
못하고, 그저 놀란 입만 벌리고 있을 수밖에 없었다. 물을 또 갈
아주어야 하는지, 벌써 물의 색깔이 탁하다. 물을 갈아주는 것은
아내의 소관 사항이기 때문에 노인은 어쩔 수 없이 그냥 보고 있
어야만 했다.

　같은 날 오전. 노인에게 이상한 생각이 들었다. 이놈들이 살아
가고 있는 방향으로 움직이고 있는지, 삶을 시도하다가 포기하고
있는 것인지 궁금하기 시작했다. 거품이 인다는 것과 물의 색깔
이 변한다는 것이 고구마에게 좋은 것인지 나쁜 것인지 알 수가
없었기 때문이었다. 작은 놈의 몸통에 상처가 난 것 같다는 느낌
도 들었다. 근거가 없는 느낌일 수 있지만, 그런 느낌이 드는 이
유를 노인은 알 수 없었다. 불안한 마음으로 기다릴 수밖에 없었
다. 노인이 잠시 외출을 했다가 집으로 돌아온 같은 날 오후였다.
집에 돌아와 보니, 아내가 물을 또 갈아주었던 모양이다. 도자기
안을 들여다보니 뒤죽박죽이 되어 있었다. 고구마가 누워 있는
방향이 뒤바뀌어 있었고, 겨우 자리를 잡을까 하던 차에 고구마

들은 새 물에서 또 진통을 겪고 있는 것 같았다. 고구마의 입장에서 보면 새 물이 집 안을 온통 뒤흔들어 놓은 것이 아닌가, 라는 생각 때문에 노인은 걱정이 되었다. 아내의 말로는 새 물로 갈아 주는 것이 고구마에게 좋다고 하지만 노인은 불안했다. 그러나 노인에겐 할 말이 없었다. 그냥 보고만 있어야 했다. 시간이 조금 흐른 것으로 생각되었다. 삶아서 먹든지, 구워서 먹든지 해야 하는 고구마가 물속에서 신혼살림이라도 차리고 있는 듯이 키 큰 고구마와 키 작은 고구마는 부부같이 물속에서 다시 딱 붙어 있었다. 참으로 신통한 일이 아닐 수 없었다. 고구마가 자의적으로 움직일 수 있었던 것인지, 노인이 모르는 사이에 다른 힘이 작용을 했던 것인지, 알다가도 모를 일이었다.

19일 저녁 7시. 도자기에 물을 좀 더 부어주는 아내를 보면서 노인은 농담을 했다. "이 친구들이 풍기 문란 아니야. 여보, 좀 보소. 얼마나 정답게 붙어 있소."라고 했다. 그랬더니, 아내는 "훈육주임에게 야단맞아야겠군."이라고 응했다. 노부부는 한참 웃었다. 겉으로는 웃으면서 노인은 아내가 서 있는 곳 옆 벽에 걸려 있는 거울 속에 비치는 자기의 얼굴을 본다. 얼마 전의 일이었는지 정확하게 기억나지 않는다. 고구마와 만나기 시작한 어느 날 새벽녘이 아니었던가 싶다. 자기 집을 깊은 산속같이 느낌으로써, 노인의 눈에 비치는 모든 것들이 실제와 다르게 느껴지고 생각되어지고 지각된 일이 있었지 않았던가. 거울 속의 자기 얼굴을 보게 된 노인의 눈에 모든 것들이 그때처럼 실제와 다르게 지각되기 시작했다. 거울 속의 자기 얼굴이 무언가 한심한 인간으로 비쳐지는 것을 보고 노인은 스스로 놀랐다. 자기가 보아도 많이 늙었고, 평생을 헛고집만 부리면서 산, 앞뒤가 꽉 막힌 늙은이로 비쳐졌다. '한심한 녀석!' 하면서 거울 속을 보고 노인은 웃었다. 그러자 그 거울 속의 얼굴이 갑자기 어린 소년으로 지각되었다. 그러더니 잠시 후 거울이 스크린으로 변한다는 느낌을 받았다. 그 스크린에 그의 얼굴이 소년에서 청년으로, 청년에서 장년으로, 장년에서 노인으로 스르르 변하기 시작했다. 노인은 스크린을 통해서 자기의 일생이 스쳐 지나감을 느꼈다. 아무런 근거도 없는 그런 느낌을 왜 받았을까.

그동안 지켜본 고구마의 행태를 보면서 어떤 인간은 이미 알고 있었는데 어떤 인간은 그것을 모르고 있는, 어떤 일에 대한 생각을 노인은 하기 시작했다. 한쪽은 아는 사람, 다른 한쪽은 모르는 사람이, 한 집 안에서, 한 마을 안에서, 한 직장 안에서, 한 사회 안에서 같이 살고 있다면, 그 집 안의, 그 마을의, 그 직장의, 그 사회의 구성원의 가슴, 그 가슴의 어느 쪽이 답답했을까. 어느 가슴이 통곡을 하면서 자기 가슴을 쳤을까.

단순히 고구마의 문제만은 아닌 것 같다는 생각을 노인은 했다. 사람에 따라 고구마일 수도, 이른 봄기운의 냄새를 맡는 감각일 수도, 사랑일 수도, 고급 자동차의 필요성일 수도, 좋은 옷일 수도, 슈베르트의 노래일 수도, 명예일 수도, 권력일 수도 있을 것 같았다. 생각됨과 느껴짐, 가치 인식, 그리고 인간 각자의 앎이 같은 종류가 아님으로서 생기는 답답함, 소통을 불가능케 하는 벽이 이 세상 여기저기에 얼마나 많은가.

다시 고구마를 들여다보았을 때 키 큰 놈의 주둥이가 물 밖으로 삐져나오고 있었다. 물을 갈아주어야겠다면서 아내가 부엌으로 갔다. 도자기에 새 물이 채워지는 과정에서 물은 요동을 쳤다. 요동치는 물의 움직임에 따라 그놈들은 물에 둥둥 떠서 움직였다. 그들의 움직임을 보면서 노인은 물의 힘에 밀려서 움직이는 것인지, 자기네들이 서로 떨어지기 싫어서 움직이는지 알 수가 없었다. 노인에게 그런 생각이 든 이유는 키가 큰 놈이 자꾸만 작은 놈 쪽으로 따라 움직이고 있는 것같이 느꼈기 때문이었다. 노인이 손으로 "이놈." 하면서 떼어놓았음에도 불구하고 큰 놈은 계속 작은 놈 쪽으로 움직이고 있었다. 그리고 물의 요동이 정지했을 즈음해서 결국 작은 놈의 몸에 큰 놈이 자기 돋을 붙이는 일에 성공하고 있었다. 노인은 손으로 다시 떼면서 '이놈, 풍기 문란이야.'라고 말하고 싶었고 옆에서 보고 섰던 아내가 다시 '훈육주임에게 야단을 맞아야지.'라고 말하는 것을 듣고 싶었지만 그러지 않았다. 장난보다 그들의 안전이 더 중요하다는 생각을 했다. 그 순간 노인의 마음에 일어난, 말로 표현할 수 없는, 이런 저런 정경들이 가슴을 찢어놓았다. 고구마는 물속에 살지만 그들 노부부는 언제나 창문이 굳게 닫힌 아파트 속에서 살고 있지 않는가. 노인과 아내의 삶을 위해서 2주에 한 번씩 누가 공기를 갈아주고 있는가.

20일

새벽 4시. 일어나서 화장실로 갔다. 소주 한 잔을 마시고, 다시 자려고 하다가 고구마 생각이 났다. 큰 놈의 턱이 도자기의 한쪽 벽에 붙어 있었다. 그동안 뻗어 나온 흰 심줄 같은 것이 도자기의 벽 때문에 더 뻗지 못할까 싶어서 노인은 자기 손으로 그놈을 도자기의 중앙 쪽으로 옮겨주었다. 그것이 그날 노인이 한 일의 전부였다. 노인은 그날 「홍수」의 선율 전곡 연습을 위한 계획을 수립한 것으로 만족했다.

21일

오전 5시 50분. 고구마로부터 꽃 같은 것이 돋을 시기가 가까워 온 것이 아닌가 싶었다. 큰 놈이 물 위로 주둥이를 들어내고 있다가 들어낸 주둥이 위로 무엇이 돋을 것 같은 모양새를 하고 있었던 어젯밤의 꿈 생각이 났다. 아침 일찍 일어난 노인은 꿈 생각을 하면서, 그들을 보았다. 고구마가 노인을 보고 "안녕하세요."라고 말하는 것 같았다. 도자기 안을 보니 온통 거품투성이였다. 거품이 차지하고 있는 면적이 놀랍게도 넓었다. 작은 놈의 등은 거품이 바다 같았다. 큰 놈의 경우는 주둥이에 거품이 뭉쳐 있었다. 기다리고 기다리던 '어떤 꽃핌의 날'이 닥칠 것 같은 기대감으로 노인은 긴장을 했다. 아침 목욕을 하려고 집을 나서는 아내에게 "이거 보소. 오늘은 거품이 정말로 많네."라고 말했다. 그랬더니 아내가 신발장으로 와서 도자기 안을 들여다보더니만, "이 물이 왜 이렇게 뿌옇지? 물이 썩는 거 아닌가? 물을 다시 갈아줘야겠군."하면서 화장실에 있는 세면대로 갔다. "물을 어제 갈아준 것 같은데 또 갈아줘?"라고 노인이 말했더니 "아니, 물을 보니, 또 갈아줘야 할 것 같아요. 물이 너무 더러워요."라고 했다. "그 사이, 얼마 되지도 않았는데, 물이 왜 갑자기 더러워졌을까."

노인은 아내가 하는 대로 내버려 두었다. 도자기를 화장실 안으로 들고 들어간 아내는 화장실 안에서 고함을 질렀다. "이거 안 되겠네. 겨울에도 되는데, 지금 기온이 맞지 않는가 봐요."라고 했다. 노인은 아내의 말이 무슨 소린지 몰랐다. 물을 갈던 아내가 "이거 봐요, 안 돼요. 죽고 있어요."라고 했다. 노인은 아내의 말을 듣지 않았다. 아니 듣고 싶지 않았다. 무슨 소리인지 귀에 잘 들리지 않았으면 싶었다. 왠지 모르게 가슴이 쿵 했다.

"무슨 소리야. 죽다니."

"이거 봐요 이거. 물렁물렁하잖아요. 한번 만져봐요."

노인은 아내의 말에 무언가 기분이 섬뜩했다. 열흘 정도밖에 되지 않았지만, 사람 이상으로 잘 살고 있었던 고구마가 아니었던가. 자기의 전 생애를 반성할 기회로 삼자는 마음을 먹게 할 정도의 경험을 안겨준 고구마가 아니었던가. '산 고구마'라는 새로운 단어가 노인의 마음 안에 탄생하던 지난 며칠이 아니었던가. 그런데 '그게 죽다니!' 노인에겐 '그것이 죽었다.'는 말은 말이 아니었다. 아내로서는 별 생각 없이 내뱉은 말이었을 것이다. 아내는 그동안 고구마의 이런 죽음을 여러 번 경험했을 것이다. 그래서 아내에겐 그게 별것이 아니었을지 모른다. 노인의 사정은 온통 달랐다. 아내의 말을 처음 들었을 때 한마디로 노인의 가슴은 '철렁'이었고 '덜컹'이었다.

아내는 화장실 입구에 말없이 서 있는 노인에게 "이것 봐요, 한번 만져봐요."라고 했다. 노인은 벌벌 떨면서 고구마의 등을 만져보았다. 아내가 "눌러봐요." 하기에 노인은 조심스럽게 눌러보았다. 그 순간 어디서 방아쇠 소리가 '탕!' 하고 터졌다. 고통이었다. 살인이었다. 고구마가 아니었다. 사람이었다. 딱딱해야 할 고구마가 밀반죽으로 변했다. 수제비를 만들려고 반죽을 해놓은 밀가루 덩어리같이 물렁물렁했다. 사람의 시체였다. 노인은 온몸을 떨었다. 아내가 손가락으로 누르자 고구마의 몸통 속으로 손가락이 쑥 들어갔다. 아내는 다시 손으로 고구마를 누르면서 "이거 봐요 죽어가잖아요. 겨울이면 날씨가 쌀쌀해서 잘 되요. 내가 여러 번 해봤으니까요. 그런데 지금은 방 안이 너무 더워서 그런지 잘 안 되네요. 온도가 몸에 맞지 않는가 봐요."라고 했다. 그리고 "끝났다."라는, 한숨 섞인 외마디 소리를 지른 후 다용도실 옆에 있는 쓰레기통 쪽으로 걸어갔다. "이번에는 실패예요, 다음에 또 합시다."라고 말하면서 아내는 죽은 고구마를 쓰레기통 속으로 던져버렸다. 쓰레기통이 고구마의 무덤이 될 줄이야, 이럴 수가.

노인은 추웠다. 가슴이 덜덜 떨렸다. 온도가 몸에 맞지 않아서 죽는, 모든 것들의 흔들림이었다. 모든 몸들의 통곡이었다. 어찌 고구마만이겠는가. 슈베르트의 노래는 어떻게 되는가. "온도가 몸에 맞지 않는가 봐요."라는 무심코 내뱉은 아내의 말이 메아리처럼, 온도가 맞지 않는 노인 몸의 주변을 맴돌고 있었다.「홍수」를 부르고 또 불러도 고구마는 부활하지 않았다.

견딜 수 없네

공기가 통하지 않는 지하실에 채규의 사무실이 있었다. 사무실은 어두웠다. 어두움의 벽 한쪽 구석에 자리를 잡고 있는 책상 위에는 전화, 커피포트, 신문지, 비닐봉지, 껌 종이, 색연필통 등이 흩어져 있다. 책상 밑의 쓰레기통 안에는 방금 버린, 처녀 시절의 친구로부터 온 편지가 찢어진 채 들어 있다. '이혼'이라는 글씨가 쓰인 편지를 찢고, 그것을 휴지통에 버린 후 채규는 이혼을 한다고 해서 더 좋은 남자를 만난다는 보장은 없는데, 라는 생각을 했다.

채규는 이전될 사무실로 출근을 해야 한다는 상사의 말을 잊지 않았다. 퇴근 전에 이전될 사무실의 위치를 알아야 했다. 서울에서 오래 살았지만 서울의 곳곳은 잘 모른다. 동네의 이름도 모르고, 서울 변두리의 지리조차 모른다. 이름을 대면 아는 동네가 얼마쯤은 되지만 이름을 대도 알 수 없는 동네가 더 많다. 이전될 사무실은 강북 변두리에 있다고 한다. 생소한 동네였지만 채규는 앞으로 그 동네에서 일을 해야 한다. 이전될 사무실을 찾기 위해서 채규는 지도를 구했다. 지도로 찾아간다는 것이 쉬운 일이 아니라는 것을 알고 있었지만 다른 방법이 없었다.

이전되기 전의 채규의 사무실은 강남의 번화가 건물 안에 있었다. 친구에게 자기 사무실을 찾아오라고 하면 누구나 쉽게 찾아왔다. 강북 변두리에 있는 사무실은 지도를 보고서도 찾기 힘들었다. 채규는 위치 확인을 위해서 지도 공부를 했다. 채규의 집은 강남에 있다. 새 사무실로 가기 위해서 채규는 강남과 강북을 잇는 강을 건너야 했다. 강을 건너려면 다리를 넘어야 했다. 강을 건널 수 있는 다리는 셋이었다. 채규는 어느 다리를 건너는 것이 가장 빠른 길인지 알고 싶었다. 길을 아는 사람에게 물으면 되지만 채규는 묻기가 싫었다. 늘 그랬던 것처럼 채규는 모든 일을 끙끙대면서 혼자 했다.

채규는 지도를 열심히 들여다본다. 지도를 보아도 어디가 어디인지 알 수 없다. 지도에 작은 글씨로 동네 이름들이 쓰여 있다. 이름이 적힌 장소보다 이름이 적히지 않는 장소가 더 많다. 채규가 찾아가야 할 사무실 동네의 이름은 지도 위에 없다. 채규는 새 사무실의 위치에 대한 정보를 수집하고 지도를 보고 또 본다. 지도 위에 빨간 색깔로 점 하나를 찍었다. 이전될 사무실의 위치를 표시하기 위한 점이었다. 점을 찍는데 많은 시간이 걸렸다. 점이 찍힌 곳은 채규에게 완전히 낯선 동네였다.

낯익은 길의 끝과 낯선 길의 시작 부분이 어디인지 여러 번 확인을 했다. 찾아가야 할 장소와 낯선 길의 시작 지점 사이의 거리가 짧기를 원했다. 제일 짧은 지점을 찾기 위해서 채규는 낯익은 길의 끝 지점과 찾아가야 할 곳 사이의 거리를 지도를 보면서 여러 번 측정했다. 채규는 자기가 알고 있는 낯익은 길 전부를 점검했다. 낯익은 길의 끝 지점과 찾아가야 할 장소의 거리를 확인하고 비교한 후, 거리가 제일 짧은 지점을 찾으려고 애를 썼다. 건너야 하는 세 개의 다리 중 하나의 다리를 출근길로 결정해야 했다. 제일 가까운 거리와 연결되는 다리를 출근길로 삼고 싶었다. 채규는 시험 삼아 자동차를 몰고 실제로 다리를 건너보았다. 하루는 이 다리를, 다른 하루는 저 다리를 건너보았다. 세 개의 다리를 이틀씩 연달아 건너보기도 했다. 여전히 헷갈렸다.

채규는 길 찾는 일에 둔하다. 지도 공부를 남보다 더 많이 해야했다. 다리를 건너고 고속도로를 빠져나온 후에도 어느 방향이옳은 방향인지 알 수 없다. 사무실 바로 근처에 와서도 헷갈릴 때가 많다. 차의 방향을 잘못 잡는 경우에는 그 길을 다시 돌아 나와야 하는데 차를 돌리기가 쉽지 않다. 곤혹을 치른다. 그만큼 새 사무실로 가는 길은 복잡했다.

새로 이전된 사무실 주변에 있는 길은 크게 넓지 않았다. 넓지도 않는 길에 의외로 사람이 많았다. 학생들, 크고 작은 가게를운영하는 사람들, 노점 상인들 할 것 없이 많은 사람들이 걸어 다니고 있었다. 넓지 않은 골목에 자동차까지 움직이고 있기 때문에 정신이 없을 정도였다. 인도에 좌판을 깔고 노점을 벌이고 있는 사람들은 언제 보아도 거기에 있다. 생각하기에 따라서는 불편하기 짝이 없는 지역으로 볼 수 있으나 거기에 있는 사람들은 세상살이의 아름다운 한 면을 보여주고 있었다.

어릴 때 채규는 잘 우는 아이였다. 아름다운 것을 보면 울었고, 비가 와도 울었다. 남들이 싸우는 것을 보아도 울었고, 남들이 자기가 모르는 이야기를 할 때에도 울었다. 대학생이 되었을 때에는 첫눈에 끌리는 남학생을 보면 자기 마음을 달래지 못해서 울었고, 사람들이 서로 사랑을 하는 것을 보아도 울었다. 채규에겐 새 사무실 주변이 무척 흥미 있는 지역으로 생각되었다. 자동차를 몰지 않고 사무실 주변을 걸어 다녀보면 곳곳에 표정이 있는 집들이 있다. 어른이 되었으니 표정이 있는 집들 때문에 울지 말아야지라는 생각을 했다.

새 사무실로 가는 길에 채규는 차츰 익숙해졌다. 사무실에 도착할 때쯤 해서 매일 아침 채규가 지나는 장소 하나가 있었다. 기차가 지나가는 철도 길이다. 사람이나 자동차를 보호하기 위해서 기차가 지나갈 때에 철도 길을 건너지 못하게 커다란 나무 막대기 같은 장치가 자동적으로 내려온다. 차들은 철도 길 앞에서 멈추어야 했고, 기차가 다 지나갈 때까지 기다려야 했다. 채규는 그 철도 길이 좋았다. 차를 세워야 한다는 불편이 있긴 했지만, 그 철도 길 앞에서 기차가 지나가는 것을 보면 찰나적이긴 하지만 기차 안의 창가에서 밖을 내다보는 기차에 탄 사람들의 얼굴이 보인다. 보이는 동안 이런저런 생각을 할 수 있어서 좋다. 이유는 잘 모르지만 기차가 지나가는 동안 채규는 옛날 생각을 한다. 출근길에 만나는 기차 때문에 아침부터 옛날 생각을 하게 된다는 것은 신기한 일이다. 저 사람들은 어디로 가고 있는 것일까. 가면 돌아오는 사람들일까.

변두리라고는 하나 철도 길은 여전히 시내에 있다. 시내에서 울리는 기적 소리는 아무것에도 어울리지 않는다. 어울리지 않는 기적 소리를 내면서 기차는 도시의 외곽을 달리고 있다. 어디로 가고 있는지 몰라서, 가슴 태우는 사람들이 울부짖는, 어떤 외침 같은 기적 소리는 해독이 불가능한 글씨를 세상에 뿌리고 있는 것 같다. 해독이 불가능하다는 것을 안 인간의 몸부림이 기적 소리와 더불어 하늘을 향해서 파도처럼 퍼덕이는 듯했다. 철로 앞에서 잠시 멈추고 있는 채규는 그 파도를 타고 어디론가에 갔으면 싶다. 기차가 다 지나갈 때까지의 시간은 채규에게 괄호 안에 묶어놓은, 자기만의 시간이 된다. 나무 막대기가 올라갈 때까지 채규는 그날 하루의 일을 생각한다.

이전된 사무실로 출근한 지 얼마나 지났을까. 출근길에 익숙해지고서부터 채규에게 새 사무실 주변의 거리는 친구가 된다. 길거리에 좌판을 깔고 장사를 하는 노점상들에게 흥미를 느낀다. 어느 날 철도 길을 조금 지난 지점에서였다. 좌판을 깔고 장사를 하고 있는 사람 옆에 어떤 중년의 남자 한 사람이 눈에 띄었다. 그 중년의 남자를 보았을 때 채규는 자기의 눈을 의심했다. 첫눈

50

에 끌렸다고나 할까. '인상도 좋아라.' 라는 생각이 들었다. 그렇
다고 해서 직장 일을 하면서까지 그 중년의 남자를 채규가 줄곧
생각한다는 것은 아니었다. 다음 날 출근길에서 그 남자를 만나
면 '인상도 좋아라.' 라는 생각을 다시 하게 된다. 출근 시간에 철
도 길을 항상 지나게 되는데 철도 길을 지날 때면 채규는 언제나
같은 생각을 한다. '인상도 좋아라.' 라는 생각을 들게 하는 그 남
자를 채규는 매일 아침 같은 자리에서 만난다. 그 남자는 언제나
그 자리에 있다. 언제나 있는 사람이기 때문에 그 사람이 그 자리
에 없으면 이상해질 것 같았다. 있으면 안심이고 없으면 불안해
질 것 같았다. 보통 때보다 출근을 좀 일찍 할 때도 그는 벌써 그
자리에 나와 있었다.

　이상한 생각이 들었다. 만나면 만날수록 그 남자는 거기에 서
있을 사람이 아닌 것 같았다. 수레 위에 과일을 얹어놓고 있는 과
일 장수였는데 과일 장사를 할 사람이 아닌 것 같았다. 입고 있는
옷 역시 볼품이라곤 없었는데 어떤 이유로 첫눈에 그 남자가 채
규에게 훤하게 보였을까. 그 남자의 건강미 때문이었을까. 지쳐
보이지도 않았고, '걱정 마라. 내 삶은 괜찮다.' 라는 느낌을 주는
듯한, 연한 미소를 띠고 있는 남자. 아주 늙지도 않고 아주 젊지
도 않은 중년의 남자였지만 젊은 남자 냄새를 물씬 풍기고 있는,
그런 남자였다. 조급해 보이지도 않고 삶에 찌들어 보이지도 않
았다. 그 남자의 훤함 때문에 주변의 길거리가 훤해지는 것 같았
다. 사무실을 옮기기 전에는 한 번도 본 일이 없었고 옮긴 후에도

단 한 번 말해 본 적도 없는 남자. 그런데 어디서 본 것 같은 친근함을 주는 남자. 천년만년 그 자리에 서 있을 남자라는 듯이, 너무나 떳떳하게 그리고 위풍당당하게 그 남자는 서 있었다. 저 사람이 누굴까. 저 사람이 왜 저곳을 지키고 있을까. 언제부터 저 자리를 지키고 있었을까. 출근길의 차 안에서 아침마다 채규는 그 남자에 대해서 이런저런 생각을 했다. 아, 오늘도 저기에 서 있구나. 어떤 사진작가의 작품 전시회에서 만난 작품 하나를 보는 느낌이었다. 그 작품 속에 그 남자가 중심을 잡고 있었고 그 중심이 작품의 핵이 되고 있었다. 어떤 것이 누구의 눈에 좋게 보인다는 것에 이유 같은 것이 있을까. 첫눈에 그냥 끌리는 남자가 있으면 있는 것이지. 그리고 끌리게 되면 끌리게 되는 것이지. 그것이 그런 것이 아니라고 할 수 있겠는가. 그냥 끌린다는 것이지 뭘 어떻게 하자는 것은 아니지 않은가.

채규는 그 중년의 남자가 육지의 등대같이 느껴졌다. 길 잃은 배를 위해서 언제나 같은 자리에 서 있는 등대. 그 등대가 다만 육지에 서 있을 뿐이라는 생각이 들었다. 길 잃은 인간을 위하여 언제나 같은 자리에 서 있는 육지의 등대를 아침마다 만남으로써 채규는 하루를 길 잃지 않고 살게 되는 것 같았다. 힘없는 아침 햇살을 받고 있는 남자의 얼굴은 참으로 매력적이었고, 그 매력 때문에 채규는 그 남자의 몸 안으로 자기의 몸이 빨려 들어가고 있는 것같이 느낄 때도 있었다. 아니 빨려 들어가고 싶은 충동을 느꼈다. 유식하고 잘난 남자보다 무식하고 순한, 튼튼한 남자가 좋게 느껴지는 이유를 채규는 알 수가 없었다.

시간이 지남에 따라 채규는 퇴근길에도 흥미를 느꼈다. 차를 직장 주차장에 세워두고 시간이 날 때면 사무실 주변을 걸어본다. 은행에 갈 일도 있고 해서, 점심시간 같은 때에 주변의 거리를 걷게 된다. 은행이 위치하고 있는 길 주변에 여러 가지로 재미있는 집들이 있다. 채규의 흥미를 끈 것은 헌책방이었다. 은행과 헌책방 사이에 있는 집들도 흥미의 대상이 되었다. 함석으로 만들어진 집 하나에 흥미를 느낀다. 함석 집에서는 언제나 무엇이 만들어지고 있었는데, 그중에서 눈에 띄는 것은 포장마차와 오뎅 수레를 만들고 있는 장면이었다. 수레 하나를 만드는 데 값이 얼마쯤 들까. 채규는 함석 집 안으로 들어가서 가격을 물어보고 싶었으나 묻지 않았다.

함석 집을 지나면 개를 파는 집이 나온다. 주로 애완견을 파는 집이었다. 애완견을 파는 집 옆에는 애완견으로는 어울리지 않는 진돗개를 파는 집이 있다. 채규는 개를 파는 집엔 관심이 없었다. 몇 걸음 더 걸어가면 구멍가게가 하나 나온다. 그 가게 안은 어두컴컴했다. 저렇게 컴컴해서야 손님이 찾아오겠나 싶었지만 누가 주인인지 가게 안을 밝게 할 생각은 하지 않고 있었다. 컴컴한 가게 안에는 언제나 아줌마들 몇 명이 앉아서 무엇인가를 마시면서 수다를 떨고 있었다. 그 속에 가게 주인이 끼어 있는지 어떤지는 알 수 없는 노릇이었지만 가게 안에 앉아 있는 아줌마들의 자태는 단정치가 않았다. 컴컴한 곳이니 누가 볼까 걱정이 되지 않는 모양이어서 그런지 펑퍼져 앉아 있는 아줌마, 다리를 벌리고 앉아 있는 아줌마, 소주인지 청량음료인지, 확실히 구별이 되지 않는 음료를 마시고 있는 아줌마들이 있었다. 뭐 하는 아줌마들이기에 구멍가게에 매일 저렇게 앉아서 놀고 있는지 모를 일이었다. 몇 걸음 더 걸어가면 채규의 최종 목적지인 헌책방이 나온다.

채규는 헌책방 주인이 부러웠다. 큰돈은 아닐지 모르나 입에 풀칠할 정도는 벌 수 있을 것 같았고, 손님들이 책을 구경하는 동안 주인은 자기 자리에 앉아서 책을 마음껏 읽을 수 있을 것 같아서 부러웠다. 자기가 좋아하는 책을 마음껏 읽을 수 있는 환경만큼 좋은 환경이 어디 있겠는가. 채규는 책방 주인이 부러운 것만 아니다. 헌책방 안에 들어오면 언제나 행복하다. 채규가 책방 안으로 들어오는 것에 관심을 가지는 사람은 없다. 채규의 행복을 방해하는 사람도 없다. 그것이 채규는 제일 좋았다. 책방 주인은 자기 자리에 앉아서 책만 읽고 있다. 함석 집, 개 파는 집, 아줌마들이 펑퍼져 앉아 있는 구멍가게가 있는 쪽을 기회 있을 때마다 걷게 되는 이유가 바로 이 헌책방 안에서 맛보는 행복감 때문이었다. 헌책을 보고 있으면 마음이 편안해지고, 세계 전체가 자기 안으로 들어오는 것 같은 느낌을 받는다. 언젠가 자기가 쓴 책도 헌책이 되어 이런 책방 한쪽 구석에 꽂혀 있게 되기를 꿈꾼다.

헌책방을 몇 걸음 지나면 곧장 가는 길도 있고, 왼쪽으로 꺾어지는 길도 있다. 곧장 가는 길로 걸어가 본 일은 없다. 곧장 가는 길은 출근길과 상관이 없는 길이다. 왼쪽으로 꺾어지는 길은 출근

길이다. 채규는 곧장 가는 길보다 왼쪽으로 꺾어지는 길을 더 좋아했다. 왼쪽으로 꺾어서 한참 걸어가면 아침마다 매일 만나는 채규가 좋아하는 그 철도 길이 나온다. 채규는 철도 길까지 걸어가 본 일은 없다. 걷기엔 좀 먼 길이다. 가까운 장래에 육지의 등대가 경영하고 있는 과일 가게까지 걸어가 볼 생각을 하고 있었다.

아무튼 철도 길 쪽으로 걸어가면 오른쪽과 왼쪽에 잡다한 상점들과 가게들이 나온다. 상점과 가게들은 하나같이 모두 채규에게 흥미로운 것들이다. 철도 길을 향해서 몇 걸음을 걸어가면 오른쪽에 오뎅을 파는 포장마차 비슷한 수레가 하나 있다. 거리의 오뎅 집이다. 채규는 오뎅 국물을 좋아한다. 그래서 그 오뎅 집에 들르게 된다. 겨울 같은 때의 오뎅 국물은 채규의 입에 안성맞춤이었다. 채규는 술도 좋아했다. 오뎅 국물에다 소주 한 잔이면 이 세상에 부러울 것이 없다. 퇴근길에 채규는 혼자서 오뎅 집에 들르기 시작한다.

오뎅 집 주인은 사십 대 중반쯤 되어 보이는 여자였다. 통통하게 살이 찐, 곱살스럽게 생긴 여자였다. 채규는 오뎅 집 여주인과 친구가 된다. 어쩌다가 그렇게 된 것인지 알 수가 없으나, 서로 마음을 터놓고 이야기를 나눌 수 있는 사이가 된다. 오뎅 국물을 팔다가 겪는 웃지 못할 경험담을 들으면 채규는 어떤 영화를 보는 것보다 즐겁다. 손님이 뜸한 틈을 타서 두 여자는 소주 한 잔씩 놓고 이런저런 이야기를 한다. 그냥 하는 것이 아니라 터놓고 한다. 채규는 직장에서 일어난 이야기를 하면, 오뎅 집 여주인은 경청을 한 후 잘했다, 못했다, 라는 의견을 내놓는다. 여자가 술을 좋아한다는 것이 문제다, 라는 말이 나오면 술을 좋아하는 두 여자는 펄펄 뛴다. 술기운이 올랐을 때에는 "여자라고 술을 왜 못해."라면서 깔깔댄다. 한번은 오뎅 집이 문을 닫을 때까지 둘이서 술을 마시면서 이야기를 나눈 적이 있었다. 기왕에 시작한 장사이니, 계속해야 한다. 계속하되, 이 자리에서 해야 한다. 자리를 옮기면 안 된다. 이 동네의 명물이 되어야 한다. 이 동네의 모든 사람에게 추억 하나씩을 만들어주기 위해서라도 이 자리를 떠나면 안 된다. 한번 와본 손님이 좋아서 다시 찾아왔을 때 안 보이는 가게가 되어서는 절대로 되지 않는다는 등의 말을 채규가 오뎅 집 여주인에게 했다. 그랬더니 통통한 여주인은 "물론 물론."이라고 물론이라는 말을 되풀이한 후 "절대로 이 자리를 안 뜨지."라고 했다. 두 여자는 의기투합이 되었다.

그런 일이 있은 후부터 채규는 괜한 걱정거리 하나를 얻었다. 오뎅 수레에 대한 걱정이었다. 어느 날 직장 일로 밤늦게 퇴근을 한 일이 있었는데, 퇴근길에 오뎅 수레를 본 것이다. 수레가 있는 자리 옆의 길가에 나무 한 그루가 서 있었는데, 그 나무 기둥에 수레가 묶여 있는 것을 본 것이다. 필요한 물건들은 들것에 넣어 집으로 가지고 간 것 같았지만 수레가 혼자 길거리에서 밤을 새우고 있었다. 가게 주인의 전 재산인 것이 틀림이 없는 그 수레를 밤에 누가 와서 걷어가 버리면 어떻게 하나 싶어서 채규는 걱정이 되기 시작했다. 며칠 후 채규가 오뎅 가게에 가서 주인에게 염려가 되지 않는가 물었다. "내가 다 알아서 해놓고 가기 때문에 아무런 걱정을 할 것이 없어요."라고 대답했다. 채규는 더 이상 어쩔 도리가 없었지만, 오뎅 가게 주인의 목구멍에 거미줄을 치지 않게 해주는 수레가 아닌가. 그 수레가 혼자 외로이 길거리에서 밤을 지샐 것을 생각하니 마음이 편치 않았다.

과일을 파는 훤한 남자를 출근길에서 보는 재미와 퇴근길에서 오뎅 국물과 소주 한 잔을 마시는 재미로 채규는 출근을 한다고 해도 과언이 아니게 되었다. 그러던 어느 날이었다. 거기 당연히 있어야 할 오뎅 수레가 보이지 않았다. 주변을 살펴도 수레는 보이지 않았다. '그봐. 내가 평소에 걱정을 하지 않았나. 결국 수레를 도둑맞았군.' 그런데 그게 아니었다. 알고 보니 수레만 없어진 것이 아니었다. 수레가 있던 자리의 오뎅 가게 주인마저 찾을 수 없었다. 오뎅 가게 주인이 자취를 감추어버린 것이다.

채규에게 있어서 오뎅 집 여주인이 사라졌다는 것은 상상이 되는 일이 아니었다. 자리를 뜨지 말고 한곳에서 이 동네 사람들에게 추억 하나씩 만들어주자는 것에 합의를 본 적이 언제였던가. 채규에게 있어서 이 사건은 배반이었다. 엄청난 배반이었다. 배반 중에서 가장 심한 배반이었다. 그동안 서로 허교할 정도로 친한 사이가 되었던 것은 다 거짓이었단 말인가. 서로의 신분은 무시하고 형제 같은 기분을 느끼면서 지내온 지난날은 모두 어떻게 되는 것인가. 이럴 수가, 이럴 수가 싶었다.

좋다, 좋아. 자취를 감추는 것은 좋다. 사람이 살다가 보면 그럴 수도 있다. 그러나 우리의 경우는 다르지 않는가. 그동안 우리가 나눈 시간만 해도 얼마가 되는가. 어디 시간만인가. 인간이 가질 수 있는 가장 귀한 것의 하나인 정을 서로 나눈 사이가 아니었던가. 최소한도 귀띔은 해주었어야 할 일이 아닌가. 채규는 속이 상했다. 그냥 상한 것이 아니라 아주 많이 상했다. 분했다. 직장의 일이나 잘할 것이지 이런 쓸데없는 일에 신경을 쓰고 있는 자기 자신에게 채규는 화가 났다. 채규는 오뎅 장수를 친구로 생각을 했는데, 오뎅 장수는 채규를 친구로 생각을 하지 않았던 것일까. '자취를 감추었으면 감춘 것이지 나와 무슨 상관이냐.' 라고 생각해 버리면 물론 그만이다. 그런데 채규는 그럴 수 없었다. 이유는 알 수 없었으나 배반감을 지워버릴 수 없었다.

배반감을 느끼면서도 다른 한편 채규는 궁금했다. 장사할 다른 좋은 곳을 찾았는지? 혹은 오뎅 장사를 포기했는지? 아니다, 며칠 후에 다시 나타날 것이다. 채규는 도대체 영문을 알 도리가 없었다. 채규는 수레가 없어진 것을 믿고 싶지 않았다. 믿지 않으려면 수레가 다시 나타나야 한다. 그런데 수레는 영영 나타나지 않았다. 수레가 보이지 않는다는 것이 현실인 것을 안 채규는 증오감을 다시 느꼈다. 참지 못할 증오감이었다. 채규는 철도 길을 향해서 걸었다. 철도 길에 닿기 전에 포장마차 하나가 있었다. 채규는 포장마차에 들러서 소주를 마셨다. 처음 보는 포장마차 주인을 증오하면서 소주를 마셨다. 거기서 채규는 과일을 파는 훤한 그 남자 생각을 했다. 항상 차 안에서 본 남자였지만 그날은 그 남자를 가까이에서 한 번 보고 싶었다. 술에 취한 채규는 '당신이 보고 싶어서 여기 왔소.'라는 말을 할 작정이었지만 그럴 수가 없었다. 과일을 좀 살 생각을 하고 남자가 서 있는 장소로 갔다. 이게 어쩐 일인가. 그 남자가 거기에 없었다. 오뎅 집 여주인이 안 보이는 날에 과일 장사도 안 보였다. 출근길의 남자와 퇴근길의 여자가 모두 자취를 감춘 것이다. 정신을 잃을 정드는 아니지만 난생 처음으로 채규는 철도 길 근처에 있는 소줏집에서 술을 취하도록 마셨다.

다음 날 아침이었다. 전날, 과음 때문에 차를 사무실 근처에 그냥 두었었다. 그래서 택시를 타고 출근을 할 수밖에 없었다. 택시는 철도 길 앞에서 멈추었다. 그날도 예외 없이 기차가 철도 길을 지나갈 것이다. 기차가 지나가길 기다리면서 채규는 초조한 마음을 달랬다. 철도 길을 지나고 나면, 그 남자가 서 있어야 할 장소가 나온다. 전날 퇴근길에 안 보이던 그 남자가 그 날 아침에는 보여야만 했다. 오뎅 집 여주인이 사라진 마당에 훤한 남자까지 사라진다는 것을 상상하기 싫었다. 철도 길 앞에서 멈춘 택시가 아직 길을 건너지 못하고 있다. 채규는 기차가 지나가길 기다리면서 그 남자가 거기에 있어주길 기도하는 마음으로 바랐다. 기차는 지나갔고 택시는 철도 길을 건넜다. 그 남자가 거기에 서 있었다. 어느 때보다 더 훤한 얼굴을 하고서 거기에 서 있었다. 언제나 서 있던 그 자리에 육지의 등대가 서 있었던 것이다. 채규의 입에서 "오 하나님."이라는 말이 터졌다. 채규는 기뻤다. 일생 동안 그렇게 기쁜 날은 없었다. 채규는 그 남자에게 뛰어가서 '나를 좀 안아달라, 그리고 원하면 나를 어디라도 데리고 가달라.'고 말하고 싶었다.

그날부터는 그 남자가 거기에 서 있는 것이 채규에게는 인생의 보람으로 느껴졌다. 채규는 그 남자가 거기 영원히 있어주길 원했다. 언제부터인지 모른다. 그 남자 때문에 채규는 병에 걸릴 것 같았다. 출근길에 그 남자가 거기에서 보이지 않을까 불안했다. 거기 있어주기만 한다면, 남자가 원하는 대로 모두 해주고 싶었다.

여러 차례 이런저런 생각을 마음에 두고 있다가, 어느 하루 채규는 차를 세웠다. 길거리에 차를 세운 후, 창문을 내렸다. "아저씨."라고 불렀다. "미안합니다. 근방에 주차할 장소가 마땅치 않아서요. 과일을 좀 사려고 하는데요."라고 했다. 채규의 가슴은 뛰었다. 채규는 더 이상의 말을 하지 않고 과일을 산 후 "감사합니다."라는 말을 남기고 차를 다시 몰았다. 먹으려고 산 과일은 아니었다. 남자를 좀 더 가까이서 보고 싶었던 것이었고, 또 말을 한 번 걸어보고 싶었다. 채규는 궁금증을 풀어야만 했다. 궁금증을 푸는 첫 번째 시도는 과일 몇 개를 사는 일 이상의 것일 수가 없었다.

첫 번째 시도는 남자가 채규의 얼굴을 익힐 기회가 마련되는 것만으로 충분하다고 생각했다. 채규가 그런 마음을 가지고 있는지 남자가 알 턱은 없다. 자기에게 몸을 맡길지도 모르는 여자가 방금 과일을 산 여자라고는 상상을 하지 못하는 남자가 아닌가.

과일을 산 그 여자가 자기 때문에 술을 취하도록 마신 일이 있었다는 사실 역시 그 남자가 알 턱은 없지 않은가.

며칠이 지났다. 두 번째로 과일을 사는 날이었다. 두 번째로 사과를 산 날을 남자가 자기의 얼굴을 확실히 익힐 기회로 만들고 싶었다. 차를 다른 곳에 주차해 놓고 여유 있는 시간을 가지고 과일을 사러 갔다. 채규는 기억에 남게 하기 위해서 많은 과일을 샀다. 많은 과일을 사면서 "많이 팔리세요?"라고 물었다. 그럭저럭 팔린다고 했다. 그럭저럭 팔린다는 말을 하는 남자의 목소리는 부드러웠다. 말의 속도는 느렸고 저음이었다. 남자가 채규의 얼굴을 익혔는지 어땠는지에 대해서 확인을 할 길은 없었다. 사람의 얼굴을 기억했다고 해서 그것이 중요한 사실이 되는 것은 아니다. 그런데 채규는 그 사실을 중요한 사실로 생각하고 싶었다.

두 번째로 과일을 사던 날 밤, 집에서 채규는 꿈을 꾸었다. 꿈에서 세계 여행을 했다. 카프카가 걸어 다녔다는 길과 도스토예프스키가 걸어 다녔다는 길을 걷고 있었다. 카프카와 도스토예프스키의 꿈만 꾼 것은 아니었다. 죽고 나서 자기의 흔적을 남긴 사람들이 묻혀 있는, 관광객들에게 보여주는 유명한 묘소를 꿈길을 따라 헤맸다. 그리고 채규는 거기서 자기가 막연히 그리던 이곳저곳을 더 찾았다.

채규는 그리던 곳이 그 자리에 항상 있기를 원했다. 어제 갔을 때에도, 오늘 거기에 가도 있길 원했다. 일 년 후나 십 년 후에 가도 거기에 있을 것으로 기대했다. 천년만년, 언제나 거기에 있을

것으로 기대했다. 채규는 언제나 거기에 있는 것을 사랑했다. 그
것이 거기에서 없어질까 봐 꿈이 깨지 말기를 바랐다. 변하는 것
이 아름다운 것일지는 모르나 믿을 수가 없다는 말을 누가 했다.
변하지 않는 것은 변하지 않기 때문에 재미가 없을지 모르나 믿
을 수 있고, 길을 잃을 때 우리를 보호해 줄 수 있는, 언제나 변함
없이 거기에 있는 이정표 같은 것이어서 좋은 것이라고 누가 또
말했다. 여기에는 '누가' 살았다, 저기서는 누가 '무슨 일'을 했
다, 라는 여행 안내자의 말을 들을 때마다 채규는 꿈속에서 그
'누가'와 그 '무슨 일'을 한없이 그리워했다.

꿈속에서 채규는 상상을 했다. 아니, 결심을 했다. 몇 해 동안
자기가 외국에서 살다가 돌아와도 그 과일 장수 남자가 거기에
있어준다면 그 남자의 품에 안기길 결심했다. 그러다가 자기도
모르는 사이에 채규는 그 과일 장수에게 몸을 맡기는 꿈을 꾼다.
꿈에서 채규는 갑자기 "너 지금 어디에 있나?"라고 묻는다. 그러
고는 누구인지도 모르면서, "그 친구, 그 친구."라는 말을 되풀이
하면서, 친구 한 사람을 찾는다. 찾아도 찾아도 그 친구를 찾지
못한다. 채규는 찾지 못함이 안타까워 가슴앓이를 한다. 가슴을
쥐어뜯는 꿈이 계속된다. 무섭도록 괴로운 꿈을 꾼다. 출근길에
있는 철로 앞에 차를 세우는 꿈을 꾼다.

두서가 없는 꿈은 다음과 같이 진행된다. 의식(儀式)을 치러야
한다는, 어떤 '외침의 소리'가 들린다. 의식을 왜 치러야 하는지
모른다. 숨이 곧 넘어갈 듯한 괴로움을 극복하려면 의식을 치러

야 한다는 소리가 계속 들린다. "더 이상 생각하지 마라."라는 말도 들린다. 무엇을 더 이상 생각하지 말아야 하는지 알 수가 없다. 그러나 분명히 더 이상 생각하지 마라, 라고 누가 말한다. 더 생각하게 되면 너는 죽는다, 라는 소리가 들린다. 죽어도 좋다, 나는 생각하지 않을 수 없다, 라고 채규는 버틴다. 그러나 더 이상 버틸 수 없게 된다. 미치지 않으려면 더 이상 생각 말아야 한다는 소리가 들렸고, 채규는 자기가 정말 미칠 것 같아서 무서웠다. 이유가 뭐냐고 묻는다. 어렸을 때의 친구를 보았다. 기차 속에서 그 친구는 차창 밖을 내다보면서 슬쩍 지나가 버렸다. 슬쩍 지나간 그 친구를 한 번 만나보고 싶다. 그 친구가 어디에 있는지 모른다. 더 자세히 이야기해 보라, 라고 누가 말한다. 채규는 대답한다. 출근길의 철로 앞에서다. 기차가 지나가길 기다렸다. 기차가 지나가고 있는데, 기차 안에서 어떤 사람이 기차 밖으로 나를 쳐다보았다. 기차는 슬쩍 지나갔다. 나를 쳐다본 그 사람은 눈에 익은 사람이었다. 기차가 사라질 때까지 고개를 내 쪽으로 돌리면서 끝까지 나를 쳐다보았다. 어릴 때 한동네에서 살았던 친구인 듯했다. 그 아이가 어른이 되어서 나를 쳐다보았다. 나는 그 친구를 만나서 확인을 하고 싶다. 기차는 이미 지나가 버렸다. 그 사람을 만날 수가 없었다.

'몇 월 며칠 어디어디에서 어느 기차를 타고, 창가에서 창밖 쪽을 내다보던 사람을 찾습니다.' 라는 광고를 냈다. 그래도 찾을 수 없었다. 텔레비전 방송까지 했다. 찾을 길이 없다. 사람들이 내가 미쳤다고 한다. 그래 가지고서야 사람을 찾을 수 있나라면서 나를 비웃는다. "어릴 때의 친구를 꼭 찾아야 할 이유가 어디에 있냐, 이 바보야."라고 말하는 사람도 있다. 괴상한 얼굴을 한 사람들이 "병신 새끼."라면서 놀려댄다. 참을 수 없다. 그 친구를 보고 싶다. 만나서 옛날에 놀던 그 장소에 가서 한 번 놀고 싶다. 그 친구는 지금 어디서 분명히 살고 있을 것이다. 그냥 못 찾는 것이 아니라 영원히 못 찾고 말 것이라는 생각이 들자, 정말 견딜 수가 없다. 생각을 하면 할수록, 미칠 것 같다. 어디서 다시 "더 이상 생각하지 마라."라는 소리가 들린다. 그냥은 안 된다고 채규는 외친다. 영원히 못 볼 대상이라고 생각되면 포기를 하고 고개를 절레절레 흔들면서 통곡을 해라. 네가 고개를 절레절레 흔들면서 통곡을 하면 내가 너의 넋을 쓰다듬어주마. 그게 네가 치러야 할 의식이야. 의식이야. 의식이야…… 야…… 야…… 라는 소리가 사라지는 것을 붙들려고 하다가 꿈을 깼다.

꿈을 꾼 다음 날 아침 출근길에서 과일 장수가 거기에 없으면 어떻게 하나 걱정을 했다. 그는 거기에 있었다. 채규는 안심을 하고 그에게 감사한다. 하루를 기쁘게 보낸다. 세 번째로 과일을 사는 날이었다. 이번에는 출근 시간을 한 시간 정도 늦추어놓고 여유 있는 시간을 가졌다. "또 과일을 사시려고요?" 남자의 말에 채규는 놀랐다. 반가웠다. '내가 과일을 산 일을 기억하는구나. 나의 인상이 괜찮았던 모양이다.' 라는 생각을 했다. 채규는 용기를 내서 말을 걸었다. 참 우스운 일이 아닌가. 왜 가슴이 뛰는지 알 수가 없었다. "며칠 전, 퇴근길에 여기에 와보니 이 자리에 안 계시던데요." "저는 항상 여기에 있습니다." 더 묻고 싶었지만 알지 못하는 남자에게 말을 계속 거는 것이 무엇인가 이상했다. 한참 만에 큰마음을 먹고 한 번 더 "장사가 잘 되나요?"라고 물었다. "늘 비슷합니다."라고 남자도 한참 만에 대답을 했다.

"누가 과일을 사 가나요? 이 동네에는 살 사람이 없을 것 같은데요."

"이 동네 아주머니들은 마실을 자주 다닙니다. 과일이 마실 다니기에 제일 편한 모양입니다."

"저녁에는 장사를 하시지 않으시는 것 같던데요. 직장인들의 퇴근 시간 전에 수레를 천으로 덮어버리시는 것 같던데요."

남자는 대답을 하지 않고 채규의 얼굴을 잠시 쳐다보았다.

"나이가 많고, 이젠 피곤하지요. 일찍 나와서 일찍 들어갑니다."

그의 말은 짧았다. 더 길었으면 싶었지만 더 이상 말을 하지 않았다. 나이가 많아 보이지도 않았는데, 남자는 스스로 나이가 많은 사람으로 생각하고 있는 것 같았다. 첫눈에 끌리는 남자라는 말을 채규는 다시 생각했고, 한 번 덜컥 안기면 어떻게 될까 싶었다.

과일 봉지를 들고 사무실로 들어가니 직장 동료들이 "오늘도 과일이네요."라고 했다. "어쩐 일이세요? 아침부터 과일을……." 이라고 말하는 동료도 있었다.

채규는 웃기만 하다가 은행에 볼일이 있어서 사무실을 빠져나왔다. 어떤 젊은 여자가 애완용 개를 자기 겉옷 속에 넣고 걸어오고 있었다. 개를 키워본 일이 없는 사람은 그 젊은 여자를 보았을 경우 뭐라고 말할까. "웃기는 여자도 다 있다."라고 말할까. 주인의 품에 안겨 머리만 내밀고 있는 개를 보면서 채규는 이런저런 생각을 했다. 개를 안은 젊은 여자가 채규의 옆을 스쳐 지나갔다.

은행에 들어갔을 때 채규를 단골로 상대해 주는 여직원은 자리에 없었다. 언제나 친절한 박 과장도 보이지 않고 차장쯤 되어 보이는 남자가 채규를 단골로 도와주는 여직원의 자리에 앉아 있었다. 어디서 어떻게 알았는지 채규를 돕는 여직원이 다시 나타났다. 오른손으로 입술을 닦는 걸 보니 방금 점심 식사를 끝내고 오는 모양이었다. "차장님, 죄송합니다. 제가 할게요." 했다. 여직원이 일을 처리하는 동안 채규는 화장실에 다녀왔다. 은행에서 모든 일을 끝냈다.

채규는 자기 직장 주변을 어슬렁거렸다. 신호등이 짧은 건널목과 신호등이 상대적으로 긴 건널목이 있었다. 육지의 등대가 서 있는 곳까지 걸을까 하다가 그만두었다. 예순 살이 넘어 보이는 남자, 그리고 나이가 비슷하게 보이는 여자, 이렇게 두 사람이 신호등 앞에서 신호가 켜지길 기다리고 있었다. 부부인 줄 알았는데, 그게 아닌 것 같았다. 무슨 이야기를 나누고 있었다. 건널목에서 기다리는 동안에 채규의 귀에 그들의 대화가 들렸다. 하나님에 대한 이야기였다. 같은 교회에 다니는 사람인 것 같았다. 하나님이 이리로 가라면 이리로 가고, 저리로 가라면 저리로 가야한다는 말을 주고받았다. 채규 옆에 키가 큰 삐삐 마른 젊은 친구가 담배에 불을 붙이려고 고개를 숙인 채로 핸드폰을 들고, "야, 이 새끼야, 까불지 마."라고 했다. 체격으로 보아 남에게 "이 새끼야, 까불지 마."라고 말할 수 있는 처지는 아닌 것 같았다. 그런 말을 하는 걸 보니, 친구 중에서 가장 친한 친구와 전화를 하는 모양이었다.

직장 사무실 근처에 접근했을 때쯤이었다. 신호등 때문에 또 멈추었다. 두 대학생이 대화를 나누고 있었다.

"야, 기초가 중요한 거야. 기초가."

"맞아. 기초가 중요하지. 만사에는 기초지."

"그런데 네가 생각하는 기초와 내가 생각하는 기초는 개념이 다른 것 같아."

"무슨 소리야, 그게? 기초면 기촌거지."

"기초가 중요한 것은 사실이나 무엇을 위한 기초이냐가 문제이거든."

"무엇에 대한 기초라니, 그게 무슨 소리야?"

"무엇과 상관이 없는 기초는 말만 기초이지 기초가 아니거든."

"그런 게 어디 있어?"

"그런 게 어디 있어, 가 아니지. 기초는 '무엇'의 기초이지, 무엇과 관계가 없는 진공의 기초는 아니거든. 우리나라 교육이 기초 개념을 구별하지 못하기 때문에 문제인 거야."

채규는 조금 전 신호등 앞에서 하나님 이야기를 하던 노인의 말이나 대학생들이 지금 나누는 대화의 의미를 알아들을 수 없었다. 자기가 모르는 말이 이 세상에 얼마나 많은가. 서로 다른 생각을 하는 사람들이 멈추어 서는 신호등 앞에서 이런 다름의 문제를 어떻게 이해해야 할까 싶어서 채규는 고개를 흔들었다. 신호등이 켜졌다. 대학생들이 먼저 신호등을 건넜고, 채규는 대학생들의 뒤를 따라 걸었다.

세 번째로 과일을 사던 날 밤 채규는 또 꿈을 꾸었다. 두 번 꾸었는데 첫 번째 꿈과 두 번째 꿈은 달랐다. 첫 번째 꿈은 텔레비전에서 '사람을 찾습니다.'라는 글씨가 채규의 가슴에 커다랗게 써 붙은 꿈이었다. 아나운서가 채규에게 물었다.

"찾는 사람의 사진이 있습니까?"

"없습니다."

"주소는 압니까?"

"모릅니다."

"왜 찾으려고 합니까?"

"만나서 한번 이야기해 보고 싶어서입니다."

"그 사람이 누구입니까?"

"초등학교 다닐 때 옆 반에 있던 학생입니다."

"이름은 무엇입니까?"

"가물거립니다."

"이름도 모르고, 사진도 없고, 주소도 모르는데 어떻게 찾으려고 합니까?"

"내 마음을 알면 찾을 수 있을 것입니다."

"내 마음을 알면 찾을 수 있다니, 그 마음이 무언데요?"

"어릴 때 옆 반에 있었던 학생인데요. 서로 이야기를 해본 일은 없었어요. 지금 그 애가 무얼 하는지, 만나서 한번 이야기해 보고 싶어요. 혹시 그 애가 나를 좋아했던가 물어보고 싶어요. 얼마 전에 그 아이와 닮은 어른 한 사람이 동대문 시장 앞에서 자전거를 타고 지나갔는데, 그 사람을 찾으면 될 것 같아서요. 그게 저의 마음인데요. 저는 어떤 사람이 문득 보고 싶을 때가 많아요. 그 사람이 이 세상 어디에 있는지 모를 때에 가슴이 터질 것같이 아파요. 죽고 싶도록 만나고 싶어요. 꼭 만나게 해주세요."

"그래 가지고선 사람을 찾을 수 없습니다. 단서를 가지고 오세요, 단서를. 누가 보아도 알아들을 수 있는 단서 말입니다."

아나운서의 말에 채규는 횡설수설을 한다.

"문득 그 사람을 한 번 보고 싶다는 생각이 들 때가 있습니다. 거기가 아무리 멀더라도, 그 사람이 있을 것 같은 장소에 가서, 그 사람을 꼭 한 번 만날 수 있다면 얼마나 좋겠어요. 그 사람이 이 세상 어디에 살아 있는 것이 분명한데 어디에서 지금 무엇을 하고 있는지, 알 수 없는 경우가 있어요. 그게 죽도록 싫은 거예요. 살아 있는 사람을 죽은 사람으로 만들고 있는 꼴이니까요. 그 사람을 꼭 찾아주셔야 합니다. 텔레비전이 무엇 때문에 있어요?"

채규의 횡설수설에 방청석에서 "정신병자까지 텔레비전에 출현시키나."라고 했다. 폭소를 터트리는 사람도 있었다. 그 폭소에 놀란 채규는 잠을 깼다. 한참 만에 채규는 다시 잠이 들었고 두 번째 꿈을 꾼다.

추석 연휴가 꿈에서 펼쳐진다. 시골에 있는 친구 집에 놀러가기로 한다. 남편과 이혼했다는 편지를 보낸 처녀 시절의 친구 집이었다. 옛 친구가 일러주는 대로 메모를 했다. 채규는 그 메모를 들고 차를 몰았다. 시골 길을 달렸다. 모처럼 해방된 기분이었다. 마음이 후련했다. 차를 세차게 몰았다. 인가는 없고 주변은 조용했다. 전혀 모르는 시골 길이었다.

한참 달리고 있는데 갑자기 차가 털털털 하더니만 속도가 줄어들었다. 채규는 액셀러레이터를 밟았다. 아무리 밟아도 꿈속의 차는 말을 듣지 않는다. 자동차의 엔진은 결국 스르르 죽고 말았다. 길거리에 선 차 안에서 채규는 당황했다. 주위에 사람의 흔적이라곤 찾아볼 수 없었다. 해가 넘어갈 시간은 아직 남아 있었다. 그냥 차 안에 앉아만 있을 수 없었다. 주변을 살폈다. 인가가 있을 듯한 곳은 없었다.

채규는 사람을 찾아 나서기로 했다. 무작정 걸었다. 얼마를 걸었는지 모른다. 허름한 집 한 채가 보였다. 반갑기도 하고 겁이 나기도 했다. 대문에 맹견주의라고 쓰여 있었다. 채규는 개를 무서워했다. 맹견이라는 글씨를 보자 그곳을 피하고 싶었다. 주변에 집이 한 채도 없는 것을 알고 피할 수도 없었다. 발걸음 소리를 죽이면서 대문 안으로 걸어가서 집 안을 살폈다. 개는 없었다. 집 뒤뜰에서 상의를 벗고 장작을 패고 있는 거무튀튀하게 생긴 사내가 보였다.

채규는 놀랐다. 꿈속에서 그 사내는 채규가 출근길에서 매일 만나는 과일 장수로 변했다. 놀랐고, 반가웠고, 무섭다는 생각이 들었지만 채규는 그 사내에게 고장 난 차에 대한 설명을 한 후 도움을 청했다. 그 순간 꿈은 순식간에 변질되었다. 그 집에서 그와 잠자리에 들게 된다. 채규는 그 남자가 기가 막히는 남자임을 경험한다. 채규가 여기에 와 있다는 것은 아무도 모른다. 꿈에서조차 그것이 확실하다는 생각이 들었다. 그 확신이 채규를 안심시켰다. 그 남자와 잠자리를 같이했고, 옛 친구는 기다리고 있었고, 고장 난 차는 길거리에 여전히 그냥 서 있었다. 사내의 집 뒤뜰에 허름한 트럭이 있었다. 그 트럭을 타고 고장 난 차가 있는 곳으로 갔다. 사내가 차를 고쳐주었고, 채규는 옛 친구의 집을 향하여 다시 차를 몰았다.

옛 친구의 집에서 채규는 그 사내 생각 때문에 마음이 안정되지 않았다. 친구 집에 오래 있지 못했다. 자유 시간은 아직 남아 있었다. 사내 집에 다시 가서 좀 더 머무는 것이 좋다는 생각을 했다. 채규는 옛 친구 집에서 그날 밤을 머물지 않고, 맹견주의라는 글씨가 쓰인 집으로 다시 갔다. "약속을 지켜주셔서 감사합니다." 남자의 부드러운 목소리였다. 그때부터 채규는 그날 밤은 물론 다음 날도 온종일 그 남자와 같이 지냈다. 왜 이렇게 좋은 남자가 외딴 곳에서 혼자 사는지 알 수가 없었다. 채규는 그 남자와 같이 거기서 영영 살고 싶었다. 이름도 알고 싶지 않았고 무엇을 하는 남자인지 묻고 싶지도 않았다. 그러다가 채규는 결국 자기 집으로 돌아간다. 남자는 가지 말라고 붙든다. 채규는 가야 한다고 서둔다. ‘가지 마라’, ‘간다.’ 옥신각신하다가 꿈을 깬다.

이튿날 채규는 출근길을 바꾸고 싶었다. 생생하게 기억나는 전날 밤의 꿈 때문이었다. 출근길에 육지의 등대를 보기 민망했다. 자기의 꿈을 아는 사람은 이 세상에 단 한 사람도 없었지만 얼굴이 붉어진다. 그렇다고 출근길을 피할 수 없었다. 채규는 결국 등대가 서 있는 길로 평소와 같이 차를 몰기로 했다. 등대가 보이지 않았다. 처음에는 자기가 잘못 본 것인가 싶었다. 앞뒤에 차가 밀려 있는 출근길이라 돌아가서 다시 확인할 수 없었다. 자기가 꾼 꿈이 부끄러워서 퇴근길에서야 확인을 다시 했다. 등대는 보이지 않았다. 이튿날도, 그 이튿날도 등대는 보이지 않았다. 과일이 얹혀 있던 수레 자체가 없어져 버렸다. 차를 세운 후, 등대가 서 있던 옆 자리의 사람들에게 어딜 갔느냐고 물어보아도 아는 사람이 없었다. “참 좋은 사람이었는데, 갑자기 안 보여요. 아무 말도 없이 사라져버렸어요.” ‘아무 말도 없이 사라져버렸어요.’ 라는 말의 끝 부분인 ‘사라져버렸어요.’ 가 채규에겐 이상하게 들렸다. ‘사라져버렸어요.’ 라는 말의 의미가 채규를 견딜 수 없게 했다.

딱 한 번만이라도 보았으면 하는 그 ‘딱 한 번’ 이라는 말이 말 값을 치르지 못하게 된다는 것을 안 후 그 앎의 의미를 반추했다. 반추를 하는 동안 산 사람이 죽은 사람으로 변하고 만다. 영영 볼 수 없는 사람은 살아 있어도 죽은 사람과 마찬가지가 아닌가. 육지의 등대가 어디선가 걷고 있을지 모를 그 길, 어딜 향해 발걸음을 옮겨야 그 길이, 사람을 살리는 길이 되고, 무덤길이 되지 않을지 몰라, 채규는 한 발짝도 움직이지 못한 채로 그 자리에 멍하니 서 있다.

즉흥연주를 하는 사람들

1

"언젠가 오르간 연주하던 그 사람을 본 일이 있지. 그 사람 누구지?"

"최근에 귀국한 실력자래. 즉흥연주의 명수라던대."

"즉흥연주가 뭔데?"

"우리가 아는 노래 있지, 그 노래는 모두 과거의 어느 작곡가가 이미 작곡해 둔 곡이잖아."

"이미 작곡해 둔 곡이라니? 이미 작곡해 둔 곡이 아닌 곡도 있나."

"우리가 독주회 같은 곳에 가면 쇼팽이니 브람스니 하는 사람들의 곡이 연주되잖아. 그건 이미 만들어진 곡을 연주하는 거지. 그런데 이미 만들어진 곡이 아니고 말이야, 연주를 하는 사람이 그 자리에서, 말하자면 즉석에서 새로운 곡을 만들어가면서, 만들어가는 순간순간 즉석 연주로 음악을 이어가고 있는 경우가 있어. 그게 즉흥연주라는 거야."

"그 자리에서 새로운 곡을 만들다니, 그게 무슨 소리야? 내가 아는 상식으로는 작곡을 하려면 악상을 얻고, 그 악상을 표현하기 위해서 작곡가가 오랜 시간을 작곡하는 일에 소모해야 하는 건데."

"보통은 그렇지. 그러나 훈련된 사람의 경우는 달라. 아무런 준비도 없이 그 자리에서 기분 내키는 대로 즉흥적으로 새로운 곡을 만들어내는 음악가도 있단 말일세."

"말도 안 돼. 그냥 작곡을 하기도 불가능한 일일 텐데, 아무런 준비 없이 그 자리에서 작곡을 해서 그 곡을 연주하다니. 자넨 그걸 말이라고 해? 새 곡을 즉석에서 만들고, 연습한 일도 없는 곡을 어떻게 연주한단 말이야."

"자네가 즉흥연주라는 것이 무언지 몰라서 하는 소리야."

"내가 몰라서 그렇다고? 그래, 좋아. 내가 모른다고 쳐. 그렇다면 즉흥연주가 뭔지 내가 알아듣도록 설명해 봐."

"앉은 자리에서 즉흥적으로 새로운 음악을 만들면서 만드는 순간마다 연주를 하는 것이 즉흥연주라고 말했잖아."

"그것이 어떻게 가능해? 믿을 수 없네. 음악의 '음' 자도 모르는 나라서 남으로부터 얻어들은 풍월이긴 하지만, 연주라는 것은 이미 만들어진 곡을 오랜 시간 동안 연습해서 무대 위에서 시연하는 것이 아닌가. 연습도 없고, 그 자리에서 곡을 만들면서 연주하다니, 그게 말이 될 법한 소린가. 설사 말이 된다고 해도 엉망 진창인 연주가 되든지, 뒤죽박죽인 음악이 나오겠지."

"글쎄, 자네가 즉흥연주가 뭔지 몰라서 그렇다니까. 내가 조금 전에 한 말, 잊었나? 보통 사람에겐 잘 안 되지만, 훈련된 사람 의 경우에는 가능하다고 한 말 말이야."

"훈련된 사람이라니? 뭐가 훈련되었단 말인가."

"훈련된 사람과 훈련되지 않는 사람을 주변에서 본 일이 없 나? 수두룩하잖아. 어떤 사람에겐 안 되는 일인데, 아니 불가능 한 일인데, 어떤 다른 사람에겐 그 불가능한 일이 쉽게 되는 경 우 말이야."

"좋아. 계속 하고 싶은 말을 해봐. 그리고 나를 설득해 보게."

"즉흥연주가 뭔지 몰라서 자네가 지금 내 말을 믿지 않는 모양 인데, 우선 내 말을 다시 들어봐. 즉흥연주는 자기 마음 내키는 대로 아무렇게나 연주하는 것이 아니야. 즉흥연주에는 자기가 마 음대로 할 수 있는 부분과 마음대로 할 수 없는 부분이 있어. 마 음대로 할 수 없는 부분이 무엇인지를 알면 즉흥연주는 가능한 거야. 자네는 그 '마음대로 할 수 없는 부분' 이라는 말 자체를 아 직 이해하지 못하고 있기 때문에 즉흥연주를 못 믿는 거야."

"마음대로 할 수 있는 부분과 없는 부분이라니, 그건 또 무슨 홍두깨 같은 소리야? 즉흥연주라는 말은 말 그대로 즉흥적으로 연주하는 것이니까, 흥이 나는 대로 자기 마음대로 아무렇게나 연주한다는 것일 텐데."

"그 봐, 자넨 지금 무식한 소리를 하고 있는 거야. 즉흥연주는 자네가 생각하는 그런 것이 아니란 말이야. 즉흥연주에 대한 자네의 고정관념에만 붙들려 있지 말고 내 말을 들어봐. 내 말이 무슨 뜻인지 뒤에 가서 알게 될 거야."

2

김진정은 '자칭 예술교수 협의회'라는 친목 단체의 회장이다. '자칭 예술교수 협의회' 회원은 열다섯 명 내외다. 한두 명이 늘었다가 줄었다가 한다. 모두가 자칭 예술가가 아니면 자칭 예술학자들이다. 아무도 그들을 교수라든가 예술가 내지 예술학자라고 불러주지 않기 때문에 그들은 자칭 예술교수 협의회를 만들어서 서로를 교수라고 부르기로 했다. 교수직을 가지고 있지 않으면서 서로를 교수라고 부르니까 그들은 '자칭 교수'인 셈이고, 자칭 교수라는 것을 부끄럽게 생각한다기보다 오히려 자랑스럽게 생각하는 사람들이 그들이었다. 그들은 실제로 교수직을 가지고 있는 사람들을 우습게 생각했다. 현직 교수들보다 자칭 교수인 자기네들이 훨씬 낫다는 자부심을 가지고 있었다. 비록 자칭 교수이긴 하지만 교수의 체면을 지키기 위해서 점잔도 빼고, 필요에 따라서 어깨에 힘을 주기도 했다. 기존 학계와 예술계를 비판적인 눈으로 보면서 비록 주관적이긴 하나 '스스로'를 즐기는 모임이 '자칭 예술교수 협의회'였다. 회원들은 자기가 원하는 호칭 하나씩을 가지고 있다. 건축이론가라고 불리고 싶은 김 모 씨를 회원들은 건축이론가 김 교수라고 부른다. 자기 스스로를 작곡가라고 생각하는 정 아무개를 회원들은 작곡가 정 교수라고 부른다. 이 밖에도 미술평론가, 극작가, 미학자, 음악교육가, 노래평론가, 시인, 무대미술가, 국악학자, 디자이너, 건축가, 연출가 등 여러 명의 자칭 교수들이 있다. 진정은 이 모임의 회장이기도 하지만 자칭 학장이다.

자칭 예술교수 협의회는 매년 여름 모임의 발전을 위한 세미나를 갖는다. 말이 세미나지 친목을 도모하기 위한 일종의 여행이다. 이번 여름 여행의 목적지는 담양의 소쇄원이었다. 일행은 전세 버스를 이용하기로 했고, 아침 9시에 모 백화점 주차장에서 만나기로 했다. 진정이 약속 장소에 도착한 것은 아침 8시 30분경이었다. 8시 30분이면 이른 아침도 아닌데 사람들이 별로 없었다. 이 동리에서 이때쯤은 언제나 이런 것이 보통인가 보다라고 생각할 수밖에 없었다. 진정이 도착했을 때에는 전날 밤에 그냥 두고 간 듯한 자가용 두서너 대와 이쪽저쪽에 버스 한두 대 정도만 있었다. 자가용의 주인은 전날 주차장에 차를 두고, 밤새도록 술을 마신 것이 틀림없는 듯했다. 백화점과 그 주변의 상가는 아직 잠들어 있었다. 모든 문이 잠겨 있었다.

진정은 약속 시간을 어기는 사람이 싫다. 약속에 관한 한 진정은 고약한 사람이었다. '차가 밀려서 늦었다.'는 소리를 들으면 진정은 화를 낸다. 서울 시내에서 차가 밀리지 않는 곳이 있느냐, 차가 밀릴지 몰랐느냐, 라는 말이 진정의 입에서 터져 나온다. 밀리리라는 것을 사전에 감안해야 한다고 진정은 생각했다. 약속 어기는 일을 밥 먹듯이 하는 사람은 어떤지 모르나 진정은 약속을 어길 수 없기 때문에 언제나 밀리는 것을 사전에 감안했다. 그래서 약속 시간을 절대로 어기지 않는다. 진정이 약속 장소에 도착했을 때 일행은 단 한 사람도 와 있지 않았다.

진정에게는 혼자 괴로워하는 문제가 하나 있다. 언제 어디서 설사가 날지 모른다는 것이 그것이다. 화장실이 있는 장소에서 설사가 나면 문제가 없다. 그러나 화장실이 없는 곳에서 설사가 날 때면 정말 당혹스럽다. 시도 때도 없는 설사. 예고 없이 찾아오는 설사 때문에 곤혹스러울 때가 한두 번이 아니었다. 위 아니면 장에 무슨 문제가 있는지 진정은 알 수가 없다. 물을 많이 마셨다 하면 2,3분 이내에 설사가 난다. 콜라 같은 청량음료를 마셔도 마찬가지다. 2,3분도 걸리지 않는다. 마신 즉시 설사가 난다. 그런데 희한하게도 맥주를 마시면 괜찮다. 물이나 콜라 같은 것을 마실 경우에는 반드시 화장실이 있는 장소에서 마신다. 그래야 안심할 수 있다. 버스에 몸을 싣고 여행을 하는 경우에는 걱정이다. 차 안에서 설사가 나면 이건 정말 큰일이다. 8시 30분경에 약속 장소에 도착했을 때, 진정의 위에서 설사 신호가 왔다. 설사 신호에는 급한 신호와 급하지 않은 신호, 진정 식으로 말하면 급행이 있고 완행이 있다. 급행의 경우는 말할 것도 없이 신호가 오면 즉시 화장실로 가야 한다. 완행은 화장실 찾을 시간적 여유가 조금 있는 신호다. 최근에는 완행 신호가 오다가 그 신호가 서서히 사라지는 경우도 있었다. 신호가 사라지는 경우가 있다는 말은 화장실을 찾지 않아도 된다는 뜻이다. 그날 아침 주차장에서 진정의 위로부터 발생한 신호는 급행이 아니었다. 그러나 진정으로서는 만반의 준비를 해두어야 한다. 왜냐하면 이제 곧 버스를 타고 고속도로로 나가야 하기 때문이다. 고속도로에 오른 후에 설사 신호가 온다면 그건 정말 큰일이다. 주차장에서의 신호는 다행이었다. 미리 찾아온 신호에 대비할 수 있는 시간적 여유가 30분 정도 남아 있었기 때문이다.

백화점의 문은 닫혀 있었다. 백화점 주변의 가게 혹은 다방 같은 곳을 찾았다. 화장실이 있을 만한 곳은 모두 뒤졌다. 그러나 화장실을 찾지 못했다. 모든 문이 잠겨 있었다. 자주 일어나는 일은 아니었지만, 설사 신호가 서서히 사라지기 시작했다. 완행 신호가 해제 신호로 바뀌었다. 한편으로는 안심이 되고 다른 한편으로는 신호가 나중에 다시 나타나면 더 큰일인데 싶어서 걱정되었다. 시간이 아직 있고 기왕에 찾아온 신호이니, 설사를 해버린 후 버스를 탔으면 싶었지만 그것이 마음대로 되지 않았다. 화장실을 찾지 못한 진정은 신호가 사라진 것을 확인하고는 주차장으로 돌아왔다.

진정은 버스에 올랐다. 어디에 앉을까 생각하면서 차 안의 통로를 천천히 걸었다. 진정이 탔을 때에는 아직 일행이 모두 오지 않은 상태였다. 뒤쪽 좌석 왼편에 작곡가, 오른편에 국악학자가 각각 앉아 있었다. 대부분의 버스가 그렇듯이 오른편이든 왼편이

든 두 사람이 앉게 되어 있는데 작곡가와 국악학자는 같이 앉아 있지 않았다. 두 사람 다 서로 다른 창 쪽 자리에 앉아 창밖만 내다보고 있었다. 작곡가와 국악학자는 잘 아는 사이다. 그런데 서로 전혀 모르는 사람같이 앉아 있었다. 혼자 앉아 가겠다는 뜻을 드러내는 자세인 듯했다. 이야기나 나누면서 한자리에서 같이 타고 가자는 말은 어느 누구도 하지 않았다. 진정이 차에 올라탔을 때 작곡가는 "뒷자리는 불편합니다. 앞자리에 앉으시지요."라고 했다. 물론 자기 옆에 앉으라는 권유는 하지 않았다. 그냥 앞쪽의 어느 자리에 앉으라고만 했다. 진정은 "아니, 오늘 혼자서 할 일이 좀 있어서요." 하면서 제일 뒤쪽으로 갔다. 그리고 왼쪽 창가에 앉았다. 진정은 창밖을 내다보면서 오늘의 여행에 대해서 생각했다. 그리고 차창을 통해서 누가 제일 늦게 도착하는가를 지켜보기로 했다.

전화벨이 차 안 어디선가 울렸다. 그날 제일 일찍 나온 음악교육가의 핸드폰 소리였다.

"예, 아직 몇 사람 안 왔어요. 걱정 마세요. 천천히 그냥 오시면 돼요."

진정은 음악교육가에게 말했다.

"전화에서 그렇게 말하면 안 되지요, 9시 정각에 모두 모이고 그 사람만 늦으면 어떻게 하려고요. 그분 한 분 때문에 출발 시간이 늦어지면 안 되지요."

"아이고, 전화하는 소리를 들으셨군요. 다시 전화 걸어서 빨리

오라고 하지요."

음악교육가가 대답했다. 7분 전에 연출가가 걸어왔다. 진정은 누가 몇 시에 오는지 열심히 체크하고 있었다. 진정은 수첩에 회원들 각자의 도착 시간을 기록했다. 9시 정각에 건축이론가가 주유소 쪽에서 자기 머리보다 두 배나 큰 모자를 쓰고 걸어오고 있었고, 반대편에서 시인과 미술평론가가 오고 있었다. 진정은 놀랐다. 저 사람들이 시간을 지키다니, 그것도 아주 정시에 도착을 하다니 싶었다. 시인과 미술평론가는 예외 없이 30분 정도는 늦는 사람이라고 하지 않았던가. 그런데 그날은 시간을 지켰다. 9시가 지났다. 3분이 지났을 때 무대미술가가 자기 특유의 폼, 어디가나 언제나 자기 특유의 폼 그대로를 지닌 채 뚜벅뚜벅 걸어왔다. 9시 7분에 미학자가 주차장에 나타났다. 늦어서 미안하다는 표시로 뛰고 있었다. 9시 12분에 극작가, 14분에 아까 음악교육가에게 전화를 했던 노래평론가가 도착했다. 9시 14분에 일행 전부가 도착했다. 제일 늦은 것은 아니지만, 그다음으로 늦게 도착한 미학자가 진정이 앉은 자리 쪽으로 다가와 진정의 맞은편 옆자리의 오른쪽 자리에 앉았다. 다른 사람들도 모두 한 사람씩 따로 앉았다. 차 안의 좌석은 빈 편이다. 수십 명이 탈 수 있는 차 안에 열다섯 명 안팎의 사람이 탔기 때문이다. 약속 시간을 18분 넘긴, 9시 18분에 출발했다. 진정은 이만하면 양호한 편이라 생각했다. 진정은 차를 타고 있는 동안에는 제발 아무런 신호가 없어야 할 텐데 하면서 설사 신호 때문에 계속 걱정을 하고 있었다.

버스는 달려 나갔다.

　버스가 고속도로에 진입하기 전에 회원들은 모두가 침묵을 지키고 있었다. 진정도 아무 말 없이 버스의 창밖에 비치는 풍경들을 바라보고만 있었다. 자칭 예술가들은 모두가 술을 좋아했다. 그런데 버스가 고속도로에 들어선 후에도 술을 마실 생각을 하는 사람이 없었다.

　"왜 이렇게 모두들 점잖을 뺍니까. 우리 지금 여행하는 것 아닙니까. 마음을 탁 열고 한잔씩 하십시다. 아침부터면 어떻습니까?" 이렇게 말하면서 진정이 솔선수범하여 술을 권하고 싶었다. 그러나 천의 하나라도 혹시 "또 술타령이야."라고 누가 말한다면 몹시 언짢아질 것이다. 그래서 진정은 아무런 말도 하지 않고 그냥 있었다.

　버스는 계속 달리고 있었다. 진정은 가장 가까운 자리에 앉은 미학자와 이런저런 이야기를 나누기 시작했다. 별로 중요한 이야기는 아니었다. 해도 그만 하지 않아도 그만인 말이었다. 그러나 때로 그들은 의미 있는 대화를 나누기도 한다. 미학자는 진정에게 말했다.

　"회장님은 음악에 대해서 많이 알고 계시는 것 같은데, 아무것이나 좋습니다. 음악에 대한 이야기를 좀 해주세요."

　진정은 "좋아요." 하면서 주저 없이 말을 시작했다.

　"어릴 때부터 음악에 소질이 있었어요. 그중에서도 음악을 듣는 감각이 뛰어났던 것 같아요."

‘타고난 음악적 감각’을 가졌다고 사람들이 칭송할 정도로 진정은 음악적 소질을 타고났던 모양이다. 진정의 아버지는 음치로 유명했다고 하는데 음치의 아들이 어찌 저런 좋은 음감을 타고난 건지 모르겠다고 할 정도로 진정은 음감이 뛰어났다. 진정의 아버지는 비록 음치이긴 했으나 음악을 무척 좋아했고, 그래서 집에 축음기를 장만해 놓았다. 그리고 기회 있을 때마다 음악을 들었다. 요즈음의 전축과는 달리 옛날 축음기는 태엽의 작동으로 음악을 들을 수 있었다. 음악을 듣기 전에 태엽을 충분히 감아두어야 했다. 감겼던 태엽이 풀어지면 축음기로부터 흘러나오는 음악의 음정이 떨어지게 된다. 다시 말해서 태엽이 팽팽하게 감겨 있을 때만이 음정의 제대로 된 소리가 흘러나오게 되어 있었다. 어머니 말에 의하면 태엽이 풀어진 것이 원인이 되어 음정이 떨어지면 그 떨어지는 현상을 진정은 즉각 알아차렸다고 한다. 어머니 등에 업힌 어린 그는 음정이 떨어지면 칭얼댔고 태엽을 정상으로 돌려놓으면 칭얼대기를 그쳤다고 한다.

진정이 초등학교 사학년 시절의 어느 날이었다. 담임이었던 배 선생님이 결근을 했다. 그래서 학생들은 자습으로 그날을 보내야 했다. 자습 시간이라는 소리를 듣고 아이들은 “와” 하며 야단들이었다. 진정은 배 선생님이 왜 결근을 했는지 궁금했다. 그러나 그의 궁금증을 풀어주는 사람은 한 사람도 없었다. 아이들이 소란을 피우고 있는 교실에 어떤 여선생님이 들어왔다. 진정은 그녀가 들어오는 것을 보고 긴장했다. 아이들도 일제히 그 여선생님을 바라보았다. 몸집이 야윈 편이었으나 건강하게 보였고 키는 보통의 여자 키에 얼굴은 그리아 가슨이라는 여자 배우를 닮은 것 같았다. 진정의 눈에는 미인으로 보였다. 그 여선생은 아무 말도 하지 않고 교실의 구석에 있는 풍금 앞으로 걸어갔다. 풍금은 방과 후에 진정이 닦았던 유리창이 있는 벽 가까이에 놓여 있었다. 유리창으로부터 햇빛이 힘없이 흘러 들어오고 있었다. 힘없이 흘러 들어오는 햇빛은 교실 분위기를 아늑하게 만들었다.

풍금은 거기에 있기만 했지 누구에 의해서 사용된 적은 거의 없었다. 아주 가끔 배 선생님이 풍금을 울릴 때가 있었지만 그것은 정말 아주 드문 일이었다. 그것도 아이들이 하교를 한 후, 배 선생님이 교실에 혼자 남아서 어설픈 솜씨로 건드려보는 정도였다. 아무도 없는 곳에서의 어설픈 풍금 소리…… 배 선생님은 그 풍금 소리를 사랑하는 것 같았다. 얼핏 보기에 풍금은 그 교실 안에 있으나마나 한 것이었다. 그러나 배 선생님은 그 풍금을 다른 교실로 옮기는 것을 허락하지 않았다. 배 선생님은 음악을 소중히 여기고 있었던 것 같다. 평소에 말이 없고 남과 다투는 일이 없는 선생님께서 풍금을 다른 교실로 옮기자는 말을 들었을 때 갑자기 딴사람이 된 것같이 흥분하면서 "절대로 안 된다."라고 하시던 모습을 진정은 잊지 못한다. 아무도 만지지 않았지만 그 풍금은 언제나 진정의 교실에 그냥 있었다.

그런데 처음 교실에 들어오신 여선생님이 그 풍금 쪽으로 향했다. 아이들은 모두 그 여선생님의 거동을 살폈다. 진정은 계속 긴

장하고 있었다. 그 여선생님은 풍금 앞에 앉았다. 그러곤 조용히 풍금을 타기 시작했다. 그 소리는 배 선생님이 내던 소리와는 비교가 되지 않았다. 배 선생님에게는 미안한 일이지만 그 여선생님의 풍금 소리는 참으로 훌륭했고 성스럽기까지 했다. 진정은 그 여선생님이 연주하는 음악이 누가 작곡한 어떤 곡인지 추측조차 할 수 없었다. 그러나 무엇인지 모르지만 그 소리로부터 발생되는 불가사의한 힘에 넋을 잃었다. 말로 표현할 수가 없는, 참으로 이상한 느낌을 받았다. 신비의 세계가 이 세상 어느 곳에 정말 있는 것인지 모르겠다는 생각을 했다. 풍금 소리를 듣고 그냥 멍해지면서 참으로 이상한 느낌을 받은 진정은 보통 세상과는 다른, 어떤 세상이 지상에 있다는 확신을 얻었다. 그 확신의 의미를 언어로 구체화할 수는 없었지만 이 세상 어디에 분명히 존재하고 있는 어떤 세계에 대한 직관이었다. 그 여선생님이 풍금을 탄 시간은 물리적으로 얼마 되지 않았다. 그런데도 그 짧은 시간은 신기한 '시간적 공간'을 만들어내고 있었다. 음악은 시간 예술이라고 하지 않는가. 그런데 음악을 공간과 연관시키는 것이 웬 말인가. 그러나 음악은 처음부터 끝까지 듣고 나면 음악이 끝났음에도 불구하고 그것을 들은 사람의 마음속에 '음악적 공간'이 생겨나게 할 수 있다. 처음부터 끝까지의 음악이 한눈에 들어오는 불가사의한 공간이 '음악적 공간'이 아니고 무엇이겠는가. 시간 예술이라는 음악으로부터 공간 개념이 창출되는 이유가 거기에 있다. 여선생님이 풍금을 울리고 있던 그 짧은 시간이 창조해 낸 그 불가사의한 '시간적 공간' 안에서 진정은 '어떤 무한'을 느꼈다. '어떤 무한'이라는 말은 그냥 해보는 소리가 아니다. '어떤 무한'의 의미가 무엇인가, 라고 누가 '묻지 않으면' 그 의미를 분명히 알 수 있는, 그런 '무한'이었다. 그 세계에 안주하면 이 세상에서 가장 행복한 사람이 되는, 그런 앎이었다. 그러나 누가 진정에게 그 '어떤 무한'의 의미가 무엇인가, 라고 '물으면' 묻는 순간 전혀 알 수 없는 것으로 변해 버리는 어떤 세계. 참으로 이상한 어떤 세계가 그 여선생님이 만들어낸 '음악적 공간'의 세계였다. 누가 '묻지 않으면'과 누가 '물으면'은 의미가 다르다고 진정은 무의식적으로 생각한다. 시간이 무엇인가, 라고 누가 '묻지 않으면' 시간이 무엇인지 나는 안다. 그러나 누가 '물으면' 묻는 순간, 묻기 전에는 그렇게도 선명히 알던 시간의 의미를 전혀 모르게 된다, 라고 말한 어느 철학자가 있다. 진정에게 있어서의 '어떤 무한'은 그 철학자의 '시간'과 같은 것을 의미하는지도 모를 일이었다. 그 의미에 대해서라면 아무도 진정에게 물어서는 안 되는 그런 것이었다.

선생님은 풍금 의자에서 일어났다. 그리고 아이들에게로 다가왔다. 아이들 앞에는 탁자가 하나 있었다. 선생님은 탁자 위에 있는 출석부를 집어 들면서 "지금부터 음악 시간이다."라고 했다. 아이들에게 음악 시간은 싫은 시간이었고 노는 시간이었다. 장난을 칠 수 있는 시간이기도 했다. 별로 겁나 보이지도 않는 여선생님이 들어왔으니 개구쟁이들은 선생님의 말씀이 끝나기도 전에 떠들기 시작했다. 여선생님은 출석부를 탁자에 대고 딱딱 두 번 쳤다. 이 두 번의 딱딱 하는 소리에서 말보다 더 센 힘이 생기는 것을 보고 진정은 놀랐다. 개구쟁이 아이들도 불가사의한 이 딱딱 하는 소리의 힘에 짓눌리는 것 같았다. 여선생님은 다시 풍금 앞으로 걸어갔다. 그러고는 "차렷!"이라는 말과 함께 풍금으로 어떤 소리를 냈다. 나중에 안 것이지만 그 소리는 음악가들이 말하고 있는 '주화음'이라는 것이었다. 그때는 그것이 주화음인지 무엇인지 진정은 알지 못했다. 소리만 들은 것이지 소리의 이름이 무엇인지는 몰랐다. 소리의 이름을 알아야 소리의 의미를 아는 것은 아니었다. 꽃의 이름을 알아야 꽃이 아름답게 보일 수 있다, 라고 누가 말한다면 우습기 짝이 없을 것이다. 꽃의 이름을 알든 모르든 아름다우면 '아름다운 꽃'이 되고 아름답게 느끼는 것이 아닌가. 진정이 듣고 있는 풍금 소리의 경우가 그랬다. 소리의 이름은 알 수 없었지만, 진정은 그 소리로부터 '어떤 떨림' 같은 것을 느꼈다. 한없이 편안하고, 안정감이 있고, 아직은 움직이지 않고 있지만, 이제 곧 어디를 향해서 출발하려는 듯한 느낌을 주는 그런 음이었다. 음악 선생님은 이어서 "경례!"라고 하면서 풍금으로 또 어떤 소리를 냈다. "차렷!" 했을 때와 다른 음이었다. 역시 나중에 안 것이지만 그것은 음악가들이 말하는 '속화음'이라는 것이었다. "차렷!"이라는 말과 함께 들린 주화음, 그다음에 "경례!"라는 말과 더불어 들린 속화음…… 진정에겐 이 두 화음의 진행이 주화음 더하기 속화음이라는 화음의 진행이, '신비로운 화음의 연결' 같이 들렸다. '신비로운 화음의 연결'이라는 말은 아주 간단한 말이다. 그러나 그 화음의 연결을 소리로 들었을 때의 경험은 그리 간단치 않았다. 차렷과 경례라는 말의 의미가 있고, 그 말의 의미를 주화음과 속화음이라는 소리가 전달한다고는 볼 수 없었다. 차렷과 경례라는 말의 의미와 주화음과 속화음이라는 이름을 가진 소리의 의미가 일치한다고 블 수는 없었지만, 진정의 마음속으로는 벌써 이상한 일이 벌어지고 있었다. 그것은 다름 아니라 주화음과 속화음이라는 화음의 연결체로부터 발생되는 어떤 음악적 의미의 경험이었다. 수도 없이 되풀이해도 싫증을 느낄 수 없을 것 같은 그런 경험의 세계와 진정은 만난 것이다. 화음 연결은 아직 음악 이전의 소리에 불과하다. 그러나 화음의 연결 그 자체에서 진정은 언어로 표현될 수 없는 '어떤 흐느낌 같은 것'을 느꼈다. '신비로운 음 여행'을 할 심산을 가진 어떤 음향 환경의 의도가 주화음으로부터 느껴졌다면 속화음은 그 '음 여행'의 목적지로 안내하려는 의지를 가진 화음으로 느껴졌다. 아직은 움직이지 않으면서 안정감을 지니고 있는 주화음보다 상대적으로 덜 안정적인, '움직임의 느낌'을 주는 속화음 때문에 진정의 마음이 더 흔들렸는지 모른다. 인간은 정지 상태를 좋아하기도 하지만 서서히 움직이는 상태를 좋아하기도 한다. '정지 상태(주화음)'에서 '운동 상태(속화음)'를 생기게 하는 사건, '음으로 이루어지는 참으로 신비로운 사건', 그런 사건이 생기고 있을 때, 그것을 느끼지 못하는 사람의 경우이면 모를 일이

나, 그러한 사건이 생기고 있다는 것을 알고 있는 사람이 그 사건을 싫어할 수 있을까. 음악적 경험은 나이와는 상관이 없다는 말을 기억하는 사람이면 진정이 그때 경험한 자기 나름대로의 느낌 역시 허구라고 단정 지어버릴 수만은 없을 것이다. 차렷과 경례 다음, 마지막으로 "바로!"라고 하면서 다시 주화음 소리를 그 여선생님이 냈다. 그러니까 '차렷, 경례, 바로'라는 말을 통해서 그 여선생님은 '정(靜), 동(動), 정(靜)' 현상을 음으로 표현하였던 것이다. 그 얼마나 신비로운 떨림이었는지.

3

자칭 예술교수 협의회 회원들을 태운 버스는 계속 달리고 있었다. 그동안 고요하던 버스 안에서 처음으로 목소리를 내는 사람이 있었다. 건축가 박 교수가 마이크를 잡고 한마디 하기 시작한 것이다. 아무도 기대하지 않았던 일이다. 조용하던 차 안에는 갑자기 반가움과 함께 일종의 기대감이 일었다. 건축가 박 교수는 이 모임의 활성화를 위한 발전위원회의 위원장직을 맡고 있는 사람이었고, 이번 모임을 주관한 것도 발전위원회였다. 그래서 위원장으로서 한마디 해야 했던 모양이다. 박 교수는 생색을 내는, 그리고 잘난 척하는 말은 하지 않았다. 오늘 이렇게 와주어서 고맙다는 말, 그리고 1박 2일의 여행 스케줄에 대한 말을 한 후 마이크를 놓았다. 차 안은 다시 조용해졌다. 기왕 마이크를 잡았으면 좀 더 마이크를 잡고 멋진 사회로 차 안의 분위기를 화끈하게 달구어주었으면 싶었다. 그러나 건축가 박 교수는 성격이 그러기 어려웠다. 일행이 휴게소를 원했다. 달리던 차는 휴게소로 들어섰다. 회원들 전부가 화장실로 갔다. 진정 역시 소변을 보았다. 그러면서도 설사 걱정은 계속 했다. 만일을 위한 대비를 해야겠다는 생각에서 화장실에 다시 들어갔다. 그러나 나오지 않았다. 결국 설사를 하지 못한 채 차로 되돌아와야 했다.

진정의 자리에서 제일 가깝게 앉은 미학자가 말을 걸었다. 진정이 언젠가 시인 한 사람에 대해 미학자에게 말한 적이 있었는데 그 말을 미학자가 끄집어냈다.

시인의 이름은 곽 모씨였다. 곽은 문단에서 별로 알려져 있지 않고 일반인에게는 더욱더 알려져 있지 않은 시인이다. 창작 활동도 많이 하는 편이 아니었다. 곽은 나이가 들었고, 시인으로서 잊혀져 가고 있었다. 그러나 곽 시인의 초기 시는 뛰어났다고 한다. 나이 든 문인들은 곽의 이름을 대면 누구나 안다. 뛰어난 시인으로 모두가 기억했다. 젊은 문인들은 곽이 누구인지 모르지만. 그런데 그가 오랜 세월 동안의 침묵을 깨고 산문집을 냈다. 일간 신문마다 그의 산문집에 대해서 대서특필했다. 진정은 '아, 그가 아직 살아 있었구나.' 하고 생각했다. 기뻤다. 산문집을 사서 볼 작정을 했다. 진정이 미학자에게 그 시인에 대해서 이야기한 것은 산문집 기사가 신문 여기저기에서 나오고 있을 무렵이었다.

"최근 신문에 산문집 하나가 크게 소개되고 있더군요. 그 기사를 본 일이 있습니까?"

진정이 미학자에게 물었다.

"아니요."

미학자의 대답이었다. 진정은 미학자에게 그 시인에 대해 알려 주었다. 지금은 잊혀진 이름일지 모르지만 정말 대단한 시인이라고. 정말 괜찮은 시인이기 때문에 오히려 "시를 쓰지 않고 시를 살고 있을지 모른다."고 말했다. 미학자는 들어보지도 못한 시인을 두고 진정이 극찬을 하는 것을 보고 그 시인이 어떤 사람인지 궁금해했다.

그러더니 하루는 미학자가 진정에게 와서 곽의 산문집을 사 보았노라며, "저는 잘 모르겠어요."라고 했다.

"선생님의 말씀을 듣고 감동을 받을 수 있는 산문집인 줄 알고 일부러 사서 보았는데, 제가 몰라서 그런지 별 게 아니라서 그런지 저에겐 별로 와 닿지 않는 글이더라고요."

그러면서 그 산문집을 진정 앞에 내놓으며, "선생님께서 이 책 가지세요."라고 했다. 그때 진정은 그가 문학에 대한 소양이 없어서 그런다고 생각했다.

진정이 곽 시인을 좋아하게 된 이유는 그 시인의 시 때문이 아니었다. 문학계에서 너나 할 것 없이 존경을 하고 있기도 했지만 진정이 인간적으로 존경하는 어떤 분이 입에 침이 마르도록 그를 칭찬하는 것을 들은 바가 있었는데, 그때부터 곽 시인에게 호감을 갖게 된 것이었다. 어떤 일을 말로만 하는 사람과 잘하고 못하고는 둘째치고 실제로 그 일을 행동으로 옮기는 사람이 있다. 곽 시인은 말로 문학을 하는 사람이 아니라 글로 문학을 하는 사람이었다. 그러니까 오랜 침묵 끝에 산문집 하나를 펴낸 것이 아닌가. 모든 사람들이 그가 창작 활동을 하고는 있는지 궁금해하던 차에 발간된 그의 산문집은 문단의 화제가 되지 않을 수 없었다. 진정 역시 그 산문집에 많은 관심을 가졌다. 미학자가 준 그 책을 진정은 많은 호기심과 기대감을 가지고 읽었다. 진정은 미학자의 의견에 동의하는 쪽으로 마음이 움직였다. 그리고 스스로도 놀랐다. 기대했던 것보다 감동받지 못했다. 그 시인의 산문은 혼자 심각하고 혼자 고독하기만 하다는 느낌을 줄 뿐이었다.

누군가가 준 콜라가 아직도 진정 앞에 있었다. 냉장고에 오래 두었던지 콜라 캔이 아직 차가웠다. 목도 마르고 해서 그 콜라를 마시고 싶었다. 그러나 콜라를 마시면 즉시 설사가 난다. 확률적으로 거의 90퍼센트는 설사가 난다. 차 안에서 콜라를 마시다가 급한 신호가 오는 날이면 큰 낭패를 본다. 그래서 마시고 싶어도 그럴 수 없었다. 전날 마신 술 때문에 갈증이 났다. 어쩌면 좋을까 생각하고 있는데, 잠시 들른다면서 차가 휴게소로 들어섰다. 모두가 내렸다. 진정은 제일 마지막에 내리면서 차의 오른쪽 맨 앞쯤에 있는 소형 냉장고에 미리 준비해 둔 맥주가 있는 것을 보았다. 모두 휴게소의 화장실에 간 틈을 타서 진정은 맥주 캔 하나를 들고 자기 자리로 되돌아왔다. 캔 하나를 단숨에 비웠다. 맥주를 마시면 그 효과가 콜라와는 다르다. 설사가 나지 않는다. 맥주가 체질에 맞는 사람이 있는 모양이다. 어떤 사람은 맥주를 마시면 설사가 난다고 하지만, 진정의 경우는 다른 청량음료를 마시면 영락없이 설사가 나지만 맥주는 예외였다. 그래서 진정이 맥주를 더 좋아하는지 모른다. 아무튼 캔 하나를 더 가지고 와서 또 마셨다. 약간 취기가 돌았다.

휴게소를 빠져나온 버스는 다시 달리기 시작했다. 미학자가 또 말했다.

"그 시인의 글이 진한 감동을 주지는 않는다고 해도 시인으로서의 그가 아닌, 인간으로서의 그를 알고 싶더군요. 시는 좋은데, 시를 쓴 사람을 만나보면 인간적으로 실망스러울 때가 있고, 시는 그저 그런 정도이지만 사람을 만나보면 더할 수 없이 좋은 사람이 있더라고요."

미학자의 말이 끝났을 무렵 진정의 위에서 어떤 신호가 왔다. 설사가 날 조짐이었다. 버스는 달리고 있고 휴게소를 빠져나온 지 얼마 되지 않았다. 진정은 긴장하기 시작했다. 진정의 설사는 그것이 만일 급행인 경우에는 1분을 참지 못한다. 위로부터 오는 신호의 성격으로 보아 이번의 것은 급행인 것 같다. 등에 식은땀이 나기 시작했다. 진정의 사정을 아는 사람은 없다. 설사 문제는 그의 아내 이외에는 아는 사람이 없다. 창피한 일이기도 해서 설사 문제를 남 앞에서 이야기한 적이 없었다. 버스는 달리고 있고 신호는 더 노골적으로 오기 시작했다. 언제이던가. 타고 가던 택시 안에서 갑작스럽게 나타난 신호에 견딜 수가 없어서 창피를

톡톡히 당한 적이 있었다. 진정은 버스 운전석 쪽으로 가서 운전
기사에게 귓속말로 "화장실이 급하니 차를 좀 세워주시오."라고
했다. 운전수가 진정의 급한 사정을 알 리가 없다. 화장실에 간다
고 하면 보통의 경우 다음 휴게소까지는 참으시지요, 라는 정도
의 반응을 보인다. 진정은 곧 터져 나올 것 같은, 뭐라고 말을 해
야 좋을지 알 수조차 없는, 소방수의 호스로부터 터져 나오는 물
줄기의 힘 같은 배설욕을 억누르느라 온몸을 뒤틀었다. "아저씨
차를 지금 곧 좀 세워주세요."라고 다시 애원했다. '자칭 예술교
수 협의회'의 회장으로서 정말 말이 아닌 꼴이었다. 운전수는 여
전히 진정의 사정을 몰랐다.

"여기에는 차 세울 곳이 없습니다. 잠시 기다리시지요."

진정은 기도를 했다.

'하느님, 저를 좀 살려주십시오.'

진정은 버스 문을 열고 자살을 하는 사람처럼 창문 밖으로 뛰
어내리려는 자세를 취하면서 창피를 무릅쓰고,

"차 세우고 어서 문 열엇!"

이라고 했다. 이미 항문으로부터 물줄기는 터져 나오고 있었다.
진정의 다급함을 운전수가 눈치 챈 모양이었다. 버스가 급정거를
했다. 진정은 그 자리에서 뛰어내렸다. 회원들이 보고 있는 길모
퉁이에서 허연 엉덩이를 드러내지 않을 수 없었다. 회원 중에는
여자도 있었다. 등에서 식은땀은 흘러내렸고 의식은 불투명해졌
다. 순간적이었다. 잠시 후 창피함은 고사하고 '살았다' 라는 안

도감만을 가지게 되었다. 설사 문제의 해결은 머리 굴리기의 차원을 넘어선, 어떻게 보면 너무나 인간적 행위일 것이라는 생각이 들었다. 항문으로부터 물줄기는 본격적으로 터져 나왔고 위장은 서서히 편안해졌다. 설마 설사가 즉흥연주라고 말하는 사람은 없겠지, 즉흥연주는 몸이 하는 것이 아니라 마음이 하는 것이니까 설사가 몸의 즉흥연주라고 말하는 사람은 없겠지 싶었다. 지나고 보면 사실 이런 설사는 즉흥연주만큼이나 스릴 있는 것이 아닐까. 아슬아슬한 곡예를 하듯 누구에게나 닥칠 수 있는 일상적 위기 상황 앞에서 한 인간이 취할 수 있는 순발력의 극대화가 아니겠는가. 갑작스러운 설사 문제를 해결하는 것은 생리적인 문제일 뿐만 아니라 "아무 곳에서 똥을 싸면 안 된다."는 주어진 사회규범 내지 금기 안에서의 엄숙한 인간 행위라고 볼 수 있다. 진정은 일을 마치고 옷에 묻은 오물을, 기왕에 벌어진 일이라 남이 보든 말든 상관하지 않은 채로 대충 닦아내고 축축한 옷을 다시 입고 버스 안으로 들어왔다. 버스에 오른 후로는 말 한마디도 하지 않았다. 창피하다, 미안하다, 정말 혼이 났다, 이런 말이 무슨 소용이 있겠는가. 다음 휴게소에 내려서 진정은 팬티를 화장실에 버렸다. 그리고 바지만 입고 버스에 올랐다. 한동안 진정은 아무 말도 못했다. 설사 소동이 끝난 한참 후, 진정은 미학자에게 아무런 일이 없었다는 듯이 옛이야기를 다시 계속했다. 속으로는 낯이 뜨거웠지만 겉으로는 표 내지 않으면서.

96

4

‘차렷—경례—바로’로 진정의 혼을 뺀 여선생님은 물었다.

“이 반에서 노래 잘하는 학생은 누군가요?”

반 아이들은 일제히 “우병찬이요—.”라고 했다. 우병찬이 노래 잘하는 아이로 그 반에서 통했기 때문이다. 선생님은 우병찬에게 노래를 시켰다. 진정은 선생님의 얼굴만 쳐다보았다. 우병찬의 노래를 듣고 선생님이 어떠한 반응을 보내는가 궁금해서였다. 진정은 우병찬의 노래를 별로 잘하는 노래로 생각하지 않았다. 그래서 선생님의 반응이 무척 궁금했다. 우병찬의 노래를 잘 부르는 노래로 판단해서 선생님의 얼굴이 밝아지면 진정은 선생님에게 실망할 생각이었다. ‘선생님도 음악을 잘 모르시는군.’이라는 생각까지 할 작정이었다. 그런데 선생님의 얼굴 표정은 밝지 않았다. 우병찬의 노래를 다 들은 선생님은 “또 누구 없어요? 이 반에 노래 잘하는 사람 정말 없어요?”라고 했다. ‘이 반에 노래 잘하는 사람 정말 없어요?’라는 말을 뒤집으면 우병찬의 노래는 잘하는 노래가 아니라는 뜻이 된다. 진정은 속으로 그러면 그렇지, 라면서 쾌재를 불렀다.

“박재철이요— .” 아이들은 이번에는 박재철을 불렀다. 우병찬과 박재철은 반에서 노래로 쌍벽을 이루는 학생으로 알려져 있었다. 선생님의 얼굴을 진정은 계속 주시하고 있었다. 박재철의 노래가 끝난 후에도 선생님의 얼굴은 밝지 않았다. 진정은 기뻤다. 선생님은 역시 음악을 아시는 분이구나, 라는 생각을 했다.

따지고 보면 그가 음악을 알면 얼마나 알았겠는가. 그러나 진정은 우병찬과 박재철보다는 자기가 노래를 더 잘한다고 여기고 있었다. 그리고 무모하다고 할 정도로 음악에 관해서는 어떤 확신 같은 것을 가지고 있었다. 그 여선생님은 교실에 있는 학생들이 듣기에 민망한 소리를 했다. "이 반에 노래 잘하는 학생이 이렇게도 없어요?"라고 한 것이었다. 우병찬과 박재철이 얼마나 민망할까. 아이들은 모두가 어리둥절한 표정이었다. 그동안 우병찬과 박재철이 노래 잘하는 아이로 통하고 있었고 그렇게 통하고 있었다는 사실에 아무런 의문이 없었기 때문이다. 선생님은 출석부를 뒤적이면서 노래 부를 학생의 이름을 찾는 것 같았다. 누굴 시킬까라는 생각을 하는 것 같더니만,

"좋아, 이 반의 반장 일어서."

라고 했다. 권철웅이 반장이었다. 권철웅은 체격도 건장하고 공부도 잘하고 리더십도 있는, 나무랄 데가 없는 학생이었다. 담임이신 배 선생님이 좋아하는 학생이었다. 권철웅이 일어났다. 노래를 부르기 시작했다. 노래를 부르기 시작한 지 몇 초가 지나지도 않았다. 아이들은 킥킥거리면서 웃었고, 선생님은 "됐어, 그만 앉아."라고 했다. 권철웅은 말 그대로 음치였다. 음정의 세계나 박자의 세계라는 것이 있다면 그러한 세계와는 아무런 상관이 없는 학생이 권철웅이었다. 선생님은 노래를 잘 부르는 학생을 찾는 것을 포기하려는 듯하다가 "부반장 일어나 봐."라고 했다. 진정에겐 그 소리가 하늘에서 내리치는 벼락같이 들렸다. 가슴이

쿵쿵 뛰기 시작했다. 그가 부반장이었기 때문이다. 수년 동안 미루어왔던 일, 그 일의 결판은 너무나 쉽게 나고 말았다. 진정은 일어서서 노래를 불렀고, 모두가 놀랐다. 우레와 같은 박수 소리가 터져 나왔다. 놀란 것은 선생님이라기보다 진정의 친구들 쪽이었다. 저렇게 노래를 잘 부르는 친구가 왜 그동안 알려지지 않고 묻혀 있었나 싶었던 모양이었다. 그날 이후 진정은 우병찬과 박재철을 제치고, 노래 잘하는 아이로 통하게 되었다.

노래는 진정에게 무엇이었을까. 대답은 간단했다. 노래를 부르는 순간 진정은 언제나 자기를 잊었다. 진정에게 있어서의 노래는 '자기를 잊게 하는 어떤 힘'이었다. 자기가 자기를 잊는다는 것은 무슨 뜻일까. 인간이 자기를 잊을 수 있을까. 무아지경이라는 말이 있다고는 하나 인간이 정말 자기를 잊을 수 있을까. 어떤 이야기를 듣고 그 이야기가 너무나 재미있어서 그 이야기만 남고 이야기를 듣고 있는 자기는 없어지는 경우는 물론 있다. '나는 없고 노래만 남는 순간'이 있다면 그 순간이 어떤 순간인지 진정은 말로 설명할 수는 없다. '나는 없고 노래만 남는다.'라는 말은 잘 부르는 노래 혹은 못 부르는 노래에 대한 생각을 하지 않는다는 말과 맥이 통한다는 사실을 진정은 어른이 된 후에 알았다. 진정에게 있어서의 '자기 노래'는, 그러니까 남들이 평가를 내리는 어떤 대상이 아니었다. 잘 불러도 좋고 못 불러도 좋은, 그냥 '자기의 노래'가 진정에게 있을 뿐이었다. '지금 내가 부르는 노래가 잘 부르는 노래인가, 못 부르는 노래인가에 대한 생각을 하면서 부르는 노래'는 이미 '자기의 노래'가 아닌 것이라고 진정은 생각했다. 남의 눈치를 보면서 부르는 노래가 어찌 자기의 노래가 되겠는가, 라는 생각이었다. 어린 진정이었지만 노래에 관한 자기의 신념은 확고부동이었다.

저 사람, 신들린 것 같지 않냐, 라는 말을 우리들은 가끔 한다. 신들렸다는 말은 무슨 뜻인가. 신들린 사람이 말을 할 때나 노래 부를 때를 보라. 연주할 때나 연기를 할 때나 그림을 그릴 때를 보라. 신들려서 무엇을 한다는 말은 자기가 그 일을 하는 것이 아니라 어떤 다른 힘이 자기를 대신해 준다는 뜻이 아닐까. 자기를 잊고 자기 안에 어떤 다른 힘이 들어와 있다는 뜻이 아닐까. 자기를 잊는다는 말은, 그러니까 자기 속에 다른 힘이 들어와 있다는 뜻이 될 수 있다. 자기가 잘하고 있느냐 못하고 있느냐를 두고 자기를 의심하는 마음과 의심이 없는 마음은 근본적으로 다르지 않을까.

노래는 진정에게 무엇일까. 진정은 다시 한 번 자기에게 물어 본다. 오르면 내려오고, 강하면 약해지고, 급하면 느긋해지고, 빠르면 느려지고, 진하면 연해지고, 들이쉬면 내쉬고, 음이면 양이고, 이런 식으로 서로 상치되는 두 개의 성격이 조화를 이루는 순간, 이런 순간의 흐름이 진정에게 있어서의 노래였다. 너무나 자연스럽게 흐르는 높낮이의 연속체가 진정에게 있어서 노래였다. 진정은 어린 모차르트가 생각했던 것과 비슷한 생각을 하고 싶어 했다. 노래의 종류에 대한 모차르트의 생각을 진정은 상상하기도 했다. 내가 부르는 노래, 남이 부르는 노래, 같이 부르는 노래, 혼자 부르는 노래, 듣는 사람이 없어도 되는 노래, 듣는 사람이 있어야 되는 노래, 혼자 불러도 좋은 노래, 부르면 고독해지는 노래, 부르면 기뻐지는 노래, 부르면 울고 싶어지는 노래, 울면서 부르는 노래, 부르면 외로워지는 노래, 부르면 인간이 하나가 되는 노래 등 노래의 종류는 하늘의 은하수만큼이나 많다는 생각을 모차르트는 했을지도 모른다고 진정은 상상했다.

5

일주일 중에서 진정이 가장 좋아하는 요일은 토요일이다. 토요일의 방과 후를 특히 좋아한다. 방과 후 집으로 돌아와서 마음 놓고 놀아도 그 다음날이 일요일이 아닌가. 진정은 그래서 토요일이 좋다. 어느 토요일 오후였다. 별관 삼층, 진정의 교실에서 배 선생님이 종례를 하고 있었다. 집에 돌아가고 싶은 마음이 앞서고 있었기 때문에 대부분의 아이들은 종례가 빨리 끝나기를 바라고 있었다. 진정은 배 선생님이 좋아서 종례가 빨리 끝나지 않기를 바라고 있었다. 배 선생님이 하는 말씀은 무엇이든 진정에겐 좋게 들렸다. 교실 밖의 복도에서 어떤 여자가 왔다갔다하고 있는 것이 보였다. 처음에는 그 여자가 누구인지 몰랐다. 그러다가 나중에 알았다. 배 선생님이 결근했던 날 진정의 교실에 들어와서 풍금을 켜셨던, 그리아 가슴과 닮은 그 여선생님이었다. 배 선생님이 그 여선생님이 복도에 와 있는 것을 알고서는 즉시 교실 밖으로 나갔다. 복도에서 두 선생님이 무슨 말을 주고받는 모습이 보였다. 진정은 두 선생님이 모두 좋았다. 남자 선생님과 여자 선생님이 가까이 서서 이야기를 나누는 모습이 보기에 좋았고 그들이 부럽다는 생각이 들었다. 무슨 말을 저렇게 다정스럽게 할까, 라는 생각까지 들었다. 개구쟁이 아이들은 "저기 봐, 선생님들이 연애한다?"라면서 숙덕거렸다. 진정은 개구쟁이 아이들의 그러한 태도가 못마땅했다. 잠시 후 배 선생님이 다시 교실로 들어오셨다. 배 선생님이 진정의 이름을 불렀다. 진정은 놀랐다. 벌떡 자리에서 일어섰더니 "종례가 끝나면 밖에서 기다리는 선생님을 따라 교무실로 내려가 봐."라고 했다. 진정은 가슴이 쿵쿵 뛰었다. '무엇 때문에 나를 그 여선생님이 부르실까, 왜 교무실에 내려가야 하지?' 진정은 풀리지 않는 수수께끼를 접한 것 같았고 가슴이 계속 쿵쿵거렸지만, 속으로 반갑다는 생각이 들었다. 나쁜 일로 부르는 것은 아닐 것이라는 확신이 들었기 때문이다. 배 선생님은 밖에서 기다리는 여선생님을 생각해서 종례를 빨리 끝내주었다. 조금 전만 해도 진정은 종례가 빨리 끝날까 걱정했었는데 지금은 종례를 빨리 끝내준 배 선생님이 고맙게 여겨졌다. 진정은 그 여선생님에게로 그만큼 빨리 가고 싶었다.

교무실은 본관에 있었다. 본관에 있는 교무실까지 가려면 시간이 좀 걸린다. 별관 삼층에서 일층으로 일단 내려가야 했고, 별관 일층에서 본관까지의 거리도 만만치 않았다. 진정은 별관 일층에서 본관으로 통하는 길을 좋아하지 않았다. 그 길은 어쩐지 천한 길 같았다. 사람의 몸에는 비밀이 없다. 볼 테면 보아라, 알고 보면 뻔한 것이 사람의 몸이 아니더냐, 내 몸은 이렇게 생겼다, 왜 어쩔래, 라고 말하면서 자기의 알몸을 온통 드러내고 다니려는 사람들의 마음 같은 길이었다. 별관 일층에서 본관으로 통하는 길이 진정에게 왜 그렇게 느껴지는지 스스로도 알 수가 없었다. 어쩔 수 없을 때에는 가끔 그 길을 지나다니지만 진정은 그 길이 싫었다. 그 대신 진정이 좋아하는 길은 따로 있었다. 계단으로 된 길이었다. 학교 안에 별관 삼층에서 이층으로 내려가는 계단이 있었는데 진정은 그 계단 길을 제일 좋아했다. 우선 아무나 다니는 길이 아닌 것 같아서 그 길이 좋았다. 삼층에서 이층으로 내려가는 계단은 진정에게 숨겨진 계단 같은 느낌을 주었다. 햇빛이 환하게 비치는 것도 아니고 아주 컴컴한 것도 아니다. 반드시 지나가야 하는 통로이긴 하지만 사람들이 잘 찾지 않는 통로같이 느껴지는 계단이다. 어떤 때에는 사람으로부터 영 버려진 계단같이도 느껴진다. 진정에게 그 계단이 왜 그런 느낌을 주는지는 알 수 없다. 그 계단은 그런 계단이다, 라고 혼자서 믿고 혼자서 좋아했다. 자기 멋대로 정해 놓고 자기 멋대로 좋아했다. 별관 삼층에서 교무실로 가려면 진정이 좋아하는 그 계단을 밟아야 한다. 여선생님과 진정은 그 계단을 밟으면서 본관에 있는 교무실로 내려가고 있었다. 혼자서가 아니라 그 여선생님과 같이 자기가 좋아하는 그 계단을 밟는다는 것이 진정에겐 꿈만 같았다. 아니 어떤 기적 같았다. 이 세상에서 자기가 가장 사랑하는 사람과 같이 아무도 모르는 곳에서 산보를 하는 것 같다는 착각이 들 정도였다. 진정은 '내가 어쩌다 이런 행운을 만나게 되었나.' 싶었다. 별관 삼층에서 일층까지 내려가는 계단은 꽤 길었다. 그러나 진정에게는 너무나 짧게 느껴졌다. 계단을 내려오면서 그 여선생님은 줄곧 진정의 머리를 쓰다듬었다. 진정은 여선생님의 체온을 느꼈다. 선생님의 손의 따스한 감촉이 머리에 느껴지는 것이 왜 그렇게도 좋은지 알 수가 없었다. 계단이 십 리보다 더 길었으면 싶었다. 교무실로 갔더니 여학생이 한 사람 와 있었다. 이름이 여봉현이라고 했다. 선생님이 진정을 부른 이유는 간단했다. 도(道)에서 주최하는 성악 콩쿠르가 있다고 하면서 여봉현과 콩쿠르에 출전해야 한다는 것이다. 여봉현은 진정이 알게 된 최초의 여학생이었다. 결과부터 미리 말하면, 독창부에서 진정이 1등, 여봉현이 2등을 했다. 합창부에서는 진정의 학교가 "고드름 고드름 수정 고드름……"이라는 노래로 1등을 했다. 진정의 학교가 종합 성적 1위를 차지했다.

6

콩쿠르에서 1등을 한 것이 진정의 생애에서 중요했던 것은 사실이나 콩쿠르에 출전하기 전에 선생님으로부터 배운 것을 진정은 평생 잊을 수 없다. 진정이 콩쿠르에 출전하기 전의 일이다. 선생님은 진정과 여봉현에게 "내일부터는 방과 후 콩쿠르 출전을 위한 연습을 시작한다. 오늘은 이것을 집으로 가지고 가서 자세히 읽어보도록 해라. 읽어도 무슨 뜻인지 모를 것이다. 원래는 너희들보다 훨씬 상급생들을 위해서 만든 것인데, 상급반 학생들도 이해를 할까 말까 한 것이다. 그러나 몇 번 읽고 와서 설명을 들으면 선생님이 너희들에게 하려는 말의 의미를 이해할 수 있을 것이다. 모차르트는 너희들보다 더 어렸을 때에 어른들이 이해하는 것보다 더 빠른 속도로 음악에 대해서 이해했었다. 너희들이 모차르트라고 생각하는 것은 아니지만 혹시 아니, 우리 학교에 모차르트가 있을지. 한 번 꼭 읽고 오너라." 하고 말하면서 줄판에 긁어서 찍어낸 등사물을 진정과 여봉현에게 하나씩 주었다. 등사물의 내용은 선생님의 말씀대로 모차르트에겐 어떨지 모를 일이지만 초등학교 학생들에겐 너무나 어려운 것이었다.

음악 하는 사람이 사용하는 말 중에 음정(音程)이라는 것이 있지요. 동시에 또는 잇달아 울리는 두 음 사이의 높낮이 차를 뜻하는 말이지요. 음악은 높낮이가 서로 다른 음들이 어울려서 이루어지는 것 아닙니까. 음악에서는 높낮이가 서로 다른 음들의 역할이 큰 것이지요. 음악 하는 사람들은 두 음 사이의 거리를 측정할 때가 있습니다. 낮은 음과 높은 음 사이의 거리가 먼 경우가 있고 가까운 경우가 있지요. 거리가 가장 가까운 음정, 높낮이의 거리를 더 이상 좁힐 수 없는 음정을 반음(半音) 혹은 단2도라고 합니다. 온음 혹은 장2도라는 말도 사용하는데 반음 두 개에 해당되는 음정을 온음이라고 하지요. 그러니까 온음의 절반이 되는 음정은 반음이 되는 것이지요. 지금 하는 말이 어렵다고요? 처음 듣는 말, 생소한 말은 누구에게나 어려운 것이지요. 그러니까 '익숙해짐'이 중요해요. 음정, 반음, 온음이라는 말은 사실은 쉬운 말입니다. father, 아버지, mother, 엄마, sister, 누나 같은 말만큼 쉬운 말이지요. 익숙해지기만 하면 어린아이도 사용할 수 있는 아주 쉬운 말입니다. 다시 말씀드립니다. 음정은 동시에 또는 잇달아 울리는 두 음 사이의 높낮이 차를 뜻하는 말이고요, 반음은 그 이상 더 좁힐 수 없는 음정을 뜻하는 말이고요, 온음은 반음 두 개에 해당하는 음정을 뜻하는 말입니다. 그러니까 온음 사이에는 반음이 하나 끼어 있는 셈이지요. 음악 하는 사람이 사용하는 전문 용어는 사실상 굉장히 많습니다. 한꺼번에 전부를 익힐 수는 없지요. 외국어를 하루에 모두 배울 수 없는 것과 같습니다. 음악 하는 사람이 사용하는 말은 일종의 외국어 같은 것입니다. 음악을 하든 하지 않든 간에 '도레미파솔라시도'는 다 아시지요. '도레미파솔라시도'를 편리상 '1 2 3 4 5 6 7 8'이라는 숫자로 표시할 수도 있습니다. 숫자로 표시할 경우 1과 8은 숫자상으로는 다르지만 1도 '도' 요, 8도 '도' 이니까 둘 모두 '도' 라는 점에서는 같습니다. 1은 아래 '도', 8은 위의 '도' 가 되거든요. 둘 모두 '도' 라는 점에서는 같지만, 1은 8보다 '낮은 도' 라는 점이 다릅니다. 8은 1보다 '높은 도' 가 된다는 것입니다. 음악 하는 사람들은 '옥타브' 라는 말을 사용해서 1은 8보다 '한 옥타브 낮은 음' 혹은 8은 1보다 '한 옥타브 높은 음' 이라고 하기도 합니다. 피아노 건반에서 '도' 의 위치를 배워

보세요. 아주 쉬워요. 피아노 건반을 보면 '1 2 3 4 5 6 7 8'을 단위로 해서 그것이 반복되고 있음을 알 수 있는데 반복된다는 말은 8이 다시 1의 역할을 한다는 것이지요. 즉 1 2 3 4 5 6 7 1(=8) 2 3 4 5 6 7 1(=8) 2 3 4 5 6 7 1(=8), 이런 식이 된다는 것입니다. 1 2 3 4 5 6 7은 낮은 음에서 높은 음으로 진행되는 음의 배열이고, 그것을 역으로 배열하면 8(=1) 7 6 5 4 3 2 1, 즉 도시라솔파미레도가 되는 것이지요. 반음과 온음 그리고 음정이라는 말을 이용해서 간단한 음악 상식 이야기를 계속해 보겠는데, 지금부터의 이야기를 잘 들어두어야 합니다. 어떤 일에나 고비가 있는 법이지요. 고비 하나만 넘기면 모든 일이 쉬워지는데 그 고비를 넘기지 못해서 실패를 하는 경우가 허다하거든요., 자, 지금이 고비입니다. '도'와 '레', '레'와 '미' 사이의 음정은 온음입니다. 그러니까 '도'와 '레' 그리고 '레'와 '미' 사이에는 반음이 하나씩 끼어 있다는 말이 됩니다. '미'와 '파' 사이의 음정은 온음이 아니라 반음입니다. 숫자로 말하면 1과 2, 2와 3 사이에는 반음이 끼어 있지만, 3과 4 사이에는 반음이 끼어 있지 않다는 말입니다. 그러니까 도레미파솔라시도라는 음의 배열에서 3, 즉 미와 4, 즉 파 사이의 음정은 반음이라는 말입니다. 피아노 건반을 보면 흰건반과 흰건반 사이에 검은건반이 끼어 있지 않은 곳을 말합니다. 7, 즉 '시'와 8, 즉 '도' 사이의 음정 역시 반음입니다. 검은건반이 끼어 있지 않다는 말입니다. 음의 배열상 1에서 8까지의 음정 관계를 보면, 3과 4 그리고 7과 8 사이만이 반음이고 나머지 음들 사이의 음정은 모두 온음으로 되어 있음을 볼 수 있지요. 음악가들은 이렇게 배열된 음의 열(列)을 장음계라고 말합니다. 장음계는 물론 아직 음악이 아닙니다. 음악의 재료가 되는 것이지요. 음악을 이 세상에 있게 하는, 음악의 사전 조건이라고들 일컫지요. 사전 조건은 작곡가가 만들어내는 것이 아닙니다. 작곡가는 이 사전 조건을 음악의 재료로 삼고, 그 재료를 이용해서 음악을 만들지요. 그러니까 소위 음계라는 것은 음악의 사전 조건이라는 뜻입니다. 사전 조건에는 물론 음계만 있는 것은 아닙니다. 피아노라는 악기도 사전 조건이지요. 작곡가가 피아노라는 악기를 만든 후에 피아노 음악을 작곡하는 것이 아니니까요. 피아노라는 악기는 작곡가에게 작곡을 하기 전에 그러니까 사전(事前)에 주어지는 조건이라는 뜻입니다. 작곡가는 이 조건으로부터 벗어나기가 쉽지 않지요. 우리는 음악 양식 혹은 음악 문화라는 말을 사용할 때도 있는데 이것 역시 음악가에게 주어지는 사전 조건이지요. 기회가 생기면 피아노 건반을 한번 보세요. 그리고 피아노 건반의 수를 한번 세어보세요. 피아노 건반이 모두 88개라는 것을 알 수 있을 것입니다. 흰건반 즉 백건은 52개, 검은건반 즉 흑건은 36개라는 것을 알게 될 것입니다. 이 모두가 1 2 3 4 5 6 7 1 2 3 4 5 6 7 식으로 반복되고 있지요. 1 2 3 4 5 6 7은 모두 백건이 되고, 나머지는 모두 흑건이 됩니다. '도' 와 '레' 사이에 흑건이 하나 끼어 있는데, 그것은 '도' 의 입장에서 보면 '도' 보다 반음이 높은 '도 샤프' 가 되고, '레' 의 입장에서 보면 '레' 보다 반음 낮은 '레 플랫' 이 됩니다. 샤프는 반음 높은 음, 플랫은 반음 낮은 음을 표시하려고 할 때 사용하는 용어입니다. 그러니까 흑건의 이름은 둘이 되지요. 우리의 준비는 모두 끝났습니다. 지금부터 우리가 하려던 놀이를 할 차례입니다. 선율 짓기 놀이 말이에요. 즉흥연주 놀이가 되기도 하지요.

진정은 선생님이 준 등사물을 읽었지만 무슨 소리인지 알 수 없었다. 이해할 수 있을 것 같기도 하고 이해할 수 없을 것 같기도 했다. 다른 사람이 읽으라고 했다면 끝까지 읽지 않았을 것이다. 음악은 좋아했지만 진정은 음악에 대한 글에는 별로 관심을 가지지 않았다. 그러나 진정에게는 아직도 선생님의 체온이 남아 있다. 학교의 별관 삼층에 있는, 자기가 좋아하는 계단에서 머리를 쓰다듬어준 선생님의 그 따스한 체온을 느끼면서 선생님이 읽으라고 한 등사물을 읽지 않을 수 없었다. 진정은 읽고 또 읽었다. 다음 날 학교에 가서 선생님이 읽은 소감을 물었을 때 읽었으나 무엇인지 모르겠다라고 말하기는 싫었다. '진정은 정말 똑똑하네. 선생님이 한 말을 전부 이해했구나.' 라는 말을 듣고 싶었다. 선생님이 자기의 머리를 다시 쓰다듬어주길 바랐다. 더구나 여봉현이 메모를 읽고 모두 이해했다면 진정으로서는 체면이 서지 않는다. 그래서 진정은 읽고 또 읽었다. 음정, 반음, 온음, 장음계, 이런 말들은 익힐 수 있을 것 같았다. 그러나 장음계를 성립시키는, 음들의 음정 관계가 사전에 고정되어 있다는 식의 말은 잘 이해되지 않았다. 그리고 음악의 사전 조건이라는 말도 이해하기가 쉽지 않았다. 진정은 걱정을 하면서 다음 날 학교로 갔다.

　선생님은 진정과 여봉현에게 장음계를 노래로 부르라고 하면서 '도레미파솔라시도오오오'를 한 음 한 음씩 아랫음에서부터 윗음으로 천천히 소리 내어 불렀다. 제일 마지막의 '도' 음에 도달했을 때에는 '도'를 '도오오오'로 길게 끌었다. 선생님은 진정과 여봉현에게 자신을 따라 하라고 했다. 진정은 선생님의 흉내를 냈다. 여봉현도 흉내를 냈다. 선생님이 이번에는 '도시라솔파미레도오오오'를 한 음 한 음씩 윗음에서부터 아랫음으로 천천히 소리 내어 불렀다. 여기서도 제일 마지막 '도' 음을 '도오오오' 식으로 길게 끌었다. 진정과 여봉현은 선생님의 흉내를 또 냈다. 선생님은 아랫음에서 윗음으로 진행되는 것을 '상행', 윗음에서 아랫음으로 진행되는 것을 '하행'이라고 말한 후, '상행'과 '하행' 연습을 진정과 여봉현에게 시켰다. "좋아, 아주 잘했다."라고 선생님은 말했다.

　그다음에 선생님은 "본질이라는 말의 뜻을 아니?"라고 물었다. 진정과 여봉현은 아무 말도 못하고 서 있었다. "'가장 근본적인 바탕'이라는 뜻이지."라고 했다. 진정과 여봉현은 여전히 가만히 서 있었다. 선생님은 학생들이 알아듣든 말든 상관하지 않겠다는 투로 일단 "음악의 본질에 접근하는 방법으로 '노래 짓기 연습' 만큼 좋은 것은 없다."고 말씀하신 후, "오늘은 너희들에게 노래 짓는 방법을 가르쳐주겠다."고 했다. 노래를 짓는다는 말은 작곡을 한다는 뜻이 아닌가. 진정의 생각에는 작곡은 아무나 할 수 없는 것이었다. 그러나 선생님의 생각은 달랐다. 선생님은 진정과 여봉현, 그리고 합창단 학생들에게 노래 짓기 지도를 시작했다.

선생님은 칠판에,

그림 1: '도 레 미 파 솔 라 시 도 레 미 파 솔 라 시 도'

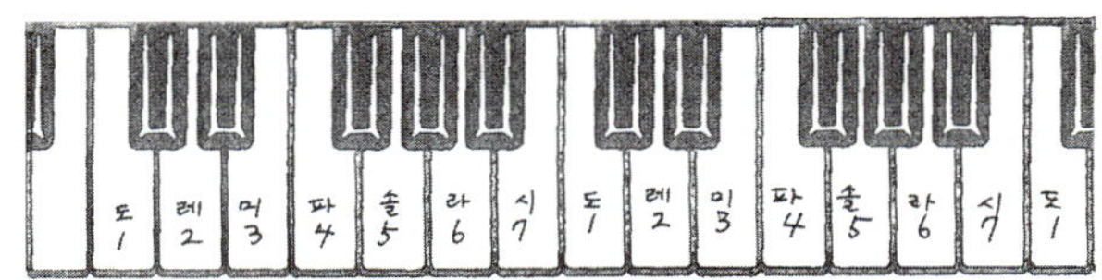

라는 글씨와 도표를 그림 그리듯이 적었다. 그리고 칠판에 쓴 글씨와 도표를 '그림 1'이라고 했다. 피아노 건반 전체를 상대로 하면 일곱 옥타브가 되지만 '그림 1'에는 두 옥타브만 다루었다고 말한 후, '그림 1'에서 왼쪽은 낮은 음, 오른쪽은 높은 음이라고 했다. 그리고 '그림 1'에서 '도' 음이 세 번 나오고 있다는 사실을 학생들에게 확인시켰다. 피아노 건반 전체를 상대로 하면 '도'가 더 많이 나온다는 말을 덧붙였다. 학생들은 선생님이 시키는 대로 '그림 1'을 자세히 들여다보았다. 그리고 선생님이 시키는 대로 '도' 음이 몇 번 나오는지 또 확인했다.

'그림 1'의 시작과 끝에 '도'가 있고 중간에 '도'가 나오고 있었다. 그러니까 세 번 나오는 것이 확인되었다. 누구나 쉽게 확인할 수 있었다. 선생님은 제일 왼쪽의 '도'가 '그림 1'에서는 제일 낮은 음이고 제일 오른쪽에 있는 '도'가 제일 높은 음이라고 했다. 그리고 중간에 있는 '도'는 낮지도 않고 높지도 않은 음이라고 했다. 그래서 제일 왼쪽의 '도'를 '낮은 도', 제일 오른쪽의 '도'를 '높은 도', 중간의 '도'를 '중간 도'라고 부르자고 했다. "너희들은 작곡을 한다고 생각하지 말거라. 주어진 음 셋만을 가지고 '음 놀이'를 한다고 생각해라."라고 했다. 진정은 선생님의 말을 듣고 의아하다는 표정을 지었다. 작곡은 아무나 할 수 있는 것이 아닌데 선생님이 왜 저러실까, 라는 생각을 다시 했다. "너희들이 작곡을 한다고 하면 생각이 굳어진다. 일이 괜히 어려워진다. 어떤 일에 접근하려고 하는 생각 자체를 거부하게 된다. 작곡을 하는 것이 아니라 주어진 음 셋으로 놀이를 한다고 생각해라."라는 말을 선생님은 다시 했다. "주어진 음 셋은 '도', '미', '솔'이다. 주어진 세 음이라고 했지만 그림 1을 보면 '도'는 세 번 나오고 '미'와 '솔'은 각각 두 번씩 나온다는 것을 알 수 있다. 그러니까 '도', '미', '솔'이라는 세 음으로 놀이를 한다는 말은 결국 낮은 도, 중간 도, 높은 도, 낮은 미, 높은 미, 낮은 솔, 높은 솔, 이렇게 일곱 음으로 놀이를 하는 뜻이 된다는 것을 알아야 한다."라고 했다. 피아노 건반으로 가면 물론 높고 낮은 '도', '미', '솔'들이 더 많다고 했다.

"지금부터 선생님이 하는 말을 잘 들어야 해요. 놀이에는 그것이 어떤 놀이든 규칙이 있어요. 주어진 세 음으로 놀이를 하는, '음 놀이'의 경우에도 놀이의 규칙을 지켜야 해요. 알겠어요?"

112

선생님은 규칙을 지켜야 한다는 점이 중요하다는 것을 다시 강조했다. 사람들은 규칙이 무엇인지 몰라서 놀이를 하지 못한다는 말을 덧붙였다. 쉬운 규칙이지만 그 규칙이 자기에게 생소하면 사람들은 그 규칙을 어려운 규칙으로 생각해 버리기 쉽다고도 했다. 생소한 규칙을 대하면 겁을 먼저 먹어버리는 것이 사람이라고도 말했다. 선생님은 "노래 짓기를 위한 규칙은 쉽다. 절대로 어려운 것이 아니다."라고 다시 말했다. 주어진 세 음, '도', '미', '솔' 만을 가지고 놀아야 한다는 것 이외에는 아무런 규칙이 없다고 했다. 어느 음을 먼저 소리 내어도 상관없고, 어느 음에서 어느 음으로 진행되어도 상관없다. 주어진 세 음 사이를 왔다갔다, 아니면 오르락내리락하기만 하면 된다. 그러면 간단한 선율이 자동적으로 탄생한다. 가령 '솔' 음을 제일 먼저 낸 다음 '미'를 내고, 그다음 '도'를 낸다고 해보자. 그러면 슈베르트의 「보리수」라는 노래의 시작 부분과 아주 비슷한 노래가 탄생한다. '솔 소오오올 미 미미 미 도오오오오'가 「보리수」의 시작 부분이 아니던가.

여기서 '솔'이면 '솔'이지 '솔소오오올' 혹은 '도오오오오'로 적은 이유에 대한 설명이 조금 필요할지 모른다. 음악은 악보로 그린다. 그런데 지금 여기서는 말로 음악을 그리면서 음악에 대한 말을 하고 있다. 음악은 음으로 해야 하는 것인데 말로 하려니 쉬운 일이 아니다. 악보로 음악을 그리는 문제와 말로 음악을 그리는 문제에 대한 언급을 하기 전에 음악가에게 있어서 악보의 역할을 검토해 볼 필요가 있다.

악보 '하나'가 있다고 하자. 악보에는 한 박자, 두 박자, 반(半) 박자, 한 박자 반 등 소리의 길이를 표시하는 음표가 있다. 연주가는 음의 길이를 음표가 표시해 놓은 대로 연주해야 한다. 그런데 연주가마다 그 길이가 조금씩 달라진다는 것에 주목할 필요가 있다. 한 박자를 표시하는 음표의 경우 한 박자라는 테두리 안에서 연주가마다 한 박자의 길이가 조금씩 달라진다는 것은 알려진 사실이다. 이 말은 '음표'는 '하나'이나 그 음표의 연주 결과는 '여럿'이라는 뜻이 된다.

시(詩)의 경우를 예를 들어 설명하면 이렇게 된다. 시는 '하나'인데, 시 낭송의 결과가 '여럿'인 것과 같다. 하나의 시가 시집에서 글씨로 적혀 있을 때에는 '하나'의 시로서만 존재한다. 그러나 그 시를 어떤 사람이 낭송할 때에는 낭송 결과가 '여럿'이 된다. 시에서 나오는 단어나 문장을 바꾸지 않는다는 전제하에서, 그러니까 주어진 시의 테두리 안에서도 낭송자의 취향이나 시 의미를 해석하는 방식에 따라 낭송의 결과가 달라진다. 낭송할 때의 억양이나 시구를 낭송해 나가는 과정에서 단어를 발음하는 길이는 '하나'가 아니라 '여럿'이 된다. 같은 시를 낭송한다고 해도 낭송자마다 낭송 결과가 다른 것을 보면 그것을 알 수 있다.

음악을 악보로 그리는 것이 아니라 '말'로 그릴 때에는 어려움이 배가된다. 어려움이 배가된다기보다 '말'로 음악을 그린다는 것은 처음부터 불가능한 일이다. 그러나 여기서는 '말'로 음악을 그리겠다는 것이 목적이 아니다. 선율이 생겨나는 원리에 대한 언급을 하고 있는 것이다. '도', '미', '솔'이라는, 음이 아닌 말로 어떤 선율을 그렸을 때, '도'나 '미'나 '솔'의 길이가 어느 정도인지 알기는 불가능하다. 그러나 편리상 '도'의 길이가 한 박자일 때에는 그냥 '도'로 적고, '도'의 길이가 더 길어지면 '도오오' 식으로 '오' 자를 '도' 다음에 붙이는 방법을 사용할 수 있다. 가령 한 박자 안에 두 번의 '도'가 나오는 경우는 '도도' 식으로 적는다는 말이다. '도', '미', '솔'이라는 세 음으로 만들어진 선율의 예를 이런 식으로 적어보면, '도오 미 도오 솔 도 미 솔 도오오'라는 저 유명한 베토벤의 「영웅 교향곡」의 주제 음이 있고 슈베르트의 기막힌 가곡 「우편마차」의 선율인 '미이 솔솔 소올 도도 솔 미 솔 도 솔 미 소올 도도 도오 미미 미 도 미 솔 미 도 소올 솔솔 도오 도도 소올 솔솔 도오 도도……'가 있다. 이 모두가 '도', '미', '솔'이라는 세 음만으로 이루어진 선율이라는 점만을 주시하면 된다. 학생들은 '도미솔', '솔미도', '미솔도', '솔도미', '도도 미미 솔', '솔솔 미미 도', 이런 식으로 세 음만을 가지고 간단한 선율 짓기 놀이를 얼마든지 할 수 있다. 같은 음을 반복하기도 하고 '도'에서 '솔'로 뛰기도 하고 '도'에서 '미'로 올라가기도 하고 중간 '도'에서 낮은 '솔'로 내려가기도 하고, 자기 기분이 내키는 대로 놀이를 할 수 있다. 놀이의 결과로 서로 다른 많은 선율들이 만들어진다. 이런 놀이에서 탄생되는 선율이 처음부터 좋은 선율일 수는 없다. 처음에는 음악적 흥취가 없는 기계적인 선율이 생기는 것이 당연하다. 처음부터 좋은 선율을 만들 수 있는 사람은 없다.

선생님은 갑자기 '즉. 흥. 연. 주.'라고 또박또박 쓰고 그 글씨 하나하나를 천천히 그리고 똑똑하게 발음했다. 갑작스러운 말에 놀라고 있는 학생을 본 선생님은 다시 말했다. "'도', '미', '솔', 이렇게 세 음을 '주어진 테두리'로 하고 그 '테두리' 안에서 기분 내키는 대로 음 놀이를 하는 것을 음악가들은 즉흥연주라고 한다." 선생님은 '테두리'라는 말도 '테. 두. 리.'라고 천천히 말했다. 즉흥연주는 보통 사람들이 생각하는 것처럼, 연주하는 사람이 기분 내키는 대로, 마음 내키는 대로, 아무런 질서나 규제도 없이 하는 것이 아니다. '그냥 마음대로', '그냥 기분 내키는 대로'가 아니라 '주어진 테두리' 안에서의 '마음대로' 혹은 '주어진 테두리' 안에서의 '기분 내키는 대로'이다. 물론 테두리의 종류는 많다. '도', '미', '솔'과 같은 단순한 테두리와 '특정 화음군(群)'으로 이루어지는 복잡한 테두리가 있고, 짧은 테두리와 긴 테두리가 있다. 즉흥연주의 입문자는 짧고 단순한 테두리에 먼저 익숙해져야 한다. 그다음에 길고 복잡한 테두리를 만나야 한다. 어린아이가 모국어를 배워나갈 때 어휘나 문법을 하루에 모두 배우는 것이 아니듯이 즉흥연주의 기술 역시 하루아침에 모두 배우는 것은 아니다. 그러나 즉흥연주의 원리는 단순한 테두리에서나 복잡한 테두리에서나 같은 것이다. 그렇게 선생님은 또박또박 말씀하셨다.

7

　"지금 농담하고 있는 게 아니야. 나는 지금 심각하다고. 단순히 음악 이야기만을 하고 있는 게 아니야. '삶은 즉흥연주다.' 라고 나는 생각하고 있거든."

　"자네가 하는 이야기는 언제나 웃기는 이야기이긴 하지만, 자네 지금 꽤 심각한 것 같으니, 한번 들어줄게. 그라, 왜 그렇게 생각하는데……."

　"삶은 한 판의 놀이가 아닌가. 자네는 그렇게 생각 안 하나, 한 판의 놀이라고 말이야. 즉흥연주 역시 한 판의 놀이거든. 그리고 놀이에는 잘된 놀이가 있고 잘못된 놀이가 있다고 생각해. 바람직한 놀이가 있고 바람직하지 못한 놀이가 있다고. 그런데 가만히 봐. 사람은 말을 하면서 살거든. 말을 하기 싫을 때가 있고 하지 않으면 안 될 때가 있긴 하지만, 결국 삶에는 많은 말들이 개입되는 것 같아. 그러니 '말을 하면서 사는 것이 인간의 삶이다.' 라고 할 수 있어. 그런데 묘한 것은 말이야, 말할 때에도 마음대로 할 수 있는 부분과 마음대로 할 수 없는 부분이 있더라고. 즉흥연주의 경우와 같이 말이야. 말을 하되 자기 마음대로 할 수 없는 부분과 자기 기분 나는 대로 마음대로 할 수 있는 부분이 있고, 그것들의 상호 작용이 우리 인간의 말을 낳는 것 같단 말이야. 우리가 살면서 하는 말은 미리 준비해 둔 연설문을 낭송하는 거하고는 틀리거든. 우리의 삶을 제일 많이 지배하는 일상적 삶에서의 말을 보면 아주 재미있어. 그냥 기분 내키는 대로 말을 하

면서 사는 것 같지만, 사실상 자기가 마음대로 할 수 없는, 자기
라는 테두리 안에서의 말이거든. 모든 말이 전부 그렇지. 자기라
는 테두리를 벗어난 말은 있을 수 없지 않나. 그러니까 자기 마음
대로 말을 하고 살고 있는 것 같지만, 실은 그렇지 않은 거야. 말
은 물론 그때그때 생각나는 대로 하는 것이지만 아무리 그렇다고
해도, 결국 '자기라는 테두리' 안에서 말을 하게 되더라고. 인간
은 누구나 '자기'라는 테두리를 잘, 못 벗어나거든. 그래서 심각
한 문제가 생기더라고. '자기'라는 테두리가 실패한 테두리일 수
도 있고 성공한 테두리일 수도 있잖아. 그래서 나는 겁이 나는 거
야. 나의 테두리가 실패의 테두리인지 성공의 테두리인지 알 수
가 없단 말이야. 실패의 테두리이든 실패의 즉흥연주이든 간에
실패는 문제. 실패는 생명 무(無), 성공은 생명 유(有)이더라고.
사람들은 당연히 무(無) 쪽보다 유(有)를 선호하고. 치사하지만
나도 그런 것 같고…… 나도 좋은 테두리 안에서 성공적인 즉흥
연주를 하면서 살고 싶거든."

"생명 무(無), 생명 유(有)? 그런 말이 이 세상에 있나? 정말
웃기는 소리 하고 있네."

"살아도 산 것이 아닌 경우가 얼마나 많나. 우리 주변에서 말이
야. 살아도 산 것이 아니면, 삶은 없는 거지. 삶이 없으면 무(無)
인 거지."

"자네는 잘된 즉흥연주와 잘못된 즉흥연주가 있다고 하는 모양
인데, 잘되고 못되고를 무슨 근거로 구별하나. 미친놈이라는 말

118

은 취소할 테니 내가 알아듣도록 설명을 해봐."

 "놀이를 한 판 벌이자, 라는 말을 사람들은 하지. 즉흥연주도 결국 한 판 벌이는 일과 상관이 되는 게 아닌가, 하루 단위로 한 판을 벌이기도 하고 평생 단위로 한 판을 벌이기도 하지. 그런데 말이야. '도미솔'이라는 주어진 테두리 안에서 한 판을 벌이려고 할 때, '도미솔' 혹은 '솔미도', '도도 미미 소오올' 혹은 '솔솔 미미 도오오'라는 식의 선율로 한 판을 벌일 수 있고 '도오 미 도 오 솔 도 미 솔 도오오'라는 베토벤의 교향곡 「영웅」의 주제나 슈베르트가 한때 벌였던 멋진 판의 하나였던 '미이 솔솔 소올 도도 솔 미 솔 도 솔 미 소올 도도 도오 미미 미 도 미 솔 미 도 소올 솔 솔 도오 도도 소올 솔솔 도오 도도……'식으로 벌일 수도 있다는 거야. 단순하기 짝이 없고 길이가 짧아도 아주 짧은 '도미솔' 같은 테두리 안에서도 한 판을 어떻게 짜느냐의 문제에 있어서는 천차만별이 되더라고. 우리가 말을 사용할 때에도 마찬가지이지. 일상적인 말이 아닌, 예술 작품으로서 성립되는 말을 하게 될 때가 있잖아. 나는 우선 좋은 판을 벌이고 싶은 거지. 헛된 욕심인지 모르지만 성공적인 판을 벌이고 싶은 거지. 물론 문제는 또 있어. 내가 벌써 여러 번 말한 것은 아닌지 몰라. 그러나 수백 번 되풀이해서 말해도 성이 안 차. 좋은 판을 벌이는 것보다 어떤 의미에서는 더 중요하다고 볼 수 있는 것이 있거든. 좋은 테두리를 만들어야 한다는 것이 그것이야. '좋은 테두리' 더하기 '좋은 판 짜기', 이 두 가지가 나의 삶에서 이루어져야 한다는 말이야. 주어진 테두리가 다르면 다른 삶을 낳게 된다는 말은 이제 더 이상 할 필요가 없을 거라고 생각하네. 그러니까 '좋은 테두리' 더하기 '좋은 판'을 얻기 위해서 '자기 훈련'을 하는 길목에 인간은 서 있어야 하는 것이 아닐까, 하는 것이지. 그러한 길목에 서 있는 것이 나의 삶이어야 할 것 같다는 거지. 테두리의 종류에 대한 생각이 나를 얼마나 괴롭히는지 자넨 알기나 하나. 나의 테두리와 모차르트의 테두리는 근본적으로 다른 것 같거든. 천재라는 말, 별로 좋아하는 건 아니지만 천재의 테두리와 둔재의 테두리도 있는 것 같고…… 한국 문화적 테두리, 미국 문화적 테두리, 정치적 테두리, 종교적 테두리, 과학적 테두리, 예술적 테두리, 분석적 테두리, 종합적 테두리라는 것도 있는 것 같고, 역사적 테두리, 인간적 테두리, 긴 테두리, 짧은 테두리, 단순한 테두리, 복잡 미묘한 테두리, 일상적 테두리, 출가 후의 테두리…… 끝도 없지. 그러니까 나의 진짜 테두리는 뭔가 하는 생각이 자꾸 들거든. 정말 죽겠어. 좋은 판은 어떤 거냐에 대한 생각을 하는 것도 중요하지. 좋은 판을 벌이려면 그럴 수 있는 마음의 상태에 나를 놓아야 할 것 아닌가, 좋은 판을 이루는 인자를 마음이 선택하는 것일 테니까 말이야. 그러니까 어떤 대상을 선택하느냐라는 문제에 깊이 관여하는 마음의 상태가 문제인 것 같아. 어떤 것을 받아들일 수 없는 상태가 있고, 받아들일 수 있는 상태가 있잖아. 그러니까 바람직한 마음의 상태에 나를 놓는 훈련이 중요하겠지. 바람직한 마음의 상태란 결국 테두리 안에서의 테두리를 가리키는 것이 될

지도 모르지만 말이야. 좋은 테두리를 만들어야 한다는 말은 고
수가 되어야 한다는 말과 상관있지 않겠나. 수가 높아야 된다는
말이겠지. 그런데 수가 높으면 또 뭐하나, 인간성이 좋아야지, 라
는 생각도 들어. 개인의 성품이 좋아야 한다는 것만을 이야기하
는 것은 아니야. 인간성이 회복된 사회를 향하는 집단적 마음이
중요하다는 거지…… 예술, 우정, 사랑 같은 것을 상품화하려는
마음을 가지지 않는 집단적 사회적 인간성 말이야. ‘나’라는 인
간이 하나의 작품인 것 같기도 하지만 어떤 때에는 작품 이전의,
하잘것없는 ‘버러지 같은, 기생충 같은 것’일 수도 있다는 생각
이 들 때가 있어. 그럴 때에는 정말 죽고 싶다네. 나는 ‘작품’이
고 싶지, ‘기생충’이나 ‘버러지’는 되고 싶지 않거든. 아무리 발
버둥 쳐보았자, 기생충이나 버러지를 면할지 모르지만 말이야.
즉흥연주를 잘못해서 감옥 신세를 지는 경우도 있지. 감옥 밖에
서 살고 있을 때라고 해도 이럴 때에는 이것이 나인 것 같고, 저
럴 때에는 저것이 나인 것 같고 해서 나는 내가 누구인지 모를 때
가 많아. 그래서 버러지이든 기생충이든 내가 지금 살아 있다는
사실에 오히려 절을 해야 한다는 생각을 할 때도 있지. 최상의 테
두리는 바로 내가 ‘지금 그냥 살아 있다는 것 자체, 생명 그 자
체’일지 모른다는 생각도 해보지. 예술, 우정, 사랑의 불이 가슴
속에서 ‘꺼진 상태’와 ‘켜진 상태’에 차이가 있다면, 꺼진 상태보
다 켜진 상태에서의 즉흥연주에서 가장 좋은 판이 짜일지도 모른
다는 생각이 들 때가 있어. 중언부언하는 것이 되지만, 주어진 테

두리 안에서 즉흥연주를 잘하는 것도 중요하지만, 자기의 테두리
가 어떠한 테두리인가, 그것이 더 문제가 아니겠나."

"진정아, 이 친구야. 자네가 여러 가지 일 때문에 진정으로 괴
로워하고 있는 모양인데 자네는 이름을 바꾸어야겠어. 사람은 누
구나 대충 자네와 같은 괴로움을 겪고 있어. 말을 안 하고 있을
뿐이야. 자네만 그러한 괴로움을 겪는다고 생각하는 게 자네의
병이야. 진정으로 하는 말이야. 당장 이름을 바꿔. 나는 음악은
몰라. 그리고 즉흥연주도 무언지 몰라. 그래. 자네의 말이 옳다고
치자. 그러나 '말하는 것', '즉흥연주', '인간의 삶' 등은 벌써 말
이 서로 다르지 않는가. 서로 다른 것들을 억지로 서로 붙이려고
하지 말아야지. 그럭저럭 넘어가자고 하는 소리가 아니네. 대단
한 일도 아닌 것을 가지고 대단한 것 같은 생각을 하는 버릇, 별
볼일 없는 그 버릇 빨리 좀 버려. 이 불쌍한 놈아."

"그래, 불쌍한 놈이라도 좋아. 그런데 말이야, 내 사정 좀 봐줘
라. 우리는 죽마고우가 아닌가. 자네가 뭐래도 좋아. 왜 그런지
모르지만 나는 말이야, 자꾸만 즉흥연주를 하면서 사는 삶이 나
의 삶같이 느껴지거든. 아니 나만이 아니지. 인간은 누구나 자기
를 즉흥연주 하는 연주가다, 라는 생각이 든단 말이야. 그러니까
즉흥연주를 잘하면서 살고 싶다는 것이고 주어진 테두리가 좋은
테두리였으면 싶다는 것이야. 그렇다는 사실을 우리 모두가 좀 알
았으면 싶어. 사는 것이 뭐냐에 대해서 자네, 정말 진지하게 생각
해 본 적이 있어? 먹고, 싸고, 새끼 만들고? 쓰고, 작품 만들고? 그

런데 나는 말이야. 나는 말을 하고 산다는 것이 제일 괴로워. 이놈의 '말하고 사는 문제'가 제일 골치 아파. 기왕에 하는 말일 바에야 잘하고 싶거든. 즉흥연주를 잘하고 싶단 말이야. 그런데 그게 잘 안 된단 말이야."

"아이고, 이 불쌍한 놈아. 자네 나이가 지금 몇 살인데 아직도 그러고 있는 거야. 냉수 좀 마셔, 냉수를. 한 백 사발 정도는 마셔야겠다……."

8

버스는 계속 달리고 있었다. 버스 안은 여전히 조용했다. 그런데 그때 누가 마이크를 잡았다. 미술평론가의 목소리였다. 일행의 여행 목적지는 담양이었고 그의 고향이 그곳이었다. 담양을 목적지로 정한 이유도 미술평론가 때문이었다. 일행 모두가 그를 좋아했다. 미술평론가는 자기의 테두리 안에서 즉흥연주를 하기 시작했다.

"안녕하십니까? 사람에겐 말입니다, 아는 것도 중요하지만 먹는 것도 중요합니다. 지금부터 우리는 담양의 소쇄원이라는 곳에 가는데, 소쇄원에 대해서 아는 것도 중요하지만 그 근방에서 먹는 것도 중요하다는 말입니다. 아는 것에 대해서는 내 말이 끝난 후, 우리의 호프 건축이론가가 말씀을 드릴 것입니다. 먹는 것, 아주 중요하지요. 저는 먹는 것에 대해서 말씀드리겠습니다."

그는 이렇게 말하고, 1박 2일의 스케줄을 먹을거리로 설명했다. 아침, 점심, 저녁별로 군침이 나게 설명했다. 이 장소. 저 장소, 이 음식. 저 음식을 소개했다. 그러고는 "먹는 것에 대한 미적 의지가 있으신 분은 마음껏 즐겨주시길 바랍니다."라며 이야기를 마쳤다. 맥주 두 캔을 더 마신 진정은 몸이 근질근질했다. 자칭 교수들 전부가 점잔을 빼고만 있었다. 여행을 한다면서 술도 마시지 않고, 농담도 하지 않고 있는 것을 보면 볼수록 몸이 근질근질했다. 모두 설사를 좀 해주었으면 얼마나 좋겠는가, 라는 생각을 했다. 미술평론가가 마이크를 놓았으니 이젠 건축이론가가 마이크를 잡을 차례다. 진정도 그가 마이크를 잡을 것으로 생각했다. 그런데 미술평론가가 마이크를 놓은 후 시간이 한참 흘렀음에도 불구하고 건축이론가는 마이크를 잡지 않았다.

에라 모르겠다, 하면서 진정은 운전석 앞으로 나아가 마이크를 잡았다.

"무엇들 하시는 겁니까? 나는 벌써 맥주를 몇 캔 했는지 몰라요. 여러분들도, 자, 좀 드세요."

맥주, 소주, 양주 등 준비해 온 술을 진정이 돌렸다. 일행은 진정의 권유가 좋아서 그랬던지 싫어도 하는 수가 없어서 그랬던지, 모두 술을 마시기 시작했다. 순식간에 버스 안은 술판으로 변했다. 진정은 회원들과 더불어 술판의 흥을 돋우려고 이런저런 노력을 했다. 버스는 계속 달리고 있었고, 시간은 흐르고 있었다. 회원들은 모두가 기분 좋게 취하기 시작했다.

진정은 마이크 앞에서 서울의 출발지에서 메모한 것을 들고 몇

분에 누가 도착했고, 누가 몇 분 늦었다는 말을 했다. 일행의 도착 시간과 도착 행태에 대한 언급도 했다. 회원들은 회장이 기록을 하고 있었다는 사실에 놀라는 눈치였다. 그다음 진정은 먹는 것에 대한 미술평론가의 배려에 감사한다는 말도 했다. 술에 취한 진정은 계속 말했다.

"미술평론가의 배려에 보답하기 위해서 내가 나왔습니다. 보답이라고 해서 다른 특별한 방도를 들고 나온 것은 아닙니다. 회원님 여러분들이 오늘 아침 약속 장소인 주차장으로 들어서는 모습에 대한 강평을 다시 한 번 하는 것으로 미술평론가님의 배려에 감사를 표시하려고 합니다."

회원들은 와! 하면서 박수를 쳤다. 자기네들의 모습에 대한 강평이라고 하니까, 듣고 싶은 모양이었다. 즐거운 시간이 오리라는 기대감도 있었다.

"사람들 중에는 말이지요, 준 것 없이 미운 사람이 있어요. 약속을 지키지 않는 사람이 바로 그런 사람입니다. 9시에 모이자고 했으면 정확히 9시에 모여야지요. 오늘 우리 18분 늦었습니다. 우리 회원 중에 말이지요, 형편없는 사람이 있어요. 약속을 해놓으면 여러분들도 잘 아시다시피 언제나 30분 정도는 늦는 사람이 있지 않습니까. 오늘 우리들을 위해서 수고하신 분이라고 해도 말은 바로 해야지요. 우리 미술평론가님은 약속 잘 지키지 않는 분으로 유명한 분 아닙니까. 그래서 나는 그분을 엉망진창인 사람으로 보지요."

미술평론가를 엉망진창이라고 하는 대목에서 사람들은 재미있다면서 박수를 보냈다. 진정은 말을 계속했다.

"그런데 말입니다, 사람은 오래 살고 볼일이다, 라는 말이 있지 않습니까. 미술평론가님이 9시 정각에 약속 장소에 도착했을 때 나는 기절하는 줄 알았습니다. 그분이 약속을 지켰다는 거 아닙니까. 이 얼마나 놀랄 일입니까. 앞으로 나는 그분을 존경하려고 합니다. 단 그가 지금부터 어떻게 하는가를 봐가면서요. 오늘부터 우리가 먹는 것이 어떤 것인지, 과연 미술평론가님이 말씀하신 대로 멋있고 맛있는 음식을 먹을 수 있게 되는지 그것을 확인한 후에 마음을 결정하기로 하겠습니다. 여러분, 어떻게 생각하십니까."

회원들은 와! 하면서 다시 박수를 쳤다.

진정은 계속해서 누구는 이런 식으로 누구는 저런 식으로 주차장에 접근하더라는 이야기와 그들이 도착한 시간에 대해서 준비해 둔 메모를 읽었다. 열다섯 명에 가까운 회원들의 인물 강평은 쉽지 않다. 제대로 된다고 해도 지루해진다. 그래서 진정은 대충 이야기를 얼버무린 다음, "자, 마지막으로 한마디만 더 하겠습니다."라고 했다.

"왜 있잖습니까, 저 뒤쪽에 앉아 있는 우리가 모두 좋아하는 미녀 미학자 송 교수 말입니다. 송 교수에게 허락도 받지 않고 지금 내가 이런 말을 한다는 것은 실수를 저지르는 것인지 모릅니다. 그러나 말씀드리겠습니다. 송 교수가 나에게 이런 말을 했습니다. '작품'이냐 '인간'이냐. 나는 '작품'이냐 '인간'이냐라니, 그게 무슨 말입니까 했지요. 내가 얼마 전 송 교수에게 소개했던 곽 시인이라는 사람에 대한 이야기를 하다가 나온 말입니다. 시는 대단한 것이 아닌데 사람은 정말 기차게 좋더라, 시는 좋은데 사람은 엉망진창이더라, 라는 경우가 있다면서 어느 쪽이 중요한가라는 질문을 나에게 던지지 않겠습니까. 인간이 엉망이더라도 작품만 좋으면 그 사람이 귀한 예술가인지, 작품은 그저 그렇다고 하더라도 인간이 좋으면 그 사람이 귀한 예술가인지, 라고 물었다는 말입니다."

술판이 무르익어 가는 차 안에서는 "인간"이요, "작품"이요, 라는 말이 뒤섞이기 시작했다.

진정이 "가만!"이라고 하면서 만세 삼창하는 식으로 손을 들어 올렸다. 회원들은 진정의 이러한 행동에 별다른 반응이 없었다. 진정은 소리를 더 크게 해서 "여러분, 좀 조용히!"라고 했다. 술에 취하지 않았으면 "여러분, 좀 조용히 해주십시오."라고 말했을 것이다. 진정의 목소리가 컸기 때문에 모두가 그를 쳐다보았다. 진정은 일행 한 사람 한 사람에게 즉흥연주의 기회를 주기로 했고 회원들은 각자 자기네들의 테두리 안에서 즉흥연주를 시작했다. 즉흥연주는 성기를 긴장하게 하는 어떤 불씨 같은 것이 작동을 할 때에만 가능한 것인지 모를 일이다.

건축가가 마이크를 들었다.

"집은 집답게 지어야 합니다. 설계를 하는 사람의 인간됨이 어

떻고 저떻고 하는 것, 모두 좋습니다. 그러나 이 '어떻고 저떻고'
는 집이 아닙니다. 그건 말이고 사람입니다. 집이 아니지요. 건축
가가 할 일은 집을, 좋은 집을 지어야 하는 것입니다."

건축이론가도 뒤질세라 입을 열었다.

"좋은 집의 개념이 시대마다 바뀌고, 시대마다 바뀌지 않더라
도 누가, 왜, 그 집 안에서 사느냐에 따라 집은 같은 집이 되지 않
습니다. 집이 아무리 좋으면 뭘 합니까. 그 안에 죽은 사람이 살
지는 않지요. 집 안에는 집이 사는 것이 아니라 사람이 살지요.
집이 잘되어야 한다는 말이 틀렸다는 것은 아닙니다. 그러나 잘
된 집의 개념이 자꾸만 바뀌는 문제에 대해 생각해야 합니다. 집
이 주인이 아니라 그 집 안에 사는 사람이 주인이 아닙니까."

작곡가도 거든다.

"마음이 음(音)을 다스리는 건지, 음의 생리가 작곡가의 마음을
다스리는 건지 분간이 잘 가지 않을 때가 있습니다. 작곡가의 마
음은 '사람'이고, 음은 결국 '작품'일 텐데, 어느 쪽이 어느 쪽을
관리하는 것인지 알쏭달쏭할 때가 많습니다. 소가(小家)들은 음
의 생리에 복종해야 하고, 대가(大家)는 음에게 명령을 할 수 있
다는 말이 있더군요. 명령을 해도 음이 대가의 명령에 복종을 한
다니, 우리 같은 소가는 죽으나 사나 음의 생리를 살펴야 하는 것
같아요. 그리고 '작품'을 만들었는데, 그놈의 '작품'이 말이지요,
'사람'들이 자주 연주하는 '작품'이 있고 전혀 연주하지 않는
'작품'이 있잖습니까. 작곡가로서, 자주 연주되는 '작품'에 신경

128

을 써야 하는지, 자주 연주되는 것과는 상관없이 '작품'을 통해서 자기가 하고 싶은 이야기를 써야 하는지, 그것이 고민이죠."

극작가도 말했다.

"나는 '작품'과 '인간' 모두를 극 속에 넣고 싶습니다. 모든 것은 연극이니까요. 작품? 중요하지요. 인간? 역시 중요합니다. 모든 것이 관계의 개념 아닙니까. 물건이 좋으면 가만히 있어도 팔린다고 하는 사람, 물건이 아무리 좋아도 그 물건에 대해서 아는 사람이 없으면 팔리지 않는다고 하는 사람, 서로 다른 말을 하는 이 둘 모두가 사람이 아닙니까. 연극은 사람들과 사람들의 관계, 물건들의 관계, 그리고 그 이외의 모든 것들의 관계이지요. 긴장된 관계, 잘된 관계, 기쁘게 만드는 관계, 슬프게 만드는 관계 등등 말입니다."

노래평론가는 열을 올렸다.

"불리는 노래와 불리지 않는 노래 중, 어느 노래를 좋은 노래라고 할까요? 저는 이 문제가 인간이냐 작품이냐, 라는 문제보다 더 심각한 문제라고 생각합니다. 답이 없네요."

시인도 입을 열었다.

"따지는 것은 덧없는 일입니다. 알려고 해도 모두를 알 수는 없습니다. '그냥 감동'과 '그려진 감동'에 차이가 있긴 하지만 '그려진 감동'은 수단이 아니겠습니까. '그냥 감동'이 언제나 목적이어야지요. 감동 없는 삶은 살아 있는 삶이 아니죠. '인간'과 '작품' 하는 식으로 그것을 분리해서 따지니까 나는 무엇이 무엇인지 알 수가 없어집니다."

무대미술가도 나섰다.

"무대미술가는 조연이 아닙니다. 아무리 좋은 희곡이 만들어졌다고 해도 그 이야기를 전달하는 방식에 있어서 문제가 생기면 이야기의 존재 이유가 말살되는 것이지요. 연극은 희곡만으로는 되지 않습니다. 무대가 어떤 식으로 꾸며지느냐에 따라 희곡이 살고 죽지요. 희곡의 의도 전달에 결정적 역할을 하는 것이지요. 여기서는 무대미술가라는 인간이 어떻고 저떻고를 따질 겨를이 없습니다."

국악학자는 역사의 중요성을 강조했다.

"어느 생각이 옳은가를 알고 싶으면, 그냥 알고 싶어 한다 정도로는 안 됩니다. 참으로 알고 싶으면 사람들의 생각을 역사적으로 검토해 보아야 합니다. 양악이 국악의 땅에서 어떻게 숨을 쉬게 되었는지, 그리고 그 숨의 꽃이 어떻게 피었는지 알아야 합니다. 그래야 '인간'이고 '작품'이고의 문제를 따질 수 있는 것이 아니겠습니까."

디자이너도 한마디 했다.

"디자인은 '작품'이지요. 디자인이 잘못되어 있으면 디자인이라는 분야가 존재할 필요가 없습니다. 저는 '인간' 쪽보다 '작품' 쪽을 지지합니다. 물론 그렇게 생각하지 않는 디자이너도 있는 줄 알고, 서로 논쟁도 있는 것으로 압니다만."

연출가도 지지 않았다.

"모든 것은 연출입니다. 연출은 '작품'과 '인간' 양쪽을 모두 이해하고, 그 역할을 백 퍼센트 발휘시킬 수 있는 능력의 소유자만이 할 수 있지요. '작품'과 '인간'은 따로 가는 것이 아니라, 동전의 양면 같은 것이 아닐까요."

음악교육가가 그냥 있을 수 없다는 듯이 일어나서 입을 열었다.

"베토벤의 제9번 교향곡은 위대한 작품입니다. 이 곡이 너무나 위대하기 때문에 나는 베토벤에게 어떤 인간적인 문제 혹은 인간적인 약점이 있다고 해도 별 문제가 되지 않는다고 생각합니다. 사람은 누구나 인간적인 문제를 가지고 있지 않습니까. 일상적 삶을 살 때에는 인간적으로 문제를 저지를지 모릅니다. 그러나 작품을 쓰고 있는 순간에는 베토벤이 전혀 다른 사람이 되어 있었을 것이 분명합니다. 그렇지 않고서야 어찌 제9번 교향곡 같은 위대한 작품을 쓸 수가 있었겠어요. 그러니까 저는 '작품'이 훌륭하면, 그 작품을 창조해 낸 '인간'이 어떠하냐의 문제는 전혀 따지고 싶지 않습니다. 나는 어디까지나 '인간'은 문제 삼지 말고 '작품'만을 문제 삼아야 한다고 생각합니다. 좋은 작품이냐 그렇지 않은 작품이냐만이 문제가 된다고 생각합니다."

음악교육가의 말이 끝나자 시인이 일어나서 "작가 톨스토이를 어떻게 생각하시나요?"라고 물었다.

"위대한 작가잖아요."

"그렇지요. 베토벤 못지않은 위대한 작가지요. 그런데 톨스토이 같은 위대한 작가가 베토벤의 제9번 교향곡을 좋게 보지 않고 있던데요. 그 점에 대해선 어떻게 생각하세요?”

시인의 말을 듣고 있던 음악교육가의 표정이 야릇했다. 톨스토이가 정말 제9번 교향곡을 좋게 보지 않았던가요, 라고 묻고 싶은 표정이었다. 그러자 시인은,

“톨스토이의 저서 『예술이란 무엇인가』를 읽어보세요. 거짓말이 아닙니다. 톨스토이는 자기의 저서에서 분명히 제9번 교향곡을 좋게 보지 않았습니다.”

“그렇다면 그건 톨스토이의 생각이겠지요. 나는 톨스토이의 생각에 동조하지 않습니다.”

‘인간’이 중요한가, ‘작품’이 중요한가, 라는 문제로 버스 안은 계속 떠들썩했다.

이번에는 미술평론가가 자못 심각한 표정을 지으면서 입을 열었다.

“이런 일이 있었다고 합니다. 위대한 화가가 그린 작품 하나가 어느 유명한 미술관에 걸려 있었답니다. 그런데 다른 어떤 미술관에 그와 꼭 같은 그림이 또 걸려 있었다고 합니다. 그래서 이게 도대체 어떻게 된 일인가 해서 사람들이 놀랐다고 합니다. 당연한 일이겠지요. 두 그림 중 하나는 모작이 틀림없는 것 아니겠습니까. 보통 사람의 눈에는 어느 것이 모작인지 알 수가 없었다고 합니다. 전문 화가의 눈으로도 분간하기가 어려웠답니다. 그런데 진품의 감정을 그야말로 신과 같이 잘하는 전문가가 있었다고 합니다. 모작과 진짜를 구별해 낼 수 있는 세계적으로 유명한 미술

평론가이자 작품 감정가인 한 사람이 두 작품을 엄밀히 감정했다고 합니다. 그 전문가의 판단은 하늘도 인정해야 할 정도였다고 합니다. 그 결과 두 작품 사이에서 차이점이 발견되지 않았다는 것입니다. 하나는 틀림없는 모작일 텐데 그 모작을 그린 화가 역시 뛰어난 사람이었기 때문에 모작이 진짜와 똑같았다는 거죠. 사실이 그러한지 어떤지는 모르나 아무튼 그러한 일이 있었다고 합니다. 그런데 여기서 인간의 속성이 문제가 되는 것입니다. 작품의 질로 보아서는 우열이 전혀 없다는 것이 확인되었음에도 불구하고 만일 이것은 진짜, 저것은 모작이라는 것이 밝혀지면, 인간은 질의 동일성이 인정되었음에도 불구하고 모작 쪽은 무가치한 것으로 취급을 해버린다는 것입니다. 인간이 원래 그렇다는 것입니다. 이런 인간의 속성은 결국 작품의 질보다 그 작품을 어떤 사람이 그렸느냐를 더 중요시한다는 것입니다. 인간이 그 사실을 모르고 있을 때에는 몰라도 진품과 모작이라는 것이 판명이 되면, 인간은 결국 '작품' 보다 '인간' 쪽을 택한다는 것입니다."

물건이 좋으면 팔리게 되어 있어, 아니야, 광고를 해야 물건이 팔리게 되어 있어, 라는 말이 진정의 귀에 다시 들렸다. 물건이 아무리 좋아도 사람이 모르면 안 산다니까. 아니야, 물건이 좋으면 사람들이 결국 알게 되고, 결국 알게 되면 사게 되어 있는 거야, 라는 말이 계속 들렸다. 자칭 예술가들은 술에 취해서 '작품이야', '아니야, 인간이야' 의 문제로 끝나지 않는 토론을 벌이고 있었다.

　이젠 사회자도 없었다. 달리고 있는 버스가 사회자가 된다. 모두들 술에 약간씩 취했다. 여기저기서 독백 같은 소리들만이 들린다.

　"우리는 모두 예술을 한다는 사람들이 아닌가, 같은 분야에 있는 사람들이 아닌가. 그런데 이렇게 서로 의견들이 다르니 참."

　"의사들과 약사들 의견이 다르고 양의사와 한의사들 의견이 다르고 정치하는 사람들과 돈 버는 사람들의 의견이 다르고. 아이고 그놈의 '다르고' 때문에 어디 사람 살겠나. 우리 좀 '같아질' 수는 없나, 제기랄."

　"역사를 보세요. 인간의 예술관이 어디 하나뿐입디까. 그래도 우리는 이 정도면 낫지요. 점잖은 편이잖아요."

　"일상적 삶과 관련이 있는 문제로 자기 이익과 배치되는 일이 생기면 그 배치되는 일을 거부하려고 내놓는, 이런 논리 저런 논리가 얼마나 많습니까. 더럽지요. 그래도 우리는 그런 속물은 아니지요. 이익의 문제로 의견이 다른 것은 아니잖습니까."

　"오직 예술을 생각하는 우리들이니까요. 물론 아직 할 이야기야 태산 같겠지만. 오늘은 이 정도로 끝내요. 새털같이 많은 날들이 우리를 기다린답니다."

　누가 술에 취한 목소리를 크게 낸다.

　"여보시오들, 자꾸 피할 수만은 없지요. 결단을 내립시다, 결단을! 피하는 사람치고 제대로 된 인간 나 못 보았소."

　이런저런 말들이 더 오고 갔다. 버스 안은 세상의 축소판이 되어가고 있었다. 매일 먹는 밥임에도 불구하고 살아 있으니 그 밥을 또 먹어야 하듯이 평소에 자주 하던 말 역시 목숨이 붙어 있으니 또 해야 하는 것이 사람인지 모른다. 예술이라는 같은 테두리 안에서 즉흥연주를 하는 것이 예술가들의 삶이라고 누가 말했던가. 즉흥연주의 결과는 결국 같은 것일 수 없다고도 누가 말했던가. 달리라고 만들어놓은 버스는 할 일을 잘 수행하고 있었다. 술에 취한 자칭 예술가들을 싣고 버스는 계속 달리고 있었다. 버스와 더불어 세월도 흐르고 있었다. 개개인의 의사와는 상관없이 세월은 흐르고, 역사도 흐르고 있다. 사람들은 말이 많으나 버스는 말이 없다. 그냥 달리는 버스는 공간이며 시간이다.

자칭 예술교수 협의회 회원들이 문화 예술계의 이곳저곳을 즉흥적으로 두들겨대는 '건반 소리'를 들은 진정은 회원들을 분류해 본다. 아니 인간들을 분류해 본다는 말이 더 옳을지 모른다. 버스가 문화라는 것을 모르는 사람, 버스가 테두리라는 것을 모르는 사람, 버스 안에 있으면서도 자기가 버스에 타고 있다는 사실을 모르는 사람, 자기의 테두리를 유일무이한 테두리로 믿는 사람, 자기의 테두리가 무엇인지 모르는 사람, 모르는 것이 아니라 알고 싶어 하지 않는 사람, 줄 잘 서서 다른 버스로 바꾸어 탈까 하는 생각을 하는 사람, 버스 공장을 만들어서 여러 종류의 버스를 동시에 달리게 할까 하고 생각하는 사람, 이 세상에 단 하나의 버스만을 있게 하려는 사람 등으로 분류를 해본다. 분류는 얼마든지 다시, 그리고 다르게 할 수 있다. 그러다 분류권 밖의 삶에 대한 가시지 않는 갈증 때문에 진정의 목은 계속 타고 있다. '타는 목마름' 바로 그것이었다. 진정의 이 목마름을 아는지 모르는지 버스는 소리 없이 달리고 있는데 그 순간 협화음인지 불협화음인지 모를 꾸르르르 꾸르륵 하는 소리가 진정의 몸 깊은 곳에서 그만이 알아들을 수 있게 아주 은밀하게 또다시 들려오기 시작했다. 해결된 것으로 생각했던 설사 기미다. 이건 정말 기습이다. 그 순간이다. 진정의 입으로부터 '아, 그때의 그 지긋지긋한 수술'이라는 소리가 새어 나왔다. 그의 머리에 느닷없이 전신마취실의 정경이 떠올랐다. 수년 전에 받았던 그 끔직한 위 수술을 위한, 준비실의 정경이었다. 알몸이 된 채로 전신 마취실로 들어갔던, 정말 기억하기조차 싫은 그때의 일이 진정의 뇌리에 되살아났다. 시도 때도 없이 찾아와서 진정을 괴롭히는 설사의 원인을 추적해 본 결과였다. 물론 수술 이후에 찾아온 진정의 삶은 설사 문제만이 아닌, 말 그대로 파란만장한 것이었다. 다시 찾아온 신호가 급행인지 완행인지를 감지하려는 마음보다 어디서 또 버스를 세워야 할지 모른다는 불안감 때문에 진정은 차창 밖을 두리번거리기 시작했다. 이 불안을 아는지 모르는지, 버스는 지금도 달리고 있다.

쇼팽의 넋

　김진욱은 피정(避靜) 생각을 한다. 일상적 업무를 접어두고 조용한 곳에서 기도하는 마음을 갖고 싶다. 정선(正善)을 명령하고 사악을 물리치려는 마음이 자기에게 있는가를 알아보고 싶다. 초인간적, 초자연적인 힘에 대해서 자기가 어떤 생각을 가지고 있는지에 대해서도 알고 싶다. 한 마디로 진욱은 일상적 공간으로부터 멀어지고 싶다.

　진욱은 술에 취해서 집으로 돌아온다. 집 주변에는 가로등이 없다. 골목길은 어둡다. 앞이 전혀 보이지 않을 정도로 깜깜하다. 골목길의 오른쪽에 새 벽돌로 쌓아 올린 담벼락이 있다. 진욱은 그 담벼락에 대고 소변을 본다.

　중년을 넘기고서부터 진욱은 하루에도 몇 차례씩 같은 질문을 던진다. 술김에 소변을 보면서도 진욱은 같은 질문을 던진다. '어떻게 사는 삶이 가장 옳은 삶인가.'

어느 하루 진욱은 꿈을 꾼다. 꿈에 산신령이 나타난다. "마요르 카로 가서 쇼팽의 넋을 만나라. 좋아했던 쇼팽이 아니더냐. 쇼팽 의 넋이 있는 곳이 마요르카가 아니더냐. 모든 것을 거기서 배우 게 될 것이다."

진욱은 산신령이 무슨 말을 하는지 알 수 없었다. 진욱은 "못 간다."라고 외친다. 꿈에서 외치는 소리는 아무리 크게 외쳐도 들 리지 않는 소리가 된다. "비행기 타는 일이 무섭다. 고공 공포증 이 아주 심하다."라고 고함을 질러도 그 소리는 들리지 않는 소리 가 된다. "못 간다."라는 소리가 들리지 않는 소리가 되는 것을 진욱은 다행이라고 다른 한 편 생각한다. 못 간다고 하면서도 살 아생전에 한 번 가보고 싶은 곳이 마요르카이었기 때문이다.

꿈에서 깨어난 진욱은 이상한 꿈이라고 생각했다. 꿈 깬 날 아 침 한나절을 집 안에서 미적거리다가 저녁 무렵에 밖으로 나갔 다. 어느 주점에서 꿈 생각을 하면서 혼자 술을 마셨다. 쇼팽과 그의 연인 상드가 3개월 동안 같이 산 것으로 알려진 신비로운 섬, 마요르카에 대한 생각은 진욱에게 좋은 술안주가 되었다.

곤드레가 될 정도로 취한 진욱은 집으로 돌아온다. 잠을 잔다. 또 꿈을 꾼다. 산신령이 또 나타난다. "지금 당장 공항으로 가라. 마요르카 섬으로 가는 도중에 세 번 연애를 해야 한다. 세 번 연 애를 하지 않으면 쇼팽의 넋을 만날 수 없다." "아내가 있는 몸이 다. 아내를 사랑하는 사람이 어찌 다른 여자와 연애를 할 수 있는 가. 그것도 세 번씩이나……." "이 번이 마지막 기회라는 것을 알

아라. 내가 하는, 이 말도 마지막이라는 것을 알아라.” 꿈속이라
고는 하지만 진욱은 산신령의 말에 마음이 흔들린다. 결국 진욱
은 산신령이 시키는 일을 하게 된다. 인천 공항으로 미친 듯이 달
려간다. 프랑크푸르트를 거쳐 마드리드로 가는 비행기를 탈 심산
이었다. 마드리드에서 마요르카로 가는 비행기를 갈아타면 된다
는 생각이었다.

　공항으로 달리면서 진욱은 연애를 세 번씩이나 해야 한다고
한, 그 연애가 어떤 연애인지 알고 싶었다. 산신령이 신속으로 사
라지면서 남긴 말, “연애를 하게 되면 그 증거로 일상적 공간의
모든 것들이 눈에 보이지 않게 될 것이며 너의 눈은 침침해질 것
이다.”라는 말의 의미가 무엇인지 알고 싶었다.
　진욱은 조심성이 많은 남자다. 공포심이 많고, 의심을 잘하고,
소심한 남자, 좀스러운 남자라는 말을 듣기도 한다. 산신령이 세
번 연애를 하라고 했지만, 진욱의 성격으로 보아서는 세 번이 아
니라 한 번도 할 주변머리가 되지 못한다.
　심한 고공 공포증 때문에 비행기에 오르기 전부터 진욱은 술을
마셔야 했다. 비즈니스 클래스 손님이 사용할 수 있는, 이른바
‘라운지’에 들어가서 낮부터 위스키를 마셨다. 탑승 시간이 되었
다. 비즈니스 클래스 손님이 타야 할 공간으로 들어섰다. ‘웬 일
일까.’라는 생각이 들 정도로 손님이 없었다. 진욱은 오른쪽 창가
에 앉았다. 비행기 내의 복도를 사이에 둔 왼쪽 자리 창가에 여자

한 사람이 타고 있었다. 비즈니스 클래스에는 진욱과 여자, 이렇게 두 사람뿐이었다. 진욱은 거기서 산신령 생각을 했다. 세 번 연애를 하라고 한, 그 연애의 첫 번째 케이스가 벌써 닥치는 것인가. 이미 취해 있었지만 더 취해야 고공 공포증으로부터 해방이 될 수 있을 것 같아서 진욱은 스튜어디스에게 술을 달라고 했다. 얼음을 섞지 않는 위스키를 더블로 마셨다.

오랜 비행시간을 어떻게 견뎌야 할지 진욱은 걱정이었다. 산등성이를 들이받는 추락 사고에 대한 상상, 바다 속에 추락해서 상어 떼들에게 뜯기는 인간의 팔다리에 대한 상상. 생각하면 생각할수록 공포감으로부터 벗어날 수가 없었다. 진욱이 할 수 있는 일은 술을 더 마시는 일밖에 없었다. 폭음을 한 후 술기운에 잘 수밖에 없었다. 몇 시간을 잤는지 모른다. 확인을 해보니 다섯 시간쯤 잔 모양이었다. 다시 자려고 노력을 했다. 잠이 오지 않았다. 왼쪽 창가에 앉아 있는 여자를 가끔씩 쳐다보았다. 여자는 진욱 쪽을 쳐다보는 일이 없었다. 잔여 비행시간이 세 시간 정도 남았다고 할 때였던가. 의자를 두고 스튜어디스와 이러고저러고 따지더니 여자가 창가 자리에서 복도 쪽 자리로 옮겼다. 잠을 자려면 의자가 뒤로 넘어가야 하는데, 의자가 뒤로 잘 넘어가지가 않는 모양이었다. 여자는 자리를 옮긴 후, 의자를 뒤로 넘기고 몸자세를 편안히 했다. 자는 자세를 취했다. 몸을 멋대로 움직이는 동안 여자의 다리가 드러났다. 허벅지가 어둠 속에서 희미하게 드러났다. 남이 보든 말든 상관을 하지 않았다. 비행기 안은 껌껌했

140

다. 여자는 껌껌함에 몸을 의지하고 있는 듯했다. 보이지 않을 텐데 무엇이 걱정인가 싶었는지 노출된 다리를 그대로 두고 잠을 청했다. 어둠 속에서는 모든 것이 숨겨진다. 술이 덜 깬 진욱은 여자에게 '말을 걸어볼까.' 하다가 그만두었다. 오랜 시간이 흘렀다. 도착 시간이 가까웠다는 방송이 울리자 여자는 거울을 들고 얼굴에다 분을 바르기 시작했다. 그러고는 화장실로 가기 위해서 자리에서 일어섰다. 진욱은 그때에 여자의 얼굴을 정면으로 처음 보았다. 화장이 너무 짙다는 것이 흠이었다. 술집 여자 같지는 않았지만, 그렇다고 가정주부 같지도 않았다.

비행기가 프랑크푸르트 공항에 도착했다. 비행기의 뒷바퀴가 지상에 닿으면서 동체가 약간씩 흔들리는 순간 진욱은 '아, 살았구나.' 했다. 앞으로 해야 할 일은 마드리드로 가는 비행기를 탈 없이 갈아타는 일이다. 프랑크푸르트의 공항은 거대했다. 승객들의 뒤를 따라 걸으면 출구까지는 무난히 가리라는 생각을 했다. 문제는 마드리드로 가는 비행기를 타는 탑승구를 찾는 일이었다. 진욱은 십자로 같은 곳에서 걸음을 멈추었다. 어느 방향으로 가야 하는지 알 수 없었다. 진욱의 눈에 안내원으로 보이는 젊은 서양 남자가 보였다. 마드리드로 가려면 어디로 가야 합니까, 라고 물었다. "터미널 투, 게이트 디 트웬티 씩스(Terminal 2 Gate D26)."라고 했다. 안내원이 말하는 '게이트 디 트웬티 씩스'가 어디인지 알 수가 없었다. 안내원이 만일 실수로 그런 말을 했고, 실수로 그런 말을 한 것을 모르고 D26로 갔는데, 잘못 간 곳이다라는 결론을 뒤늦게 얻는다면 후회를 해도 소용이 없다. 소심한 진욱은 안내원이 말하고 있는 게이트가 확실히 마드리드로 가는 게이트인지를 재확인하고 싶었다. 독일 땅에 와서 서툰 영어를 사용한다는 것이 마음에 내키는 일은 아니었지만, 진욱은 다시 마드리드로 가는 길을 물었다. 안내원은 "터미널 투 게이트 디 트 웬티 씩스."라는, 조금 전에 했던 말만을 되풀이했다. 진욱은 최 종적으로 한 번 더 확인한다는 의미로 "지금 여기는 어느 터미널 인가."라고 물었다. 안내원은 "터미널 원(Terminal 1)."이라고 하 면서 '이 병신아!' 라는 표정을 지었다.

터미널 투를 찾는 일은 산신령이 하라는 연애와는 상관이 없는 일이었다. 고공 공포증이 아니라, 이젠 미아 공포증 때문에 진욱 은 터미널의 방향을 확실히 해두는 일에 온 힘을 쏟았다. 다행히 도 터미널 투로 가는 길을 찾는 일은 생각보다 어렵지 않았다. 다 만 진욱이 걷고 있는 길로 가는 사람이 한 사람밖에 없었다는 사 실이 진욱의 마음을 불안하게 했을 뿐이다. 왜 한 사람밖에 없을 까. 지금 가고 있는 길이 맞는 길이라면 사람이 이렇게 적을 수는 없지 않을까. 진욱은 재확인을 해야 한다는 생각을 또 했다. 진욱 과 같은 방향으로 걷고 있는 남자는 중년으로 보이는 서양 남자 였다. 진욱이 그 남자에게 "이 길로 가면 터미널 투로 가게 되는 가."라고 물었더니 고개만 끄덕했다. 서양 남자 한 사람과 진욱, 이렇게 둘만 걷고 있는 공항 내의 복도에 젊은 서양 여자 한 사람 이 어디선가 나타났다. 제복을 입었고 자전거를 타고 있었다. 공항에서 근무하는 여직원같이 보였다. 그 여자를 한 번 쳐다본 후 진욱은 걷던 길을 계속 걸었다. 그랬더니 진욱의 눈앞에 '터미널 투'라는 표시가 나타났다. 왼쪽으로 방향을 바꾸라는 표시였다. 자전거를 타고 온 여직원도 왼쪽으로 방향을 돌렸다. 표시가 나타났으니 표시의 방향으로 가면 그만인 것을, 혹시 싶어서 진욱은 또 확인을 했다. '만사 튼튼' 쪽을 택하는, 좋게 말하면 완벽주의자였고, 나쁘게 말하면 소심한 남자가 진욱이었다. 여직원에게 뛰다시피 달려가서 "터미널 투?"라고 물었더니 고갯짓으로 그렇다는 표시를 했다. 동양 남자가 머뭇거리고 있는 것을 보면서도, 친절을 베풀 생각은 아예 하지 않았다. 진욱은 자기가 남성적 매력이 없는 사람인가라는 생각을 했다. 동양 남자가 낯선 타향에 와서 머뭇거리고 있으면, 서양 여자는 친절을 베풀어야 하는 것이 아닌가. 얼마나 매력이 없는 남자이면 서양 여자가 저렇게도 냉담한가 싶었다. 젊은 서양 여자의 냉정한 자태를 보면서, '예쁘긴 한데, 사람이 저래서야 되겠는가.'라는 생각을 했다. 진욱은 터미널 투라는 표시가 시키는 대로 왼쪽으로 방향을 바꾸었다. 에스컬레이터가 나타났다. 여직원은 자전거를 에스컬레이터 위에 걸쳤다. 세 사람은 에스컬레이터를 타고 올라갔다. 에스컬레이터를 타고 끝까지 올라갔더니, 전차 한 대가 기다리고 있었다. 터미널 투로 가는 전차인 모양이다. 진욱은 대기하고 있던 전차에 올라탔다. 전차 안에 서양 남자 한 사람이 언제 탔었는지, 이미 타고 있었다. 이미 타고 있는 그 서양 남자에게 진욱은 "터미널 투?"라고 물었다. 터미널 투로 가는 전차인 것이 확실한 것 같았지만, 밑져야 본전이라는 생각으로, 혹시 천의 하나, 잘못 타서 엉뚱한 곳에라도 가는 것보다는 낫다는 생각에서 물었다. 서양 남자는 고개만 끄덕했다. 이놈의 동리에는 고개를 끄덕이는 사람밖에 없나. 전차는 한참동안 달리는 것 같았다. 진욱은 달리고 있는 전차 안에서 자전거 핸들을 잡고 있는, 냉정한 그 여직원을 보고 있었다. 여직원은 진욱 쪽을 거들떠보지도 않았다. 여직원의 남편이 동양 남자이고, 그 동양 남자와 매일 부부 싸움을 하는 여자이기 때문에, 동양 남자 하면 꼴도 보기 싫은 여자인지 모른다. 그렇지 않고서야 저렇게 냉담하고 무표정한 여자가 이 세상에 어디 있겠는가.

터미널 투에 내린 진욱이 할 일은 게이트 D26를 찾는 일이었다. 진욱은 이젠 표지판에 의존하기로 했다. 터미널 투에 온 것은 분명했고, D라는 표시와 E라는 표시 등이 보였기 때문이다. 그러나 진욱은 그 순간 또 불안했다. 만일 D26가 마드리드로 가는 탑승구가 아니면 어떻게 하는가라는 불안 때문에 마음을 놓을 수가 없었다. D26를 찾아서, 마드리드로 가는 탑승구인지 아닌지를 확인해야 안심할 수 있을 것 같았다. 남의 말을 믿고 일을 진행시키다가 일이 틀리는 경우, 탓을 누구에게 돌려야 하는가. 남의 말을 들은 자기 자신에게 돌릴 수밖에 없다. 진욱은 남의 말은 어디까지나 참고로 하고, 진행되는 일 모두를 자기가 직접 확인을 한 후에야 안심을 해야 한다는 주장을 평소에 하는 사람이었다.

진욱이 공항의 복도를 걷고 있는데 멀리서 D26라는 글씨가 보였다. 진욱은 자기가 찾고 있는 글씨가 보여서 반가웠다. 자기 눈으로 직접 확인을 했으니 안심이었다. 복도는 충분히 넓었고, 복도의 양쪽 벽에는 갖가지의 광고들이 붙어 있었다. 진욱은 급한 마음으로 게이트 D26에 다가섰다. 게이트 D26의 카운터 여직원에게 마드리드로 가는 곳이냐고 물었다. 여직원은 파리로 가는 게이트라고 했다. 진욱은 가슴이 덜컹했다. 그것 봐, 매사를 하나하나씩 확인을 해야 한다니까라고 중얼거렸다. 마드리드가 아니라 파리로 가는 게이트라는 말을 듣고 놀란 진욱은 시계를 들여다보았다. 시간은 아직 남아 있었다. 시간이 더 가기 전에 모든 것을 재확인하자라고 진욱은 스스로에게 다짐을 했다. 파리 승객들을 안내하고 있는 여직원에게, 터미널 원의 공항 안내원이 마드리드로 가는 게이트가 D26라고 해서 여기에 왔다는 말을 했다. "글쎄, 저는 모른다니까요. 저는 파리로 가는 손님만을 안내하는 사람일 뿐이에요."라고 했다. 공항 안내원이 이런 식으로 말해도 되는가 싶었지만 그 나라 말이 서툰 진욱으로서 따지고 싸울 수도 없었다. 진욱은 비행기장이면 어느 비행기장에나 있게 마련인 이륙과 착륙 시간과 그것에 해당되는 탑승구를 알리는 운항 정보 모니터를 찾았다. 진욱은 운항 정보 모니터를 찾지 못했다. 어쩌다 공항 복도에서 사람들이 움직이고 있긴 했으나, 그 사람들은 일부러 침묵을 지키고 있는 것처럼 보였다. 진욱을 도와주려는 사람은 한 사람도 없었다. 탑승 시간에 아직 여유가 있어서 그런지, 복도는 죽은 도시처럼 조용하기만 했다. 진욱은 여기저기를 돌아다니다가 D26로 다시 와서 아가씨에게 또 물었다. 아가씨는 대꾸도 하지 않았다. 한국으로부터 온 남자에게 전혀 관심이 없었다. 진욱은 D26 바로 옆에 있는 D25로 갔다. 거기서 손님을 안내하고 있는 여직원에게 물었다. D25에서는 반응이 좀 달랐다. 한국으로부터 온 남자를 사람으로 보는 모양이었다. 묻는 물음에 대해서 모른다고 하면서도, 모른다고 말하는 것이 미안했던지, 공항 사무실로 가서 물어보라고 했다. 진욱은 공항 사무실이 어디 있는지 알 수 없었다. 진욱은 그 자리에서 문득 세 번 연애를 해야 한다던 산신령은 어디에 갔는가라는 생각을 했다. 연애와는 상관이 없는 일만이 계속해서 벌어지고 있었기 때문이었다.

진욱에게 믿는 곳이 없는 것은 아니었다. 탑승 시간이 아직 세 시간 이상 남아 있다는 것과 프랑크푸르트 같은 국제공항의 안내원이 터미널 투 게이트 D26라고 말했으면, 그 말이 틀린 말일 수야 없겠지라는 믿음 때문이었다. 문제는 진욱의 소심한 성격 때문에 모든 것이 확인되기 전까지는 안심을 할 수가 없다는데 있었다. 파리로 가는 게이트라고 말해 준 아가씨에게 다시 가서, 이번엔 두 손으로 싹싹 빌었다. 어디든지 전화를 걸어서 D26가 파리 다음에는, 마드리드로 가는 탑승구임을 확인해 달라고 부탁을 했다. 동양 남자가 두 손으로 빌고 있는 모양새가 우습게 보였던지 아가씨는 결국 어떤 행동을 취했다. 무슨 말인지 알아들을 수 없는 말로 어디엔가 전화를 거는 것 같았다. 통화를 끝내더니 자

기도 반갑다는 표정으로 "여기가 맞다."고 했다. 진욱은 그때서
야 '진작 그럴 것이지.' 하면서 한숨을 내쉬었다. 그냥 한 숨이
아니라 기다란 한 숨이었다. D26에서 가장 가까운 복도에 있는
의자에 가서 진욱은 푸우 하면서 앉았다. 이젠, '마드리드로 가긴
가는 모양이다.' 라는 생각을 하면서, 마음 놓고 탑승 시간을 기다
렸다. 마드리드로 간다는 말은 쇼팽의 넋을 만나러 마요르카로
간다는 말이 된다. 진욱은 오매불망 그리워하고 있던 쇼팽의 넋
을 생각하면서 다시 한 번 더 긴 한숨을 내쉬었다.

　현지 시간으로 오후 6시 30분이던가. 서울에서부터 들고 다니
던 비행기 표를 D26의 여직원에게 주고 그 대신 마드리드로 가는
탑승권을 얻었다. 진욱이 해야 할 남은 일은 그동안 앉아 있었던
D26 복도의 의자로부터 대기실 안의 의자로 자리를 옮긴 후 탑승
시간을 기다리는 일이었다.

　대기실 안은 딴 세상이었다. 조용하고 모든 것이 편안했다. 진
욱은 자기가 제일 먼저 온 손님인 줄 알았다. 그런데 어떤 여자
한 사람이 대기실 안에 미리 와 앉아 있었다. 이륙과 착륙을 하는
공항의 활주로를 보고 앉아 있었다. 활주로에는 가느다란 비가
내리고 있었다. 진욱은 활주로를 보고 있는 그녀의 옆얼굴을 볼
수 있는 의자에 앉았다. 진욱은 그녀가 자세를 옮기면서 몸을 꿈
틀거리고 있는 것을 보았다. 몸매가 좋다는 생각을 했다. 바지를
입고 있었다. 엉덩이와 허벅지 주변의 몸체가 아름다운 곡선을 그

리고 있었다. 다리를 움직일 때마다 꼬는 다리의 탄력은 육감적이었다. 얼굴의 생김새를 놓고는 무엇이라고 말을 해야 할지 알 수 없었다. 통속적 의미에서의 미인은 아니었다. 코와 입술은 타원형 얼굴 생김새와 잘 어울리고 있었다. 사람의 취향이 워낙 달라서 남들은 어떻게 생각할지 모를 일이나, 진욱의 눈에는 인상이 좋은 여인으로 보였다.

활주로를 바라보고만 있던 그녀가 등을 꾸부렸다. 등을 꾸부리니 그녀의 등이 맨살로 드러났다. 웃옷과 바지 사이로 흰 살결이 드러났다. 여인들은 등의 살결이 드러나는 옷을 왜 입을까. 꾸부렸던 등을 펴면서 그녀는 가방 안에서 A4용지 몇 장을 꺼냈다. 그리고는 그 종이 위에다 무엇을 쓰기 시작했다. 그러더니 쓰는 것을 멈추었다. 잠시 후 가늘게 내리고 있는 비 쪽의 활주로를 다시 바라보았다. 한참 바라보다가 다시 종이 위에 무엇을 쓰고 있었다. '시인인가.'라는 상상을 해본다. 진욱은 시인이라고 하면 이유 없이 끔벅 넘어가는 사람이다. 일상적 공간과 시적 공간의 차이에 대한 생각을 진욱은 가끔 한다. 일상적 공간에서는 '비가 온다.'가 되겠지만, 시적 공간에서는 '비가 운다.'가 될 수도 있다는 생각을 한다. 저기 앉아 있는 저 여인이 만일 시인이라면, 비가 오는 것을 보는 여자가 아니라 비가 우는 것을 보는 여자일 수 있다. 진욱은 그 순간 그녀와 사귀고 싶다는 생각을 한다. 친해지고 싶다는 충동을 느낀다. 말을 한 번 걸어보고 싶다는 마음이 간절해진다. 말을 나누면 서로를 쉽게 이해할 수 있을 것 같았다.

어처구니없는 생각이라는 것을 알면서도 '혹시 아나……' 라는
생각을 했다. 전생에 무슨 인연이 있어서 금방 친해질 수가 있을
지 '혹시 아나.' 라는, 그런 어처구니없는 생각 말이다. 살다가 보
면 아무런 이유 없이 그냥 끌리는 여자가 진욱 앞에 가끔 나타난
다. 그녀가 그런 여자였다. 대부분의 경우 진욱은 그런 순간을 그
냥 넘기고 만다. 시간은 흐르고 있었고 말을 걸어보고 싶은 용기
는 나지 않는 상태가 지속되었다. 말을 걸어보지 않고 공항에서
그냥 헤어져 버린다면, 언제 다시 그녀와 만날지 모른다. 영영 다
시 만날 수 없을지 모른다. 이런 생각은 진욱을 초조하게 만들었
다. '혹시 아나.' 라고 한 그 '혹시'의 강도가 세진다. 말 한 마디
나누지 않고 그냥 헤어져 버리고 말면, 그 사람을 다시 찾고 싶을
때, 찾는 일이 불가능한 일이 된다. 불가능하게 된다는 것은 진욱
에게 바람직한 일이 아니었다. 불가능한 일이 된다는 말은 살아
있는 그녀이지만 진욱 앞에서는 죽은 사람이 된다는 뜻이다. 살
아 있는 사람을 죽은 사람으로 만들 수는 없었다. 이 세상 어디에
선가 살아서 움직이고 있는데, 그 사람을 찾는 것이 불가능해서
진욱이 그 사람과 만나고 싶어도 영영 만날 수 없게 되는, 그런
사람은 진욱에게 살아 있는 사람일 수 없다는 생각이 진욱에게
다시 들었고, 이 다시 든 생각이 진욱을 괴롭혔다. 우물쭈물하고
있다가 시간이 흘러 탑승 시간이 왔다. 진욱은 별수 없이 마드리
드행 비행기를 타야 했다. 그녀는 어디론가 진욱이 알 수 없는 곳
으로 걸어갔다. 진욱은 주소라도 알아둘 걸이라는 생각을 했다.

주소라도 알아둘 걸이라는 생각이 일자, 진욱의 마음은 이상해졌다. 활주로에 내리던 가느다란 비가 '오는 비'가 아닌 '우는 비'로 변했다. '그녀와 영영 만나지 못하고 마는가.'라는 생각, '방금 여기에 앉아 있던 너는 지금 그리고 앞으로 어디에 있을 것이냐.'라는 생각, 이런 생각이 진욱의 마음을 어지럽혔다. 어지럽히는 것이 아니라 진욱의 마음을 울렸다. 마음이 우는 순간 진욱의 눈은 침침해지기 시작했다. 일상적 공간이 시적 공간으로 변한 것이다.

진욱은 「TV는 사랑을 싣고」라는 한국의 텔레비전 프로그램을 생각했다. '나에게 시적 공간의 순간이었던 2002년 5월 26일, 저녁 6시 40분경, 프랑크푸르트 공항 터미널 투 게이트 D26 대기실에 앉아서 A4용지에 글을 썼던 여성을 찾습니다.'라는 식으로, 프로그램 제작진에 부탁을 한다면 그녀를 찾을 수 있을까라는 생각을 했다. 설사 찾을 수 있다고 해도, 찾은 후 진욱이 그녀에게 할 말이 무엇이겠는가. 당신과 말을 한 번 나누어보고 싶어서 찾았다라고 한다면 얼마나 우스운 일이 되겠는가. 어떤 것이 시적 공간 안에 들어오게 되면 그 속성이 무섭게 변한다는 사실을 놓고 진욱은 마음의 갈피를 잡지 못했다. 아무것도 아닌 것이 무엇이 된다는 사실, 남들은 우스운 일이라고 하지만 자기에겐 심각한 일이 될 수 있다는 사실, '가치'가 '무가치'로 변할 수 있다는 사실, 보이던 것이 안 보인다든가, 안 보이던 것이 보인다든가 하는 사실, 이런 사실들이 진욱의 삶 앞 여기저기에서 벌어지고 있는데 진욱은 그것들을 그냥 보고만 있을 수 없었다. 그래서 진욱은 마음의 아픔을 느꼈고, 마음의 아픔을 느끼면 느낄수록 진욱의 눈은 점점 더 침침해졌다. 진욱은 아이러니컬하게도 그 순간 쇼팽의 넋이 자기를 어루만져 준다는 느낌을 받는다. 사실상 진욱이 진정으로 만나보고 싶은 대상은 쇼팽이 아니었던가. 진욱은 말 한마디 건네보지도 못한 그녀와의 헤어짐이 주는 아픈 가슴을 달래면서, 마드리드행 비행기에 올랐다.

생후 처음 디뎌보는 스페인 땅이다. 마중 나올 것을 약속한 사람이 마드리드 공항에서 보이지 않았다. 진욱은 약속을 한 사람이 공항에 나오지 않았다는 사실을 믿을 수가 없었다. 진욱은 '이럴 수가!' 싶었고 심히 당황했다. 자기가 투숙할 호텔로 혼자서 찾아간다는 것은 불가능한 일이었다. 겁이 많고 소심한 진욱은 택시 강도나 소매치기에 걸릴까 불안했다. 진욱은 공항 주변을 두리번거리면서 기다렸다. 아무리 기다려도 사람은 나타나지 않았다. 진욱은 '하나님'을 부르면서 조심스럽게 안내소를 찾았다. 두 아가씨가 안내소의 책상 앞에 앉아 있었다. "전화 좀 걸 수 있겠어요?" 했더니 "저쪽에 가면 페이폰이 있습니다."라고 했다. 진욱은 그때까지 환전을 하지 않았었다. 진욱은 두 아가씨 중 어느 아가씨의 마음이 더 좋을까에 대한 생각을 했다. 동양인에게 호기심을 가질 아가씨가 어느 쪽일까 싶었다. 진욱은 오른쪽의 아가씨가 마음이 좀 부드러울 것 같다는 생각을 했다. 찾아야 할 사람의 전화번호를 그 아가씨에게 내놓았다. 여기에 전화를 걸려고 하는데, 하면서 메모지를 보였다. 아가씨가 진욱이 보여주는 메모지를 받아 들었다. 진욱은 "하나님 감사합니다."라고 했다. 메모지에는 전화번호와 진욱이 투숙할 호텔 이름이 한국어로 쓰여 있었다. 아가씨는 한국어로 쓰인 메모지인 줄을 모르고 받아 들었다. 아가씨가 메모지를 받아드는 순간 진욱은 '그 종이는 당신이 아는 글씨로 쓰인 종이가 아닙니다.' 라고 말하고 싶었다. 진욱은 한국어로 쓰인 메모지를 읽으라고 아가씨에게 보인 것이 아니라 전화번호의 숫자만 보라고 내놓은 것인데, 진욱의 마음을 읽지 못한 아가씨는 메모지를 통째로 받아 든 것이다. 아가씨는 그 메모지를 보는 순간 얼굴 표정이 변했다. 옆 자리에 앉은 좀 무뚝뚝해 보이는 뚱보 아가씨에게 메모지를 보였다. 뚱보 아가씨가 그 메모지를 보았다. 두 아가씨는, '우리가 감히 이걸 읽으려고 했었던가. 꿈도 야무지다.' 라는 생각이 들었던지, 깔깔대고 웃기 시작했다. 무슨 말인지 서로 지껄이면서 정말 한참 동안 깔깔대고 웃었다. '이런 것도 글씨냐.' 라고 하면서 웃고 있는 것 같았다. 기막히게 우습게 생긴 글씨도 이 세상에 있구나 싶었던 모양이다. 진욱은 오히려 이것이 기회다 싶었다. 웃는 사람들의 기분이 나쁠 리는 없다. 이 기회에 통 사정을 다시 해보기로 하자. 그러면 도와줄지 모른다라는 생각을 했다. "나는 스페인에 난생 처음으로 왔다. 누가 날 데리러 나온다고 했는데 아직 나오지 않고 있다. 좀 도와달라."라는 요지의 말을 서툰 영어로 했다. 그때가 밤 10시를 넘긴 시간이었다. 처음 메모지를 받아든 아가씨가 "동전이 없어도 되요. 여기 무료 전화번호가 있어요."라고 했다. 친절을 베풀 마음을 먹기 시작한 것이 분명했다. 그때였다. 진욱의 등 뒤에서 누가 "김진욱 선생님 아니십니까."라고 했다. 귀에 익숙한 말이었다. '그렇게 익숙한 말'이 있었다는 것을 잊고 살았던, 인간의 소통 수단의 하나인 한국말이었다. 진욱은 말로 표현할 수 없을 정도로 반가웠다. 한국말이 이렇게 반가운 갈, 좋은 말인 줄은 미처 몰랐다. 진욱이 소리 나는 쪽으로 몸을 돌렸을 때 인상이 좋은 젊은 한국 남자 한 사람이 웃고 서 있었다. "죄송합니다. 조금 늦었습니다. 얼마나 놀라셨습니까. 참으로 죄송합니다."라고 했다. 진욱은 젊은이의 말은 들리지 않았다. 그냥 '이젠 살았다.' 싶기만 했고 하나님 감사합니다라고만 했다. 무료로 걸 수 있는 전화번호를 적어주려던 아가씨에게 감사하다는 말을 남긴 후 진욱은 마중 나온 젊은이와 공항 밖으로 빠져나갔다.

두 사람은 젊은이가 가지고 온 자동차에 몸을 싣고 마드리드 시내를 향해서 질주했다. 마드리드의 밤길을 달리면서 이런저런 이야기를 나누었다. 처음 만나는 사람들끼리 할 말은 별로 없었다. 상투적인 인사말이 오고 갔다. "스페인에 오신 지 얼마나 됩니까." "한 일 년 반 정도 됩니다." "그 전에는 한국에 있었나요?" "그 전에는 여기서 공부를 좀 했습니다." "아, 그렇군요."라는 대답을 하고 나니까 별로 할 말이 없었다. 진욱은 처음 온 도시의 냄새를 맡으면서 말없이 마드리드의 야경에 눈을 돌렸다. 젊은이도 말이 없다가 "사장님이 선배님이시니 잘 모시라고 했습니다."
라고 했다. "아, 그래요. 고맙습니다. 그런데 아까 공부를 좀 했다
고 했는데 무슨 공부를 했나요."라고 진욱이 물었다. "스페인 문
학입니다. 공부를 해서 박사 학위를 받았지요. 박사 학위 취득 후
에 이쪽 회사에 취직을 했습니다."라고 했다. 문학이라는 말에 진
욱은 놀랐다. 난생 처음으로 접하게 된 마드리드의 밤길에서, 생
면부지의 사람으로부터 갑자기 '문학'이라는 말을 듣게 되니 문
학을 좋아하는 진욱으로서 놀라지 않을 수 없었다. "회사 직원으
로서 특이하군요. 스페인 문학으로 박사 학위까지 했다니까요.
어학 쪽입니까, 문학 쪽입니까." "문학 쪽입니다." "시 쪽입니까,
소설 쪽입니까." "시를 좀 했고, 평론도 좀 했습니다." "등단을 하
셨구요?" "아닙니다. 회사원을 상대로 해서 행해진 글짓기 대회
같은 곳에서 시로 입상을 한 적은 있지요. 그리고 학생 시절에 대
학 신문에서 평론으로 입상한 일이 있지만 아직 정식으로 등단을
한 것은 아닙니다." 진욱은 음악을 좋아하지만 문학도 좋아하고
있다고 젊은이에게 말했다. 문학을 일생 동안 잊은 적이 한 번도
없었다는 말을 덧붙였고, 시를 쓴다는 사람을 만나면 넋을 잃을
정도로 좋아한다고 했다. 젊은이는 진욱의 말을 들으면서 막연하
긴 했지만 진욱에게 좋은 감정을 느끼는 듯했다. 진욱은 진욱대
로 말을 하면 할수록 젊은이가 진국이라는 생각이 들었다. 젊은
이가 문학 이야기를 할 때에는 나이가 진욱보다 더 많은 것 같은
태도를 취하기도 했다. 젊은이는 진욱을 마드리드 안에 있는 어

154

느 일식집으로 데리고 갔다. 일면식도 없었던 사람을 일식집으로 초대한다는 일은 경비도 경비이지만 쉬운 일이 아닐 것이라는 생각이 들었다. 처음 만난 그들 둘은 일식집에서 이런저런 이야기를 더 계속했다. 주로 문학에 대한 이야기였다. 진욱이 아는 문인을 젊은이도 알고 있었고, 젊은이가 아는 문인을 진욱도 알고 있었다. 진욱은 젊은이가 좋아졌다. "나는 시인을 만나면 그와 친해지고 싶어요."라고 진욱이 말했다. 젊은이는 "저도 마찬가지 심정입니다."라고 했다. "친해지고 싶어 하는 마음은 어떠한 마음일까요." "아름다운 마음이겠지요. 그것만큼 아름다운 마음이 이 세상에 또 있을까요." "무엇을 만들고 싶은 사람, 명예욕이 없는 사람, 외로움을 타는 사람, 인생의 의미를 찾고 싶은 사람, 표현욕을 그냥 둘 수 없는 사람, 이런 사람이 저는 좋아요." 이런 식의 이야기를 나누다가 젊은이가 아직 결혼을 하지 않았다는 사실을 발견했다. 결혼을 아직 하지 않았다는 말을 듣고 진욱은 '자유'라는 말을 생각했다. 진욱은 그 순간 갑자기 '자유'가 아주 많이 그리웠다. 젊은이는 한국에 있을 때 운동권 사람과 친했다고 했다. 운동권 사람을 이해하고 그들의 의견에 동의했지간, 실제로 운동은 하지 못했던 것 같다. 말을 해보면 해볼수록 젊은이로부터 무엇인가 기대를 해보아도 될 것 같다는 생각이 들었다. 혹시 문학의 찰스 아이브즈 같은 사람은 아닌지 모르겠다는 생각이 들었다. 일생 동안 주로 보험회사에서 일하고 있었지만 죽어서 미국의 최고 작곡가의 한 사람으로 대접 받고 있다는 찰스 아이브즈 생각이 났던 것이다. 이 젊은이도 평생 회사 직원으로 일하고 있지만 나중에는 시인으로서 거목으로 인정을 받을 사람일지도 모른다는 생각이 들었다. 진욱은 이런 젊은이와 같이 있으면 밤이 새도록 술을 마셔도 되는 사람이었다. 말하자면 진욱은 이런 무명 시인과 같이 있으면 다른 것에는 전혀 관심을 가지지 않아도 되는 사람이었다. 전업 시인 생활을 하지 않고 무엇 때문에 외국에서 회사 직원 노릇을 하고 있을까. 진욱은 젊은이에 대한 궁금증이 생기기 시작했다. 그에게 틀림없이 무슨 비밀이 있는 것 같다는 생각이 들었다. 민주화 운동에 참여하지 못한 것에 대한 죄의식이 그의 비밀일까. 외국 회사에 취직을 했다고 하면 민주화 운동의 소용돌이로부터 도망갈 수 있는 명분이 찾아진다고 생각한 것일까. 아무런 근거도 없이 진욱은 젊은이에 대해서 자기 멋대로의 상상을 했다. 상상하는 세계가 진욱의 눈앞에 펼쳐지자 일상적 공간은 사라지고 그 젊은이와 같이 앉아 있는 일식집이 보통의 일식집이 아닌, 불가사의한 어떤 시적 공간으로 변하기 시작했다. 다른 것은 눈에 보이지 않고 자기와 그 젊은이의 미래만이 눈에 보이기 시작했다. 진욱의 눈은 침침해지기 시작했다, 진욱은 그 순간, 하지 말았어야 했을 말을 하고 말았다. 젊은이에게 "나도 사실은 언젠가는 소설을 쓰려고 합니다."라고 했다. 젊은이의 반응은 진욱의 눈을 더 침침하게 만들었다. 젊은이는 "진정한 소설가가 되려면요. 선생님도요. 아내까지 포함해서, 모든 인간을 배반을 해야 합니다. 배반하십시오. 이 사람 사정, 저 사람 사정을 살피다간, 아무것도 안 돼요. 진실을 토로할 수가 없게 되지요. 진실이 아니면 사람에게 공감을 줄 수 없다는 생각이 자꾸만 들거든요. 선생님도 보아하니, 배반을 하시지 못하는 사람 같아요. 그러다간 소설가가 못 됩니다." 취기가 든 것도 아닌데, 마치 취기에 젖은 사람 같은 말투가 젊은이의 입에서 터져 나왔다. 진욱은 젊은이가 점점 더 좋아졌다. 다른 것은 눈어 보이지가 않았고 젊은이의 아름다운 마음만이 눈에 보이기 시작했다. 진욱의 눈은 점점 더 침침해지기 시작했다. 진욱은 쇼팽의 넋이 살고 있는 세상으로 발걸음 하나를 더 내딛게 됐다.

마드리드에서의 둘째 날 밤, 진욱은 그곳에서 사업을 하고 있는 어떤 회사 사장을 통해서 어느 모임에 초대를 받았다. 그 모임에는 여러 계층의 사람들이 모여 있었다. 일곱 혹은 여덟 사람들이 하나의 그룹을 만들어서 여기저기에서 포도주 아니면 위스키들을 마시고 있었다. 그룹 중에는 팔십 대 후반으로 보이는 노파들의 그룹도 있었다. 온몸에 주름살밖에 보이지 않는, 팔십 대 중반을 넘은 노파들을 보고, 아름답다, 예쁘다, 포옹을 허주고 싶다고 말하는 중년 남자가 있다면, 그 남자는 어떤 남자일까. 그날 밤, 그 노파들이 포도주 한 잔씩을 마시면서 자기네들끼리 수다를 떨고 있는 모습을 본 사람이면 누구나 그러한 중년 남자가 되었으리라는 생각을 진욱은 했다. 진욱에게도 노파들의 수다가 아름답게 보였다.

팔십 대 중반을 넘겼으니까 그들은 살 만큼 산 사람들이다. 그렇다고 해서 그들의 죽음만을 기다리는 사람이 있다는 말은 아니다. 그들은 얼마든지 더 살 수 있고, 또 살아야 한다. 살고 있기 때문에, 그리고 살아야 하기 때문에 그들이 그날 밤의 파티에 참여하고 있지 않았던가. 그들은 그날 밤, 십 대 시절의 옛 친구들을 만났다. 십 대 시절의 옛 친구를 만난 기쁨에서 그들은 신나는 삶을 살고 있었다. 오래 살았다는 사실은 다 잊고, 어린 시절로 돌아가서, 지금부터라도 얼마든지 더 잘 살 수 있다는 생각을 하면서, 수다를 떨고 있었다. 십 대 때 놀았던 기억에 대한 이야기를 하면서 그들은 깔깔대며 웃기도 했고, 과거의 회상과 더불어 기뻐하기도 했고 슬퍼하기도 했다. 자기네들 과거의 삶을 말없이 음미하기도 했다. 옛날의 자기네들 모습을 그리워하고 있는 그들이 진욱의 눈에는 아름답게 비쳤다.

진욱은 노파들이 어떤 사람들이었을까 상상을 해본다. 철없던 십 대를 넘기고, 이십 대 그리고 삼십 대로 진입을 했을 것이다. 백작부인, 공작부인이 되었을 것이다. 상류사회, 귀족사회의 관습적 교양이라는 이름의 규범 안에 묶이기 시작했을 것이다. 겉으로는 한없는 풍요로움을 지니고 살았을지 모르나, 그 규범이 마련하고 있는 갑옷 안에서 꼼짝달싹하지 못하고 살았을 것이다. 한없이 부자유스러운 삶의 역사, 집단적 역사 안에서의 개인적 역사를 만들어갔을 것이다. 그 갑옷이 지금의 자기네들 삶에 아무런 도움을 주지 못했다는 것을 뒤늦게 인식하고 있을지 모른다. 한 시대의 관습에 불과했던, 교양이라는 이름의 갑옷에 묶여 살았던 그들의 삶을 지금은 후회하고 있을지 모른다. 이십 대에 결혼들을 했고, 육십 대에 남편들을 잃었다면, 그리고 지금까지 홀로 살고 있는 노파들이라면 결혼 생활 사십여 년 동안 그 갑옷을 입고 살았다는 이야기가 되기도 하고, 남편들을 잃고 지금까지 이십여 년을 더 살고 있다는 이야기도 된다. 그러한 노파들이 어렸을 때의 친구들과 어울려서 옛 기억을 되살리면서 수다를 떨고 있는 모습은 진욱을 슬프게도 했지만 어떤 아름다움을 느끼게도 했다. 지금부터라도 좋은 남자와 진실된 사랑을 한 번 해보고 싶다고 말하는 노파가 그들 중에 섞여 있었다. 옆에서 그들의 수다를 보고 있던 진욱은 자기가 그 노파의 애인이 될 수 있다는 생각을 했다. 그 노파가 행복해질 수만 있다면, 무엇이라도 해주고 싶다는 생각이 들었다. 진욱이 그 노파를 위해 주고 싶다는 생각이 든 이유는 그녀의 모습 뒤에, 언제 죽을지 모른다는, 죽음의 그늘이 드리워져 있다고 느꼈기 때문일지 모른다. 아, 저 노파들…… 얼마든지 아름다울 수 있는 저 노파들…… 육체적으로 늙어 있는, 쓸모없는 할망구로 저 노파들을 취급해서는 되지 않는다. 마음속 어느 구석에 아직도 십 대 소녀 같은, 꿈과 열정을 갖고 있는 저 노파들…… 서로 즐거워하면서 "그때의 우리들……." 하면서 지금 수다를 떨고 있는 저 노파들…… 그 수다 속에 들어 있는 그들의 진실이 진욱의 눈에는 쓸쓸한 아픔으로 비쳤다. 모든 인간들이 가지는 슬픔과 고독, 비애와 사랑에의 염원을 느끼

면서 살고 있는 인간의 모습 바로 그것이 노파의 수다 속에 녹아
든 것 같아 진욱에겐 그날 밤이 영화에서 나오는, 어떤 '아름다
운, 슬픈 밤'의 한 장면으로 느껴졌다. 죽음만을 기다리는 잉여
인생이 아니라, 아직 싱싱하게 살아 있는 한 인간의 모습으로 그
노파들의 삶을 되돌려 놓아야 한다는 생각이 들었다. 진욱에게 그
러한 생각이 들자 그들이 더 예쁘고 아름다운 여인들로 비쳤다.

파티가 파할 무렵 진욱은 그들 노파들에게 가까이 갔다. 인사
를 하기 위해서였다. 혹시 실례가 될지 몰라서 진욱은 포옹 대신
에 손으로 악수를 청했다. 그랬더니 노파들은 하나같이 진욱의
손을 오랫동안 잡고 놓지 않았다. 역사적으로 보면 언제나 변하
게 마련인 관습적 교양이라는 이름의 갑옷이 그들이 그토록 오랫
동안 입고 있었던 갑옷이 아니었던가. 그 갑옷을 입고 있었을 사
십 대 시절의 여인들 같았으면, 색깔이 다른 인종의 쌍스러운 손
을 잡았을 리가 없다. 흑인들의 손을 잡지 않았을 것이며, 황인종
의 손을 잡지 않았을 것이다. 그런데 그 노파들은 진욱의 손을 잡
고 놓지를 않았다. 활짝 열린 마음을 안고 하루하루를 살아가는
노파들이 그 순간 진욱의 눈에 더욱 아름답게 비쳤다. 싱싱한 젊
은 여인들보다 더 훌륭한 여성으로 보이기까지 했다. 노파들은
진욱의 손만을 잡는 것이 아니었다. 자청해서 진욱을 오랫동안
포옹을 하기도 했다. 진욱은 그 포옹만큼 아름다운 포옹은 없다
는 느낌을 받았다. 진욱도 정성을 다해서 그 노파들의 포옹을 받
아들였다.

　주름살투성이의 노파들은 일상적 공간에서는 아무 매력이 없는 여자들일지 모른다. 그러나 그 포옹의 순간에서는 정말 사랑스러운, 심지어는 섹시한 여인들로 변했다. 아름다운 '슬픈 여인'들, 아니면 슬픈 '아름다운 여인'들로 변하고 있었다. 그 여인들을 행복하게 만들어주지 못하면서 호텔로 돌아오는 길, 그 길 위에서 진욱의 마음은 찢어지는 것 같았다. 저 여인네들을 나 몰라라 하는 식으로 내버려두고 사는 인간의 삶이 있다면 그 삶은 무엇 때문에 존재하는 것일까. 이런저런 생각 때문에 진욱은 가슴이 미어지는 것 같았다. 파티 후 집으로 돌아가서 독수공방에 홀로 앉아 있을, 어떻게 보면, 버려진 노파들의 처지에 생각이 미치자 진욱은 호텔 방 안에 그냥 머물러 앉아 있을 수만은 없었다. 그 노파들을 다시 한 번 더 만나보고 싶었다. 진욱은 겁이 났지만 호텔 주변의 밤거리를 헤맸다. 그들이 마드리드 시내의 어느 곳에서 지금 이 순간에도 숨을 쉬고 있을 것은 분명한데 그들이 어디에서 숨을 쉬고 있는지 진욱은 알 길이 없었다. 다시 만난다는 것이 현실적으로 불가능하다는 것을 안 진욱은 술병을 찾을 수밖에 없었다. 자기가 할 수 있는 일이 겨우 술병을 찾는 일뿐인가 싶어서 한없이 부끄럽다는 생각이 들었지만 진욱은 어쩔 수 없었다. 살아 있는 사람을 또 죽은 사람으로 만들고 있는 자기를 발견한 진욱은 그날 밤, 술의 신세를 지는 길 이외에는 다른 방법이 없었다. 진욱의 눈은 점점 더 침침해지기 시작했다.

쇼팽의 넋과 만날 자격을 획득한 진욱은 마드리드에서 비행기를 타고 대망의 마요르카 섬으로 드디어 출발했다. 비행기 안에서 진욱은 침침한 자기의 눈을 비비고 있었다. 남편을 갖고 있던 바람둥이 여류 소설가 상드. 상드의 애인 쇼팽, 그리고 두 연인이 3개월 동안 살았다고 하는 꿈의 섬 마요르카. 쇼팽의 넋이 지금도 살고 있다는 그곳. 진욱은 마침내 그곳에 도착했다. 진욱은 옳은 의미에서의 "아—"라는 탄성을 생후 처음 내본다. 진욱이 그곳에 도착하자 갑자기 진욱의 눈앞에 밤하늘이 펼쳐졌다. 그리고 어느 곳에서인가 대형 스크린이 밤하늘을 덮는다. 그 스크린에서 믿을 수 없는 쇼팽의 얼굴이 나타난다. 희미한 쇼팽의 얼굴이다. 그 얼굴을 보면서 진욱은 넋을 잃는다. 약간씩 맑아지던 눈은 급속도로 침침해지기 시작했다. 스크린 안에 보이던 쇼팽의 얼굴이 이번엔 어디론가 사라진다. 사라진 후 온몸을 베일로 가린 여체 하나가 드러난다. 눈이 침침해서 잘 보이진 않았지만 근육질로 이루어진 여체인 것 같기도 하고, 보기에 따라 소리로 이루어진 '소리의 몸체' 같게도 보였다. 소리에도 눈, 코, 귀, 입이 있고 몸이 있다라고 말하는 어떤 불가사의한, 소리의 여신이었다. 소리의 여신이 보일 듯 말 듯한 손을 흔들다가, 다시 베일에 가린 여체로 변했다. 소리로 된 여체 주변에는 그 여체와 닮은 피아노 소리가 들린다. '소리의 몸짓'이 진욱을 다시 유혹한다. 몸의 전체, 그 전체가 흐느적거리면서 나타날 때도 있었고, 팔 따로, 다리 따로 나타날 때가 있었다. 얼굴만이 나타날 때도 있고, 몸의 모든 부분들이 서로 얽혀서 '하나 되어' 나타날 때도 있었다. 진욱은 여체가 움직이는 곳으로 미친 듯이 따라간다. 따라가면, 여체는 그 형체를 없앤다. 이번엔 여체가 남자의 몸으로 변한다. 몸의 근육질은 튼튼하고 부드럽다. 결핵에 시달리는 쇼팽의 몸이 어떻게 저렇게도 아름다울 수 있을까. 진욱은 믿을 수가 없었다. 몸의 자취를 차츰차츰 흐리게 하다가 영영 없애버리기도 한다. 그리고 다시 또 나타난다. 이번엔 남자 몸도 아니고 여자 몸도 아닌, 인간의 몸이 나타난다. 그러다가 소리의 몸이 되기도 한다. 진욱의 정신은 뒤죽박죽이 된다. 감동의 세계 안에서 자기를 송두리째 잊고 만다. 진욱은 눈이 먼다. 앞이 보이지 않는다. 알몸이 되어 자기의 모든 것을 내놓는다. 나에게 어떤 것이 조금이라도 남아 있다면 그것을 송두리째 가져 가라라고 외친다. 진욱은 드디어 정신을 잃는다. 정신을 잃고 주변을 두리번거리면, 저쪽에서 또 그 몸이 나타난다. 이번엔 다른 소리의 몸짓으로 진욱을 유혹한다. 도저히 빠져나올 수 없는 깊은 늪에 진욱을 빠트린다. 진욱이 늪에 빠져 허우적거릴 때 멀리서 손을 쭉 뻗어서 진욱을 구해 준 후 또 사라진다. 진욱은 드디어 자기가 어디에 위치하고 있는지 분간조차 하지 못한다. 지옥인지 천당인지 알 수 없는 장소에서 눈을 잃은 진욱은 길도 완전히 잃고 만다. 소심한 진욱은 길을 잃고 겁에 질려 소스라치게 놀라 눈을 뜬다. 산신령과 나눈 대화 후의 과음 덕분으로 쓰러져 잔 자신을 진욱은 자기 침대 위에서 발견한다. 어디선가 라디오에서 쇼팽의 피아노 곡이 들린다. 마요르카에서 들었던 '소리의 몸짓'과 진욱의 침대 옆에 놓인 라디오에서 들리는 쇼팽 넋의 울음이 섞인 피아노로 된 '소리의 몸짓'은 너무나 닮았다. 불가사의한 이 소리, '소리의 조직체', 음악이라는 이름의, 이름 붙일 수 없는, 이 '소리의 조직체'를 들으면서 진욱은 꿈에서 깨어난다. 침침했던 눈은 맑아지고, 지루한 일상으로 되돌아가야 하는 진욱의 육체는 무겁기만 하다.

세 개의 눈

비가 내린다. 언덕 위에도 내리고 언덕 아래도 내린다. 가랑비가 오더니만 갑자기 소나기가 내린다. 물줄기의 속도가 시간에 따라 변한다. 빠르게 내리다가 다시 느리게 내린다. 티를 사람의 눈에서 흐르는 눈물로 보는 사람이 있다. 그 사람은 비가 "온다."가 아니라 비가 "운다."라고 말한다.

비는 땅에 떨어지면서 소리를 낸다. 땅과 부딪히면서 내는 소리도 있고 내려오는 도중에 바람에 휘말리면서 내는 소리도 있다. 내는 소리가 요란하면 요란할수록 빗소리를 듣는 이의 마음은 고요하다. 소리는 나고 있는데 소리가 없는 적막한 세상이 된다.

김승훈은 언덕 왼쪽 집과 언덕 오른쪽 집의 사정을 살피고 있다. 김승훈은 언덕 아래에 섰다가 언덕과 연결되어 있는 산으로 올라갔다. 산에 올라가서 오랜 시간을 보낸 후 다시 산을 내려온다. 산에 올랐다가 내려오는 일을 승훈은 자주 한다. 처음에는 낮에 올라갔었지만 지금은 주로 밤에 오른다. 자주 오르내리다 보니 산길에 어느 정도 익숙해 있다.

어느 날 승훈은 산에서 내려오면서 언덕 왼쪽 집에 살고 있는 여인을 만나려는 생각을 한다. 그 여인에겐 남편과 초등학교 일학년생인 아들아이 하나와 갓 태어난 딸아이 하나가 있다. 상당히 오래전의 일이지만 그 여인이 결혼을 하기 전에 승훈은 그 여인과 조금 알고 지내던 사이였다. 승훈은 자기가 일방적으로 그 여인을 좋아했던 것으로 기억하고 있다. 결혼 후 자식을 낳고 살고는 있지만 결혼생활이 행복한 것은 아니라는 소문을 승훈은 이따금씩 듣는다. 그 여인의 마음은 행(幸) 쪽보다 불행(不幸) 쪽으로 기울어져 있다고 한다. 마음이 찌들 대로 찌들어 있다고 한다. 한두 번 듣는 소리가 아니라서 승훈은 찌들어진 그 여인의 마음을 두고 남의 일로 생각할 수가 없었다. 승훈은 아마 지금까지도 그 여인을 잊지 못하고 있는 모양이다. 그것이 만일 자기에게 가능한 일이라면 승훈은 찌들어진 그 여인의 마음을 풀어주고 싶다. 만나서 이야기라도 나누고 싶다. 승훈에겐 그 여인이 이유 없이 '끌리는 여인'이었다. 현실보다 주로 이상에 대한 이야기를 많이 나누었던 오래전의 일을 그녀에게 상기시키면 찌들어진 여인의 마음이 혹시 펴질지 모른다는 생각을 했다. 물론 그러한 생각은 승훈의 혼자 생각이었다. 하나의 상상이었다. 그러한 상상을 해오던 어느 하루 승훈은 '일단 한번 만나보자.'라는 생각을 한다. 처음 그러한 생각이 든 장소가 산 위였다. 만나보자, 라는

생각을 하면서 어두운 밤에 하산하는 승훈에게 산 아래 세상의
불빛이 아무런 도움을 주지 못한다.

\#

　초등학교 일학년생인 언덕 왼쪽 집의 소년이 비를 맞으며 자기
집으로 돌아오고 있다. 소년에게 비는 별다른 의미가 없다. 소년
에겐 비가 하늘에서 내리는 특별한 물 같은 것에 불과하다. 사람
의 눈에서 흐르는 눈물 같은 것으로 소년은 비를 느끼지 않는다.
　언덕 왼쪽 집의 엄마와 언덕 오른쪽 집의 엄마는 다르다. 엄마
이긴 한데 서로 다른 엄마다. 엄마가 되려면 엄마의 증서가 있어
야 하는 것인가, 라는 생각을 할 수 있다. 운전면허증이 있고 의
사자격증 같은 것이 있다. 변호사나 판사에게도 자격증 같은 것
이 있다. 박사학위증서는 누구나 가질 수 없다. 엄마의 경우는 어
떤가. 승훈이 엄마의 자격증에 대한 생각을 왜 자주 하는지 그 이
유를 승훈은 모른다. 좋게 말하면 사랑의 결과이고 나쁘게 말하
면 육욕 때문에 아이는 어부지리로 태어난다. 자격증 같은 것 없
이도 아이를 낳기만 하면 엄마가 된다. 아이를 낳은 후 곧 자식을
버리는 여자가 이 세상에 있는 것을 보면 엄마자격증을 소유하고
있는 사람만이 사랑도 하고 섹스도 해야 하는 것이 아닌가, 라는
생각이 가능하다. 지금 비를 맞으며 집으로 돌아가는 언덕 왼쪽
집 아이의 엄마 역시 엄마자격증 같은 것은 없다. 다만 아이를 낳

았기 때문에 엄마가 되었다.

비는 아무 곳에나 내린다. 서울에도 내리고 동경에도 내린다. 산에도 내리고 바다에도 내린다. 언덕 위에도 내리고 언덕 아래에도 내린다. 물이 필요한 곳에도 내리고 물이 전혀 필요 없는 곳에도 내린다. 너무 많이 내려서 걱정일 때도 있고 내리지 않아서 걱정일 때도 있다. 언덕 왼쪽 집 소년의 어깨는 비 때문에 무겁다. 축 늘어진 어깨 위에 가랑비가 내리다가 소낙비가 내린다. 등교할 때에는 비가 오지 않았다. 그래서 우산을 준비하지 않았다. 소년은 땅바닥만을 쳐다보면서 걷고 있다. 멀리서 보면 모른다. 가까이에서 보면 소년의 눈에 눈물이 고여 있다.

초가을과는 다르게 늦가을에는 도로 위가 온통 낙엽이다. 흩어져 있는 낙엽이 있고 비에 젖어 뭉쳐져 있는 낙엽도 있다. 사람의 발에 여러 번 짓밟혀 무자비하게 찢겨진 낙엽도 있다. 도로 청소를 하지 않는다고 불평을 하는 사람도 있고, 도로에 흩어져 있는 낙엽이 보기에 좋다고 낙엽의 행보를 바람에 맡기는 사람도 있다. 곧 추운 겨울이 온다. 낙엽도 따뜻한 곳을 찾아야 한다. 낙엽이 어디로 가는 건지 아무도 모른다. "가랑잎 때굴때굴 어디로 굴러가오."라는 시를 쓴 사람 생각이 난다. 낙엽은 종착점 같은 것을 따지지 않는다. 낙엽의 주인은 바람이니까. 싸늘한 바람은 낙엽의 마음을 싸늘하게 만들까. 승훈은 대답을 모른다. 바람의 마음과 낙엽의 마음은 서로 닮은 것일까. 따로따로 노는 것일까. 승훈은 그것도 모른다. 소년은 학교에서 집까지의 길밖에 모른다.

소년이 자라면 어떤 길을 걸을까. 서울에 있는 길, 시골에 있는 길, 우리나라 전체에 있는 길, 이 세계에서 인간들이 만들어놓은 모든 길, 그 길들을 다 걷게 될지 아무도 모른다. 소년 자신은 그러한 일에 대해서 생각을 하지 않고 있다. 소년은 낙엽을 밟고 걸어가면서 낙엽에 대한 생각을 하지 않고 있다.

소년의 가방에는 김밥이랑 콜라랑 먹고 마실 것이 들어 있다. 가방이 비에 젖었고 그것을 오른손이 잡고 있기 때문에 소년의 오른쪽 어깨는 더 무겁다. 소년은 비를 싫어하는 것도 좋아하는 것도 아니다. 비는 소년에게 그냥 비일 뿐이다. 비를 맞으면서 돌아오는 소년의 마음은 편치 않다. 울고 싶도록 비가 미웠다. 모처럼 가게 되어 있는 소풍이 비가 와서 취소되었기 때문이다. 소풍의 취소로 학생들은 일찍 귀갓길에 올랐다. 전날 밤에 엄마가 만들어준 소풍 준비물을 고스란히 그대로 들고 집으로 되돌아오고 있는 소년은 자기를 이 세상에서 제일 불행한 사람으로 여기고 있다. 소년은 소풍을 그만큼 좋아했다.

소년은 외할아버지를 본 일이 없다. 소년의 외할아버지는 일찍 돌아가셨다. 소년의 엄마에게 오빠 한 사람이 있었다. 소년의 외삼촌이 되는 사람이다. 어렸을 때의 아버지를 잃은 소년의 엄마와 소년의 외삼촌은 소년의 작은외할아버지 밑에서 자랐다.

소년의 외삼촌이 어렸을 때다. 어쭙잖은 이유로 외삼촌이 울어야만 했던 일이 있었다. 울고 있는 외삼촌을 작은외할아버지가 보았다. 작은외할아버지는 우는 아이를 보자마자 딴사람이 되었다. 온화하시고 인자하시던 작은외할아버지가 돌변했다. "사내대장부가 눈물을 흘리다니." 하시면서 남이 보기에 민망할 정도로 호되게 야단을 치셨다. 뺨을 사정없이 내리쳤다. "뚝 그쳐야지!"라는 큰소리에 옆에 있던 소년의 엄마는 마음이 덜컥할 정도로 놀랐다. 그런 일이 있은 후부터 소년의 엄마는 자기 오빠가 매 맞던 장면을 잊지 못했다. 아! 사내대장부는 울어서는 안 되는구나, 라는 생각이 소년의 엄마 머릿속에 깊이 박혔다. 남자고 여자이고 간에 울 일이 생기면 울면 되는 것이 아닌가, 라는 생각은 용납할 수 없게 되었다. 사고방식이 그렇게 굳어버렸다.

소년의 엄마는 자라서 결혼을 했고, 소년을 낳았다. 소년의 엄마는 자기가 원하는 결혼을 하지 못했다. 사랑했던 사람과 결혼을 할 수 없는 사정이 생겨서 사랑과는 아무런 상관이 없는 사람과 결혼했고 결국 소년을 낳았다. 그때부터 소년의 엄마는 찌들어진 마음을 가진 채로 살아가고 있다. 소년의 엄마는 소년이 우는 것을 보면 참지 못했다. 비 때문에 소풍을 가지 못하게 되었다고 우는 아들을 보고 소년의 엄마는 참지를 못했다. "사내대장부가 그만한 일로 울다니, 이놈을 어쩌지, 아이고 속상해라. 저래서야 앞으로 큰일을 할 수 있겠나. 쯧쯧." 하나를 보면 열 가지를 안다고 하면서, 이유 여하를 막론하고 사내아이는 울면 안 된다고 소년의 엄마는 소년을 심하게 꾸짖었다. 될성부른 나무는 떡잎부터 알아본다, 라는 말을 소년의 엄마는 자주 한다. 소년 엄마의 자녀 교육이 성공을 하고 있다는 보장이나 증거는 없다.

그만한 일로 눈물을 흘린단 말이야. 그만한 일로 그 일을 포기할 필요는 없었잖아. 그만한 일로 이혼을 한단 말이야. 그만한 일로 절교까지 하다니. 그만한 일로 사표를 내던지다니. 이런 식의, '그만한 일'은 우리 주변에 많다. 그러나 사람의 일이 어디 사람 마음대로 되던가. 엄마에겐 별것이 아닌 일일지 몰라도, 아이에겐 얼마든지 대단한 일이 될 수 있다. '나'에겐 별일이 아닌 일이 '남'에겐 큰일이 되는 경우가 이 세상에 얼마나 많은가. 집으로 돌아오면서 소년은 속이 상해서 울고 또 울었다. 꾸중을 들은 소년은 소풍을 못 가서 속이 상해, 엄마에게 꾸지람을 들어 속이 상해, 어린아이이지만 세상 살기가 싫다. 어른들이 말하고 있는 '큰일'이라는 것은 과연 무엇을 뜻하는가 싶었다. 소년의 엄마에겐 고시 합격이 큰일이다. 판검사 되는 것이 큰일이다. 운동선수나 예술가가 되는 것은 큰일이 아니다.

별일 아닌 것으로 울다가 숙부에게 혼이 난 소년의 외삼촌은 어렸을 때부터 눈이 나빴다. 그래서 아이 때부터 안경을 끼고 다녔다. 안경을 낀 아이가 여름방학 때 외가에 놀러갔다. 외갓집에 도착한 후 동리 어른들에게 인사를 갔다. 동리 어른들이 안경을 끼고 인사를 온 아이의 뺨을 호되게 쳤다. 어른 앞에서 안경을 끼고 있다는 것이 이유였다. 아이들이 어른 앞에서 안경을 끼고 있다고 뺨을 맞는 일이 요즈음에는 일어나지 않는다. 어른 앞에서 아이가 안경을 끼면 안 된다는 것은 그 당시의 사회적 통념이었다. 관습이었고 문화였다. 옳고 옳지 않고의 문제를 따지기 전에 사회적 통념에 따르려고 하는 사람이 이 세상에 많다. 소년의 엄마도 그러한 사람이다. 소년의 입장은 달랐다. 사회적 통념은 별문제가 되지 않았다. 사회적 통념이 무엇인지 모를 뿐만 아니라 관심이 없었다. 소년의 엄마와 소년은 그래서 서로 불행하기만 하다. 엄마의 기대에 미치지 못하는 소년 때문에 엄마가 불행하고 소년의 마음을 이해해 주지 못하는 엄마 때문에 소년이 불행하다. 어른이든 아이든 사람은 누구나 불행할 수 있다. 승훈은 인간이 왜 불행한가에 대한 생각을 한다. 생각 끝에 승훈은 궁한 대답을 찾는다. 인간이 갖는 어떤 것에의 기대감이 불행의 씨앗이라고 승훈은 생각했다. 기대감이라…… 어떤 것을 기대하면 불행하고 어떤 다른 것을 기대하면 불행을 면할 수 있다고 승훈은 말하기에 이른다. 물론 어떤 것과 어떤 다른 것은 사람에 따라 다르다고 승훈은 말한다. 승훈은 자기 말이 옳다면서 기대감 때문에 불행하게 된 사람의 예를 든다. 남 보기에는 성공을 한 사람이 불행하게 되는 경우는 얼마든지 있다고 한다. 김의 경우가 그렇다고 승훈은 말한다.

김은 세계적 피아니스트다. 세계를 무대로 연주 활동을 활발히 펼치고 있다. 유명한 교향악단과 협연을 한다. 세계에서 이름난 도시라는 도시의 특급 호텔은 모두 자기의 것인 양 드나든다. 모든 사람이 그를 부러워한다. 그런데 김은 행복하지 않다. 김이 기대하는 것은 사랑이다. 육욕 해소용 사랑이 아니라 음악보다 더 사랑하기 때문에 음악을 포기할 지경에 이르게 되는 지고의 사랑이다. 김은 세계 방방곡곡을 돌아다니면서 그러한 사랑을 기대한다. 그런데 어딜 가나 그 기대감은 여지없이 좌절된다.

박은 어느 회사의 중역이다. 중역이면 출세를 할 만큼 한 셈이다. 박의 동료 중에서 중역이 못 된 사람이 더 많다. 중역이면 충분히 행복할 수 있다. 그러나 박은 불행하다. 박이 기대하고 있는 것이 중역 이상의 자리였기 때문이다. 최근에 시행된 중역 이상의 자리를 놓고 치른 경쟁에서 박의 지지율이 저조했다. 지지율이 저조했다는 사실은 박의 기대감과 너무나 달랐다. 불행의 도가 지나쳐 죽고 싶은 심정을 박은 안고 있다.

소년의 불행은 무엇인가. 비 때문에 소풍을 가지 못해서 울었다는 것은 지엽적인 것에 불과하다. 소년은 엄마의 교육 방식이 죽도록 싫었다. 엄마가 소년에게 기대하는 것이 너무나 많다. 이러면 저래라, 저러면 이래라, 라고 한다. 소년에게 있어서 "잘했다."라는 말은 이 세상에 없는 말이다. 언제나 잘못만 하는 아이가 소년이다. 소년은 잘함이나 못함보다 자유롭고 싶다. 자유로운 것을 기대한다. 소년은 자유의 '자' 자 근처에도 가지 못하면서 산다.

정은 어떤 조직의 구성원이다. 정이 속해 있는 조직은 공익성 추구를 지상 목표로 삼고 있다. 정은 공익성을 자기의 생명보다 더 중요하게 생각하는 사람이다. 그래서 정 스스로 조직원이 되길 원했다. 정은 조직을 위해서 자기가 존재하고 있다는 것이 행복했다. 그래서 자기의 삶에 보람을 느끼고 있다. 조직의 장(長)은 조직원 교육을 위해서 주기적으로 강연을 한다. 조직의 장은 말한다. "조직은 전체이고 조직원은 개체다, 개체는 전체를 위해서 존재해야 하고, 전체를 위해서 희생되어야 한다."라고. 정은 그 말을 기억했고, 또 그 말이 옳은 말이라고 생각했다. 그래서 자기를 희생하고 조직을 위해서 불철주야로 일했다. 그러던 어느 하루 '이건 아니야.'라는 생각을 하게 된다. 전체도 전체이지만 '나'라는 개체에 대한 어떤 기대감을 정이 가지기 시작한다. 전체에 대한 기대감만을 가져오던 정이 개체에 대한 기대감을 가지기 시작했다. 개체에 대한 기대감이 형성되기까지 오랜 시간이 흘렀다. 의식적 시간이라기보다 무의식적 시간이었다. 의식, 무의식적 시간이 정에게 개인적 역사를 형성시켰다. 정은 어느 날부터 이유 없이 자기의 삶에 대해서 회의를 느끼기 시작한다. 자기의 삶을 두고 '이게 아닌데.'라는 생각을 자주 하게 된다. 전체가 중요한 것은 사실이나 개체도 중요한 것이 아니냐, 왜 개체가 전체를 위해서 희생을 해야 하느냐, 라는 생각을 한다. 이런 생각은 전체의 입장에서 보면 불순한 생각이다. 그러나 정은 불순한 생각에 대해 신경을 쓰지 않는다. 자기 자신에 대한 기대감이 바뀌는 순간 정의 마음에 불행의 씨앗이 뿌리를 내렸다.

\#

승훈은 언덕 오른쪽 집을 본다. 언덕 오른쪽 집에도 비가 내린다. 언덕 왼쪽 집의 경우와 비슷하게 비가 내린다. 가랑비가 오더니만 갑자기 소나기가 내린다. 물줄기의 속도가 시간에 따라 변한다. 빠르게 내리다가 다시 느리게 내린다. 사람의 눈에서 흐르는 눈물처럼 그 비를 보는 사람이 언덕 오른쪽에 사는 사람 중에도 있다. 그러한 사람은 흔하지 않는데 언덕 오른쪽의 집 주변에도 그러한 사람이 있었다.

겉으로 보기에는 언덕 왼쪽 집과 오른쪽 집에 내리는 비의 모양은 같다. 그러나 그 비의 의미까지 같다고 말할 수 없다. 땅에 떨어지면서 비는 소리를 낸다고 하지만, 그 빗소리를 경험하는 방식은 왼쪽 집 근처의 사람과 오른쪽 집 근처의 사람이 서로 다를 수 있다. 땅과 부딪히면서 내는 소리도 있고 내려오는 도중에 바람에 휘말리면서 내는 소리가 있다고 하지만, 그 소리로부터 얻는 정감은 왼쪽과 오른쪽이 다를 수 있다. 내리는 소리가 요란하면 요란할수록 빗소리를 듣는 이의 마음이 고요해진다는 점에서도 그렇다. 사람에 따라 고요함이 스며드는 방식이 다를 수 있다. 소리는 나고 있는데 소리는 없는 적막한 세상이 된다고 하는데 그 적막한 상태도 다를 수 있다.

초등학교 일학년생인 오른쪽 집 소년이 비를 맞으며 집으로 돌아오고 있다. 소년에게 비는 별다른 의미가 없다. 하늘에서 내리는 특별한 물에 불과하다. 언덕 오른쪽 집의 소년도 비를 사람의 눈에서 흐르는 눈물 같은 것으로 느끼지 않는다. 오른쪽 집 엄마도 왼쪽 집 엄마와 마찬가지로 엄마자격증 같은 것을 가지고 있지 않다. 그렇다고 해서 오른쪽과 왼쪽이 같을 수만은 없다.

오른쪽 집 소년도 학교에서 집까지의 길밖에 모른다. 소년이 자라서 어떤 길을 걸을지도 모른다. 서울에 있는 길, 시골에 있는 길, 우리나라 전체 안에 있는 길, 이 세계에서 인간들이 만들어놓은 모든 길, 그 길들을 다 걸어보게 될지 어떨지도 모른다. 소년 자신도 그러한 일에 대해서 생각을 하지 않고 있다. 낙엽을 밟고 걸어가면서 낙엽에 대한 생각도 하고 있지 않다. 오른쪽 집 소년의 가방에도 김밥이랑 콜라랑 먹고 마실 것이 들어 있다. 오른쪽 집 소년도 비를 싫어하지도 좋아하지도 않는다. 비는 소년에게 그냥 비일 뿐이다. 비를 맞으면서 돌아오는 언덕 오른쪽 집 소년 역시 울고 싶도록 비가 미웠다. 모처럼 가게 되어 있던 소풍이 비 때문에 취소되었기 때문이다. 언덕 오른쪽 집 소년 역시 자기를 이 세상에서 제일 불행한 사람으로 여긴다. 오른쪽 집 소년 역시 소풍을 그만큼 좋아했다. 언덕 왼쪽 집과 오른쪽 집의 사정은 거의 같다. 계획되었던 소풍이 비 때문에 취소된 것을 좋아할 소년이 이 세상에 있겠는가. 다른 것은 소년의 엄마였다.

"너 얼굴 표정이 왜 그래. 곧 울 것만 같구나." 오른쪽 집 엄마가 아들을 향해서 하는 말이다. 언덕 오른쪽 집 엄마가 말하는 그 말의 억양은 왼쪽 집 엄마의 억양과 달랐다. 오른쪽 집 엄마의 억양은 자식에 대한 실망을 표현하는 억양이 아니라 사랑과 이해를 표현하려는 억양이었다. 비 때문에 계획된 소풍이 취소됐다는 말을 하면서, 소년이 울 것 같은 표정을 지었을 때, 밖에는 비 내리는 소리가 더 요란했다.

엄마는 부엌 쪽으로 갔다. 다용도실로 들어가더니 이사 오기 오래전에 사용했던 낡은 부지깽이를 들고 나왔다. 소년은 엄마가 부지깽이를 들고 나오는 이유를 알 수 없었다. 부지깽이를 든 엄마는 우산도 쓰지 않고 집 바깥으로 나갔다. 그러고는 "이놈의 비, 이놈의 비, 우리 아들의 마음을 아프게 한 이놈의 비. 나쁜놈의 비, 나쁜놈의 비." 하면서 부지깽이로 비를 내리쳤다. 소년은 놀랐다. 그냥 놀란 것이 아니라 정말 놀랐다. 놀랐다고 해서 어떤 특별한 방법을 찾을 수 있는 것은 아니었다. 비를 맞고 있는 엄마를 그냥 보고 있을 수밖에 없었다. 무의식중에 아이는 이 세상에 우리 엄마 같은 엄마는 없다는 생각을 했다. 아들을 이해한다는 입장에서 부지깽이로 비를 때리는 엄마가 이 세상에 정말 있을까. 엄마가 하는 행동을 본 소년은 무엇을 어찌해야 할지 알 수 없었다. 소년은 "엄마 비 맞아요." "엄마 옷 젖어요."라는 말만을 할 수밖에 없었다. 엄마는 아들의 말을 듣지 않고 하던 일을 반복했다. 엄마의 옷은 젖을 대로 젖었다. 엄마는 아들을 나무라기 전에 비를 나무랐다. 설사 그것이 계산된 행위라고 하더라도 아무나 할 수 있는 행동은 아니었다.

아이들의 마음은 생겨나는 과정을 거친다고 한다. 그 과정은 아이가 모른다고 한다. 자기 나라 말을 사용할 수 있는 능력이 생기는 과정과 남의 나라 말을 사용할 수 있는 능력이 생기는 과정은 다르다. 자기 나라 말을 사용하는 능력이나 남의 나라 말을 사용할 수 있는 능력은 모두 배워서 얻어지는 능력이라는 점에서 같다. 다만 모국어 능력이 생기는 과정은 배운 사람이 그 과정을 알지 못하고 외국어 능력이 생기는 과정은 배운 사람이 그것을 안다. 말을 배우는 과정만이 그런 것은 아니라고 한다. 배운 사람이 배운 과정을 모르는 경우와 아는 경우는 여러 면에서 다르게 나타난다고 교육학자들은 말하고 있다. 인간이 그것이 그렇다는 사실을 모르고 있을 뿐이라고 한다. 자기의 삶을 위해서 인간들은 알게 모르게 어떤 힘을 사용한다고 하는데, 그 힘의 경우도 자기가 모르는 사이에 생긴 힘과 아는 사이에 생긴 힘이 있다고 한다. 그 힘의 종류에는 두 가지가 있다고 하는데 자기 나라의 말을 다스릴 수 있는 힘과 남의 나라 말을 다스릴 수 있는 힘에 비유된다고 한다. '모국어적 힘'과 '외국어적 힘'이라는 이름을 그 힘에 붙이는 사람도 있다. 이런 말을 하는 이유는 아이에게 엄마는 무엇인가, 라는 질문을 던져보기 위해서다. 엄마는 아이에게 모국어적 힘을 형성시키는 장(場)이라고 한다. 교육학자들이 하는 이 말이 옳은 말이라면 언덕 왼쪽 집이 마련하는 장과 오른쪽 집이 마련하고 있는 장은 그 성격이 엄청나게 다르다.

#

승훈은 다시 언덕 왼쪽 집을 본다. 어느 다른 날 그 집에 아침부터 또 비가 내린다. 언덕 왼쪽 집 소년의 엄마가 아들의 등교 준비를 도와주고 있다. 왼쪽 집 엄마에게 비는 귀찮은 존재다. 초등학교 일학년생인 아들은 아직 모든 면에서 불안한 어린이다. 그래서 가방을 챙겨주고 비가 오는 날이면 우산도 챙겨준다. 챙겨주는 것이 엄마가 할 책무라고 생각한다. 그런데 사람의 손이 모자란다. 아들의 등교 준비만을 하고 있을 처지가 되지 못했다. 갓 태어난 딸아이도 돌보아야 한다. 갓 태어난 딸아이는 이층에서 째지는 소리를 내면서 울고 있다. 젖을 먹일 시간이 된 것 같다. 아들아이의 등교 준비가 아직 끝나지 않았기 때문에 엄마는 '조금만 기다려. 오빠를 학교 보내고 곧 올라간다.' 라고 속으로 말한다. 갓 태어난 아이는 계속 째지는 소리를 내면서 울고 있다. 엄마는 마음이 급하다. 비는 계속 내리고 있고 이층으로 올라가긴 가야 하고. 정말 마음이 급하다. 짜증이 난다. 한꺼번에 할 일이 두서너 개 이상 겹친다. 이번엔 거실에서 전화가 걸려온다. 남편의 출근 시간 전에 전화가 걸려오는 경우는 흔치 않다. 전화를 받을 겨를이 없다. 언덕 왼쪽 집 엄마는 '급한 일이면 다시 걸겠지.' 라고 생각하면서 전화를 받지 않는다. 전화는 끊어졌다가 다시 온다. 받을 때까지 벨을 울리겠다는 작심을 누군가가 한 모양이다. 벨소리는 끊이지 않는다. 하는 수 없어서 전화를 받았더니 "나야 나. 전화를 왜 그렇게 안 받아. 왜 있잖아. 우리 중3 담임선생님, 네가 좋아했던 그 선생님 말이야, 어제저녁 심장마비로 갑자기 돌아가셨대……." 왼쪽 집 엄마는 전화를 받고 멍해졌다.

아들은 아직 등교를 하지 못하고 있다. 우산을 찾지 못했기 때문이다. 우산을 찾기도 전에 어디선가 이상한 냄새가 난다. 전화를 받고 있을 때에는 잘 몰랐다. 전화를 끊고 아들 우산을 찾으려고 다용도실로 들어가려고 할 때 냄새가 더 심하게 났다. 드디어 그 냄새가 무슨 냄새라는 것을 알았다. 부엌에서 찌개가 타고 있는 냄새였다. 엄마는 우산을 찾으러 다용도실로 들어가야 할지, 타는 찌개를 먼저 수습해야 할지 몰라서 허둥대고 있었다. 남편 출근 시간이 되었다. 이층에서 남편이 내려왔다. 출근 전에 아내는 남편의 아침밥을 차려야 했다. 평소에 그렇게 해오고 있었다. 아들 등교를 위해 우산을 찾으랴, 째지는 소리를 내면서 울고 있는 이층의 갓난아이에게 올라가랴, 전화를 받으랴, 언덕 왼쪽 집의 엄마는 무엇을 먼저 해야 할지 몰라 허둥댈 수밖에 없었다. 그런데 찌개까지 타고 있다. 남편은 내려오고 있는데 아직 식탁에는 차려진 밥상이 없다. 말 그대로 사면초가였다. 엎친 데 덮친 격이라더니, 이게 바로 그런 것인가 싶었다. 이층에서 내려오던 남편의 말이 가관이었다. "당신, 도대체 찌개 끓이는 경력이 몇 년이오. 아직 찌개 하나 제대로 못 끓이나. 지금 이 냄새가 찌개 타는 냄새 아니오. 남편에게 아침부터 탄 찌개를 먹여야 속이 시원한 사람이 당신이오." 아내는 기가 막혔다. 탄 찌개를 먹여서 출근시키려는 아내가 이 세상에 어디에 있겠는가. 아내는 할 말을 잃었다. 남편이 야속하다는 생각조차 들지 않았다. 아예 세상이 싫었다. 남편은 아침밥을 먹지 않고 현관문을 박차고 밖으로 나가버렸다.

#

　어느 다른 날 승훈은 언덕 오른쪽 집을 다시 본다. 또 비가 내
리고 있다. 언덕 오른쪽 집 엄마 역시 아들의 등교 준비를 하고
있다. 가방도 챙겨주어야 하고 우산도 준비해 주어야 한다. 언덕
오른쪽 집의 경우도 일손이 모자란다. 아들의 등교 준비를 마치
기도 전에 이층에서 갓 태어난 아이가 째지는 소리를 내면서 운
다. 엄마는 마음이 급하다. 비는 계속 세차게 내리고 있고, 우산
을 둔 장소는 아직 찾지 못하고 있다. 상황이 언덕 왼쪽 집과 너
무나 닮았다. 닮은 것이 아니라 꼭 같았다. 갑자기 어디선가 전화
가 걸려온다. 오른쪽 집의 경우도 남편의 출근 시간 전에 전화가
걸려오는 경우는 드물다. 그런데 전화가 걸려온다. 전화를 받을
겨를이 없다. 언덕 오른쪽 집 엄마도 '급한 일이면 다시 걸겠지.'
라고 생각했다. 그런데 전화벨은 계속 울린다. 하는 수 없이 전화
를 받았다. "나야 나. 전화를 왜 그렇게 안 받아. 왜 있잖아. 네가
좋아하던 시인 있잖아. 그분이 지병으로 어젯밤에 세상을 떠나셨
다나 봐. 참 안됐지. 정말 안됐어."
　언덕 오른쪽 집의 엄마는 친구가 전화에 대고 하던 말을 두고
생각했다. 참 안됐다, 라는 말은 옳다, 라는 생각을 했다. 아직 젊
은 사람이고, 아주 좋은 시인이었는데, 라는 생각을 했다. 그녀는
생각을 멈출 수 없었다. 그냥 안됐다, 라는 말만 하고 마는 것이
싫었다. 자기가 가장 아끼는 사람, 보물같이 생각했던 사람이 이

세상을 영영 떠나고 말았는데, 고작 "안됐다." 혹은 "정말 안됐다."라는 말만 하고 만다는 것이 싫었다. '안됐다' 라는 말은 무슨 뜻일까. '안됐다' 라는 말은 끝을 인정하자는 말 같다. 끝을 인정할 수 없는 사람, 오직 시작만을 믿는 사람은 '안됐다' 라는 말이 싫다. 따라 죽어야 하는데 죽지도 못하고, 평생을 울어야 하는데 울지도 못하고, 영원히 잊지 말아야 하는데 금방 잊어버리고, 영원히 나와 관계가 있는 사람이어야 하는데, "안됐다."라는 말을 한 지 얼마 되지 않아 나와 관계가 없는 사람이 되어버리고……. 그녀는 인간이 이래서야 되겠는가, 라는 생각을 계속 했다. 그 시인은 소중한 영혼을 지닌 사람이었다. 언제나 인간 곁에 있어야 하는 사람이었다. 그런데 떠나버렸다니……. 이 사실을 기정사실화하는 것이 그녀는 죽도록 싫었다. 설사 기정사실화가 되었다고 하더라도 그것이 그렇게 되었다는 이유 하나만으로, "안됐다."는 말만 남기고, 그것으로 모든 것을 끝내버리는 것은 더더욱 싫었다. 그녀는 생각을 멈출 수 없다. 끝을 인정하지 말고, 죽은 시인을 살려서 그 시인에게 다시 시작을 할 수 있는 기회를 만들어줄 사람을 찾아야 한다. 시인을 되살려줄 사람을 기어코 찾아야 한다.

전화를 받고 이런저런 생각으로 멍하게 앉아 있는데, 언덕 왼쪽 집의 사정과 꼭 같은 일이 벌어진다. 부엌에서 찌개 타는 냄새가 났고, 출근 시간이 되어 이층에서 남편이 내려왔다. 아내는 남편의 밥상을 차려놓을 겨를이 없었다. 살다 보면 이 세상의 어느 집에서나 가정주부가 사면초가에 직면할 때가 있다. 언덕 왼쪽 집이나 오른쪽 집 사정만은 아닌 것 같다. 사람이 산다는 것이 바로 사면초가가 아니더냐. 그런데 오른쪽 집 남편의 말 몇 마디가 죽어가는 아내의 마음을 구했다. "당신, 오늘 정말 정신이 없겠구려. 갓난 우리 공주님은 이층에서 째지는 소리를 내고 있고, 우리 아들놈 우산을 찾기도 전에 전화는 오고, 더욱 찌개까지 타고 있으니, 당신 정말 정신이 없겠구려. 우산은 내가 찾을게요. 나머지는 내가 다 알아서 할 터이니 이층 아이에게나 올라가 보시구려." 아내는 남편이 고마웠다. "걱정 마시구려. 사실 말이으, 나는 가끔 탄 찌개에 흥미를 느낄 때가 있소. 탄 찌개는 그것대로 독특한 맛이 있거든." 남편은 탄 찌개를 탓하지 않았다. 탄 찌개를 독특한 맛이라고 하면서 정말 맛이 있는 듯이 먹은 후 남편은 출근을 했다. 아내는 남편을 출근시키고 이층 갓난아이에게로 올라갔다. 한숨을 돌린 후, 창밖을 내다본다. 비는 계속 내리고 있다.

아내는 비 내리는 창밖을 바라보면서 "비가 오면 나는 어딜 가야 해. 여기 그냥 있으면 안 돼."라고 말하던 옛 친구를 생각했다. 정말 그렇다. 비가 오면 어디론가 가고 싶어 하는 사람이 있다. 그 시인같이…… 가고 싶은 곳을 정해 놓고 가려는 것이 아니라 아무 곳이라도 좋다. 정처 없이 가고 싶다. 요즈음은 자기 차를 몰고 아무 곳에나 가도 된다. 정처 없이 헤매다가, 차창이 렌즈가 되는 순간이 있다. 그 렌즈를 통해서 차창 밖으로 보이는 풍경이 마음에 들 때가 있다. 그런 곳에서 차를 멈추면 된다. 비 때문에 그러하겠지만, 차를 세운 곳이 이 세상에서 가장 마음에 드는 곳이 된다. 세운 장소가 비좁은 골목길인 경우가 있고, 어떤 고목나무 밑일 경우도 있다. 세상과 차를 세운 사람 사이에 빗소리가 두꺼운 벽을 만들고 있다. 인간과 세상을 차단하는 '흐르는 비의 벽' 같은 것일지도 모른다. '흐르는 비의 벽'은 갇힘의 상징이다. 그런데 그 '벽'에 갇히면 오히려 마음이 편안하다. 한없이 편안하고 안전하고 행복하다. 갇힌 것이 아니라 오히려 더없는 자유를 느낀다. 언덕 오른쪽 집의 주부는 지금 그러한 빗속에 갇혀 있다. 조금 전에 전화로 소식을 들은 그 시인을 갇힌 방으로 초대하고 있다. 그녀는 결혼 전에 빗속을 헤매던 기억을 더듬는다. 그녀에게 빗속의 헤맴이라는 것은 언제나 새로운 것을 찾는다는 뜻이었다. 한 번 갔던 장소는 잘 가게 되지 않는다. 가본 곳을 기억하기도 하지만 대부분 어디에 갔었는지 기억에 남지 않는다. 희미한 기억만 남아 있다. 갔던 곳을 다시 찾으라고 누가 말하면 그 장소를 억지로 찾을 수 있을지는 모르나 설사 찾는다고 해도 물리적으로는 같은 곳이지만, 전혀 다른 곳임을 발견하고 놀랄 때가 있다. 차 속에서 혼자 비에 갇히면 그녀는 자기의 이름을 잊는다. '어느 누구도 아닌 사람'이 된다. 익명의 인간이 된다. 낯선 동네라 그녀를 아는 사람은 없다. 아는 사람이 없는 것이 그녀의 익명성을 더 자유롭게 한다. 그녀는 자유를 즐긴다. 비가 잠시 그치면 차 밖으로 나와서 걷는다. 사람이 없는 골목길에서 걷기도 하고 나무 아래에 가서 걷기도 한다. 어쩌다 차가 서는 공간에 남자가 있는 경우도 있다. 전혀 모르는 사람이다. 그런 경우 그녀는 용감하게 그 남자에게 말을 건넨다. 말을 걸어보려고 "혹시…… 저……." 하고 묻기도 한다. 남자라도 무섭지 않다. 남자가 오랜 친구같이 느껴진다. 한번은 어떤 골목길에서 그 길의 끝을 보고 싶었다. 그래서 길의 끝까지 가보았다. 끝은 어떤 언덕 위였다. 그녀는 그 언덕 위에서 아래를 내려다보았다. 초등학교의 운동장이 보였다. 그녀는 언덕 위에서 운동장이 있는 아래쪽을 하염없이 내려다보고 있었다. 학교에서 나는 종소리 하나로 아이들이 운동장으로 쏟아져 나왔다. 텅 빈 운동장이 순식간에 꽉 메워진다. 쉬는 시간인 모양이다. 잠시 후 땡땡땡 하는 종소리가 나면 순식간에 아이들은 운동장을 다시 텅 비운다. 교실로 들어갔다 나왔다 하는 아이들을 몇 시간 동안 꼼짝하지 않고 구경을 한다. 걸어온 골목길을 한참 만에야 거꾸로 돌아 나간다. 문구점이 있다. 그녀는 문구점을 좋아했다. 색연필 같은 것을 좋아했다. 기왕에 문구점에 들어갔으니 무엇이라도 하나 사야 주인에게 미안하지 않을 것 같다. 색종이를 고르고 있는데, 조금 전에 운동장에서 보았던 아이들 같은 어린이들 몇이 문구점으로 들어왔다. 그녀는 익명성 덕분으로 거기서도 자유를 만끽한다. 아이가 되어 문구점 안에서 놀기 시작했다. "얘, 이 색종이가 더 좋아, 얘." "아니에요. 저게 더 예뻐요, 아주머니." "얘, 나는 아주머니가 아니야, 얘. 네 친구야 얘." "아이, 아주머니도 참." 그녀는 이런 대화 속에서 행복을 맛본다. 비는 그쳤지만 그녀는 아직도 비에 갇혀 있다. 시계를 보니 집으로 돌아갈 때다. 그녀는 현실의 세계로 돌아가기가 싫었다.

#

　양쪽 집 사정을 살핀 후 승훈은 평소의 습관대로 산 위에 올라
가서 그 두 집을 다시 바라본다. 상당히 높은 산이다. 승훈은 언
덕 왼쪽 집 엄마를 그냥 좋아한 것이 아니라 매일 생각이 날 정도
로 아주 좋아했었던 모양이다. 지금도 좋아했던 그 시절을 잊지
못하고 있는 모양이다.

#

　승훈에게 음악 하는 친구 한 사람이 있었다. 그 친구가 한 말,
"다르나, 같다."라는 말을 승훈은 잊어버릴 수가 없다. 다르면 다
른 것이지, '다르나, 같다.' 라니, 도대체 그게 말이 되는가, 라는
생각이 들 정도로 처음에는 그 말이, 말이 되지 않는 것처럼 느껴
졌다. 음악을 한다는 친구는 승훈에게 이렇게 말했다. '도 미 솔'
'도 솔 미' '미 도 솔' '미 솔 도' '솔 도 미' '솔 미 도'라는 선율
이 있다고 했다. 아주 짧은 선율이라고 했다. 그리고 말을 이었
다. 각 선율은 서로 다르다고 했다. '도 미 솔' 이라는 선율을 '솔
미 도' 라는 선율과 같다고 누가 말하면, 그렇게 말하는 사람은 음
악을 모르는 사람이 된다고 했다. 왜냐하면 '도 미 솔' 이라는 선
율은 '솔 미 도' 라는 선율과 분명히 다른 선율이기 때문이다. 음
악 하는 친구는 "그러나" 하면서 말을 이었다. "서로 다른 선율들

이 '같다' 는 차원에서도 취급될 수도 있어."라고 했다. '도 미 솔' '도 솔 미' '미 도 솔' '미 솔 도' '솔 도 미' '솔 미 도' 뿐만 아니라 '도도 미 솔' '솔솔 미 도' '미미 도 솔' 할 것 없이 모든 선율들은 '도'와 '미'와 '솔'이라는, 주어진 세 개의 '음 테두리' 안에서 일어나는 '음 놀이'의 결과라는 점에서 서로 같다고 했다. 선율에는 꽃이 있고 뿌리가 있다고도 했다. 꽃은 다르나 뿌리는 같다는 말이 가능하다고 했다. 음악 하는 친구는 "겉으로 드러난 현상은 다르나 그 현상을 있게 한 원인은 같다."라는 말도 했다. 뿌리의 단위가 '도 미 솔' 같이 단순한 것도 있지만, 단위 자체가 훨씬 더 복잡한 것도 있다고 했다. 단순하든 복잡하든 음악의 원리는 같다고 했다. 음악 하는 친구는 자기가 좋아하는 음악 이론가 한 사람이 있다고 했고 그 이론가의 말을 빌린다고 하면서 '다르나 같다.' 는 물론이고 '같으나 다르다.' 라는 말도 가능하다고 했다. 또 음악을 들을 때, 듣는 차원이 여럿 있다고도 했다. 음악에서 들리는 실재의 소리는 음악을 제일 가까운 거리에서 듣는 소리라고 했다. 제일 가까운 거리에서 듣는 차원을 '다르게'의 차원이라고 했다. 음악을 '다르게'의 차원에서 듣는 것이 보통 사람에겐 제일 편하다고 했고, 음악을 가장 편하게 듣는 차원이 일층에서 듣는 차원이라고 했다. 이층, 삼층, 사층, 오층, 육층식으로 음악을 듣는 위치가 땅에서부터 높아질 수도 있다고 했다. 높이 올라가면 갈수록 실재의 음악보다 음악의 뼈대만이 남게 되고, 그래서 듣게 되는 것은 그 뼈대만이라고 했다. 음악의 뼈대만 들릴 때에는 모든 음악이 같게 들린다고 했다. 모든 음악이 같게 들린다니. 그 말이 승훈에겐 이해가 되지 않았다. 멀리서 들으면 모든 음악이 같아지고 가까이서 들으면 달라지는 것이라는, 상식적으로는 도저히 용납하기 힘든 말을 음악을 하는 승훈의 친구는 했다. 구조의 개별화와 구조의 일반화라는 아주 거창한 말을 하면서 승훈의 음악친구는 다름은 개별화이고 같음은 일반화다, 그리고 작곡가는 음악의 개별화 즉 '다름'에, 이론가는 음악의 일반화 즉 '같음'에 자기의 인생을 거는 사람이라고 했다. 승훈은 자기의 음악친구가 무슨 소리를 하는지 알 수 없었다. 그러나 그 친구의 말이 괜히 하는 말 같지는 않았다. 마냥 허튼소리만은 아닌 것 같았다.

#

승훈은 자기도 어쩔 수 없는 어떤 느낌 하나를 산에 오르내리고서부터 가지게 된다. 언덕 왼쪽 집 사정이 '도 미 솔'이라면 오른쪽 집 사정은 '솔 미 도'처럼 느껴진다는 것이 그것이다. '도 미 솔'이나 '솔 미 도'로 비유해야 하는 특별한 이유가 있다는 것은 아니다. 승훈의 마음속에 막연하게 들어오는 생각이지만 왼쪽 집의 사정과 오른쪽 집의 사정이 다르긴 다르나 '같다'라는 말로 표현될 수 있을 것 같았다. 승훈의 마음은 왠지 모르게 '다름'보다 '같음'에 대한 생각으로 가득 차 있다. 슬픔과 기쁨, 혹은 행

(幸) 불행(不幸)이 인간 삶의 꽃들이라면, 그 꽃의 뿌리는 인간의 삶이라는 생각이 승훈의 마음에 꽉 차 있다. 승훈은 자기 마음 안으로 스며드는 그러한 생각을 뿌리치지 못한다.

그러던 어느 하루 승훈은 밤늦게 술에 취한 채로 산에 올랐다. 산에서 산 아래의 세상을 내려다보았다. 깜깜한 밤이었다. 언덕 왼쪽 집과 오른쪽 집은 말할 것도 없고, 산 위에서 보이는 수많은 집들이 모두 같게 보였다. 술 때문인가 싶어서, 술 취하지 않은 상태로 며칠을 계속해서 산 위에 올랐다. 마찬가지였다. 산 위에서 멀리 내다보이는 아래의 세상은 인간들이 삶을 영위해 나가고 있는, 아수라장 같게만 느껴졌다. 희로애락이 뒤범벅된, 시궁창 같은 장소가 저 멀리 보이는 산 아래의 세상 같았다. 우는 사람, 웃는 사람, 행복한 사람, 불행한 사람들이 있다고 하지만, 웃음, 울음, 행복, 불행들이 모두 삶의 한 양태로만 보였다. 승훈은 '다르나, 같구나.'라는 말이 음악에만 통용되는 것이 아닐지 모른다는 생각을 했다. '도 미 솔'이라는 주화음이 선율화됨으로써 여러 선율이 탄생되듯이, 삶이라는 뿌리에서 피는 꽃의 종류도 무수하게 많구나, 라는 생각을 했다.

밤에 산 위로 올라가면 집이 보인다기보다 세상이 온통 전깃불로만 보인다. 슬프고 기쁘다는 것의 차이점보다 인간들이 모여서 아옹다옹하면서 살아가는 삶의 모습을 대신하고 있는 것 같은 전깃불만 보인다. 하루 기뻐하던 사람이 그 다음날 슬퍼하고, 그 다음날 다시 기뻐하는 경우가 우리 주변에서 얼마나 많은가. 왼쪽

집과 오른쪽 집이 서로 다른 것으로 보인다기보다 대동소이한 것
으로 '보인다'는 말은 그에게 대동소이하게 볼 수 있게 하는 '눈'
하나가 새로 생겼다는 뜻이다. '다르게'만 보던 눈 하나만 가진
것이 아니라 '다르나, 같다.'라고도 볼 수 있는 또 다른 하나의
눈을 가졌다는 뜻이다. 산 위에서 승훈은 결국 눈 하나를 더 얻은
셈이다. 승훈은 그래서 두 개의 눈을 가지게 된다. 아래에서 보는
눈 하나와 산 위에서 보는 눈 하나, 이렇게 눈 둘을 가진다. 승훈
은 언덕 왼쪽 집 여인이 그러한 눈을 가져주길 바라고 있다.

#

승훈은 음악 하는 친구와 자주 만나기도 하지만 기회가 생기면
음악 책을 읽는다. 베토벤이라는 음악가에 대한 글도 읽는다. 베
토벤에 생각이 미치자 그의 귀는 어렸을 때에 들었던 피아노 소
리를 듣는다. 피아노 소리로부터 승훈은 '다르나, 같다.'가 아닌,
'같으나, 다르다.'라는 말의 의미를 배운다. 피아노 소리는 새 소
리나 바람 소리가 아니다. 피아노 소리와 새 소리는 '다른 소리'
다. 우리가 '피아노 소리'라고 할 때의 그 피아노 소리는 '같은
소리'다. 새 소리나 바람 소리와 다를 뿐만 아니라 바이올린 소리
나 가야금 소리와도 '다른 소리'다. 누가 들어도 피아노 소리는
피아노 소리이다. 피아노 소리를 사용해서 쇼팽은 쇼팽의 피아노
음악을 만들고, 슈만은 슈만의 피아노 음악을 만든다. 그런데 이

상한 일이 벌어진다. 같은 '피아노 소리'로 만들어진 음악임에도 불구하고, 쇼팽의 피아노 음악에서 나는 소리와 슈만의 피아노 음악에서 나는 소리는 '같은 소리'가 아니다. '다른 소리'다. 음악을 모르는 사람은 쇼팽의 소리와 슈만의 소리를 피아노 소리라는 이유 하나만으로 '같은 소리'로 듣는다. 음악적 소리가 아닌, 물리적 소리로만 듣는다는 뜻이다. 승훈이 읽은 책에 의하면 음악을 모르는 사람은 '다른 소리'를 들을 수 있는 귀를 가지고 있지 않다. 신체적 귀만을 가진 사람은 피아노 소리, 새 소리, 바람 소리는 구별할 수 있을지언정 쇼팽과 슈만의 피아노 소리를 구별하지 못한다. 쇼팽 소리와 슈만 소리의 음악적 의미를 구별할 수 있는 귀는 신체적 귀가 아니다. 음악적 귀다. 이 세상에는 신체적 귀와 음악적 귀, 이렇게 귀 둘을 가진 사람이 있고, 신체적 귀 하나만을 가진 사람이 있다.

베토벤의 귀는 어떤 귀인가. 귀머거리는 소리를 듣지 못한다. 나이가 들면서 베토벤의 귀는 소리를 듣지 못했다. 그러나 베토벤의 경우는 귀머거리가 된 후에도 소리를 들을 수 있었다. '먹은 귀'로 다양한 음악적 소리를 들을 수 있었고, 많은 음악을 창작했다. 신체적 귀는 잃었지만, 마음 안에 음악적 귀를 갖고 있었다. 청각적 기능을 상실한 후의 귀이니까 베토벤의 귀는 '마음의 귀'였다. 그러니까 베토벤을 두고 우리는 세 개의 귀를 생각할 수 있다. 신체적 귀, 음악적 귀, 마음의 귀가 바로 그것이다.

＃

　승훈은 사람의 눈은 어떨까에 대한 생각을 한다. 승훈은 산 위에서 새로 생긴 자기의 눈을 아직 믿을 수 없다. 그래서 자기 가까이에 있는 두 얼굴을 다시 한 번 더 점검한다. 하나는 웃는 얼굴이고 다른 하나는 우는 얼굴이다. 여기서도 '가까이'와 '멀리'가 문제시된다. 가까이에서 보면, 이 두 얼굴은 분명히 다르다. 승훈은 자기의 눈을 시험해 보기 위해서 눈과 두 얼굴 사이의 거리를 점점 멀리한다. 아주 멀리 떨어져서 두 얼굴을 본다. 그랬더니 얼굴의 다른 점은 없어지고 그냥 사람의 얼굴만이 남는다. 더 멀리 떨어져서 보면, 두 얼굴이 하나의 점이 된다. '보는 사람'과 '보이는 어떤 것'과의 '관계성'만이 남는다. 승훈은 '관계성'과 상관없이 인간이 무엇을 본다는 것은 가능한 것인가, 라는 생각을 한다. 이런 생각의 맥락 안에서 승훈은 언덕 왼쪽 집과 오른쪽 집을 비교해 본다. '다르다'는 차원 하나와 '같다'는 차원 하나, 이렇게 두 개의 차원이 있다, 라는 결론을 승훈은 얻는다.

　인천국제공항이다. 공항 건물은 크게 보인다. 건물 안으로 들어서면 역할이 서로 다른 여러 곳들이 있다. 항공권을 취급하는 곳과 탑승을 위해서 기다리는 곳 등이 있다. 탑승 시간을 기다리다가 드디어 탑승을 했다. 비행기가 하늘로 날아오른다. 비행기가 하늘로 서서히 떠오르자, 역할이 서로 다른 조금 전에 지나쳤던 여러 곳들을 품고 있는 커다란 공항 건물이 서서히 조그마한 건물로 변하기 시작했다. 비행기가 하늘 높이 치솟아 오르자 국제공항은 하나의 점으로 변한다. 거대한 건물이 점으로 보이고, 더 높이 올라가면 공항 건물은 점도 아닌 것이 된다. 무(無)가 된다. 넓은 서울도 하나의 점이 된다. 서울 안에서 살고 있는 사람들을 포함한 모든 것들이, '다름'으로 보이는 것이 아니라, 그저 대동소이한 것으로 보인다. 시간이 흘렀다. 하늘을 돌고 돈 비행기는 서울로 다시 날아온다. 착륙을 위해서 비행기가 지상에 가까워지면 가까워질수록 그동안 같음으로 묶여 있었던 모든 것들이 다름의 형상을 띠고 나타난다. 다름으로 나타나는 속도는 비행기의 착륙 속도에 의존한다. 점이던 것이 서서히 거대한 건물로 바뀐다. 승훈은 생각한다. 변한 것은 하나도 없다고…… 보는 사람의 눈 위치가 위에 있다가 아래에 있게 되는 것 이외에는 변한 것이 없다고…… 그러니까 관계성만이 변했다고……. 승훈은 '보는 눈'과 '보이는 어떤 것' 사이의 관계성을 무시한 봄은 보임일 수 있겠는가, 라는 생각을 또 했다.

승훈은 이 대목에서 세 개의 눈에 대한 생각을 했다. 승훈은 옛 친구 한 사람이 자기에게 한 말, "인간에게 몸과 마음이 있다고는 하지만 몸과 마음이라는 말은 편리상으로 하는 말이다."라고 한, 그 말을 지금 기억한다. "몸과 마음 사이에 칸막이가 쳐져 있을 수 없다. 칸막이 같은 것이 몸과 마음 사이에 원래 쳐져 있는 것은 아니다. 몸과 마음은 칸막이 없이 서로 왔다 갔다 하는, '하나'로 존재하는 것이다."라고 한 옛 친구의 그 말을 지금 기억하고 있다.

　승훈이 지금 옛 친구의 말을 기억하는 이유는 세 개의 눈에 대한 자기의 생각을 점검해 보고 싶어서였다. 세 개의 눈 사이에도 칸막이가 있는가 없는가에 대한 생각을 해보고 싶었다. 승훈은 칸막이를 편리상 한 번 쳤다가 그 칸막이를 없애야 한다는 입장을 취하고 싶다. 옛 친구의 말대로 몸과 마음이 따로 노는 것이 아니듯이 세 개의 눈 역시 따로 노는 것일 수는 없다는 생각이 승훈에게 들었다. 칸막이를 세운다는 것이 언짢은 일이라는 것을 알면서도 승훈은 칸막이를 한 번 세워본 후 그 칸막이를 치워버리기로 했다. 승훈이 세운 칸막이는 '다르게'만 보이는 눈을 첫째의 눈이라고 일컫고 싶어 한다. '같게'만 보이는 눈을 둘째의 눈이라고 하고…… 그리고 그 칸막이는 '다르게'와 '같게'를 동시에 보는 눈을 허용한다. 동시에 보되 어느 중간 지점에 그 눈이 위치할 수는 없을까, 라는 생각을 허용한다. 어느 중간 지점에 위치함으로써 '같음'과 '다름' 사이에서 숨을 쉬고 있는 눈은 없을까, 라는 생각을 허용한다. 여기서 승훈은 숨이 중요하다고 생각한다. 호흡하는 눈 말이다. 올라가고 내려오는 눈 말이다. '다름'과 '같음'을 호흡하는 눈을 승훈은 상상한다. 승훈은 드디어 여기서 칸막이를 걷어치운 후의 눈을 상상한다. '다름'이 인간 앞에 있는 것은 분명하다. '다름'을 무시하는 눈은 눈이 아니다. 모든 사람들의 눈앞에 보이는 것을 보지 못하는 눈이 있다면 그 눈이 어찌 눈이겠는가. 대부분의 사람이 그것을 보지 못한다고 하

194

더라도 '같음'이 인간 앞에 있는데 그것을 보지 못하는 눈 역시 옳은 눈이라고 말할 수 없다. '다름' 하나만, 아니면 '같음' 하나만을 고집하는 눈에는 분명히 문제가 있다. 이러면 어떻고 저러면 어떠냐, 라는 눈에도 문제는 있다. '가까이서'와 '멀리서'를 인정하면서, '아래에서'와 '위에서'를 인정하면서, 그 중간 지점에 서서 '같음'과 '다름'의 값을 제값 치르게 하는 눈이 삶에 필요할 것 같다는 생각을 한다. 승훈은 중간 지점의 위치를 찾기 위해서 매일 산에 오르내린다. 산을 오르내리는 삶이 결국 인간의 삶일지 모른다는 생각을 하면서 말이다.

승훈은 남편 몰래 그녀를 만나기로 했다. 승훈은 그날 하산하면서 자기의 생각을 굳힌다. '만나자, 만나자.'로 굳힌다. '못 만날 것 없다, 만나서, 말하자.'로 굳힌다. 산 아래에만 마냥 있지 말고, 조금만 걸어 올라가보라고 그녀에게 말하고 싶다. 당신 집 바로 위에 산이 있지 않느냐, 조금만 걸어 올라가보라, 처음에는 몸만 끌고 올라가보라, 그러면 나중에는 마음도 따라 올라가게 될 것이다, 당신과 다른 눈을 가진 사람이 이 세상에 있다는 것, 당신같이 아래에서만 사는 것이 아니라 위에서 사는 사람도 있다는 사실에 눈을 떠라, 라는 말을 하고 싶다. 제발 눈을 한쪽에만 고정시키지 말고, 올라갔다 내려갔다 하는, 호흡하는 눈을 길러라, 당신은 당신 자신으로부터 멀리 그것도 아주 멀리 떨어져 나오는 연습을 해야 한다, 그러면 당신은 당신의 아들이 자랑스럽게 여겨질 것이다, 그리고 산 위에서 당신을 기다리고 있는 '어떤 사람'이 있다는 것도 알게 될 것이다. 이 어떤 사람이, 당신이 눈을 뜨기만 하면, 이 세상 도처에 있을 수 있다는 사실을 당신은 또 알게 될 것이다, 이런 말을 그녀에게 하고 싶다. 산 위에서 그녀 때문에 마음을 쓰고 있는 '어떤 인간'이 있다는 사실을 그녀가 알 턱이 없다. 말하지 않아도 알 것은 아는 것이 인간인 것 같지만, 말하지 않으면 결국 알 턱이 없는 것이 인간이기도 하다는 말이 있었던가. 어디 그녀만이 그렇다던가. 아무것도 모르고 사는 그러한 인간이 어디 이 세상에 그 사람 한 사람뿐이라던가. 내일은 꼭 만나서 말을 해야지, 라는 생각을 하면서 하산하는 승훈에게 산 아래 세상의 밤 불빛은 아무런 도움을 주지 못한다.

빈 병 교향곡

그가 호주로부터 초청 받은 것은 수년 전 어느 여름이었다. 난생 처음으로 호주의 한 중소도시에 갔다. 그 도시는 해변가에 있었다. 호주의 청소년 음악도들이 여름방학을 이용해서 매년 음악 캠프를 여는 곳으로 유명했다. 그가 그 도시로 가게 된 것은 호주 정부로부터 초청을 받았기 때문이었다. 음악 캠프가 은영되는 방식을 관찰해야 한다는 것 이외에 다른 주어진 특별한 임무는 없었다. 약 2주일 동안 잘 먹고 잘 놀고 호주 음악인들의 생활 방식을 관찰하는 것이 그가 할 일의 전부였다. 그를 초청한 호주 정부가 그에게 바라는 반대급부는 없었다. 그를 통해서 호주의 문화계를 한국에 홍보하는 것만이 목적이었다. 약 백여 명의 젊은 남녀 음악도들이 한자리에 모인 음악 캠프였다. 외국인은 한국인인 그와 말레이시아에서 온 얼굴색이 좀 검은 중년 남자, 이렇게 둘 뿐이었다. 식사 시간은 볼 만했다. 백여 명의 학생들이 한자리에 모여서 식사를 했다. 식당은 넓었다. 약 삼 백 명 정도를 수용할 수 있을 것 같은 넓은 공간이었다. 중세시대의 어느 수도원 같은 분위기를 내고 있는 건물 속에 식당이 있었다. 그도 학생들 틈에 끼어서 아침 식사를 했다. 학생들을 지도하는 선생들도 지정 좌석 없이 아무 곳에서나 학생들과 더불어 아침 식사를 했다. 분위기가 자연스러웠고, 아주 평화스러웠다.

지도를 하는 선생들은 호주에서 유명한 어느 교향악단의 악장과 각 섹션의 수석들이었다. 선생들에게 배울 청소년들은 호주의 여러 지방으로부터 모여든 학생들이었다. 그냥 보기만 해도 예쁜 학생들이었다. 예뻐서 어쩔 줄 모를 정도로 싱싱하고 아름다운 학생들이었다. 젊은 음악도들은 캠프 운영 본부에서 짜놓은 일정대로 아무런 불평 없이 움직였다. 독주 연습을 하는 사람이 있었고 합주 연습을 하는 사람이 있었다. 학생들이 들고 다니는 여러 종류의 악기들은 그곳 분위기를 좋게 만들고 있었다. 바이올린, 첼로, 클라리넷, 호른, 바순 등 교향악단 단원들이 들고 다니는 다양한 악기들이 여기저기에서 눈에 띄었다. 음악의 나라 같았다.

대부분의 학생들은 동양으로부터 온 그에게 아무런 관심을 표명하지 않았다. 그것은 의외였다. 호주에서는 원래 그런가 싶었다. 그는 학생들이 자기에게 관심 표명을 해주길 속으로 바랐다. 호주 정부로부터 초청을 받고 지금 외국에 나와 있는 그의 속마음을 아는 사람은 없었다. 그는 외국 여행을 가끔 하는 편이다. 어떤 곳에 가면 외국인이기 때문에 득을 보는 경우가 있다. 관심

표명도 많이 해주고 여러 가지의 편리도 잘 봐준다. 그러나 어떤 곳에 가면 푸대접을 받는다. 모르는 체하는 것은 말할 것도 없고, 아주 귀찮은 존재들이라는 표정을 짓기도 한다. 속으로 '이 동양 놈아, 왜 여기에 와서 얼쩡거리고 있느냐. 빨리 너희 나라로 가라.' 라고 소리치는 것 같은 눈빛도 있다.

호주의 경우는 냉정한 것도 다정한 것도 아니었다. 중성적이었다고나 할까. 그는 한국에서 나름대로 꽤 많은 활동을 하는 편에 속하는 사람이다. 호주 정부에서 모든 경비를 대면서 그에게 큰 부담을 주지 않고 초청을 한 것은 다방면에 걸친 그의 활동 때문이었다. 그가 지금 와 있는 곳에서는 아무도 그를 옳게 대접하는 사람이 없었다. 초청에 괜히 응했나, 라는 생각이 들었지만 참았다. 캠프 운영 본부에서도 그냥 외국으로부터 온 손님 정도로 생각하고 있었을 뿐, 그에게 특별한 배려를 하는 것 같지 않았다. 이러한 경우 불평을 하면 불평을 한 쪽이 우스워진다. 머리가 돌아가는 사람이면 그냥 가만히 있어야 한다, 라는 생각을 했다. 우리나라 사람들도 외국인이 한국에 오면 그냥 '왔는가 보다.' 식으로만 생각을 하지 외국인에게 특별히 신경을 쓰지 않는다. 그는 불평 없이 나날을 보내기로 했다.

기억을 더듬어도 확실치 않다. 노력을 해도 기억이 되살아나지 않는다. 안간힘을 써도 소용이 없다. 모든 것이 희미하다. 그의 나이 때문인지 모른다. 그는 노년에 접어든 나이에 있었다. 어디서 제일 처음 그 처녀를 보았는지 알 수가 없다. 기억을 되살려보려고 해도 소용이 없다. 세부적인 기억은 전혀 나지 않지만 한 가지 분명한 사실은 있다. 그가 그 처녀를 지금도 잊을 수 없다는 사실이 그것이다.

교향악단의 단원 수는 교향악단마다 다르다. 대충 백여 명이 모이면 교향악단 구실을 할 수 있다. 백여 명보다 적은 악단도 있고 더 많은 악단도 있다. 그곳의 여름 캠프에 모인 학생들 백여 명이 한자리에 모이면 하나의 교향악단이 되기에 충분했다. 하루는 백여 명이 한자리에 모여서 교향곡 연습을 했다. 그는 연습하는 광경을 구경하고 있었다. 지휘자는 등을 뒤로 보이고 있었다. 그는 지휘자의 등을 보고 있었고, 악기를 들고 있는 학생들의 얼굴들은 그를 향하고 있었다. 악장은 여학생이었다. 그 여학생이 지금 그가 말하고 있는 그 처녀다. 그는 그 처녀를 처음 보는 순간 '아름답구나'라는 생각을 했다. 남들이 보아도 아름다운지 어떤지 모를 일이다. 사람들은 자기의 마음에 드는 여자를 두고 '아름답다'라는 말을 쓰는 것 같다. 그가 '아름답구나'라는 생각을 하게 된 것 역시 주관적일지 모른다. 그러나 그에게 그 처녀는 첫눈에 '아름답게' 보였다.

남학생을 제치고 여학생이 악장 자리에 앉았다는 말은 실력이 특출하다는 뜻이다. 남녀 차별을 하자는 것은 아니나, 실력이 비슷하면 보통 남학생이 악장 자리에 앉는다. 그런데 여학생이 악장 자리에 앉아 있었다. 아름답다는 것과 실력이 있다는 것은 성질이 다르다. 아름다워도 실력이 없는 경우가 있고, 아름답지 않아도 실력이 있는 경우가 있다. 이 여학생은 아름다우면서 실력이 있었다. 그는 실력이 있는 아름다운 그 처녀를 주시하기로 했다. 주시하게 된 이유 중 하나는 그 처녀의 젊음이었다. 젊음은 아름답다, 참으로 아름답다. 싱싱하다. 싱싱하다는 말은 나이 든 사람이 젊음이 부러울 때 사용하는 말인 것 같다. 최소한도 그에겐 그랬다. 바이올린 활을 켜고 있는 그 처녀의 젊은 모습은 매혹적이었다.

그가 처음 그 처녀를 본 것은 그러니까 백여 명이 모여서 합주를 하고 있었을 때인 것 같다. 그가 외국인으로서 연습을 참관하고 있다는 것을 그 처녀는 짐작으로 아는 것 같았다. 그 처녀가 그를 힐금 쳐다보았다. 힐금 쳐다보는 그 처녀의 눈은 말 그대로 눈부시었다. 그 처녀의 눈과 그의 눈이 마주쳤다. 그렇다, 분명히 마주쳤다. 그는 반가웠고, 눈빛으로 보아 그 처녀도 그에게 인사를 하는 듯했다. 그 처녀는 옆 자리에 앉은 학생에게 무슨 말인지 귓속말을 했다. 그랬더니 옆 자리에 앉아 있던 학생이 그가 서 있는 쪽으로 고개를 돌렸다. 그러고는 그를 보고 웃었다. 그리고 그들끼리 다시 수군거렸다. 젊은 음악도들은 그에 대한 이야기를 하고 있는 것 같았다.

그는 오랜 시간 동안 연습 과정을 구경했다. 그는 음악이 좋아서라기보다 바이올린 활을 긋고 있는 그 처녀의 모습을 보는 것이 더 좋았다. 옆 자리 학생과 가끔 말을 주고받다가 그를 다시 쳐다보곤 했다. 그는 그들의 행동을 미루어 보아 자기에게 흥미

를 느끼고 있는 것이 확실하다고 생각했다. 젊은 음악도들이 구
체적으로 무슨 이야기들을 하고 있는지 궁금했다. 말하는 소리가
들릴 정도의 거리에 그가 서 있지 않았다. 이야기를 하다가 가끔
씩 그를 힐금힐금 쳐다보는 것을 보면 그에 대한 이야기를 하고
있는 것이 틀림없었다. 그는 그렇게 생각했다.

　좋은 그림을 만나면 그는 그림과 연애를 한다. 그의 마음 내키
는 대로 그림과 연애를 해도 그 그림은 아무 말을 하지 않는다.
그림의 의미를 그 나름대로 해석해도 그 그림은 그에게 아무런
방해를 하지 않는다. 그에게 아무런 불편함을 생기게 하지 않는
다. 좋은 음악을 만나는 경우도 마찬가지다. 그는 좋은 음악을 만
나면 음악과 연애를 한다. 좋은 음악의 경우도 음악의 의미를 그
의 마음대로 해석해도 된다고 한다. 좋은 음악은 그에게 아무런
간섭을 하지 않는다. 그에게 해석의 자유를 준다. 그의 마음대로
해석해도 그에게 아무런 불편이 생기게 하지 않는다. 그 처녀는
그에게 하나의 ‘좋은 그림’이었다. 그러니까 그 마음대로 그 ‘좋
은 그림’의 의미를 상상해도 되었다. 그 처녀는 그러한 그를 용납
했다. 그런데 희한한 것은 ‘아름다운 처녀’라는 이름의 그 ‘좋은
그림’은 정지되어 있는 그림이 아니라 움직이는 그림이었다. 친
구들과 말을 하면서 움직였고, 고개를 뒤로 돌아보면서 움직였
고, 미소를 띠면서 움직였다. 나중에는 자기의 몸을 눕히면서 움
직였다. 이 모든 움직임은 정지 상태로 있을 때보다 더 생동감이
있었다. 움직임의 의미를 그의 마음대로 해석하는 자유까지 그

'좋은 그림'은 허락했다. 사람은 자기 생긴 대로 산다고 한다. 그는 자신의 버릇대로 그 '움직이는 그림'과 연애를 했다.

사람의 마음이 어떤 한 방향으로 움직일 때, 왜 그러한 방향으로 움직이느냐, 하고 물어도 소용이 없을 때가 있다. "사랑할 사람이 되지 못하니까. 절대로 그 사람을 사랑하지 말라."는 부모의 말에도 불구하고 자식은 부모의 말을 듣지 않을 때가 있다. 그럴 때에는 부모의 말이 자식에게 아무런 효과를 발생하지 못한다. '나는 저 사람을 사랑한다.'고 할 때에는 어느 누구도 '왜 그 사람을 사랑하느냐.'고 물을 수 없다. 어떤 조건 때문에 사랑하는 것이 아니라, 사랑을 하니까 사랑을 한다고 하면 할 말이 없다.

음악을 사랑할 때에도 마찬가지다. '좋은 음악'이기 때문에 사랑한다고 하면 할 말이 없다. 물론 이런 사람은 이런 '좋은 음악'을 사랑하고 저런 사람은 저런 '좋은 음악'을 사랑한다. '좋은 음악'이라고 해서, 모든 사람이 '같은 음악'을 사랑하는 것은 아니다. 누가 '나는 저 사람을 사랑을 한다.'고 하면 사랑을 하는 것이다. 왜 사랑하느냐, 그 이유를 대라고 하면, 대라고 하는 사람이 사랑을 해본 일이 없다는 말이 된다. 그가 그 처녀를 만나자마자 '아름답구나'라고 느꼈으면 '아름답다'고 느낀 것이다. 이유를 물을 수도 없고, 물어도 대답할 수가 없다. '아름답다'고 느꼈으면 느낀 것이니까.

캠프 장소에는 크고 작은 건물이 여러 개 있었고, 그 속에 크고 작은 방도 여러 개 있었다. 모두가 연습실이었다. 리허설 룸도 있었다. 그는 어느 하루 실내악 리허설 룸으로 갔다. 네 사람이 현악 4중주 연습을 하고 있었다. 제1바이올린 주자가 그 처녀였다. 그 처녀를 다시 보게 된 것이 그에게는 반가웠다. 그 처녀는 그에게 인사를 하지 않았다. 그냥 힐금 쳐다보는, 그 처녀의 모습은 여전히 그에게 기막히게 좋은, '움직이는 그림'이었다. 그 처녀는 연습에 열중하기 시작했다. 그는 연습 광경을 지켜보았다. 학생들은 그의 관람을 그만두라고 하지 않았다. 그들은 계속 연습을 했다. 그 처녀는 가끔 그를 쳐다보면서, 어떤 때에는 슬쩍 웃기도 했다. 그는 '정말 아름답다.'는 생각을 다시 했다. '좋은 그림'이 '좋은 음악'을 만들고 있었다.

연습이 완료된 사람은 연습 결과를 음악회 형식을 통해서 발표를 해야 했다. 그 처녀가 제1바이올린 역할을 맡고 있는 4중주단의 경우도 예외는 아니었다. 연습 결과를 청중들 앞에서 보여주어야 했다. 연주회 날이었다. 그는 무대와 가까운 자리에 앉았다. 그 처녀를 더 자세히 보고 싶었기 때문이었다. 연주복으로 갈아입은 그 처녀가 무대 위에 나타났다. 그 처녀는 앞자리에 앉은 그를 알아보았다. 그 처녀는 그를 보면서 미소를 지었다. 무대 위에서 그를 보고 미소를 지은 것이다. 자기를 보면서 미소를 짓는 그 처녀로 인해서 그는 마음이 또 흔들렸다. 좀 유치하기는 했지만, '아! 저 처녀가 나를 좋아하는구나.'라는 생각을 했다. 미소의 의미가 궁금했다. 그는 그 처녀가 '왜 미소를 지었을까.' 싶어 정말 궁금했다. 그 궁금증은 그날 이후 줄곧 풀리지 않았다. 그날 이후부터 그는 그 미소를 잊지 못했다. 의도적인 유혹은 아니었지만 결과적으로 그 미소는 그를 유혹했다. 그는 점차적으로 유혹의 늪에 빠져들어 갔다. 말레이시아에서 온, 얼굴색이 검은 남자는 음악회에 오지 않았다. 외국인은 그 한 사람뿐이었다.

음악회가 끝났다. 아주 좋은 음악회였다. 그는 젊은 음악가들과 인사를 나누고 싶었다. 특히 그 처녀와 인사를 나누고 싶었다. '참 좋은 연주회였다. 음악회를 진심으로 축하한다.'라는 말을 할 수 있는 좋은 기회가 아닌가. 그는 부끄러움을 무릅쓰고 무대 뒤로 갔다. 그런데 그들은 이미 어디론가 사라지고 없었다. 그를 유혹했던 미소가 그의 마음으로부터 사라지기도 전에 그들은 어디론가 사라지고 말았다. 그는 허겁지겁 무대 뒤를 빠져나와 음악회장 밖을 향해 뛰었다. 그들을 다시 보고 싶었다. 비록 축하인사는 나눌 수 없을지언정 그들의 모습을 멀리서라도 한 번 더 보고 싶었다. 음악회장 밖으로 나와서 이리저리 살폈다. 음악회장과 상당한 거리를 둔 위치에서 그들의 뒷모습이 보였다. 저 멀리서 그들은 어디론가 향해서 걸어가고 있었다. 젊은 음악가들이 사라지는 뒷모습을 그는 멀리서 바라보고 서 있었다.

우연인지 필연인지 알 수 없었지만, 그 처녀가 그때에 모든 것을 알고 있었다는 듯이 그가 서 있는 쪽을 보았다. 그가 서 있는 것을 뒤돌아본 후 그 처녀는 두서너 번 고개를 그가 서 있는 쪽으로 다시 돌렸다. 그 처녀는 자기 친구 음악가들과 무슨 이야기를 나누는 것 같았다. 이야기를 나누더니만, 친구들도 그가 서 있는 쪽을 보았다. 친구 전부가 고개를 그가 서 있는 쪽으로 돌렸다. 미소를 보냈던 그 처녀가 자기 친구들과 자신에 대한 이야기를 한 것이 분명하다는 생각을 했다. 그는 4중단 단원들을 멀리서 계속 바라보고 있었다. 음악회장 주변에는 환한 불이 켜져 있는 곳이 있었고 불빛은 있어도 어둑어둑한 곳이 더 많았다. 젊은 음악가들이 사라지는 모습을 멀리서 바라보고 있는 그는 남들의 눈에 띄지 않게 어둠 속에 숨었다. 그는 그 어둠이 좋았고 그 어둠이 슬펐다. 젊은 음악가들의 모습이 사라진 후, 그는 천천히 걸었다. 자기 숙소를 향해서 걸었다. 그의 주변에는 전부 호주 사람뿐이다. 숙소에 들어왔다. 그는 혼자였다. 술이라도 마시고 싶었지만 준비되어 있지 않았다. 잠을 청해도 잠이 오지 않았다. 그가 만일 화가였다면 그날 밤, 밤이 새도록 그 미소를 그렸을 것 같다.

그가 묵고 있는 방에 전기 불이 켜지지 않는다든가 수건 같은 것이 잘 준비되어 있지 않다든가 하면 그는 캠프 본부에 가서 애로 사항을 말한다. 캠프 본부에 가서 애로 사항을 말하면 친절하게 들어준다. 그는 '그러면 그렇지 사람대접을 해주어야지.' 라는 생각을 한다. 어느 하루 캠프 본부에 할 일이 있어서 또 갔다. 아줌마도 아니고 어린 아이도 아닌 것 같은 키가 작고, 예쁘지도 않은, 그러나 크게 흉하지도 않은, 좀 뚱뚱한 처녀아이 한 사람이 캠프 본부에 있었다. 아이라고 하기에는 나이가 좀 들은 것 같았다. 그동안 한 번도 보지 못했던 여자였다. 나중에 알고 보니 캠프 본부에서 늘 일하고 있는 스잔이라는 처녀였다.

스잔은 그를 보더니만 다짜고짜로 "고 다이."라고 했다. '고 다이' 인지 '거 다이' 인지 분명하지 않았다. 그의 귀에는 '고 다이' 로 들렸다. '고 다이(고〔go〕 다이〔die〕)' 는 '가서 죽어라.' 라는 영어가 아닌가, 그는 그 소리를 "이 동양놈아, 여기서 얼쩡거리지 말고, 어서 가서 죽어라."라는 말로 들었다. 오해는 나중에 물론 풀렸다. 영어를 잘못 알아듣는 외국인이니까 괜찮겠지, 라고 생각하고 스잔이 그에게 그런 말을 한 것은 아니었다. 성질이 활달하고 앞뒤를 분간하고 싶어 하지 않는, 그러나 마음씨가 착한 스잔은 그에게 아침 인사를 한 것이다, '굿 데이(good day)' 라는 말을 호주 사람들은 '거 다이' 라고 발음한다는 것을 나중에 알았다. 그가 처음 '고 다이' 아니면 '거 다이' 라는 소리를 스잔으로부터 들었을 때에는 정말 당황했다. '이럴 수가……' 싶었다. 나중에는 그 역시 아침에 스잔을 만나면 "거 다이."라고 했다. 그러면 스잔은 반가워하면서 불편한 것이 없느냐, 라고 그에게 묻는다. 결국 스잔은 그의 말 친구가 되었다. 같은 호주 처녀들이었지만 그에게 미소를 지었던 '움직이는 좋은 그림' 인 바이올리니스트와 스잔과는 너무나 달랐다. 한쪽은 수수께끼를 온몸에 안고 다니는 처녀였고, 다른 한쪽은 언제 어디서나 쉽게 만날 수 있는, 수수께끼와는 아주 거리가 먼 처녀였다. '한국은 어떤 나라냐, 당신은 여기에 왜 왔느냐.' 라는 말이 스잔과 그 사이에 오고 갔다. 어느 날 호주에 온 기념사진을 같이 찍기도 했다.

호주 일정을 마치고 그가 한국으로 돌아가야 할 날이 며칠 남지 않았을 때다. 그는 스잔에게 "호주에는 캥거루 가죽으로 만든, 겨울에 입을 오버코트가 유명하다던데, 그것을 한 벌 살 수 없겠는가. 아내 선물용으로 하나 샀으면 좋겠다."라고 했다. 스잔은 "알아보겠다."는 대답을 했다. 그의 귀에는 '알아보겠다.' 라는 말이 '나는 모르겠다.' 라는 말로 들렸다. 그는 부끄럽다는 생각을 했다. 아내의 선물을 포기하기로 했다. 쓸데없는 말을 괜히 했다 싶어 그는 후회를 했다. '자기 일은 자기가 알아서 해야 하는 거 아니야. 외국에 와서 남의 신세를 지려고 하느냐.' 이런 소리를 스잔이 그를 향해서 하고 있는 것 같았다. 그는 부끄러웠다. 그런데 그의 생각과는 달리 몇 시간 후 스잔은 캥거루 코트를 생산하는 현장인, 호주의 어느 시골, 그것도 아주 벽촌 같은 시골을 소개해 주겠다고 했다. 차로 약 두 시간 정도 가면 되는 아름다운 시골이라고 했다. 그 시골에서 캥거루 오버코트가 직접 만들어진다고 하면서, 그가 한국으로 돌아가기 전에 어느 날을 잡자고 했다. 날짜를 잡으면 거기로 그를 데리고 가겠다고 했다. 반가운 일이 아닐 수 없었다. 스잔의 친절에 그는 감사했다.

그는 점심을 먹고 캠프 본부로 다시 갔다. 캥거루 오버코트를 만든다는 그 시골에 갈 날짜와 시간을 잡기 위해서였다. 그가 본부에 갔을 때 기겁할 일이 벌어졌다. 무슨 일로 본부 사무실에 왔는지 알 수 없었지만, 무대 위에서 그에게 미소를 지었던 그 '움직이는 그림' 이 와 있었다. 사무실에는 사람이 별로 없었다. 누가 시키지도 않았는데 그 '움직이는 그림' 과 그는 눈인사를 했다. 그는 영어를 잘하지 못했다. 시원찮은 영어로 자기 인상을 구기기 싫었다. 그래서 말로는 인사를 나누지 않았다. 스잔은 묻지도 않은 말을 음악가 처녀에게 했다. "한국에서 오신 이분이 내일 ××시골로 가보고 싶대요."라고 하면서 자기가 모시고 가려고 한다고 했다. 길지도 짧지도 않은 설명이었다. 그랬더니 그 음악가 처녀는 "나도 가도 되나요?"라고 했다. 그는 음악가 처녀가 하는 소리를 옆에서 들었다. 이 무슨 해괴망측한 소리냐 싶었다. 한마디로 그는 놀랐고 반가웠고 믿기지 않았다. 결국 그는 그 '미소 아가씨'와 함께 시골로 떠나기로 약속을 했다.

차를 타고 시골로 가는 동안 무슨 이야기를 했는지 기억나는 것이 없다. 줄곧 멍하고 있었다는 것만이 기억에 남는다. 호주 처녀 두 사람과 그만이 차 안에 있었던 것이니 그로서는 멍할 수밖에 없었다. 영어도 신통치 않은 그였고, 설사 영어 구사력이 뛰어났다고 하더라도 그 처녀 둘에게 무슨 말을 해야 할지 몰랐다. 줄곧 그는 말을 하지 않았다. 음악가 처녀도 말이 없었고, 스잔만이 이런저런 말을 지껄였다.

드디어 그는 시골에 도착했다. 정말 시골이었다. 그러나 아름다웠다. 말 그대로 원시림 같았고, 문명의 해택 같은 것은 전혀 받지 않은 곳 같았다. '호주는 정말 넓고, 아직 원시림이 많은 곳이구나.'라는 생각을 들게 했다. 그는 어느 집에 당도했다. 스잔과 집주인인 듯한 아주머니와는 잘 아는 사이 같았다. 그 집에는 아이들이 몇 명 있었다. 그 아이들은 동양 사람을 난생 처음 보는 모양이었다. 아이들이 동양 사람을 난생 처음 본다는 사실이 벌써 거기가 정말 시골이라는 것을 입증하고 있었다. 외부 세계와는 절연된 시골임을 짐작케 했다. 그가 영어로 인사를 하는 것을 보고 아이들은 기겁을 했다. 자기 부모님들과 닮지 않은 아주 이상하게 생긴 사람이 자기들이 사용하는 말을 어떻게 하는가 싶은 모양이었다. 그가 아이들에게 "이리 와." 하니까, 아이들은 무섭다는 표정을 지으면서 자기 엄마에게 달려가서 안겼다. 어렸을 때 처음 본 미국 사람들의 기억이 그에게 되살아났다. 그 역시 미국 사람들을 처음 보았을 때 무서웠었다. 껌을 씹으면서 무슨 말인지 모르는 말을 중얼중얼하고 있던 미국 군인을 처음 보고 그는 외계인인 줄 알았다. 그래서 놀라서 도망쳤다. 캥거루 코트를 사러 갔다가, 그는 결과적으로 잊지 못할 호주의 시골 아이들을 보았다.

그는 캥거루 코트를 구입하는 일을 하기 전에 시골집 주인의 안내로 집 안으로 들어갔다. 차라도 대접을 할 모양이었다. 그와 두 처녀는 조그마한 방으로 안내되었다. 시골집 아주머니는 "잠시만 기다려요."라고 해놓고 차를 만들려고 그러는지 부엌으로 가는 듯했다. 스잔은 집주인 아줌마가 가는 곳으로 따라갔다. 집주인과 무슨 말인지 주고받으면서 그가 있는 방과 떨어진 다른 방 쪽으로 갔다. 그러니까 말하자면 그 방에는 '움직이는 그림'과 그만이 남게 되었다. 그는 어쩔 줄 몰랐다. 그는 이쪽 벽에 기대앉았고, 그 처녀는 저쪽 벽에 기대고 앉았다. 방 밖으로는 원시

림 같은 숲이 보였다. 그는 창밖을 바라보면서 아무 말을 하지 못
하고 있었다. 음악가 처녀도 말이 없었다. 음악가 처녀는 벽에 기
대고 있다가 몸의 자세를 더 편안하게 하려고 했다. 그는 음악가
처녀가 왜 여기에 따라왔는지 궁금했다. 아무리 생각해도 그 이
유를 알 수 없었다. 음악가 처녀는 수다스럽게 말을 하는 것도 아
니고, 그렇다고 얌전만을 빼고 있는 것 같지도 않았다. 몸을 벽에
기대고 있던 그 음악가 처녀는 더 편안한 자세를 취하고 싶어서
그랬는지 자기 몸을 좀더 비스듬히 눕혔다. 그랬더니 치마 안에
숨어 있던 희고 예쁜 다리가 보였다. 허벅지까지 보일 정도가 되
었다. 처녀는 전혀 부끄러워하지도 않았고, 당황하지도 않았다.
다리가 허벅지까지 나오든 말든 상관을 하지 않고, 몸을 더 편안
하게 만들려고 했다. 결국 처녀는 비스듬히 눕는 쪽을 택했다. 그
러고는 편안하게 방 밖을 내다보고 있었다. 그는 기절할 지경이
었다. 눈도 노랗고 머리도 노란 이 아름다운 처녀가 왜 갑자기 비
스듬히 눕고 있는지 알 수가 없었다. 말은 계속 하지 않고 있었
다. 서 있을 때는 보이지 않았지만, 앉기만 해도 그 처녀의 다리
가 무릎 위까지 보였는데 누우니까 노출되는 부분이 더 많았다.
무릎 위까지 보이는 다리는 아름다웠다. 그는 정말 당황했다. 아
름답고 어떻고를 생각할 여지가 없을 정도로 당황했다. 그 자리
를 모면하고 싶다는 생각밖에 없었다. 그때에 시골집 아줌마와
스잔이 차를 들고 방 안으로 들어왔다. 그는 그 순간 더 놀랐다.
음악가 처녀의 태도를 보고 더욱 놀랐다. 스잔과 시골집 아줌마

가 방에 들어오는 것을 보고도 음악가 처녀는 몸을 꼼짝도 하지 않았다. 자기가 취하고 있던 대로의 모양새를 그대로 유지하고 있었다. 전혀 놀라는 기색을 보이지 않았다. 차를 가지고 들어오는 것을 본 음악가 처녀는 반쯤 누운 상태를 유지하면서 자기 팔로 목을 받쳤다. 그러자 몸의 자세가 조금 달라졌다. 차를 마실 수 있는 자세로 몸을 다시 가누었다. 몸을 가누는 과정에서 처녀의 다리는 이리저리 비틀어졌다. 스잔과 집주인 아줌마 역시 놀라는 기색이 없었다. 그는 호주 사람들은 이런 사람들인가 싶었다. 조선시대에 이런 일이 벌어졌다면 아마 천지가 진동하는 소동이 벌어졌을 것이다. 아무튼 스잔과 집주인 아줌마가 방에 들어오자 그는 숨을 정상적으로 쉴 수 있을 것 같았다.

그날부터 오늘날까지, 그는 풀리지 않는 수수께끼를 안고 있다. 음악가 처녀가 자기 앞에서 비스듬히 누운 이유를 모른다는 것이 그것이었다. 너무나 아름다운 그 처녀, 바이올린 연주를 잘하는 처녀, 캠프 장소로 돌아가면 제일 촉망받는 젊은 음악가인 그 처녀, 그러한 처녀가 자기 앞에, 그것도 아무도 없는 곳에서 누웠던 것이 아닌가. 그에겐 상상을 할 수 없는 일이었다. 그는 당황하기도 했지만 혼자서 황홀한 감정에 사로잡히기도 했다. 그는 자기를 유혹하는 신호로 알아야 할지 그냥 그 처녀의 습관이 그런 것인지 알 수가 없었다. 아무리 생각해도 그 이유를 알 수 없었다. 그러나 그 처녀가 그 앞에서 드러누운 것은 사실이었다. 누웠다는 것뿐이지 그 이상도 그 이하도 아니었다. 누웠다는 사

212

실 때문에 무슨 일이 일어난 것은 더더욱 아니었다. 그 처녀는 너무나 순수하고 마음이 깨끗했기 때문에 유혹의 의미를 알 나이도 아닌 것 같았다. 유혹할 생각을 가졌던 것도 아니었다. 그렇게 그는 생각했다. 그러나 그는 결과적으로 그 처녀에게 유혹되고 말았다. 성적으로 유혹된 것은 아니었다. 그 처녀의 마음이 무엇인가가 궁금해졌다. 알고 싶었다. 그냥 알고 싶은 것이 아니라 무척 알고 싶었다. 그는 그 처녀에게 "당신의 본심은 무엇이오?"라고 묻고 싶었다. 서로 말을 나누고 싶었다. 그러나 끝내 그런 일은 이루어지지 않았다. 그는 시골로 간 이유를 잊지 않았다. 아내의 선물로 캥거루 가죽으로 만든 코트를 한 벌 샀다.

캠프 일정의 제일 마지막 날은 전체 학생들이 그동안 연습한 결과를 정식 음악회 형식으로 발표하는 날이었다. 브루크너 교향곡이 포함되었고, 독주와 실내악이 포함된 긴 음악회였다. 이 마지막 음악회가 끝나면 모든 일정은 끝난다. 그는 그 중소도시를 떠날 마음의 준비를 해야 했다. 그는 떠나기가 싫었다. 그 처녀와의 이별이 싫었다. 한 번도 말을 건네본 일이 없었고, 그 처녀의 마음이 어떤지 확인된 것도 없었다. 그는 그 처녀의 마음을 알고 싶었다. 안 후에 무엇을 어쩌자는 것은 아니었다. "너는 정말 아름다운 여자다."라는 말만을 남기고 떠나고 싶었다.

그는 어처구니없는 상상까지 했다. 혹시, 이건 정말 혹시일지 모르지만, 그 처녀 역시 그에 대해서 꼭 같은 생각을 하고 있을지 모른다는 상상을 했다. '아! 동양으로부터 온 저 멋있는 남자!' 라고 그 처녀가 그에게 느꼈다면, 그렇게 느꼈다는 말만이라도 듣고 싶었다.

그리고 왜 뒤를 돌아보았고, 미소를 지었고, 비스듬히 누웠었는지 묻고 싶었다. 풀리지 않는 숙제 때문에 그는 자기 숙소에서 몇 번이나 거울 앞에 섰는지 모른다. 자기의 모습이 과연 그 처녀에게 ‘동양으로부터 온 멋있는 남자’로 보였을까 싶어서였다. 이 얼마나 부끄러운 일인가.

아무 일도 해결되지 않은 채 캠프의 일정은 하루밖에 남지 않게 되었다. 그의 마음은 답답했다. 그런데 스잔으로부터 하루가 더 남아 있다는 말을 들었다. 쫑파티를 하는 하루가 남아 있다는 것이다. 그는 스잔의 말을 믿기 전에 그동안 잊고 지냈던 자기의 초청 일정을 다시 점검해 보았다. 역시 스잔의 말이 맞았다. 그의 일정은 하루가 더 남아 있었다. 그는 남은 하루에 모든 것을 걸기로 했다. 어떤 일이 생길지 모르긴 했지만 하루를 벌었다는 것을 다행으로 생각했다.

쫑파티를 한다는 마지막 날 오후였다. 백여 명의 학생들이 갖가지 빈 병을 구하고 다녔다. 백여 명의 학생들이 각각 서로 다른 빈 병을 찾아야 한다고 했다. 그는 웬일인가 싶었다. 병을 어디에다 쓰려고 하는 것일까 궁금했다. 병이라고 해봤자 콜라병이나 맥주병 정도밖에 없었다. 그러나 학생들은 병을 구하는 일에 정성을 들이고 있었다. 그동안 자기네들이 연습에 들인 정성보다 더 많은 정성을 들이는 듯했다. 학생들은 한마디로 병을 구하기 위해서 야단법석들이었다. 병 구하러 다니는 일 그 자체가 마지막 행사같이 보일 정도였다. 빈 병 전시회 같은 것을 하려는 것인가 싶기도 했다.

시간이 흘렀다. 어디선가 빈 병으로부터 흘러나오는 소리가 들렸다. 빈 병에다 입술을 대고 "후우—" 하는 소리를 내고 있는 학생이 있었다. 그는 그 소리를 듣고서는 학생들이 할 일이 없어서 그냥 해보는 장난일 줄 알았다. 그랬더니 시간이 흐름에 따라 빈 병에서 나는 소리가 늘기 시작했다. 중세시대의 수도원 같은 건물 주변에서 학생들 수십 명이 모여서 자기가 찾아낸 빈 병을 가지고 '자기 소리 내기 연습'을 하고 있었다. 빈 병에서 높낮이가 서로 다른 다양한 소리가 나기 시작했다. '후우'라는 소리이긴 했지만, 어떤 병에서는 높은 소리가 났고, 어떤 병에서는 낮은 소리가 났다. 소리의 질과 높낮이도 각양각색이었다. 소리의 색깔도 다양했다. 빈 병의 종류가 많지 않았기 때문에 빈 병 속에 물을 붓고 있는 학생도 있었다. 같은 크기의 빈 병이라고 해도 병 속에 물을 부으면 그 병으로부터 나오는 음높이가 달라졌다. 얼마만큼의 물을 병 속에 넣느냐에 따라 병에서 나오는 소리의 높이는 달라졌다. 학생들이 오후 시간 전부를 소비하면서 했던 일은 '자기 소리'를 가져야 하는 일이었다. 그것을 그는 뒤늦게 알았다. 베토벤 「운명 교향곡」에서 사용되는 서로 다른 음높이는 몇 음이나 될까. 쫑파티는 베토벤의 「운명 교향곡」의 연주와 상관되고 있었다.

　"쫑파티를 위해서 학생들은 자기 음을 가져야 했었다."라는 말의 의미는 더 풀어야 한다. '자기 음을 가진다.'는 것이 쫑파티에서 가장 중요한 일이었다는 말은 무슨 뜻인가. 호주의 해변가에 있는 아름다운 이 중소도시에서 해마다 한 번씩 있는 쫑파티는 '자기 음'을 가져야만 가능했다. '자기의 음'이라…… '자기의 음'을 가져야 가능한 쫑파티라……. 그러한 쫑파티가 이 세상에 있을까 싶었다. 그러나 그러한 쫑파티는 있었다. 일이 벌어지기 전에는 아무도 믿으려 하지 않았던 그런 쫑파티였다. 음악가들만이 할 수 있는, 코믹하면서도 눈물이 날 정도로 재미있고, 그래서 아름다운 추억을 만들 수 있는 쫑파티였다. 학생들이 자기 음을 가져야 한다는 말은 서양음악을 낳는 12음 중에서 한 음만을 준비하고 있어야 한다는 말이었다. 선생들이 학생들에게 너는 이 음, 너는 저 음, 식으로 12음 중의 한 음을 가지게 했다. 선생들도 물론 쫑파티에 참여하기 위해서 음 하나씩을 택했다. 어떤 학생들은 한 옥타브 높은 음, 혹은 한 옥타브 낮은 음 하나씩을 준비하기도 했다. 다시 설명하면 이렇게 된다. 도, 레, 미, 파, 솔, 라, 시, 이렇게 일곱 음과 도 샤프(혹은 레 플랫), 레 샤프(혹은 미 플랫), 파 샤프(혹은 솔 플랫), 솔 샤프(혹은 라 플랫), 라 샤프(혹은 시 플랫) 이렇게 다섯 음. 합하면 12음. 한국 용어로 하면, 다, 라, 마, 바, 사, 가, 나, 이렇게 일곱 음과 올림 다(혹은 내림 라), 올림 라(혹은 내림 마), 올림 바(혹은 내림 사), 올림 사(혹은 내림 가), 올림 가(혹은 내림 나), 이렇게 다섯 음. 합하면 12음. 또 다른 용어로 하면. C, D, E, F, G, A, B, 이렇게 일곱 음과 C#(혹은 D♭), D#(혹은 E♭), F#(혹은 G♭), G#(혹은 A♭), A#(혹은 B♭), 이렇게 다섯을 합하면 12음. 용어가 서로 다르긴 했지만 이 12음이 서양음악을 낳게 하는 음들이다. 각 음들이 옥타브 위에 혹은 옥타브 아래에 있기 때문에 사람들은 12음 이상의 음이 사용되는 것으로 생각한다.

빈 병으로 자기 음을 가진 학생들은 모두가 음악 지망생이기 때문에 베토벤의 「운명 교향곡」에서 자기에게 지정된 음이 언제 어느 순간에 나온다는 것을 안다. 이 '안다'는 사실이 쫑파티를 가능하게 한 근거였다. 다시 말하면 빈 병들에 의해서 미리 준비된 소리가 정해진 장소와 정해진 시간에 나타나면 「운명 교향곡」의 소리가 나오게 되어 있었다. 그러니까 빈 병으로 소리를 내게 한다는 것은 이 12음 중의 하나를 낼 수 있게 하는 병을 미리 선택해 두어야 한다는 뜻이다.

쫑파티는 저녁 8시부터 시작되었다. 무대 위에는 빈 병을 들고 올라온 학생들로 즐비했다. 선생들도 학생 틈에 끼어 있었고 선생들의 참여가 학생들의 흥을 돋우고 있었다. 악장인 그 처녀도 빈 병을 들고 자기 자리에 앉았다. 전날 아무도 없는 방에서 하반신을 드러내면서 그 앞에 누웠던 그 처녀가 빈 병을 들고 악장 자리에 앉은 것이다. 그에게는 모든 것이 꿈만 같았다. 지휘자가 등장했다. 그리고 드디어 빈 병 교향곡이 시작되었다. 이 세상 사람들이 모두 아는 「운명 교향곡」의 첫 주제가 빈 병으로부터 흘러 나오는 후우 후우 하는 소리로 재현되었다. '미미미도오오오……

레레레시이이이이……' 라는 소리가 "후후후후우우우…… 후후후
후우우우우……"로 나기 시작했다. 참으로 기가 막히는 순간이었
다. 정말 신기한 소리로「운명 교향곡」은 연주되기 시작했다. 주
제가 발전하면서「운명 교향곡」은 더 진행되었다. 실제 악기로
연주할 때보다, 이른바 앙상블이 물론 잘되진 않았다. 빈 병을 다
루는 훈련이 되지 않았기 때문이다. 자기가 내고 싶은 순간에 소
리가 나지 않을 때도 있었다. 빈 병으로부터 나오는 소리는 어떻
게 보면 제멋대로 내는 소리가 되기도 했다. 그러니까 의도와는
달리 앙상블이 잘 이루어지지 않을 때도 있었다. 음악적 농담치
고 이렇게 재미있는 농담은 없었다. 아무리 훌륭한 음악가의 집
단이라고 해도 빈 병으로 만들어낸 소리로 균형을 잡기는 쉽지
않았다. 틀리려고 하다가 맞아 들어가고 틀리려고 하다가 맞아
들어가는 과정은 코믹 바로 그것이었다. 이렇게 고급스러운 코믹
을 본 적이 없었다. 그곳의 여름 캠프 사상 한 번도 빈 병으로 교
향곡을 끝까지 연주한 적은 없었다고 한다. 갈 때까지 가다가, 앙
상블에서 균형은 잡지 못하고 넘어지면 그것으로 쫑파티는 끝이
나는 것으로 되어 있었다고 한다. 그런데 그날 밤은 상당히 길게
베토벤의 '빈 병 운명 교향곡' 이 진행되었다. 그는 그날 밤과 그
날 밤의 베토벤을 잊을 수가 없다.「빈 병 교향곡」은 그 이전에도
그 이후에도 들은 적이 없는 명작 중의 명작이었다. 드디어 쫑파
티는 끝났다.

　　그는 그 처녀가 집으로 돌아가는 길을 알고 싶었다. 그 처녀가

지나는 길목에서 기다리고 싶었다. 한두 마디의 말이라도 나눈 후에 헤어지고 싶었다. 빈 병 음악회가 끝나고 학생들이 나오는 문은 건물의 앞에도 옆에도 뒤에도 있었다. 어느 문에서 기다려야 그 처녀와 만날 수 있을지 알 수가 없었다. 그 처녀는 다른 길을 택한 모양이다. 그가 서서 기다리던 그 길은 그 처녀의 길이 아니었다. 쫑파티가 끝난 후, 백여 명이 넘는 학생들은 각양각색의 행동을 보였다. 자유 시간이 찾아왔던 것이다. 부모로 보이는 사람들과 움직이는 학생들이 보이는가 하면 어떤 젊은이들은 자기네들끼리 쫑파티가 따로 있는 모양이었다. 이웃 지방으로부터 찾아온 남자 친구나 여자 친구들은 서로의 짝과 손을 잡고 어디론가 사라지고 있었다. 중세의 수도원 같은 건물 그러니까 식당 건물로부터 약 백 미터 떨어진 곳에는 크지도 작지도 않는 건물이 있었다. 그 건물 안에는 불빛이 환했다. 그리고 음악 소리가 희미하게 들렸다. 그 환한 불빛이 있는 건물 안에서는 댄스파티가 열리고 있는 모양이었다. 상당한 숫자의 학생들은 댄스파티 장소로 집단 이동을 했다. 식당 건물 이외에도 여기저기에 크고 작은 건물이 있었는데, 그 건물들 사이에는 크고 작은 길들이 있었다. 어떤 길은 어두운 길이고, 어떤 길은 밤의 불빛 때문에 환히 밝은 길이었다. 쌍을 이룬 남녀들이 어두운 길로 걷기도 했고, 환한 길에는 여러 명이 큰 소리로 웃으면서 지나가기도 했다. 모두가 호주 사람들이었다. 말레이시아에서 온 얼굴색이 검은 친구는 일찍 자기 숙소에 들어가서 자고 있었다. 그는 이국에서 벌어지는 젊은 학생들의 쫑파티 분위기에 취해 있었다. '한때에는 나에게도 젊은 시절이 있었는데.'라는 생각과 더불어 그는 그의 젊은 시절을 회상하느라 넋을 잃을 지경이었다. '한국으로 돌아가자. 한국에서 이런 쫑파티가 있으면 나를 그냥 두지 않을 것이다. 우리 같이 가서 춤춰요, 라던가, 맥주 사주세요, 라는 말을 하면서 젊은이들이 나에게 몰려올 것이다.'라는 생각을 그는 했다.

호주의 그날 밤, 어두운 골목길에서 그는 혼자 서 있었다. 아무도 그를 보는 사람이 없었고, 보려고도 하지 않았다. 어두운 길목에서 혹시 싶어서 기다리고 서 있는, 스스로를 부끄럽게 생각하는 한 남자가 있었을 뿐이었다. 그에게 있어서 그날 밤은 하나의 '밤 그림'이었다. 그 밤은 그에게 '좋은 그림'이었다. 연애할 수 있는 '그림'이었다. 그날 이후 지금까지 그는 비스듬히 누워 있는, 잃어버린 '여자의 그림'을 아직도 찾고 있다.

내 친구 정현이

정현이라는 아이가 있었다. 중학교 일학년 시절, 한반 학생이었고, 대학 일학년까지 친구이다가 미국 유학을 떠난 후 지금까지 한 번도 만난 적이 없는 내 어린 시절의 친구다.

잠에서 깨긴 했지만 아직 이불 속에 누워 있는 나에게 아내가 "여보. 당신 친구 중에 현이라는 사람 있었지요. 현이 말만 나오면 좋은 친구였지 하면서 열을 올리던 그분 말이에요." 나는 이불 속에 누운 채로 "당신 뭐라고 했어. 뭐, 현이라고……." 아내가 한 말에 대답을 했지만 나는 한참 동안 현이라는 이름을 듣고 할 말이 없었다. 내가 잠이 덜 깬 상태인 줄 알았더니 잠이 완전히 깨 있는 상태라는 것을 알았다. 현이라는 이름을 꿈속에서 듣는 것 같았다. 너무나 갑작스럽게 듣게 된 이름이었고, 이 세상에 아직 현이라는 이름이 살아 있는 이름인가 싶었다. 내 앞에서는 벌써 죽은 이름이면서 동시에 영원히 죽을 수 없는 이름이 현이라는 이름이 아니던가. "그 사람 별 볼일 없는 사람인 줄 알았는데 글 잘 쓰던데요." 잠은 깨었지만 이불 속에 그대로 누워 있었던 나는 "당신 지금 무슨 소리 하는 거요?"라고 했다. "그 사람 별 볼일 없는 사람이 아닌 것 같던데요." 아내가 하는 말은 평소에 내게 하는 말이 아니었다. 말투가 달랐고 그 말투로부터 내가 받는 느낌도 달랐다. "내가 현이 현이 하면 당신은 언제나 우습게 안 사람이 아니었소." "그래요. 맞아요. 당신이 현이 현이 할 때 나는 그 현이라는 사람, 웃기는 사람인 줄 알았지요. 그런데 글을 잘 쓰던데요." 아내의 말이 무슨 말인지 나는 아직도 모른다. "무슨 소린데. 갑자기?" "어젯밤에 잠이 오지 않아서 옛날 물건이 들어 있는 함을 뒤져보았지요. 혹시 그림 그릴 소재가 될 낡은 사진이라도 발견할까 싶어서 말이에요. 그런데 그 현이라는 당신 친구가 당신에게 보낸 엽서 한 장이 나오지 않겠어요. 이게 왜 여기 있나 싶었지요. 간단한 엽서였는데 내 보기엔 글을 잘 쓰는 사람 같았어요." 나는 아내의 입을 통해서 오랜만에, 참으로 오랜만에 들어보는 친구의 이름을 외어보았다. "현이라……." 한참 그대로 있다가 이불을 걷어차면서 말했다. "내가 말했잖소. 현이 그 친구 나보다 나은 사람이라고…… 글도 낫고, 생각하는 방식도 낫고…… 항상 나보단 한발 앞서 간 친구라고 말이오. 아무튼 그 엽서 어디 있소. 한번 봅시다." "아래층 부엌 식탁 위에 놓아두었어요. 내가 가져와서 읽어줄게요." 아내는 엽서를 읽었고 나는 들었다. "그게 언제 쓴 편진가." "가만있어 봐요. 엽서 위에 찍힌 소인 날짜를 볼게요. 정확히 46년 전에 쓴 거네요. 당신 총각 때의 일이네요." "편지 이리 줘봐요. 내가 한 번 더 읽어보게." 짧은 엽서였지만 그 엽서는 그때의 일들을 내 눈앞에 선하게 떠오르게 했다.

길의 너비는 7미터 정도였다. 아스팔트 길이 아니고 흙 길이었다. 평평한 부분과 울퉁불퉁한 부분이 뒤섞여 있는 길이었다. 흙의 여기저기에 돌이 박혀 있기도 하고. 길의 양쪽에는 초가집이 줄을 잇고 있었다. 초가집의 벽은 토담이었다. 토담에서는 호박 넝쿨이 자라고 있었다. 그러니까 우리가 살던 곳은 호박 넝쿨이 토담을 덮고 있는 초가집 동네였다. 기와집은 한 채밖에 없었다. 기와집은 초가로 이룬 바다 위에 떠 있는 외로운 작은 섬 같았다. 밤이 되면 초가지붕 아래에 희끗희끗 이름 없는 불빛들이 빛나고 있었다. 어느 집 방 안에서 새어나오는 불빛인지 알 수 없지만, 불빛들은 그 동네에서 살고 있는 사람들의 저녁 시간을 달래는, 하늘에서 보내는 눈짓의 반사물 같았다. 그 동네 사람들의 생명을 키우는 씨앗이나 부싯돌로 보는 사람도 있었다. 힘없는 불빛은 동네를 밝게 하지는 못했지만 밤이 되면 동네 사람들이 그 불빛에 의존하면서 살았다. 전등불이 아닌 반딧불 같은 힘없는 불이었기 때문에 불빛은 있어도 동네는 언제나 깜깜했다. 어둡고 힘없는 불빛 아래서 그 동네 아이들은 책을 읽고 엄마들은 바느질을 하고 있었다.

그 동네를 반으로 가르는 폭 7미터 정도 되는 길은 아주 길었다. 언덕길이 되다가 다시 내리막길이 되고 올라가는 듯하다가 다시 내려오는 긴 길이다. 그 길이 동네를 좌우로 가르고 있었다. 나는 그 길로부터 무언가를 배운다는 느낌을 받았다. 물론 학교 선생님과는 달랐다. 뭘 배우라고 강요하지도 않았고 아무거나 억지로 가르치려고도 하지 않았다. 길은 나로 하여금 많은 것을 느끼게 할 뿐이었다. 느끼는 것을 나는 배움이라고 생각했다. 길은 나를 지루하게 만들지도 않았다. 누가 한번 그 길을 걸었다고 해서 다시 걷고 싶은 그런 길도 아니었다. 어디에나 있는, 그냥 집으로 가는 길이었다. 자기 집이 거기에 있기 때문에 그 길을 걷지 않으면 안 되는 그런 길이었다.

나는 학교를 파하고 집으로 돌아올 때 그 길 위에서 놀이를 하곤 했다. 탁구공만 한 돌 하나를 골라서 발로 차는 놀이. 돌을 차서 집까지 운반하는 놀이였다. 돌을 잘못 찰 때에는 발이 돌을 차게 되는 것이 아니라 돌이 발가락을 차게 된다. 그 결과 발가락에 피가 날 때도 있었다. 찬 돌이 수채에 빠지기라도 하는 날이면 돌을 집까지 가져오는 놀이에 실패하고 만다. 그렇게 되면 재수 없는 날이 된다. 스스로에게 한 약속 때문에 밥을 먹지 못한다. 어머니는 왜 밥을 안 먹느냐고 야단이었지만 그냥 먹기 싫다고 한다.

나의 키는 어릴 때부터 큰 편이었다. 몸집은 말라 있었다. 길을 걸을 때에 오른손에는 언제나 책보자기가 들려 있었다. 책보자기를 들고 있는 쪽의 어깨는 피곤에 젖어 늘 축 늘어져 있었다. 초

224

가집 흙벽을 타고 올라가는 호박 넝쿨이 고흐의 해바라기 그림같이 보인다는 사람이 그 동네에 살고 있었다. 그 사람이 누구인지 이름이 무엇인지 나는 모른다.

호박 넝쿨들의 다양한 모양새는 늘 아름답다. 어떤 호박은 하늘을 쳐다보고 있고 어떤 호박은 땅을 내려다보고 있다. 나는 봄의 시작과 여름의 시작 사이 그리고 가을의 시작과 겨울의 시작 사이에 나무나 풀들이 변하는 것을 본다. 호박이 조금씩 변하는 것도 본다. 생체가 성장하면서 변하는 모습은 신기하다. 호박의 싹이 처음 생길 때와 자라면서 변하는 모양새, 자라서 고개를 든 호박과 고개를 숙인 호박의 모양새를 보면서 사람과 닮았다는 생각을 한다. 각자 서로의 다른 사정이 사람들에게 있듯이 호박의 사정 역시 서로 다른 것 같아서 신기하다는 생각이 들었다.

집으로 가는 길은 반복되는 길이었지만 나에겐 막연한 희망의 길이었고 꿈의 길이었다. 사람이 많이 다니는 길은 아니었다. 숨어 있는 길도 아니었다. 오솔길도 아니었고 산책에 알맞은 길도 아니었다. 누구에게나 공개되어 있는 길이었다. 그러나 나에겐 누구에게도 공개되어 있지 않은 아늑한 길이었다. 햇빛이 쨍쨍 비치는 오후에는 땅바닥에서 흙먼지가 일었다. 비가 오지 않을 때에는 흙가루가 일었고 어쩌다 자동차가 지나가면 흙먼지가 연기같이 피어올랐다. 그런 길이 나에게 아늑한 길이 되는 이유를 나는 몰랐다.

집에 다 올 지점에 커다란 고목나무 하나가 서 있었는데 거기에 오면 나무의 그림자가 있다. 나는 그 그림자를 좋아했다. 그림자 안으로 들어가서 나무에 기대어 서길 좋아했다. 기대어 선 채로 오던 길을 되돌아보길 좋아했다. 그러곤 고개를 반대쪽으로 돌려 앞으로 갈 길을 바라보기도 했다. 갈 길 쪽으로 보면 먼 산이 보였다. 먼 산에는 실낱같은 길이 나 있었다. 실낱같은 길은 울음이 돌고 있는 길 같았다. 그림자를 낳고 있는 고목나무에 기대서 눈을 감으면 전날 음악실에서 배웠던 노랫소리가 들린다. 새로 배운 노래를 불러보려고 하면 잘 되지 않는다. 배운 노래가 잘 기억나지 않기 때문이다. 새로 배운 노래가 내 노래가 될 때까지는 언제나 시간이 걸렸다. 음악실에서 부를 수 있던 노래가 집으로 오면 부를 수 없게 된다. 집으로 오는 길에 새로 배운 노래를 잊어버리고 말기 때문이다. 배웠다가 잊고 잊었다가 다시 배우는 과정을 몇 차례 거쳐야 새 노래가 내 노래가 된다. 나는 나무에 기댄 채로 전날 배운 새 노래가 내 것으로 되는 날을 기다린다. 나는 다음 음악 시간을 기다리는 것이다.

학교는 마을의 중심에 있었고 우리 집은 산 변두리 끝자락에 있었다. 그날도 나는 산을 바라보면서 집으로 가고 있었다. 변두리 쪽으로 가면 갈수록 오르막길이 된다. 오르막길이 끝나면 다시 잠시 평탄한 길이 나온다. 평탄한 길이 나올 때쯤 되면 우리 집이 나온다. 그때 뒤에서 누가 내 이름을 불렀다. 부를 사람이 없는데 누가 부를까 싶었지만 분명히 내 이름을 부르는 소리가 등 뒤에서 들렸다. 뒤를 돌아보았다. 낯익은 아이가 걸어오고 있었다. 자주 접촉이 없는 우리 반 학생이었다. "아, 너 우리 반 아니야." "그래, 나 정현이야." "어디 가는데?" "집에 가." "너 집 어딘데?" "우리 집 이 길로 가면 있어." "우리 집도 이 동네에 있는데." 키는 나보다 작고 몸에 살이 붙어 있어서 통통했다. 얼굴이 뭔가 빤질빤질한 아이 같아 보였다. 여자같이 예쁘게 생긴 편이었고 첫눈에 좋은 옷을 입고 있다는 것을 알 수 있었다. 나는 반에서 공부를 잘한 편이었고, 그 친구는 공부를 못하는 편이었다.

등 뒤에서 나를 불렀던 현이가 "우리 집에 놀러 갈래?"라고 했을 때 내가 "아니." 했으면 그만이었다. 모든 것이 그만이었다. 그런데 나는 "그래."라고 대답했었다. 이 "그래."라는 대답 때문에 그리고 그 대답이 있던 날 이후에 생긴 이런저런 사건 때문에 현이는 나에게 잊을 수 없는 아이가 되고 말았다. 현이의 집은 우리 동네에 하나밖에 없는 그 기와집이었다. 나는 그동안 기와집에서는 어떤 사람이 사는가, 라는 생각을 해왔었다. 현이의 집에 처음 갔을 때 마당 한복판에 서 있는 감나무가 보였다. 기와집 안에 서서 나는 '아, 부자구나.'라는 생각을 했다. 감나무 옆에 우물이 있었고. 우물 옆에는 봉선화가 곱게 피어 있었다.

집에 들어서자 현이에 대한 느낌이 달라졌다. 무엇인지 모르지만 현이에 대해서 옛날부터 모두 다 알고 있었던 것 같았다. 현이는 입었던 옷을 벗고 다른 옷으로 갈아입었다. 말하자면 외출복과 일상복이 따로 있었던 모양이었다. 내겐 그런 것이 없었다. 현이는 나와는 다른 종류의 아이 같다는 생각이 즉각적으로 들었다. 내 주변에 있는 물건들이, 뭐랄까, 어떤 무질서 속에서 존재하는 것이 아닌가, 라는 생각이 들었다면, 현이의 주변에 있는 물건들은 그렇지 않다는 생각이 들었다. 내 몸에 붙어 있는 옷도 그랬고 내가 들고 있는 책보자기도 그랬다. 나에게 속해 있는 것들은 그것이 무엇이든 간에 그 각각이 조화롭게 어울려서 내 모습에 하나의 멋을 생기게 하는 일은 하지 않고 있다는 느낌을 받았다. 현이의 경우는 달랐다. 현이가 입고 있는 옷이나 들고 있는 가방이나 신고 있는 구두 할 것 없이 모두가 '하나'로 어울려서, 현이를 위해 멋을 내고 있는 것 같았다. 나는 내가 무엇을 입고 있고 무엇을 들고 있는지에 대한 생각은 아예 하지 않는 아이였다. 그런데 현이의 경우는 달랐다. 필요도 중요했겠지만 자기가 입고 있는 옷이나 들고 있는 가방이 어떤 것이라는 것을 사전에 알고 있는 것 같았고, 그것들이 서로 어울리느냐 어울리지 않느냐에 대한 의식을 하고 있는 것 같았다. 비록 자기식이라고 하지만 현이의 몸과 마음이 무언가에 의해서 정돈이 되고 있는 것 같았다. 현이의 것은 그것이 무엇이든 모두가 새 것이었고, 내 것은 헌 것이었다. 나는 형이 입었던 옷을 물려받아 입고 있었다. 한번도 내 옷으로 새로 만들어서 입어본 일은 없었다. 현이의 옷이나 구두 그리고 가방은 처음부터 현이의 것으로 구입된 것이었다. 현이는 생리적으로 멋을 부릴 줄 아는, 아이가 아닌 어른 같아 보였다. 나는 내 물건을 관리하지 않고 있었고 현이는 자기 물건을 철저히 관리하고 있다는 느낌이 들었다. 첫눈에.

집도 그랬다. 현이의 집은 모든 것이 질서 정연하다는 생각이
들었다. 있을 물건이 있어야 할 자리에 놓여 있는 것 같았다. 우
리 집은 달랐다. 우선 있는 것이 별로 없고, 있다고 해도 질서와
는 무관했다. 마을 사람들은 자기가 원하는 시간이면 언제고 우
리 집을 드나들었다. 필요한 물건을 서로 빌려다 쓰곤 했다. 현이
의 집은 그렇지가 않았다. 배가 고플 때 밥을 먹으던 그 먹는 시
간이 밥을 먹는 시간이 되는 우리 집과는 달리 대부분의 경우 식
사 시간이 사전에 정해져 있었고, 이웃이 마음대로 드나드는 일
도 없었다. 또 현이의 집에는 사랑채와 안채가 따로 있었다. 그리
고 집안을 어른이 지배하고 있는 것 같은, 엄숙한 분위기를 풍기
고 있었다. 우리 집은 누가 특별히 지배하고 있는 집이 아니었다.
어머니의 사랑만이 가득한 집이었다. 그 사랑이 항상 집을 훤히
열어놓고 있는 그런 집이었다. 현이의 집은 굳게 닫혀 있는 집 같
았다. 현이의 아버지는 사업을 한다고 했다. 무슨 사업인지는 알
수 없었다. 아버지의 사업이 잘되고 있는 모양이어서 그런지 현
이의 집은 이 동네에서 가장 부자였다. 현이의 아버지는 키가 컸
고 몸이 씨름 선수 같았다. 배는 보통 사람의 두 배 크기로 보였
고, 까만 안경테를 끼고 있었다. 얼굴에 나타나는 기름기는 보는
사람에 따라 의미 해석을 달리하게 했다. 내가 현이의 집에서 현
이의 아버지를 처음 보았을 때 현이의 아버지는 "그래 왔나. 많이
먹고 잘 놀다 가거라."라는 말만 남기고서 사랑채로 사라져버렸
다. 혈압이 높은 사람처럼 보였고, 뭔가 웃어른 자리를 차지하고

있는 사람 같은, 의젓한 풍모를 지닌 사람이었다. 현이 아버지 키의 반 정도밖에 되지 않는 현이 어머니는 외아들인 현이의 출세만을 생각하면서 아들에게 지극정성을 다하는, 말 그대로의 안달뱅이 엄마였던 것 같다.

　내가 지금도 잊지 못하는 것이 하나 있는데 그것은 버터 사건이었다. 내가 현이의 집에 두 번째로 놀러갔던 날이 아니었던가 싶다. 그 날은 점심시간이 좀 지났을 때였던 것 같다. 현이가 점심을 먹지 않았다고 하니 현이의 엄마가 "아직 밥을 먹지 않았으면 배가 얼마나 고플꼬." 하면서 밥상을 차려 현이 앞으로 가져왔다. 그 밥상은 우리 집에서 내가 먹는 밥상이 아니었다. 아니 우리 집에서는 밥상이라는 말 자체가 없었다고 하는 것이 옳다. 현이의 밥상에 그날 무엇이 올라왔었는지 모두를 기억할 수는 없다. 그러나 한 가지 기억되는 것이 있는데 그것이 바로 버터였다. 말로만 들어오던 버터를 실제로 본 것이다. 그 당시엔 돈을 좀 가진 사람이라든가 힘깨나 쓰는 사람들이나 구할 수 있는, 미군 피엑스라고 불리는 곳으로부터 흘러나오는, 뭐라더라, 레이션 박스라던가 하는 상자가 있었던 모양인데 그 상자 속에는 없는 것이 없다는 말을 들은 적이 있다. 드롭스라든가 버터라든가, 가난한 집에서는 꿈도 못 꾸는 것들이 그 레이션 상자 속에 들어 있다는 말을 들은 적이 있었다. 현이의 집에서 말로만 들었고 아무나 볼수 없는 것들을 난생 처음 보았던 것이다. 버터가 밥상에 놓였는데, 현이는 아무 일이 없다는 듯 태연히 그 버터를 조금 찍어내더니 자기 밥 위에 얹었다. 옆에서 나는 그걸 보고 있었다. 버터가 밥 위에서 스르르 녹아내리는 것이 내 눈에 보였다. 또 놀란 것이 있었는데 그것은 밥이 찬밥이 아니라 방금 해온 더운밥이라는 것이었다. 우리 집에서는 더운밥 찬밥을 가리지 않았다. 특히 낮에 먹는 밥은 언제나 찬밥이었다. 버터는커녕 찬물에다 밥을 말아서 물과 밥을 섞어서 입으로 부어넣으면, 그게 점심이었다. 현이는 하얀 더운 쌀밥 위에 버터를 넣고 그리고 그 위에다 달걀을 턱 깨넣고 밥을 비비더니 먹기 시작했다. 나는 기가 막힌다는 말밖에 할 수 없었다. "뭐 하냐, 같이 먹지 않구."라는 말을 현이가 했을 때 나는 밥상에 나를 위한 밥과 버터가 있었다는 것을 알았다. 버터 옆에는 소고기 장조림이 있었다. 나는 그때 장조림을 한번 실컷 먹어보는 것이 소원이었다. 그만큼 장조림이 먹고 싶었다. 장조림은 고기도 고기이지만 국물이 일미였다. 장조림 국물로 밥을 비벼 먹으면 밥이 꿀맛 같겠다는 생각을 했다. 현이의 밥상에는 장조림이 그릇에 가득 담겨져 있었다. 속으로 나는 '와아' 할 수밖에 없었다. 밥 위에 떠 얹은 나의 버터 역시 스르르 녹더니 밥알 사이로 스며들었다. 먹어보았지만 그 당시 나로서는 맛이 좋은지 어떤지 알 수가 없었다. 뭔가 구수하다는 느낌을 받은 기억밖에 없다. 그 순간 나는 다른 세상에 와 있다는 느낌을 받았을 뿐이었다. 버터와 더운밥, 그리고 장조림. 이런 것들이 현이와 나를 현격한 차이로 갈라놓고 있다는 느낌을 받았다.

현이의 집에서 내가 놀란 것은 또 있다. 놀랐다기보다 그것은 나로서는 꿈에도 상상할 수 없는 일이었다. '부럽다.' 라는 말을 하려고 해도 실현 가능성이 너무나 없었기 때문에 부럽다, 라는 말조차 할 수 없었다. 무엇이 그렇게도 부러웠던가. 현이는 자기 방을 가지고 있었다. 그것이 그렇게도 부러웠다. 물론 자기 책상도 있었다. 방은 크지 않았지만, 방 한쪽 구석에 책상이 있었고, 책상 위에 책꽂이가 있었다. 그 책꽂이에 꽂힌 책은 잘 정돈이 되어 있었다. 국어책과 산수책만이 있는 것이 아니라 그때까지 내가 듣도 보도 못한 과학책과 앙드레 지드의 『좁은 문』이라는 소설이 꽂혀 있었다. 나는 그때 과학이 무엇인지 앙드레 지드가 누구인지 알지 못했다. 학교에서 공부는 내가 훨씬 더 잘했는데 내가 알 수 없는 책이 현이의 책꽂이에 꽂혀 있는 것을 보고 나는 이게 웬일인가 싶었다. 공부 잘하는 대학생 방이 이런 방일까라는 추측까지 할 정도로 속으로 놀랐다. 그리고 부러웠다. 나에겐 현이가 가지고 있는 것이 하나도 없었다. 있는 것이라곤 책보자기 하나뿐이었고 그 책보자기가 내 방이요, 내 책상이요, 내 책꽂이였다. 학교 갔다 오면 어머니와 같이 자는 방에 책보자기를 던져놓으면 그것이 내가 할 일의 전부였다. 시험을 쳐야 할 때에는 책보자기 옆에 엎드려서 책보자기 안에 있는 책을 꺼내 공부를 하면 되었었다. 그래도 나는 반에서 항상 1등을 했었다. 1등이 좋은 건지 어떤 건지 지금도 잘 모르지만 나는 언제나 1등을 했다. 학교의 담임선생님이나 우리 엄마는 나를 두고 '문제없는 훌륭한 아이'라고 칭찬했다. 그런데도 공부도 잘 못하는 현이의 방이 다른 세상인 것을 보고 나는 '이건 정말 이상한 일이 아닌가.'라는 생각을 했다.

  이상한 것은 그것만이 아니었다. 현이의 책상 옆벽에 무엇이 붙어 있었다. 나는 그것이 무엇인지 몰랐다. 가까이 가서 책상 옆벽에 붙어 있는 것을 보았다. 종이에 무엇이 쓰여 있었다. 눈이 나쁜 내가 자세히 들여다보니 공부 계획표였다. 나는 '공부 계획표라니, 그게 뭔가.' 싶었다. 나는 그때까지 한 번도 계획표 같은 것을 만들어본 일도 없었고, 만들 생각 자체를 상상으로라도 해본 일이 없었다. 시험 친다 하면 책보자기를 풀어서 공부를 하면 되었던 것이고, 선생님이 교실에서 가르친 것을 이해하고 암기해두면 되었던 것이다. 무슨 계획 같은 것을 따로 세울 필요가 없었다. 그런데 현이는 '무슨 공부를', '왜 하느냐'라는 식으로, 내 눈에는 대학생 같은 생각을 하고 있는 것으로 비쳐졌다. "야, 공부라는 건 말이야. 정말 하려고 한다면, 공부의 이유와 공부의 절차, 공부의 내용과 순서, 이런 것을 생각하고 그 실천을 위해서 계획을 세워야 하는 거야."라는 식의 말을 현이는 내게 했다. 그것도 또박또박 선생이 학생에게 훈시를 하듯이 했다. 그 친구가 그런 말을 하는 것을 보고 나는 속으로 놀라고 또 놀랐다. '그건 그렇겠다.'라는 생각이 들었기 때문에 놀라고 또 놀라지 않을 수 없었다. '이 친구 앞으로 큰 인물이 되겠네.'라는 생각이 들었다. 현이는 "나는 앞으로 아인슈타인 같은 세계적인 과학자가 되려고

해."라고 했다. 자기의 장래희망을 나에게 내보인 것은 나와 네가
정말 친한 사이라는 것을 의미하는 것이라고도 했다. 나는 아인
슈타인이 누구인지 몰랐다. 그래서 누구냐고 물었더니 아인슈타
인도 모르냐면서 나에게 핀잔을 주었다. 핀잔을 준 현이의 얼굴
이 지금도 눈에 선하다. 그때의 일을 생각하면 등에 땀이 아직도
흐를 지경이다. 그때부터 학교 안에서의 생활보다 학교 밖에서의
생활에 관심을 가지기 시작했다. 학교 안에서는 내가 주도권을
잡았지만 학교 밖에서는 현이가 주도권을 잡기 시작했다고나 할
까. 시간이 가면 갈수록 내가 사는 학교 안의 세계와 현이가 사는
학교 밖에서의 세계가 다르다는 것을 알게 되었다.

현이는 유명한 과학자가 된 후, 나에게 해왕성을 따서 선물로
할 것이라고 했다. 해왕성을 딴다는 말은 분명히 허풍이었다. 그
러나 나에겐 허풍으로 생각되지 않았다. 설사 허풍이라고 해도
상관이 없었다는 생각이 들었다. '너는 훌륭한 사람이다.'는 말
이 설사 거짓말이라 해도 그런 말을 들으면 기분이 좋아지는 것
이 사람의 마음이 아니겠는가. 나 같으면 상상조차 할 수 없는 일
을 현이는 생각하고 있었다는 점에서 나는 현이의 허풍을 허풍으
로 받아들일 수 없었다. 해왕성을 따서 선물을 하겠다니, 허풍치
고는 정말 엄청난 허풍이 아닌가. 그런 허풍을 떠는 현이였기 때
문에 현이는 내 마음을 흔들었고, 허풍이 허풍 아닌 날이 있을 것
같은 기대감을 가지면서 살게 했다. 돈을 많이 벌어서 그 절반을
주겠다고 하는 허풍은 믿을 수 없었을지 모르나, 하늘의 별을 따

서 선물로 하겠다는 말은 믿을 수 있을 것 같았다. 그때브터 해왕
성은 나에게 하나의 꿈이 되었다.

　하루는 이런 일이 있었다. 현이가 방과후에 "자장면 먹으러 가
자."라고 했다. 그때까지만 해도 나에겐 밥은 집의 안과 상관되는
일이었다. 밥은 엄마가 주는 것을 집에서 먹는 것이 밥이었다. 어
디 가서 사 먹는 것은 밥이 아니었다. 어쩌다가 사 먹어야 하는
경우가 생기면 반드시 어른과 같이 가야 하는 곳이 음식점이었
다. 자장면은 나에게 밥이 아니었다. 집 아닌 다른 어떤 곳에서
돈을 주고 사 먹는다는 것은 나에게 밥일 수 없었다. 밥으로 상상
조차 할 수 없었다. 그리고 또 하나의 문제는 돈에 대한 나의 생
각이었다. 돈은, 적어도 나에겐, 어른들이 가지고 있는 것이지 아
이들이 가지고 있는 것이 아니었다. 밥도 물론 그렇지간 공책이
나 연필도 그랬다. 그것들이 필요하면 어머니에게 사달라고 해서
얻으면 되는 것이었다. 그런데 현이는 집으로 돌아오는 길에 집
쪽이 아닌, 다른 쪽을 향해 걸으면서 나에게 "따라와."라고 했다.
현이의 뒤를 따르면서 내가 "밥은 집에서 먹어야 하는데 어딜 가
려고 하냐."라고 했더니 "이 친구야, 너 언제 어른 될래. 내가 가
자고 하면 가면 돼. 세상을 언제 알려고 하냐. 자장면이 얼마나
맛이 있는지 알기나 해. 한번 맛보면 또 먹지 않고는 못 배겨."라
는 식이었다. 자장면은 중국집에 가야만 먹을 수 있는 음식이 아
니던가. 나에겐 이유도 없이 중국집은 무서움의 대상이었다. 무

섭다기보다 접근이 거북한 장소였다. 중국집은 왠지 모르게 이상한 생각을 불러일으키는 장소였다. 빨간 바탕에 시커먼 색깔로, 도깨비 아니면 귀신 같은 무서운 형상을 하고 있는 그림이 중국집의 이미지와 연결이 되고 있었다. 나에게 중국집은 언제나 어두컴컴하고, 이상한 냄새가 나는, 들어가기가 힘든 장소였고, 이상한 사람들만이 들어가는 장소였다. 사람의 손톱으로 요리를 해서 그것을 아이들에게 먹인다는 소문을 들은 것 같기도 했다. 설사 중국집에 간다고 해도 그곳에는 아이들끼리만 가는 곳이 아니라 반드시 어른과 같이 가야 하는 곳으로 생각되었다. 요즈음의 중국집은 한국 사람이 경영하는 곳이 거의 전부이지만 그 당시 중국집은 거의 전부 중국 사람이 직접 경영을 하고 있었다. 자장면도 자장면이지만 중국 사람 자체가 대하기 거북스러운 사람이라서 현이가 중국집을 향해서 걸어갈 때 나는 가슴이 조마조마했다. 현이는 나와는 달랐다. 자기 돈을 가지고 있었고 중국집에 겁없이 들어갔다. 창가의 한적한 자리에 앉더니만 마치 어른이나되는 것처럼 음식을 주문했다. 자장면 두 그릇만 시키는 것이 아니라, "여보시오. 탕수육도 하나."라는 식이었다. 도저히 아이의 행동으로는 볼 수 없었다. 나는 속으로 '와아아. 저 친구가⋯⋯.' 싶었다. 현이가 "어이 아저씨."라고 불렀는지 어땠는지 확실히 기억은 나지 않지만, 음식 주문을 하려고 어른을 불렀던 것만은 사실이었다. 아이가 어른을 부를 수 있는가 싶어서 나는 숨을 죽이고 있는데 어른은 아이가 불렀음에도 불구하고 공손히 현이의 앞으로 와서 주문을 받았다. 나는 또 소리 나지 않게 "와아아." 했다. 지금도 기억이 나는 것은 중국 사람의 한국말 발음이었다. "울리 중구 살람 모살라 해. 짜장면 갑 싸서 해. 학새이는 묵고 도마이나 해. 우리 돈 모 벌러 해."라고 말했던 것 같다. 나는 무슨 말을 하고 있는지 알 수가 없었다. "우리 중국사람 못살아. 자장면 값은 싸고. 학생들은 먹고 도망이나 치고. 우리 돈 못 벌어."라는 말을 한다고 현이가 통역을 해주었다. 얼굴 생김새는 우리와 별로 다를 것이 없는데 한국말을 이상하게 하는 중국 사람이 나는 무서웠다. 중국집 종업원인지 안주인인지 알 수가 없는 여자 한 사람이 중국집 안에서 움직이고 있었는데 그 여자의 발이 아이 발같이 작았다. 몸은 어른인데 발은 아이의 것이니 어찌된 영문인가 싶었다. 여인의 걷는 모양새가 이상하게 보였다. 나는 놀랐다기보다 그저 벙벙하기만 했고, 무언가 섬뜩한 기분이 들었다. 학교 안의 사정만 알던 내가 현이 때문에 학교 밖을 알게 되긴 했었지만, 중국집은 학교 밖과는 또 다른, 전혀 다른, 밖의 밖이 낳은 새로운 세상 같았다. 자장면을 먹고 나올 때 현이가 자장면 값을 계산했다. 계산을 하고 있는 현이의 뒷모습은 나에게 어른 바로 그것이었다. 그때 이후 돈이 드는 장소에 나와 같이 가는 경우 현이는 언제나 내 몫까지 합쳐서 돈을 치르곤 했다. 말은 하지 않았지만 현이는 '돈이 없어도 돼. 너는 나를 따라오기만 하면 돼.'라는 식이었다. 그러니까 현이가 '돈을 쓰는 아이'라는 것을 나는 그때부터 알았다. 중국집에 가는 것을 몇 번 반복을 하게 되자, 밥 먹는 장소가 집밖에 없었던 것으로 안 그동안의 내가 우습게 생각되었다. 나는 다시 한 번 현이가 '나보다 앞서가는 아이'라는 생각을 했다. 집에서 먹는 밥보다 중국집에서 먹는 밥이 더 재미있는 밥이라는 것도 차츰 알게 되었다. 같은 나이인데 학교 밖의 일에 있어서 현이는 나보다 상상을 초월할 정도로 능숙했다. 나에겐 새 경험인데 현이에겐 항상 헌 경험이었다. 현이는 점점 더 나를 압도하기 시작했다.

선생님이 가면 안 된다고 하는 곳이 있었다. 영화관이었다. 한 번은 현이가 나를 영화관으로 데리고 갔다. 스토리가 어떻게 전개되는지 알 수가 없어서 나는 영화가 재미없었다. 그런데 현이는 영화를 보면서 울고 있었다. "너 왜 울어?"라고 했더니 "비록 마음에는 거짓일지라도 날 사랑해 줘, 라고 하는 저 여주인공. 얼마나 아름다우냐."라고 했다. 선생님이 세우면 안 된다, 라고 하면 나는 세우는 것 자체를 거부하는 아이였지만 현이의 경우는 다른 것 같았다. 현이의 성기는 누가 아무리 세우지 마라, 라고 해도 막무가내로 서버리는 성기 같았다. 현이는 몸의 일부만을 세우는 것이 아니라 몸 전체도 세우고 마음 전체도 세우는 아이 같았다. 영화를 보고 나온 후에 내가 현이에게 "마음에는 거짓이라도 날 사랑해 줘, 라니 그게 말이 돼. 거짓으로 하는 사랑을 원하는 사람이 어디 있어. 말도 안 돼."라고 했더니 현이는 나에게 "너와는 말이 통하지 않아."라고 했다.

어느 하루 현이는 나를 다방으로 데리고 갔다. 대학생도 아닌 어린 학생이 다방으로 들어가는 것을 알면 선생님에게 야단을 맞을 것이 뻔했다. 그런데 나는 현이를 따라 다방으로 갔다. 다방 안은 열차의 객차와 비슷했다. 좌석이 좌우로 칸칸이 있었다. 다방 안은 컴컴했다. 컴컴하다는 것만이 객차와 닮지 않았다. 컴컴한 다방 안으로 끝까지 걸어들어 가면 왼쪽에 피아노 한 대가 놓여 있고, 오른쪽에 주방이 있었다. 주방 안에는 삼십 대 중반쯤되어 보이는 여인이 차를 만들고 있었다. 피아노 앞에는 현이의 친구가 피아노 연습을 하고 있었다. 피아노 연습을 하고 있는 현이의 친구 아버지가 다방을 경영하고 있었고 차를 만들고 있는 삼십 대 중반쯤 되어 보이는 여인은 경영자의 정부였던 모양이다. 현이가 다방을 드나들게 된 연유는 세 가지가 있었다. 음악을 좋아한다는 것, 피아노가 있는 다방이라는 것, 다방에서 피아노 연습을 하고 있는 아이가 현이의 친구라는 것이 그것이었다. 나는 현이가 마술을 내 앞에서 펼치는가 싶었다. 다방에서 커피를 마신다는 것 자체가 나에겐 현이가 나를 위해 펼치는 마술이었다. 학교 밖의 세상, 그리고 그 세상 밖에 있는 또 다른 세상이 다방이었으니 그 다방이 어찌 나에게 마술이 아니었겠는가. 컴컴한 다방 안에는 손님들이 많지 않았다. 어쩌다가 여대생같이 생긴 여인들이 들어왔다가 가곤 했다. 다방 경영자의 친구 분들처럼 보이는 사람들이 차를 마시고는 밖으로 나가곤 하는 것이 보일 뿐이었다. 현이는 음악에 대해서 모르는 것이 없었다. 과학자가 되겠다고 한 친구가 음악을 좋아하다니 싶었지만, 현이는 "아인슈타인도 음악을 좋아했지."라고 했는데 그 말하는 투가 "음악을 좋아하는 사람만이 사람이지."라고 하는 것 같았다. 현이는 내 앞에서 계속 마술을 펼치고 있었다. 현이는 친구가 연습을 하고 있는 피아노 음악을 들으면서 음악에 대한 설명을 했다. 저 음악은 이런 음악이고 작곡가가 왜 저 음악을 작곡한 것인지에 대해서 설명을 했다. 현이가 피아노를 친다는 소리를 들은 적이 없다. 칠 줄 안다면 치는 것을 보았을 것이다. 그런데 현이가 피아노를 치는 것을 한 번도 본 일이 없다. 그런데 칠 줄 아는 사람같이 말하고 있었다. 피아노 연습을 하는 친구에게 그건 그렇게 치는 게 아니야, 라는 식이었다. 나는 현이가 무슨 소리를 하고 있는지 알 수 없었다. 그런데 피아노 연습을 하고 있는 현이의 친구는 현이의 말을 듣고 고개를 끄덕이면서 고분고분한 태도를 취했다. 손가락만 움직이지 말고 손목을 움직여야 해. 손목을 움직일 때와 팔을 움직여야 할 때를 구별할 줄 알아야 해. 손에 힘을 뺄 때와 힘을 넣을 때가 언제인지 알아야 해. 무슨 소리인지 모르는 소리를 현이는 계속하고 있었다. 내가 보기에는 현이는 모르는 것이 없었다. 돈을 가지고 있고 자장면을 그 돈으로 사 먹는 아이만이 아니었다. 과학과 음악 모든 면에 있어서 나보다 훨씬 앞서 있다는 것이 다시 확인되는 순간이었다. 나는 겁이 났고, 현이와 같이 다니지 말아야겠다는 생각을 했다. 다방은 어른들만이 가는 곳이 아니던가. 그런데 내가 지금 다방을 출입하고 있으니 이게 될 말인가. 현이와 절교를 해야 하는 것이 아닌가. 나는 계속 겁이 났다. 다방 안의 분위기에 긍정적으로 빠져들면 들수록 다방이 더 겁났다. 그런데 다방 안에서 현이가 나에게 하는 말을 들으면 현이가 나쁜 아이처럼 느껴지지는 않았다. 왜 현이가 나에게 착한 아이같이 생각되는지 그 이유를 알 수가 없었다.

현이는 결국 나를 여자의 세계로 끌고 들어갔다. 그 다방에서였다. 현이는 자기가 사랑하는 여학생이 있다는 말을 했다. 학생이 공부는 하지 않고 연애를 한다고 하면 어떻게 하려고 하나 싶어서 나는 '누가 듣는다.'라는 반응을 보냈다. 다방 안의 좌우를 둘러보면서, 쉬 했다. "선생님이 아시면 어떻게 하려고." 했더니, "너는 도대체 누구냐, 사랑을 한다는데 선생님 이야기는 왜 꺼내."라고 했다. 나는 다시 주변을 둘러보면서 현이의 이야기를 들었다. 현이는 희라는 여학생을 사랑한다고 했다. 희라는 여학생은 우리 반 아이의 사촌 여동생이라고 했다. 멀리서 얼굴만 한 번 딱 보았다고 했다. 말을 건네본 일이 없다고 했다. 그런데 현이는 그 여학생 때문에 밤잠을 이루지 못한다고 했다. 나는 말도 해보지 않은 여학생을 두고 '무슨 그런 일이 있나.' 싶었지만, 현이가 하는 말이 진심에서 우러나오는 말같이 들렸다. 그리고 희는 자기에게 알리사 같은 여자라고 했다. 알리사가 누구냐고 물었더니 『좁은 문』의 여주인공이라고 했다. 현이의 이야기를 들으면서 나는 현이의 방을 기억했다. 책꽂이에 꽂혀 있던 앙드레 지드의 『좁은 문』이라는 책을 본 기억을 되살렸다. 되살려진 기억 때문에 현이가 괜히 알리사 이야기를 꺼내는 것은 아니구나, 라는 생각이 들었다. 나에겐 연애라는 것은 하면 안 되는 것이었다. 현이는 되고 안 되고의 문제를 자기가 결정을 하고 있는 아이였다. 나는 그것이 부러웠다. 현이는 자기가 자기의 주인인 것 같았다.

현이가 친구이긴 했지만 친구라는 것 때문에 나는 괴로울 때가 많았다. 현이가 나에게 착한 아이로 생각되기도 했지만, 악마적 요소를 몸에 지니고 있는 아이 같기도 했다. 현이가 『좁은 문』에 대해서 한 말을 나는 기억하고 있다. 내게 기억된 현이가 한 말은 나에게 악마의 말 같았다. 『좁은 문』을 읽지 않은 나로서는 할 말이 없었지만, 현이는 『좁은 문』에 나오는 제롬이라는 남자 주인공을 '병신'이라고 했다. 나보다 항상 앞서는 현이였기 때문에 현이의 말이 맞을지 모른다는 생각을 했다. 아무리 그렇다고 해도 현이가 그렇게 말하는 이유를 한번 물어보고 싶었다. "왜 병신인데?"라고 했더니 "알리사를 빨리 먹었어야 했는데."라고 했다. "먹었어야 했는데라니 사람을 어떻게 먹어."라고 했더니 현이는 "너와 말하는 내가 바보지."라고 했다. 나는 그때부터 막연하게 현이의 내장에 악마적 요소가 녹아 있다는 생각이 들었다. 나는 현이와 이런저런 이유로 절교를 하는 것이 좋지 않을까라는 생각을 또 했다. 현이가 하는 모든 짓들은 학생으로 할 짓이 아니었다. 현이의 행동에 끝없는 호기심이 생기기는 했지만, 불안하기만 했다. 학교에 가면 마음이 편안했고, 현이와 같이 있으면 마음이 떨렸다.

　그러나 결과적으로 말해서 내 마음의 움직임과는 달리 나는 현이와 점점 더 친한 친구가 되어갔다. 다른 사람에겐 거짓말을 해도 나에게는 거짓말을 하지 않는다는 믿음을 현이가 나에게 심어주었기 때문인지도 모른다. 내가 "거짓말을 왜 해." 하면 거짓말을 하는 이유를 간단히 설명했다. "너도 때로는 거짓말을 하게 될 거야." 하면서 선의의 거짓말은 필요하다고 했다. 그런데 내가 이유를 알 수 없는 것이 하나 있는데, 그것은 내가 "너, 희에게도 거짓말을 할래?"라고 했을 때 현이는 아무 말이 없었다는 것이다. 그리고 "희도 먹어버리면 되는 여자인가."라고 물었을 때에도 현이는 아무 말이 없었다. 나는 그 이유를 알 수 없었다. 나의 어머니는 현이를 나쁜 아이라고 말한 적이 한 번도 없었다. "현이 그 애. 낭창낭창하긴 하지만, 바탕이 착한 아이지. 또 영리한 아이이지. 잘 풀리면 크게 될 아이야."라는 말을 어머니가 한 적이 한두 번 있었다. 물론 어머니가 현이의 모든 면을 다 아시고 하시는 말이 아니라는 것을 알았지만 나는 어머니의 말을 믿었다. 현이와 절교를 할까, 라는 생각을 할 때마다 나는 어머니의 말씀을 되살렸다. 나는 현이가 나에게 필요한, 악마 같다는 생각을 했다. 나는 나의 악마를 나쁜 아이로 생각하면서도 나쁜 아이로 생각하기 싫었던 근거를 발견하고 싶었다. '현이는 결코 나쁜 아이는 아니다, 다만 아이가 아이답지 않게, 늘 생각이 나보다 앞서 있을 뿐이다.' 라는 것이 내가 발견한 근거였다.

세월이 흐르고 흘렀다. 현이와 나는 중학교를 졸업했고 세월이 더 흐른 뒤 고등학교까지 졸업을 했다. 우리 둘은 대학에 진학을 해야 했다. 나는 대학에 합격을 했고, 현이는 불합격하고 말았다. 나는 국영수에 능했고. 현이는 그런 것들에 능하지 못했다. 학교 안에서의 일에는 능하지 못했다는 이야기이다. 우리는 합격 불합격을 떠나 계속 친한 친구 사이를 유지했다. 지방에서 서울로 올라온 우리는 같은 방에서 하숙을 했다. 한집에 살았기 때문에 겉의 생활은 비슷했지만 나와 현이의 내적 삶은 그때부터 점점 달라지기 시작했다. 대학 불합격을 자기 어머니에게 알리지 않는 것으로부터 현이의 거짓말 생활은 시작되었다. 현이의 거짓말 생활이 나에겐 못마땅했지만 어쩔 도리가 없었다. 서울에서의 하숙비와 학교 등록금 등을 타서 쓰는 것은 물론, 책값이나 잡비 같은 것도 현이는 부모로부터 타서 썼다. 현이의 집은 부자였고 또 외아들이었기 때문에 경제적으로 곤란을 느끼지 않았다. 특히 서울에서 대학을 다니는 아들로 생각했던 부모였던지라 부모는 현이에게 충분한 경제적 지원을 해주고 있었다. 현이는 가짜 대학생 생활을 호화롭게 영위했다. 가짜 대학생 생활을 영위하고 있는 현이를 내가 왜 싫어할 수 없었는지 나는 알 수가 없었다. 현이는 다른 사람은 속여도 나를 속이지 않았다. 속이지 않는다고 내가 믿고 있는 것이 이미 내가 속고 있는 일인지 모르지만 나는 그렇게 생각하지는 않았다. 한집, 한방에서 같이 사는 친한 친구였기 때문에 현이의 일거수일투족을 나는 알고 있었다. 대부분의 시간을 같이 보내고 있었기 때문에 현이가 하고 있는 일은 거의 전부 알고 있었다. 나는 대학에 들어와서도 여전히 학교 밖에서는 현이를 따라다닐 수밖에 없었다. 진짜 대학생이 가짜 대학생의 꽁무니를 줄줄 따라다니는 격이었다. 대학 물리학과에 진학하려다가 불합격했기 때문에 물리학과에 지망한 같은 시골 친구 한두 사람은 현이가 가짜 대학생이라는 것을 알고 있었다. 그 이외의 사람들은 현이가 가짜 대학생이라는 것을 모르고 있었다. 현이의 사정을 아는 같은 시골 친구 한두 사람들도 현이에게 불리한 말을 하고 다니지는 않았다. 친구들 간에 '현이는 무엇이 있어도 있는 아이'로 통했었는지도 모를 일이다. 그렇지 않고서야 같은 고향 친구들이 현이의 방식대로 살게끔 현이를 그냥 두고 있었을 리가 없다. "너 왜 어머니에게 바른 말을 하지 않고 거짓말을 하나. 바른 말을 하면 할 때에는 불편해도 하고 나면 마음고생은 없잖아."라고 현이에게 말하면 현이는 "모르는 소리."라고 했고, "외아들인 나에게 모든 희망을 걸고 있는 어머니에게 슬픔을 안겨줄 수는 없지. 1년 후면 모든 문제가 해결될 텐데. 1년도 못 참아?" "1년 후면 모든 문제가 해결된다니 그게 무슨 소리냐."라고 하면 "내가 내년 시험에서 붙을 텐데 뭐가 걱정인가."라고 했다. 내가 "너 그렇게 매일 놀고만 있는데 1년 후에 대학생이 된다는 보장이 어디에 있어."라고 하면 "넌 날 몰라. 내가 된다면 되는 거야."라고 했다.

나는 현이가 1년 후에 가짜 대학생 생활을 면할 수 있길 원했다. 그렇게 되길 위해서 기도까지 하고 싶은 심정이었다. 그런데 내 예감으로는 그렇게 될 것 같지 않았다. 현이의 생활은 거의 전부가 다방과 당구장 주변 그리고 그 주변에 있는 여자들과 놀아나는 일이었다. 현이의 머리가 아무리 좋다고 해도 공부를 해야 대학 시험을 칠 수 있지 않겠는가, 또 시험을 치기만 하면 무얼 하나. 합격을 해야지. 매일 놀기만 해서는 1년이 아니라 몇 년이 지나도 가짜 대학생을 면하기는 힘들 것 같다는 생각이 들었다. 나는 현이에게 충고를 여러 번 했다. 할 때마다 "야, 걱정 마. 내가 다 알아서 해."라고만 했다.

　성욕을 가졌다는 점에 있어서는 같았을지 모르나 현이와 나의 여성관이 너무도 달랐다. 나는 여자를 천사로 생각했고, 현이는 창녀로 생각했다. 나는 사랑을 바쳐야 하는 대상이 여자라고 생각했고, 현이는 먹어버리면 되는 대상이 여자라고 생각했다. 현이와 내가 다방 같은 곳에 앉아서 여자에 대한 이야기를 할 때 현이는 같은 말을 지치지 않으면서 되풀이했다. "야, 이 자식아. 여자에겐 사랑 같은 것은 필요가 없어. 먹어버리면 되는 거야." 실제로 현이가 가는 곳이면 어디서나 현이의 말대로 일이 성사가 되는 것 같았다. 나로서는 그것이 상상으로도 가능하지 않았다. 나에겐 현이에게 일어나는 일이 기적같이 생각되었다. 기회가 있을 때마다 현이는 "순정을 바쳐봐야 소용이 없어."라는 말을 되풀이했다. 현이의 말대로 현이가 실제로 여러 여자를 먹었는지 안 먹었는지 그 내막을 알 도리가 나에겐 없었다. 그러나 하나 확

246

실히 알고 있는 것은 내가 도저히 할 수 없는 일을 현이는 하고 있었다는 것이다.

당구장 여주인인 연상의 아줌마와도 여관이 있는 좁은 골목길에서 걷고 있는 현이를 본 일이 있었다. 내가 "그 골목길에는 왜 갔냐."라고 물으면 현이는 주저 없이 "그 아줌마 나에게 지금 미쳐 있어."라고 했다. 당구장 옆에는 다방 하나가 있었는데 그 다방에도 우리는 자주 드나들었다. 다방에는 미스 김도 있고 미스 박도 있었다. 미스 김도 미스 박도 모두가 현이의 어인인 것처럼 놀았다. 언제나 같이 붙어 다니는 나는 쳐다보지도 않으면서 현이에게 와서는 농도 걸고 요사이 왜 얼굴이 통 안 보이세요, 하면서 아양을 떨기도 했다. 현이는 대답은 하지 않고 아가씨의 엉덩이를 툭툭 치기만 했다. 아가씨는 그것을 싫어하지 않는 것 같았다. 나는 현이가 하는 짓도 보기 싫었지만, 아가씨들의 반응 역시 보기 싫었다. 다방 아가씨들 중에는 몸매도 좋고 얼굴도 예쁜 아가씨들이 있었다. 한번 사귀어보았으면 싶을 때도 있었다. 그러나 나에겐 그런 생각이 든다는 것이 전부였다. 나로서는 어찌할 다른 방법이 없었다. 언젠가 한번 있는 용기를 모두 내어서 지나가는 길에 아가씨의 엉덩이를 툭 한번 쳐보았다. 그랬더니 "이 사람이 왜 이래!"라고 하면서 아가씨가 왈칵 화를 내지 않는가. 나는 현이와는 근본적으로 다른 사람임을 그 순간 알았다.

어느 하루 현이는 느닷없는 말을 나에게 했다. "대학 시험 안 치기로 했어. 그 대신 나는 미국 유학을 간다." 일방적인 선언이었다. "뭐라고? 미국 유학이라고……!" "여기서는 내 실력 발휘가 잘 안 될 것 같아. 미국에 가야 할 것 같다. 미국으로 가야지만 내가 인정을 받을 것 같아." 그 당시에는 미국 유학을 가는 사람은 선망의 대상이 되고 있었다. 대학 입학시험을 다시 쳐서 합격을 할 자신이 없을 것이라는 것을 안 현이는 머리를 굴린 모양이었다. 굴린 결과가 유학이었던 모양이다. 나는 현이에게 "야, 유학은 마술이 아니야. 대학 합격이 마술이야. 너는 나에게 마술을 자주 펼쳤지 않냐. 이젠 가짜 마술 말고 진짜 마술을 한번 펼쳐 봐."라고 했다. 현이는 픽 웃기만 했다. "아무튼 그리 알아라. 나는 지금부터 유학 준비를 한다."라고 다시 잘라 말했다. "어머니에게 유학을 하겠다고 했더니, 아이고 우리 아들 장하다, 라고 하시더라." 현이가 자기 어머니에게 유학 이야기를 꺼낸 것은 돈을 더 타내기 위한 것이라고 생각했다. 유학 이야기가 나온 후부터 현이는 돈을 더 잘 썼다. 유학 수속에 필요한 경비가 많이 든다고 부모에게 말을 한 모양이고 부모는 현이를 믿고 경비를 충분히 대주고 있는 모양이었다. 나는 "현이야, 너는 여기서 재학생도 아니잖아. 유학이 가능할까."라고 했더니, "물론이지. 두고 봐."라고 했다. 현이는 무엇이든 잘 뚫었다. 뚫는 재주는 보통 인간의 재주가 아니었다. 하늘이 준 현이의 재주를 아는 나였기 때문에 그렇다면 유학의 길이라도 뚫렸으면 싶었다. 하루는 당구장에 갔었는데 당구장 아줌마에게 "한 달 후면 나 미국 가요."라고 했다. 한 달 안으로 여권이 마련될 것으로 믿고 그런 말을 했다고 현이가 나에게 말했다. "여권이 한 달 안으로 나오지 않으면 어떻게 하려고 거짓말을 하고 다녀?" "나오게 되어 있어. 걱정 마."

한 달이 거의 지난 어느 날 현이는 여권 하나를 집으로 들고 왔다. 놀랄 일이었다. 놀라면서 "야. 여권 나왔구나." 했더니, "아니야. 어디서 하나 주웠어. 이걸로 가짜 여권을 만들 작정이야. 한 달 후에 간다고 해놓고 여권도 가지고 있지 않으면 나를 믿을 사람이 어디 있겠어. 그래서 지금부터 이걸로 가짜 여권 하나를 만들려고 해. 그리고 시간을 벌어야겠어." 이렇게 말하면서 가지고 온 여권에 붙은 알지도 못하는 어떤 사람의 사진을 떼고, 현이 자신의 사진을 거기에다 붙였다. 그리고 여권에 쓰인 정보를 자기의 것으로 모두 바꾸었다. 손재주가 뛰어난 현이였기 때문에 가짜 여권을 만든 후 나에게 보여주었을 때에는 가짜가 아니라 진짜같이 보였다. "이봐. 공항에서도 속을 것 같잖아."라고 하면서 현이는 의기양양했다. 가짜 여권을 만든 후 현이는 당구장으로 가자고 했다. 당구장 아줌마에게 가서 여권을 보여주면서 은근히 자랑을 했다. 나는 그런 현이가 정말 못마땅했다. 속고 있는 사람들이 불쌍해 보이기도 했다. 현이는 나의 얼굴을 쳐다보면서 "야, 이 세상 살아가려면, 거짓말은 필요한 거야. 너무 내 앞에서 울상을 하지 마."라고 하면서, "두고 봐. 너도 거짓말을 할 때가 있을 테니까."라고 했다.

나는 현이의 태도가 정말 못마땅했다. 그러면서도 현이가 하루 빨리 가짜 여권 대신 진짜 여권을 가지게 되길 바랐다. 그러나 진짜 여권이 현이의 손에 쉽게 들어올 것 같지는 않았다. 미국으로 곧 떠난다는 사람이 떠나지 않고 있으니 만나는 사람마다 현이에게 "언제 미국으로 가니."라는 질문을 했다. "미국 언제 떠나요." 라는 질문을 받을 때마다 현이는 "곧 간다."라고 했다. '곧 간다.' 라는 말도 한두 번이어야지, 매일 한 번 정도 해야 한다면 그것은 괴로운 일이 아닐 수 없다. 아무리 날고 기는 현이라고 하더라도 그 괴로움을 쉽게 견디지는 못하리라는 생각이 들었다. 그런데 현이에게 불행 중 다행한 일이 하나 생겼다. 사람이 하는 일에 걸림돌이 생기는 것은 불행한 일이다. 그러나 현이에게는 그 걸림돌이 오히려 다행한 일이 되었다. 걸림돌이란 다름 아닌 당시의 유학 규정이었다. 군에 갔다 온 사람이 아니면 유학을 갈 수 없다는 규정이 그것이었다.

나는 현이의 유학 계획에 차질이 생기는 것이 안타까웠지만 현이는 안타까워하지 않았다. 오히려 다행이라는 표정이었다. 진짜 여권 얻는 일이 쉽지 않다는 것을 안 현이에게 있어서 시간을 벌 수 있는 유일한 길은 얼마간의 시간을 군대 생활에 소비하는 것이었다. 현이는 군에 들어가기로 결심했고 시골에 있는 자기의 부모에게도 알렸다고 했다. "사내가 군에 간다는 것은 피할 수 없는 일이지. 가려면 빨리 갔다 오는 것이 좋다. 또 군에 갔다 와야 유학을 갈 수 있다면 빨리 갔다 오는 것이 낫지. 역시 우리 아들은 판단이 정확해."라는 식의 말을 들었다고 내게 말했다.

내 친구 정현이가 드디어 군에 입대하는 날이었다. 입대를 위해서 현이는 용산역에서 기차를 타야 한다고 말했다. 얼마간 현이를 보지 못할 것 같아서 용산역으로 나갔다. 나갔더니 현이의 모친이 거기에 나와 있었다. 현이의 모친은 거기서 아들을 붙들고 울었다. "몸조심해라."라는 말을 열 번가량 되풀이했다. 현이는 내 귀에 대고 "희 잘 부탁한다."라는 말을 했다. 나는 당구장 아줌마나 다방에 있는 미스들에게 안부를 전해 달라고 할 줄 알았는데, 그것이 아니었다. 현이는 나를 또 놀라게 한 것이다. 그때까지 말 한 마디도 나눈 적이 없는, 멀리서 보고만 있었다던, 짝사랑의 대상이었던 희에 대한 이야기를 하다니 싶었다. 나는 현이의 진심이 어느 쪽인가 싶었다. 여자를 천사로 아는 것이 진심인가, 창녀로 아는 것이 진심인가. 어둑어둑해지는 용산역 앞에서 현이가 내게 귓속말로 한 그 말, "희 잘 부탁한다."라는 그 말은 지금도 기억에 생생하다.

현이 군에 가기 전, 나는 군에 갔다 온 친구들을 가끔 만났다. 얼마 전에도 다른 친구 한 사람이 군에 갔다 왔다. 군에 갔다 온 후, 군에서의 경험에 대한 이야기를 했다. 열을 올리면서 "나, 군에 갔다 온 후, 세상 보는 눈이 달라졌어."라고 했다. 군에 가보지 않은 사람의 철없음을 놓고 열변을 토로하던 일을 현이를 떠나보내는 용산역에서 생각했다. 현이가 군에 갔다 온 후는 어떻게 변할까 싶어서였다. 나는 용산역에서 현이와 작별 인사를 하고 현이의 어머님을 시골 가는 길로 배웅을 했다.

한두 달이 지났던가. 어느 날 현이가 휴가를 나왔다면서 내 하숙집에 나타났다. 나는 깜짝 놀랐다. 군에 가면 머리를 깎았을 텐데, 그는 머리를 깎은 것 같지 않았다. 군에 가기 전의 머리와 꼭 같았다. 군복도 입지 않고 있었다. 군대 갔다 나온 사람 같지 않았다. 변한 것이 전혀 없었다. 여전히 머릿기름을 바르고 있었고, 입던 옷도 군에 가기 전 그대로였다. "야, 현이야. 너 군에 간다는 것도 거짓말이었어? 안 갔었어?"라고 했더니, "안 가긴. 지금 휴가 나왔어." "그렇다면 옷과 머리는 어떻게 된 거야." "내 머리 곱슬머리 아니냐. 머리숱이 많을 때와 적을 때의 차이가 얼마 되지 않거든 그리고 군에 갔다고 군복을 입고 오고 싶지 않았어. 군의 경험은 별거 아니었어." 당구장과 다방에 가서 여자들과 벌이는 수작도 전혀 변하지 않았다. 이 친구가 언제 군대 갔다 왔나 싶을 정도였다. 군대 이야기는 한 마디도 하지 않았다. 군에 가기 전이나 후나 마찬가지의 인간이 되어서 돌아왔다.

현이에게 엉뚱한 면이 없다고 말한 사람은 없었다. 나 역시 현이가 엉뚱하지 말라는 법은 없다는 생각을 한다. 그런데 현이가 이번엔 정말로 엉뚱한 짓을 했다. 나를 속인 것이다. 휴가를 끝내고 군으로 돌아간 후 소식을 끊어버렸다. 영영. 어쩌면 내가 처음부터 끝까지 현이에게 속고 있었는지 모를 일이다. 나는 "……군에서 제대는 했는지……"라는 말을 수도 없이 되풀이했다. 현이가 나에게 이럴 수가 있나 싶었지만 어찌할 도리가 없었다. 그러던 어느 하루 동경으로부터 엽서 한 장이 날라왔다. 그 엽서가 오늘 아침 아내가 읽어준 엽서였고, 내가 다시 읽어본 엽서였다. 나는 현이가 지금도 어디에 있는지 모른다. 지금도 거짓말을 하면서 어디선가 살고 있는지. 알 길이 없다. 살아 있는지 죽었는지 그것도 모른다.

떠나면서 보지 못해서 섭섭하였다. 한 시간 전(4시 30분. 동경 시간 5시)에 난생 처음 이국땅을 밟았다. 한 시간 후에 또 야간 태평양 횡단 여정에 오른다. 비행기 여정은 생각보다 기분 좋은 여행이다. 서울서 상혁은 못 만났다. 나오지 않았더라. 오면서 쭉 희 생각나더라. 지금 내 앞에 있는 snack bar에서 양키 서 놈이 아사히 비루를 마시고 있고 흐린 동경 비행장의 밤을 보슬비가 적셔주고 있다. 한층 희와 네가 보곱다.

후일담. 어디선가 들리는 소리다. 미국의 미시간 즈인가 어디에서인가. 아이 몇을 둔 미국 여자와 결혼해서 살다가 이혼을 하고 혼자 산다고 하는 소문이다.

낡은 두 편지

미국에서 살고 있는 자식 셋이서 효도 관광이라면서 우리를 초대했다. 우리라고 하는 것은 나와 내 아내를 말한다. 미국으로 가서 세 아이들을 그들이 사는 곳에서 연이어 보게 된다는 사실이 나를 흥분시켰다. 비행기 출발 시간은 그날 오후 1시경이었는데 새벽 4시 45분에 잠을 깼다. 화장실에 갔다가 냉장고에 들어 있는 냉수를 마셨다. 아내는 나보다 15분 후에 깼다. "당신도 벌써 일어났소?" 아내는 대답은 하지 않고 나에게 "괜찮아요?" 했다. "뭐가?" "어젯밤에 과음하셨잖아요." "과음은 무슨 과음, 조금 한 걸 가지고." 나는 아내 앞에서 술을 많이 마셨다는 사실을 인정하기 싫었다. "공항에는 어떻게 간다구?" "어젯밤에 말했잖아요. 같은 말 또 해요?" "아, 그렇지, 내 정신 좀 봐. 요즈음은 들어도 잊고 들어도 잊고 그러네."

아내의 친구가 우리를 인천까지 태워주었다. 인천 공항에 10시

조금 넘어서 도착했다. 비행기 출발 시간까지 시간적 여유가 있었다. 공항 화장실에 들어간 아내를 화장실 앞에서 기다렸다. 화장실에서 나온 아내에게 나는 "다른 데 가지 말고 여기에 그대로 꼭 있어요."라고 한 후 항공권을 가지고 짐 부치는 곳으로 갔다. 짐을 부친 후 귀국 날짜 변경 건을 확인했다. 아내에게로 돌아온 나는 계속 같은 자리에 그대로 있으라고 해놓고, 로우밍 절차를 밟고 다시 아내에게로 돌아왔다.

모든 절차는 끝났다. 우리는 면세점이 있는 탑승구 쪽으로 들어섰다. Gate 22가 우리의 탑승구라고 했다. 탑승구의 위치를 확인해 두는 것이 좋겠다는 생각에서 우리는 Gate 22로 먼저 갔다. 탑승 시간이 많이 남아 있었기 때문에 아내와 나는 왔던 길을 되돌았다. 면세점 주변을 어슬렁거리기 위해서였다. 담배 한 보루를 사면, 허리에 두르는 지갑 같은, 처음 보는 어떤 물건을 공짜로 준다고 했다. 여행 도중에 허리에 두르는 지갑 같은 것이 있으면 좋을 것 같다는 생각에서 담배를 피우지 않지만 담배 한 보루를 샀다. 피우지 않는 담배이지만 버릴 수 없었다. 미국에 도착한 후 담배 피우는 사람을 만나면 줄 생각을 했다. 담배 한 보루를 산 덕분으로 공짜로 얻은 물건을 허리에 차려고 그 물건의 끈을 풀었다. 끈을 풀고 보니 허리에 차는 지갑이 아니라 어깨에 메는 지갑이었다. 어깨에 메는 지갑은 내가 필요로 하는 지갑이 아니었다. 담배를 산 가게로 가서 무르자고 했다. 카운터에 앉아 있던 사람이 "죄송합니다, 그럴 수는 없습니다."라고 했다. 하는 수 없었다. 우리는 면세점 주변을 탑승 시간이 될 때까지 어슬렁거렸다. 여기저기를 기웃거리고 있었더니 김밥집이 나왔다. 1인분에 4천 원짜리 김밥이 있었다. 하나를 사서 아내와 둘이서 나누어 먹었다. 아내는 공항까지 우리를 태워준 친구에게 고맙다는 전화를 걸고 싶어 했다. 전화는 나 혼자 갖고 있었기 때문에 내가 대신 전화를 걸어줄 셈으로 아내 친구의 전화번호를 물었다. 로우밍을 한 핸드폰이라서 그런지 통화가 되지 않았다. "미국에 가서 다시 겁시다."라고 내가 말했고, 아내는 "그러지요."라고 했다.

디트로이트 공항에 도착했다. 막내딸과 작은 사위 그리고 외손녀가 공항에 마중을 나왔다. 막내딸이 살고 있는 디트로이트 외곽으로 달리는 차 안에서 미국의 다른 지역에서 살고 있는 아들 준남과 큰딸 순영 집으로 전화를 걸었다. 준남과 순영이 좋아라고 야단들이었다. 디트로이트 외곽에 살고 있는 막내딸은 유수한 회사에 근무하고 있는 여걸이었고, 아들 준남과 큰딸 순영은 둘 모두 대학교수였다. 순영의 남편 그러니까 큰사위도 대학교수였다. "며칠 후에 너희들 집에도 간다." 했더니 "아이고 좋아라."라는 대답들이었다. 순영의 집과 준남의 집에서 일어난 일들이 지금 내가 하려고 하는 이야기이기 때문에 막내딸 집에 머무는 동안 가졌던 행복한 시간에 대한 언급은 여기서 빠지게 된다.

막내딸 집에 며칠을 머물다가 큰딸 순영이 살고 있는, 뉴욕 근처에 있는 어느 중소 도시 공항에 도착했다. 순영과 큰사위가 마중을 나와 있었다. 우리를 보고 반가워하는 그들의 모습은 진심이었다. 딸이 아버지와 어머니를 만나서 반갑다는 것은 진심일 수 있다. 어쩌면 당연한 일인지 모른다. 그러나 사위가 진심으로 반기는 일은 쉬운 일이 아니다. 그런데 사위는 진심으로 우리를 반겼다. 정전이 아닐 텐데 공항 안은 밝다기보다 뭔가 어둑어둑한 느낌이었다. 어둑어둑한 곳에서도 딸과 사위의 얼굴은 우리를 만나서 그런지 빛나고 있었다.

사위는 내가 잡고 있는 짐을 들겠다고 했다. 사위에게 무거운 짐을 맡기기가 싫었다. 아내의 태도는 달랐다. "여보, 저 사람에게 짐을 맡겨요." 아내가 그런 말을 했지만 나는 "괜찮아." 했다. 사위도 자식이니까 부모를 위해서 힘든 일을 대신해도 된다는 것이 아내의 입장이었지만 나는 아내와 다른 생각을 했다. 사위가 무언가 손님같이 느껴져서 힘 드는 일을 나 대신 시키기가 좀 그래서 마음이 내키지 않았다. 나는 아내의 말을 못 들은 척하고 주차장까지 짐을 운반했다. 사위는 몇 차례 "아버님, 짐 이리 주세요."라고 했지만 나는 "괜찮네, 이 사람아, 내게 아직 힘이 있네." 라고 했다.

딸이 사는 집 거실에는 소파가 없었다. 대신 색다른 물건이 눈에 띄었다. 딸 부부가 자기네들 손으로 만든, 처음 보기에 좀 이상한 물건이 거실에 놓여 있었다. 소파 역할을 하는 장치로 보였다. 장치라는 말은 아무래도 이상하다. 그러나 내가 장치라고 하는 이유는 딸 부부가 만들어놓은 소파 역할을 하고 있는 물건을 뭐라고 말을 해야 할지 알 수가 없었기 때문이었다. 아무튼 이 세상에서 처음 보는 것이었다. 방석 같은 것이 거실 바닥에 깔려 있었는데 방석이라고 하기에는 너무 컸고 또 길었다. 한국식의 '요'라고 하기에는 길이가 이번에는 너무 짧았다. 아무튼 기다란 방석 두 개 정도의 길이로 된 포근한, 짧은 요 같은 것이 거실 바닥에 한 쌍으로 깔려 있었다. 여자용과 남자용, 둘이었다. 그것들의 한쪽 끝이 놓여 있는 위치는 거실 벽 쪽이었는데 벽 바로 앞에는 그것들과 닿아 있는 다른 물건이 놓여 있었다. 베개는 아니었다. 베개 역할을 하는, 두툼한 목 받침 같은 것이 한 쌍 놓여 있었다. "아버지, 여기 앉아보세요. 텔레비전 틀어드릴까요. 엄마, 여기 앉아서 텔레비전 보면 아주 편해요."라고 했다. 아내는 딸을 보고 "얘야, 그래도 소파가 낫지. 소파를 사지그래."라고 했다. 딸은 아내의 말을 듣더니 "엄마, 걱정 마세요. 우리가 알아서 잘하고 있으니."라고 했다. 아내는 딸의 말을 듣고 "그래 알았다. 너희들 집이니, 너희 마음대로 꾸며야지." 했다. 딸은 집을 아기자기하게 잘 꾸며놓고 살고 있었다.

딸은 내가 술을 좋아하는 줄 아는데 "아버지 한 잔 하실래요."라는 말을 하지 않았다. 그래서 내가 먼저 "맥주 없나?"라고 했다. 딸은 그때서야 "예, 아버지." 하고서는 냉장고 쪽으로 갔다. 사위더러 "자네는?" 했더니 "저는 술 안 해요."라고 했다. 나는 놀랐다. "우리 둘이서 한 잔 하지그래."라고 다시 권했지만, "아니에요."라고 하면서 술을 정말 못한다고 했다. 그런데 자기는 마

시지 않는 사위가 나에게 술을 권하고 싶어 했다. 그때마다 나는
"괜찮네, 이 사람아. 한 병이면 됐어."라고 했다. 나는 '여긴 내
집이 아니구나.'라는 생각을 그 순간 했다. 간에 기별도 오지 않
았지만 더 이상 마시지 않았다. 맥주를 마시고 있는 나를 보는 딸
의 표정은 좋지도 나쁘지도 않는, 뭐랄까, 중성적인 표정이었다.
중성적 표정이라는 말은, 무언이지만, 내가 술을 마시는 것이 싫
다는 뜻이라는 짐작이 가고도 남음이 있었다.

　"엄마, 아빠, 이 방에서 주무세요." 하면서 딸은 자기네들의 방
을 우리에게 내주었다. 아내와 내가 동시에 "아니다. 너희들 방을
우리가 쓸 수가 있나. 다른 방으로 갈래." 했더니 딸이 우겼다. 우
리는 결국 딸 부부가 내주는 방으로 들어갔다. "여보, 여긴 딸 집
이에요. 딸집에 와서까지 신경을 너무 쓰는 거 아녜요. 술 말이에
요. 맥주 한 병으론 안 될 텐데, 더 마시세요. 효도 관광 온 거 아니
에요."라고 했다. 아이들이 효도 관광이라면서 우리를 초대한 것
은 사실이었다. "당신 좋아하는 술을, 딸 집에 와서까지 못 마신다
면 말이 안 되지요. 딸 눈치를 보는 게 나는 민망해요." 아내가 고
마웠다. 그냥 고마운 것이 아니라 아주 고마웠다. 나는 "괜찮소."
했다. 내가 괜찮다는 말을 했음에도 불구하고 아내는 살그머니 방
문을 열고 나가더니, 어떻게 찾았는지 맥주 두 병을 들고 들어왔
다. "여보, 자 마시세요." 나는 아내가 다시 고마웠다. "사위가 있
어서 그래. 딸 집이라고 해도, 웬일인지 사위 눈치가 보이네."

　딸 집에서 며칠을 보내던 마지막 날 밤이었다. 나는 누구의 눈

치도 보지 않고 그날 밤에는 취하도록 술을 마셨다. 그리고 이런 저런 이야기를 했다. 특히 많이 한 이야기는 딸이 자랄 때의 이야기였다. 딸이 한국에서 음악 대학에 다닐 때의 이야기도 나왔다. 딸의 대학 친구의 근황에 대한 이야기도 나왔다. 미국까지 가져온 옛날 사진첩을 보여주면서 딸은 재미있다고 깔깔대기도 했다. 사진첩을 보면서 내가 "이 애가 누구더라?"라고 했더니 "아버지, 머리가 좋기로 유명하신데 어떻게 이러실까. 제가 대학 다닐 때 이 애 이름을 몇 번씩이나 이야기했는데. 이 애, 있잖아요. 왜 고아였던 학생으로 혜련이라고 하는 친구. 참 좋은 친구였는데, 결혼을 잘못했는지 지금은 아주 불행하대요." 나는 "아, 맞아, 네가 나에게 혜련, 혜련, 소리를 많이 했었지. 맞아. 기억이 나네. 혜련이가 불행하게 되었다니 그거 참 안됐네." 했다. "이 애는 지금 뭘 하는데?" "걔는 순둥이 민정이 아니에요. 지금 한국에서 대학교수 하고 있대요. 아주 잘 나간대요." "이 애는?" "그 애는 시집을 잘 갔다나 봐요. 부자가 되어서 빌딩도 가지고 있고, 떵떵거리면서 살고 있대요." "피아노는?" "포기했겠지요, 뭐." "그러니까 혜련이만 불행하게 되었네." "맞아요. 그 애 참 좋은 애였는데." 라고 딸아이는 혜련에 대한 말을 거듭했다. 기억들이 희미했지만, 술에 취한 나는 옛날 생각을 하면서 가슴이 찡해 옴을 느꼈다. 그 순간 생각지도 않은 일이 벌어졌다. 술에 취해 있는 나에게 딸이 갑자기 "아버지는 언제나 자신의 일밖에 모르고 사셨잖아요. 지금은 늙으셨으니까 여유가 좀 생긴 것 같아요. 옛날엔 제가 어떻게 살았는지 전혀 몰랐지요. 알려고 하지도 않았구요. 친구 이야기를 해도 건성 건성으로 들으셨고요. 이해심이 많으신 아버지 같지만, 사실 아버지는 저의 입장에서 저를 이해해 주신 일이 별로 없었지요. 대학 다닐 때 오늘 저녁같이 이런저런 이야기를 나누어본 일은 한 번도 없었어요. 지금도 그렇지만, 저희들이 어렸을 때에 아버지는 매일 술만 마셨잖아요. 그게 얼마나 슬펐는지 아세요.” 나는 딸이 하는 소리를 듣고 술이 깨는 것 같았다. 가슴이 쿵 했다. 쿵 했다기보다 마셨던 술을 토할 것 같았다. 딸이 갑자기 왜 이런 말을 할까 싶었다. ‘너, 아버지에게 그 무슨 말이 그러냐.’라고 말할 수도 없었다. 나는 사위 앞에서 난처한 기분이 들었다. “이거 미안해서 어떻게 하지, 내가 정말 그랬었나. 다시 태어나서 살 수도 없고 말이야.” 했다. 딸은 즉각적으로 “아니에요, 아버지. 말이 그렇다는 것이지, 아버지 보니 옛날 생각이 나서 그랬어요. 저는 그래도 아버지를 얼마나 존경했는지 아세요. 지금도 아버지를 사랑하거든요. 또 아버지로부터 예술 일반 이론에 대해서 얼마나 많이 배웠는지 아버지는 모르실 거예요.” “아 그래. 그건 듣기에 싫지 않은 소리네.”라는 말을 하고는 있었지만 나는 여전히 불안했다. 다 큰 딸이 뭐라고 아버지를 또 공격할까 싶어서였다. 아내는 부녀가 말하고 있는 것을 보고 있었고 사위도 빙그레 웃으면서 자기 아내와 장인인 나를 바라보고 있었다. 술도 마시지 않은 채로, 사위가 마치 그 자리에서 제일 웃어른이나 되는 것같이, 소리 없이 웃고만 있었다. ‘저 속에 무엇이 들었길래, 저렇게 말없이, 술도 마시지 않고, 빙긋이 웃고만 있는 것일까.' 싶을 정도였다. 딸의 집을 떠나면서 나는 가슴이 아팠다. 딸이 나에게 한 말을 나는 잊을 수가 없었다. 사랑하는 딸이었는데, 딸의 가슴을 내가 그렇게 아프게 하면서 살았다니, 그건 정말 놀라운 일이었고 의외의 일이었다.

공항에서 딸과 작별 인사를 하면서 나는 속으로 '미안해. 나는 너를 사랑했고 지금도 사랑하고 있어.' 라고 했지만, 그건 나를 위로하는 말밖에 되지 않는 것 같아서 마음이 더 아팠다. 탑승구를 빠져 나가면서 딸과 사위를 향해서 나는 손을 흔들었다.

아들 준남의 집은 수시티(Sioux City)라는 도시에 있었다. 2년 전인가. 한 번 와보았던 곳이었다. 그러니까 공항을 두 번째 보는 셈이다. 그런데 '여기에 왔었다.' 라는 기억이 나지 않았다. 공항에는 사람이 많았다. 도착하는 사람, 출발하는 사람, 마중 나온 사람들로 들끓었다. 공항 내의 복도에 잡다한 상가들도 있었다. 그런데 그런 것들을 보았었다는 기억이 나지 않았다. 모두가 뿌옇게밖에 보이지 않았다. 상가도, 사람도, 복도도, 모두가 뿌옇게만 보였다. 딸의 말에 놀란 탓일까.

마중 나온 아들 준남, 며느리 그리고 어린 손자가 보였다. 그동안 뿌옇던, 희미한 것들이 사라지고, 준남의 가족이 카메라의 초점 안으로 들어왔다. 특히 손자의 얼굴에 초점이 맞추어짐을 느꼈다. 나는 손자를 끌어안았다. 밖은 비가 내렸다. 콘크리트 벽으

262

로 둘러싸인 공항 내의 차도(車道)에 대한 인상은 2년 전이나 마찬가지였다. 마찬가지라는 생각이 들었을 때, 나는 탄가웠다. 공항을 빠져나온 후 차를 타고 시내를 향해서 달리고 있었는데, 2년 전에 본 기억이 또 나지 않았다. 다시 모든 것이 뿌옇게 보였다. 잠시 전에 반가웠던 마음에 또 먹구름이 끼었다.

준남은 나처럼 술을 좋아했다. 내가 마시려고 하지 않아도 알아서 술을 들고 와주었다. 며느리 눈치가 보여서 사양을 하는 체했지만, 며느리도 내 마음을 읽고 있었다. 준남이 들고 온 술을 나는 허겁지겁 마시지 않고 천천히 마셨다. 며느리는 그 아버지에 그 아들이라는 식의 표시는 내지 않았다. 며느리의 속마음과 겉마음이 다르면 그것이 그렇다는 것을 나는 안다. 며느리는 겉 다르고 속 다른 마음을 가지지 않았다. 본성이 정직하고 착한 사람이었다. 며느리로부터 술 마시는 일에 전혀 부담을 느끼지 않았다. 나에게 말은 하지 않고 있었지만 며느리는 이렇게 생각하고 있는 것으로 느껴졌다. 서로가 그렇게도 좋아하는 부자가 오랜만에 만났으니, 그리고 서로가 술을 또 그렇게도 좋아하시니, 실컷 한 번 마시세요 뭐. 아들을 보고 좋아하시는 아버님 보기가 저도 좋구요, 자기 아버지를 보고 좋아하는 우리 신랑 보기도 좋아요. 아니 좋은 게 아니라 행복해요, 라고 말하는 것 같았다. 그래서 나는 준남 집에서 내내 마음이 편했다.

지금 살고 있는 집이 셋집이 아니라 자기 집으로 샀다고 했다. 도와준 것 하나가 없었는데 집을 샀다고 하니 아들이 대견스럽게 보였다. 대학교수라고 하지만 어디까지나 타국이 아닌가. 타국에서 자기 집을 샀다니 나는 아들이지만 정말 대견스럽게 생각되지 않을 수 없었다. 손자 방으로는 침실과 오락실 비슷한 조그마한 방. 둘이 있었고, 지하실에 아들의 서재와 게스트 룸이 있었다. 부부가 사용하는 마스터 베드룸은 이층에 있었고, 거실도 충분히 넓었다. 집 뒤에 넓은 뒤뜰도 있었다. 뒤뜰은 집 한 채를 지어도 될 법한 넓이였다. 손자와 뒹굴어도 흙 한 점 묻지 않을 만큼 뒤뜰 전체에 잔디가 곱게 깔려 있었고, 나무 의자도 여기저기 여러 개 놓여 있었다.

"아버님 어머님, 우리 집에 계실 동안 이 방에서 주무세요."라고 하면서 이층으로 아들 내외가 우리를 안내했다. 안내하는 방으로 가보니 아들 부부의 마스터 룸이었다. 자기네 부부 방을 우리 노친네에게 내주는 며느리가 고맙게 생각되었다. 우리는 즉시 안 된다고 했다. "아니다. 너희들 이런 식으로 하면, 우리들 보고 빨리 한국으로 돌아가라는 것과 같다. 너희들 방은 너희들이 써라. 우리는 지하실 게스트 룸에서 잘란다. 그래야 마음 놓고 너희들 집에 좀 오래 있다가 갈 수 있지 않겠느냐." "아버님, 어머님, 이 방에 얼마든지 계셔도 저희들은 좋아요. 정말입니다. 이 방에 계셔요." 며느리의 말이었다. 우리는 며느리의 마음이 고마웠지만, 그럴 수는 없었다. "너희들이 정 그러면, 우리, 짐 싸서 한국으로 갈란다." 하면서 풀려고 했던 짐을 들고 방 밖으로 나가려고 했다. 그랬더니, 아들이 며느리에게 "여보. 아버님 어머님 마음

편하신 대로 합시다."라고 했다. 며느리 대신 아들이 결정을 내렸다. 며느리가 자기 남편에게 "안 돼요. 그래도 그렇지, 아버님 어머님이 오셨는데, 우리 방을 내드려야지."라고 우겼다. 아들이 "당신 마음 다 알아. 다 아니까, 내 말 들어요." 그때에 가서야 며느리는 준남의 말을 따랐다. 우리는 아들 부부의 행동거지가 마음에 들었다. 그날부터 우리는 지하실 게스트 룸에서 짐을 풀고 마음 놓고 쉴 수 있었다. 또 한 가지 내 마음에 흡족한 것은 아들의 서재였다. 서재가 지하실에 있었는데, 그 서재가 바로 내가 갖고 싶었던 그런 서재였다. 책상과 책장 그리고 컴퓨터 등의 위치가 아주 마음에 들었다. 회전의자를 중심으로 모든 것이 손에 닿게 배치되어 있었다. 일어설 필요도 없고 의자에 앉기만 하면 양사방에 필요한 것들이 손에 닿게 되어 있었다. 귀국하면 내 방을 아들의 서재처럼 만들어야겠다는 생각을 굳혔다.

며느리는 집 안에서 밥과 반찬을 만들고 있었고 아들은 뒤뜰에서 바비큐를 만들기 시작했다. 며느리가 말했다. "아버님, 저 사람 바비큐 만드는 일에 귀신이에요. 어느 누구보다 잘 만들어요, 저는 집 안에서 밥만 하면 되요. 참 편해요." 자기 남편 칭찬을 하고 있는 며느리가 곱게 보였다. 뒤뜰에서 아들은 불을 피우고 있었다.

"아버지 맥주 드실래요?" "그거 좋지." 준남은 준비해 둔 맥주를 들고 왔다. 해가 뉘엿뉘엿 지려고 하는 한가한 오후, 아들과 같이 편안한 마음으로 벤치에 앉아서 맥주를 마신다는 것은 한없는 즐거움이었다.

"이거 아무나 하는 거 아니에요, 아버지. 저는 음식 만드는 것을 논문 쓰는 것에 비유하거든요. 제 제자들에게도 그렇게 말하구요." 며느리로부터 들은 말도 있고 해서 나는 아들이 바비큐를 만드는 과정을 관찰했다. 뒤뜰 건너편에 집이 한 채 있었다. 그 집의 뒤뜰과 아들 집이 서로 마주 보고 있었는데, 건너편 집 뒤뜰에는 건너편 집 아이들이 놀고 있었다. "저 아이들은 한국의 고아들이래요. 혼자 사는 여자가 저 아이들을 입양했다나요. 처음에는 영어를 할 줄 모르던 아이었는데 이젠 곧 잘 해요." 내가 묻지도 않았는데, 준남이 설명을 해주었다.

"아버지, 제가 조금 말씀을 드려도 됩니까?"

"물론이지."

나는 기분이 좋아서 아들이 하는 말을 얼마든지 들을 생각을 했다.

"무엇을 만드는 일에 능숙한 사람과 능숙하지 못한 사람의 차이는 무엇일까라는 생각을 저는 가끔 하거든요. 작곡을 composition이라고 하는 모양이던데, 어떤 사람은 making music이라고 하대요. composition 하면 특별한 사람만이 하는 일 같고, making music 하니까, 특별한 사람만이 하는 일은 아니라는 것 같아서, 저는 making music이라는 말이 더 좋거든요. 작곡이라는 말 역시 따지고 보면 음악을 만드는 일 아닙니까. making music이라는 말은 '너도 한 번 만들어봐라.' 라는 말을

간접적으로 하는 것처럼 느껴지거든요. composition이라는 말은
'작곡은 아무나 하는 게 아니니, 너는 할 생각을 마라.' 라는 말같
이 들린단 말입니다. composition이나 making music이라는 말
은 결국 같은 말인데, 저에게 주는 의미는 다른 것 같아요. 요리
한다, 라는 말과 음식을 만든다는 말도 그런 것 같아요. 밥을 한
다, 된장찌개를 끓인다, 김치를 담근다, 라는 말은 모두가 만든다
는 말이라고 저는 생각하거든요. 그리고 만드는 일은 여자만이
할 수 있는 것은 아닌데, 밥, 된장찌개, 김치 같은 것은 여자들만
만들 수 있는 것같이 사람들이 생각하는 것이 저는 이상해요."
　나는 아들의 말을 경청하고 있었다. 아들이 나의 표정을 보더
니만, 열심히 듣고 있다는 것을 확인하고서는,
　"아버지, 제가 지금 이런 말을 하는 이유는 이겁니다. 그것이
무엇이든 사람이 무엇을 만든다고 할 때 그 무엇을 만드는 일에
능숙한 사람과 능숙하지 않은 사람의 차이에 대한 생각을 하고
있다는 것입니다."
　나는 아들이 바비큐를 만들고 있는 광경을 계속 관찰했다.
　"능숙한 사람은, 만드는 과정에 관여되는 절차에 민감하거든
요. 만들고 싶은 마음이 있으니까 아무런 절차를 거치지 않아도
되겠지 하면서, 만들어진 결과만을 즉시 얻고 싶어 하는 사람은
만드는 일에 능숙하지 못한 사람이거든요. 바비큐를 만들 때에도
마찬가지라는 생각입니다. 바비큐가 만들어지는 과정에 관여되
는 절차를 하나하나씩 밟아 나가야 바비큐가 제대로 만들어지거

든요. 불을 피우지 않고서 고기를 구울 수 없지요. 우선 불을 피워야지요. 불 피우는 일이 귀찮으면, 바비큐 만드는 일에 필요한 절차를 외면하려는 것과 같은 것이거든요."

아들은 옆에 놓여 있는 고기는 쳐다보지도 않고, 우선 불을 피우는 일에 정성을 쏟았다. 누가 불을 피워서 자기에게 가져다주길 바라지 않고, 자기가 불 피우는 일을 먼저 했다.

"불을 피운다라는 사실을 격리시켜 놓으면, 그것이 고기 굽는 일과는 아무런 상관이 없지요."

아들은 고기 굽는 일과 연결시킬 생각보다 불이 잘 펴야 한다는 생각만을 우선 하고 있는 것 같았다. 불을 피우기 위해서 적당한 양의 휘발유를 석탄 알에 정성을 들여서 붓고 있었다. 불이 적당히 피워진다고 판단을 하는 순간 그는 다른 절차를 하나하나씩 밟아 나갔다. 모든 절차의 진행을 서두르지 않았다. 필요한 절차를 거친 후 불 위에 고기를 얹었다. 얹은 후 그것을 처리하는 방식도 세밀했다. 고기 위에 물기가 생기는지 안 생기는가를 관찰하고 있었다.

"음악을 만든다, 목수가 집을 짓는다, 학자가 논문을 쓴다고 할 때, 만들고 싶은 생각이 앞설 뿐, 만드는 일에 필요한 재료 조사나 만드는 일에 필요한 절차를 거칠 생각을 하지 않는다면 어떻게 될까요, 아버지."

아들은 아버지 앞에서 바비큐 만드는 일이 재미있다는 표정을 지으면서,

"아버지, 바비큐 이거 아무나 만드는 거 아니에요."라고 했다.
그리고,
"저는 논문 쓰는 전문가이면서 바비큐 만드는 전문가이지요."
라고 말했다.
나는 아들이 마음에 들었다.
"그래 맞다, 너 말이 맞다."라면서 맥주를 마셨다.

두 아들과 딸집을 방문하고 우리는 귀국했다. 나는 내 방에 앉아서 생각했다. 자식들이 하나같이 타국에서 잘들 살고 있지 않는가. 늙었다고 모든 일을 포기하지 말고, 나도 여생을 열심히 살자. 어떻게 살아야 하는가, 그것이 문제였다. 일단 내 방을 아들준남의 서재와 같이 꾸미자라는 생각을 했다. 아들의 서재에 대한 생각을 하고 있는데 왜 자꾸 잊혀지지 않은 일 하나가 내 마음을 어지럽히고 있는지 알 수 없었다. 딸 집에서 내가 술에 취했을 때, 딸이 내게 한 말이 나를 계속 괴롭히고 있었다. 자기가 자랄 때 아버지 때문에 얼마나 슬퍼했었는지 모른다는 말을 잊을 수가 없었다. 매일 술만 마시고 있는 아버지 때문에 자기가 얼마나 슬퍼했는지 모른다는 딸의 말은 더더욱 잊을 수가 없었다.
옛날이야기를 하면서 딸이 자기의 친구 사진을 나에게 보여주던 일도 잊혀지지 않는다. 이 애는 누군가라고 했을 때, 아버진 머리는 좋으시면서 언제나 자기 위주적으로만 사셨기 때문에 딸이나 딸의 친구에 대해서는 관심이 없었어요. 혜련이 아니에요.

고아로 열심히 뛰었던 친구. 참 좋은 친구였었지요. 그러나 결혼한 후 지금은 불행한 삶을 살고 있대요, 하던 소리가 귀에 생생하게 들렸다. 다른 애들은 다 잘 산다고 하던 말도 기억에 남았다.

나는 브레인스토밍부터 해야겠다고 생각했다. 공부를 하고 싶은 마음, 글을 쓰고 싶은 마음이 생길 수 있는 조건부터 만들어야겠다고 생각했다, 그 조건이 바로 내 방의 개조라고 생각했다, 문제는 그 일이 생각만큼 쉽지 않다는 데에 있었다. 집을 개보수해야 할 정도로 대공사와 같은 일이라는 생각이 들었다. 책상의 위치를 옮기는 것이 우선 제일 큰일이었다.

내 방을 준남의 서재처럼 만드는 일에 대한 이야기를 하려면 우리가 미국에 가기 몇 달 전에 일어났던 전후 사정에 대한 언급부터 해야 할 것 같다. 새집은 그동안 살았던 집보다 작은 집이었다. 평수도 작고, 방의 수도 적었다. 나와 아내 둘이서 살기 때문에 그 전에 살았던 큰 집보다 아늑해서 좋았다.

새집으로 이사를 올 때 내 방으로 옮겨야 하는 이삿짐은 책이 전부였다. 아내는 읽지도 않을 책을 왜 그렇게도 많이 모았는지 알 수 없다고 했다. 나 역시 이유를 알 수가 없을 정도로 책이 많았다. 책장의 위치를 정하는 일과 책상의 위치를 정하는 일도 쉽지 않았다. 이삿짐센터에서 나온 사람들은 책장을 여기에 놓으면 좋습니다, 라고 했고, 아내는 아니 거기가 아니라 저기가 좋다고 했다. 나는 여기고 저기고 모두 마음에 들지 않았다. 아내와 내가 서로 이런저런 의견을 나누다가 책장을 방 입구의 오른쪽 벽에 붙이기로 하고, 책상은 의자에 앉았을 때 책장이 등 쪽에 있도록 했다. 책장의 위치가 정해진 후, 책장이 책의 무게로 넘어지지 않게 해달라는 주문을 했더니, 이삿짐센터에서 나온 사람이 책장 위치를 정한 후, 책장을 못으로 벽에 고정시켰다. 못을 박는 것을 보고, 책장이 앞으로 넘어지지 않을 것을 확신했기 때문에 나는 안심을 했다. 책장은 물론 하나가 아니었다. 여러 개의 책장이었는데, 처음 고정시킨 책장과 그다음 책장을 쇠줄로 연결을 했다. 책장이 넘어지지 않게 하기 위해서였다. 책장은 확실히 고정되었다. 책장에 책을 옮겨 꽂는 일도 보통 일이 아니었다. 한나절이 지나서야 내 방이 대충 정리가 되었다. 책의 대부분이 책장에 꽂혔지만, 방 한쪽 구석에 팽개쳐진 '한 뭉치의 책 덩어리'가 그 자리에 있었다. 아내가 "여보, 저기에 책 덩어리가 하나 있네." 했다. "아이고, 피곤해서 안 되겠소. 저건 다음 날 정리하지."라고 말했다. 다음 날이 그다음 날이 되고, 그다음 날이 또 그다음 날이 되었다. 한쪽 구석에 팽개쳐진 '한 뭉치의 책 덩어리'는 계속 그 자리에 있었다. '저걸 빨리 정리를 해야 하는데.'라는 생각을 했지만, 손이 그 책 덩어리에 닿을 기회가 없었다. 그러다가 그 책 덩어리를 그대로 두고 효도 관광으로 미국에 갔었던 것이다.

은퇴를 한 후부터 나는 자는 시간과 일어나는 시간이 뒤죽박죽이 되었다. 오후 5시쯤 저녁을 먹고 잠자리에 들 때가 있는가 하면 어떤 때에는 새벽 1까지 친구들과 술을 마시다가 새벽 2시에야 잠자리에 들 때가 있다. 그러나 대부분의 경우 저녁을 먹자마자 잠자리에 든다. 그러니까 새벽에 잠을 깨는 경우가 많은데, 새벽에 깨서 책을 본다든가, 글을 쓴다든가 하면, 꽤 능률이 나는 것 같아서 좋았다.

그날은 새벽 2시쯤 깼다. 전날 저녁 5시쯤 잠자리에 들었으니까 꽤 오래 잔 셈이다. 오래 잤다고 해도, 새벽 2시에 나의 일과를 시작한다는 것은 너무 이르다는 생각이 들어서 다시 자려고 했지만 잠이 오지 않았다. 그래서 생각한 것이 '이때다.'라는 것이었다. '이 방을 미국에 있는 아들의 서재처럼 꾸미는 시간이 이때다.'라는 생각을 했다는 것이다. 새벽 2시에서 5시 30분쯤까지 3시간 30분 정도의 시간이면 방을 완전히 다른 방으로 바꾸어놓을 수 있지 않겠느냐. 아내가 깨서 내 방을 보면, 놀랄 것이 아니겠는가. 그냥 놀라는 것이 아니라, 상당히 많이 놀랄 것이다.

자, 뭘 먼저 해야 하나. 우선 책장을 옮겨야 하는 게 아닌가. 책장을 옮기려다가 나는 잠시 생각을 했다. 책장 전부를 옮긴다는 것은 어려운 길로 가는 길이다, 창 쪽에 붙어 있는 책장 하나만 우선 옮기자, 옮긴 덕분으로 생긴 빈 자리에 책상의 한 쪽 부분을 집어넣자, 그러면 이미 옮긴 책장 하나를 의자의 왼쪽에 놓고, 나머지 책장은 그대로 두면, 아들 서재와 같이 되는 것이 아닌가. 방 안 사정을 살펴보니까, 내 계획이 맞겠다는 생각이 들었다. 내가 지금부터 할 일은 책장 하나만 옮기는 일이라는 결론을 내고, 옮기려는 책장에 꽂힌 책을 거실로 옮기기 시작했다. 아내가 옆

272

방에서 자고 있었기 때문에, 조용조용 옮겼다. 자던 아내가 깨게
되면 '당신 이 밤중에 무얼 하는 거요. 당신 돌았소. 당신 방이 어
때서. 왜 아들아이의 흉내를 내려고 해요. 나는 미국에서 당신이
그런 말을 했을 때 농담인 줄 알았어요.' 라는 말을 할 것이 뻔했
다. 그래서 나는 정말 조심스럽게 책을 거실로 옮겼다. 그 놈의
책이 왜 그렇게 무거운지.

결국 책장 하나가 완전히 비었다. 책이 없어진 책장의 무게는
손으로 들 수 있을 정도의 무게로 변했다. 책장을 들었다. 그런데
이게 웬일인가. 책장은 꼼짝을 하지 않았다. 못으로 책장을 박았
다는 사실을 그 순간 깜박했던 것이다. 나는 집 안 곳곳을 뒤졌
다. 결혼 후 한 번도 손에 잡아본 일이 없는 망치를 들고 못을 뽑
으려고 했다. 그 놈의 못이 왜 그렇게 튼튼하게 박혀 있는지 빠질
생각을 하지 않았다. 아무리 노력을 해도, 못은 빠지지 않았다.
생각다 못해, 하는 수 없다, 나머지 책장에 있는 책도 전부 옮기
자, 옮기면, 못을 박지 않은 책장도 있을 것이 아니냐. 못을 박지
않고, 그냥 쇠줄로 연결시켜 놓은 책장이 있을 것이 아니냐. 쇠줄
을 푸는 일은 못을 뽑는 것보다 쉽지 않겠느냐, 옳은 판단인지 어
떤지 알 수가 없었지만, 이미 시작한 일이고 해서, 내 방에 있는
책 전부를 거실로 옮기기로 했다. 시계를 보니까, 아직 동이 틀
시간은 아니었다. 아내가 깨기 전에 임무를 완수해야 한다. 지겹
고, 힘이 들더라도 이미 시작한 일이고, 평생 해보지 않은 일이지
만 기왕에 시작한 일이니 이번만은 끝을 보자라는 생각을 하고,

계속 책을 거실로 옮겼다. 드디어 모두 빈 책장이 되었고, 쇠줄로 묶인 책장을 분리하는 일에 성공했다. 결국 책상과 책장을 내가 원하는 장소로 옮길 수 있었다. 물론 책상을 옮기는 일도 쉽지 않았다. 책상이 워낙 무거웠고, 책상 서랍 또한 무거웠기 때문에, 서랍에 든 물건들을 꺼내서 서랍 무게를 가볍게 한 후, 나 혼자서 비지땀을 흘려가면서, 책상을 내가 원하는 위치로 옮겼다. 그러고는 책장을 좌우로 배치하고, 책상의 정면에 간편한 간이 책꽂이를 놓고, 컴퓨터를 책상의 중앙 위치에 놓았다. 그동안 못마땅했던 프린터의 위치도 제자리를 찾았고, 제일 골칫거리 중의 하나였던, 책상 주변을 정신이 없을 정도로 엉키게 하고 있었던 전깃줄을 말끔히 정돈할 수 있었다. 책도 다시 책장에 꽂기 시작했다. 땀이 물 흐르듯 흘렀다. 혼자서 책 모두를 옮기는 일이 정말 쉽지 않았다. 손목이 아팠다. 거실로 옮길 때에는 아무렇게나 던져놓았던 책이었는데. 그것들을 종류별로 분류해서 책장에 다시 꽂으려니까, 쉬운 일이 아니었다. 책 분류는 다음 날에 하기로 하고 그날은 대충 일을 끝내기로 했다. 대충 일을 끝내니까, 시간이 아침 5시 30분에 이르고 있었다. 아내는 아직 깨지 않았다. 나는 내 방 문을 닫았다. 거실은 원래의 거실로 되돌아갔다. 내 방문이 닫혀 있는 한, 집 안에는 변한 것이 아무것도 없었다. 아내가 5시 40분쯤 깼다. 나는 가슴이 두근거렸다. 아내에게 무슨 말을 어떻게 할까 싶었다.

"여보, 내가 만일 내 방에 있는 책상의 위치를 옮기고, 책장의 위치를 미국 준남의 서재와 같이 오늘 밤 사이에 나 혼자 옮겨놓았다면, 당신이 믿겠소, 안 믿겠소."라고 했다. 아내는 반응이 없었다. 내가 다시 말을 하니까, "당신 지금 무슨 소리를 하고 있어요?"라고 했다. "무슨 소리긴, 내가 또 같은 말을 해야 하오. 내 방이 우리 준남의 서재와 같이 되어 있다면, 내가 저 방문을 열어서 그것이 그렇다는 것을 보여준다면, 당신은 그걸 믿겠소, 안 믿겠소, 이 말이오." 했다. 아내는 내 말을 믿으려고 하지 않았다. 그러나 내 태도가 보통 때와 다르다는 것을 느낀 모양이었다. 내가 워낙 자신 있게 그런 말을 하기 때문에, 아내는 믿지는 않지만 하는 표정을 지으면서 내 방문을 열었다. 아내의 얼굴 표정을 무엇으로 표현해야 할지 알 수 없었다. 아내는 그냥 입을 딱 벌리고만 있었다. 완전히 다른 방이 되어 있는 걸 보고, 말을 하지 못했다. "놀랐지? 나, 한다면, 하는 사람이야."라고 했더니, 그때까지도 아내는 말을 한 마디도 하지 못하고, 방 안 여기저기를 둘러보면서 열렸던 입을 다물지 못하고 있었다. 시간이 어느 정도 흐른 후에, "정말 믿어지지가 않네. 파출부 아줌마와 같이 책장은 고사하고, 책상의 위치를 옮겨볼까 한 적이 있었는데, 그때에는 꼼작도 하지 않았었는데, 아이구 참."이라고 하더니만, '당신 어디에 그런 힘이 있었어요. 혼자서는 절대로 옮길 수 없는 책장과 책상일 텐데." 하면서, 계속 입을 다물지 못했다. "당신. 결혼 후, 이런 일 해본 건, 정말 처음이에요."라는 말을 하더니만, 아내는 한 술을 더 떴다. "정돈할 바에야 다 정돈을 해야지, 저기 있는 저 뭉치는 그대로 있네."라고 했다. 그건 매번 다음 날 정돈하지 하면서, 지금까지 그대로 내버려두었던 '한 뭉치의 책 덩어리' 바로 그것이었다. 어쩐 영문에서인지 몰라도 그 뭉치 하나에만은 손이 가지 않았다. 그날도 지쳐서, 다음 날 하지라면서 또 미루고 말았던 것이 아니었던가.

내 방을 준남의 방처럼 만든 다음 날이었다. 그날도 새벽 2시에 깼다. 잠이 덜 깬 채로 화장실에 갔다 나올 때였다. 무엇이 내 발에 차였다. 아얏! 하면서 나는 발에 차인 물건을 보았더니 그 책 덩어리였다. 나는 그 책 덩어리를 화장실 입구에 선 채로 내려다보았다. 물끄러미 발 쪽으로 내려다보았더니 내버려진 채로 언제나 그냥 두었던 그 '한 뭉치의 책 덩어리'였다. 나는 '아, 너냐.' 하면서 그 책 덩어리를 내려다보다가 제일 위에 있는 책 한 권을 들었다. 겉표지가 낡아버린 월간 잡지였다. 월간 잡지 밑에 있는 책 한 권을 또 들었더니 시집이었다. '이 시집이 왜 여기 있지. 내가 구입한 책은 아닌 것 같은데. 이 책이 왜 여기 있지.' 하면서 시집 표지를 열었다. 거기에 무엇이 있었다. 짧은 편지였다.

준남,
노트 고맙습니다.
시험 잘 봐요.
이 시집은 내가 무척

좋아하는 것이에요.

준남도 좋아하면

더욱 좋겠네요.

87.10.29 혜련

짧은 편지의 끝을 보았다. 87년 10월에 쓴 편지였다. 지금부터 몇 년 전인가. 편지를 쓴 사람과 편지를 받는 사람의 이름을 보고 나는 준남? 했다. 누군가? 뭐라고? 내가 만나고 온 지 며칠 되지 않는 내 아들 준남? 혜련? 누구? 처음에는 모두 누군가 했다. 그런데 가만 생각을 해보니, 딸의 집에서 옛날이야기를 하던 도중, 지금은 불행하게 산다고 하던 딸의 친구 혜련이었다. 고아였다는 그 아이였다. 혜련이 내 아들 준남에게 시집을 보냈다는 사실에도 놀랐지만, 책갈피 속에서 발견된 혜련의 짧은 편지가 나를 더 놀라게 했다. 내가 화장실에 갔다 나오다가 내 발이 그 책 뭉치에 차이지만 않았더라도 내가 그 편지를 발견할 기회는 없었을 것이다. 없었을 것이다가 아니라 그 편지는 영영 사장되고 말 운명에 놓였을 것이 분명하다. 나는 근거도 없는 상상을 했다. 아무도 만지지 않을 시집의 책갈피 속에 거의 20여 년 가까이 잊어진 채로 끼어 있었던 편지에 대한 상상이었다.

그때는 새벽 2시경이었다. 나는 이 편지가 도대체 뭔가라고 먼저 물었다. 덜 깬 잠은 완전히 깨고 말았다. 그 자리에서 나는 갑자기 대답 없는 질문을 던지기 시작했다. 두서가 없는 질문이었다. 혜련이 준남을 좋아했나? 이 시집을 혜련이 어쩐 일로 준남에게 선물했을까? 그냥 책도 아니고 시집이 아닌가. 여인이 시집을 남자에게 선물을 한다는 것은 선물한다는 그 자체로써 벌써 특별한 함의가 있는 것이 아닐까. '이 시집은 내가 무척 좋아하는 것이에요. 준남도 좋아하면 더욱 좋겠네요.'라는 말은 무슨 의미일까. 한 인간의 전갈 사항, 슬픈 울음 같은 전갈 사항의 흔적이 영원히 발견되지 않은 채로 그대로 책갈피 속에서 잠만 자고 있어야 했던가? 준남의 누나, 그러니까 내 딸이 이 시집을 혜련이 준남에게 선물로 주었다는 것을 알고 있었던가? 이 책이 준남에게 의미가 있었던 책이라면, 왜 이렇게 내 방 책 뭉치에 버려둔 채로 있는 것일까. 내버리고 간 책이라면, 혜련 혼자만 애를 태웠었나? 이런 물음들에 대한 답은 얻어질 수 있는 것이 아니었다. 말 그대로 찰스 아이브즈의 명곡 「대답 없는 질문」 그것이었다.

나는 혜련의 편지를 다시 읽었다. "……이 시집은 내가 무척 좋아하는 것이에요. 준남도 좋아하면 더욱 좋겠네요……." 나에게 온 편지도 아닌데 이 짧은 대목이 내 가슴을 왜 이렇게 울리는 것일까. 혜련은 내 딸의 친구이고, 준남은 내 아들이다. 딸과 아들을 만나고 온 것이 며칠이 되는가. 딸과 아들은 혜련과는 아무 상관없이 잘 살고 있었다. 87년에 쓴 편지인 것으로 보면 거의 20년이 된 편지다. 20년 전, 그들의 나이를 생각하고, 그 나이를 어른의 입장에서 보면 어떻게 되는가. 세상이 어떻게 돌아가는지도 모르는 꽃다운 나이. 꿈만 먹고 살았던 아름다운 시절……. 내 아들, 내 딸이라는 말을 뽑아버리고 인간의 아들, 처녀, 총각, 꿈, 사랑, 세상모름, 철없음, 이런 말들을 두고 편지를 발견한 나는 그날 밤을 어떻게 견딜까라는 생각을 하면서, 또 한 권의 책을 그 책 뭉치로부터 들었다. 혹시 또 무엇이 나오는가 싶어서였다. 그런데 그 책 뭉치로부터 낡은 항공우편 편지지 한 장이 화장실 입구 방바닥에 떨어져 내렸다. 68년에 나에게 쓴 아내의 편지였다. 68년 하면, 우리가 며칠 전 만나고 온 딸과 준남이 태어난 지 한두 해가 지났을 무렵이었다. 내가 미국에 간 지 2개월 만에 아내는 미국에서 나와 합류했었는데, 합류하기 전 2개월 사이에 우리는 많은 편지를 주고받았었다. 그중 하나의 편지였다. 이 편지가 이 책 뭉치 속에 끼어 있을 줄을 누가 알았겠는가. 거의 40년 전에 나에게 쓴 아내의 편지를 내가 만난 것이다. 아내는 지금 옆방에서 자고 있다. 나는 40년 전 아내가 나에게 어떤 편지를 썼을까 궁금했다. 혼자 읽는다는 것이 죄스럽다는 생각이 들어서 옆방에서 자고 있는 아내를 깨우고 싶었다.

'40년 전, 당신 일부분이 여기 있소. 우리, 같이, 당신의 일부분을 한번 봅시다.' 라고 말하고 싶었다. 그런데 나는 결국 혼자 그 편지를 읽었다. 받는 사람의 주소를 보니, 내가 미국에 가서 처음 묵었던 집이었다. 그 집 생각을 하니 기억이 가마득했지만 그 집 언저리가 눈에 선하게 떠올랐다. 그 집에 한번 가보그 싶다는 생각이 엄습했다. 편지의 서두는 '여보' 였다.

여보.

아이들이 둘 다 감기가 들어 보채다가 이제 막 잠들었습니다. 당신 생일인 15일에 초청장 받고, 사흘을 뜬 기분에서 보냈습니다. 물론 16일에도 편지를 받았습니다. 어디까지나, 용의주도하신 당신 말씀 잘 알아듣겠습니다. 노파심에서가 아니라 한 차례 생각을 거기까지 해두시는 당신이 옳습니다. 그러한 당신은 저의 존경과 신뢰를 받기에 적당하고도 남음이 있습니다.

편지의 서두가 이런 내용이었다. 항공우편 편지지 앞뒤로, 여백이 있는 곳에는 빈 곳이 없이 깨알 같은 글씨로, 나에 대한 신뢰와 사랑이 담뿍 담긴 편지였다.

나는 두 사람의 아내를 생각했다. 40여 년 전의 아내와 지금의 아내였다. 그 두 사람이 같은 사람인가, 다른 사람인가에 대한 생각을 했다. 미운 정 고운 정이 있다고 했던가. 세월이 흐르는 동안 사랑의 성격이 정의 성격으로 변한 것, 그리고 젊은 아내가 늙은 아내로 변한 것은 사실이나 나를 향하는 아내의 마음은 그때나 지금이나 변함이 없는 것으로 보인다. 아내는 '둘'이 아니라 '하나'였다. 낡은 두 편지, 아내의 편지와 혜련의 편지를 읽고 나는 혜련의 경우는 어떤가라고 물었다. 대답을 얻지 못해 생긴 궁금증은 나에게 견디기 어려운 어떤 슬픔 같은 것을 안겨주었다. 그래서 혜련은 한 사람인가, 두 사람인가라고 묻는 것보다 '인간

은 한 사람인가, 두 사람인가.' 라고 물었다. 나는 지금도 인간은
'둘' 이냐 '하나' 냐, 라고 묻고 있다. 아니면 '여럿' 이냐, 라고 묻
고 싶다.

기가 막혀서

오혁진은 아내와 같이 미국으로 갔다. 시카고 근교에서 살고 있는 아들 집 방문을 위해서였다. 열두서너 시간 넘게 하늘을 달리고 있는 비행기 안에서 혁진은 덜덜 떨었다. 비행기가 왜 그렇게도 많이 흔들리는지 혁진은 알 수가 없었다. 기도와는 상관없이 비행기는 계속 흔들렸고 기내 방송 또한 계속되었다. 기류 변동이 있으니 손님 여러분은 좌석 벨트를 매주십시오, 라는 방송 소리가 연이어 들렸다. 비행기는 좌우로 상하로, 몸이 들썩거릴 정도로 요동을 쳤다. 혁진은 양손에 잡히는 대로 아무 곳이나 꽉 잡고 이마를 앞자리의 등받이 쪽에 가져다 댔다. 아 이제 이걸로 끝장이구나. 자기 몸이 바다 속의 상어 떼에 물어뜯기는 장면이 떠올라 혁진은 몸서리를 쳤다.

혁진의 아내는 옆에서 자고 있었다. 시간이 얼마나 지났을까. 비행기가 요동치는 일은 끝이 났다. 좌석 벨트 사인도 해제되었다. 혁진은 "제발 이대로만 가라."를 기도문 외우듯 외웠다. 지옥 같은 비행시간이었다. 비행기 바퀴가 지상에 덜커덩! 하고 닿자 혁진은 "아, 살았구나!"라는 탄성을 올렸다. 다시는 비행기를 타지 않는다는 결심을 하면서 혁진은 안도의 숨을 크게 내쉬었다. 자고 있던 혁진의 아내는 "벌써 도착이네."라고 했다.

혁진이 무서워하는 것에는 두 가지가 더 있다. 시력 감퇴가 무섭고 또 하나는 왼쪽 손목이다. 손목 관절로부터 통증이 온다는 사실이 무섭다. 처음에는 걱정이었던 것이 나중에는 무서움으로 변했다. 눈과 손목이 건강한 상태로 회복될 수 없다면 몸의 기능이 서서히 약화된다는 이야기가 아닌가. 그렇다면 늙어가면서 부분적으로 몸이 죽어간다는 이야기다. 혁진은 그게 무섭다.

이런저런 이유로 은퇴 직전부터 혁진은 교회에 나가고 있다. 여러 이유 중에서 몸이 죽어간다는 사실이 큰 원인이었을지 모른다. 혁진이 나가는 교회는 '××× 교회'다. 교회 이름을 교회에 나가기 전에 들은 적은 있다. 그냥 들은 적이 있었다는 것이지 교회의 이름과 혁진의 삶에 무슨 상관이 있었다는 것은 아니다. 교회는 평창동 근처에 있다. 볼일 때문에 혁진은 그 주변을 수도 없이 왔다 갔다 했다. "저기가 ××× 교회야."라고 누가 말했을 때 혁진에겐 그 말이 아무런 의미가 없었다. 거기에 교회가 있으면 어쨌다는 것이냐라는 반응조차도 보낼 필요가 없을 정도로 그 말에 관심이 없었다. 교회 건물은 이 세상에 있는 건물이었으나 혁진에겐 있으나 마나 한 건물이었다. 있으나 마나 한 건물이 아니라, 아예 없는 건물이었다. 있어도 없는 것이 되고 있는, 그런 건물이었다.

의사 친구의 권유가 큰 변수였지만 혁진이 이런저런 이유로 교회에 나가기 시작하고서부터, '없었던 교회의 건물'이 '있는 건물'로 변하기 시작했다. '없었던 것'이 '있는 것'이 된다는 사실에 놀란 혁진은 다른 사람에게도 그 사실에 놀라라고 강요할 때가 많다. 특히 자기 아내에게 그런 강요를 자주 하는데 아내는 그러한 남편의 독선을 싫어했다.

교회 본당은 넓다. 여덟 사람 정도가 앉을 수 있는 벤치 비슷한 나무 의자 네 줄이 가로로 놓여 있고, 놓인 각각의 의자 사이에 세로로 좁은 길이 있다. 성도들은 자기가 앉고 싶은 자리에 그 좁은 길로 가서 앉는다. 가로로 놓인 각각의 나무 의자 뒤로 같은 크기의 의자가 교회당의 제일 뒷자리까지 22개가 놓여 있다. 가로세로식으로 계산을 하면 회당에 88개의 나무 의자가 있는 셈이고, 각각의 의자에는 여덟 사람 정도가 앉을 수 있다. 일요일이 되면 모든 의자에 신도들이 꽉 들어찬다. 혁진은 제일 왼쪽 줄 앞에서부터 다섯 번째 의자, 제일 오른쪽에 앉는다. 자리 하나를 정해 놓고, 계속 그 자리에 앉게 되는 이유를 혁진은 알 수가 없다. 자기도 모르게 그는 그 자리를 고수하고 있다. 교회에 늦게 가는 경우 다른 사람이 그 자리에 앉아 있는 것이 싫어서 혁진은 아내와 같이 교회에 남보다 일찍 간다. 가서 그 자리를 차지한다. 교

회에 나간 지 오래되지 않은 혁진은 그 자리에 앉아서 다음과 같
은 예배 순서에 낯설어 한다.

입례찬송(다 함께)—예배에의 부름, 시편 낭송(인도자)—화답
송(찬양대)—성시 교독(다 함께)—기원(인도자)—신앙고백, 사
도신경(다 함께)—송영(다 함께)—기도(장로)—찬송(다 함
께)—성경말씀(설교자)—성도의 교재(인도자)—찬양(성가
대)—설교(목사님)—기도(설교자)—찬송(다 함께)—헌금(다
함께)—찬송(다 함께)—봉헌기도(인도자)—찬송(다 함께)—축
도(설교자)

각 순서에 소요되는 시간은 다르다. 혁진에겐 지루한 순서가
있다. 지루한 순서에 혁진은 옆에 앉아 있는 아내에게 말을 건넨
다. 조용한 회당이기 때문에 귓속말로 해도 옆 사람이 듣는다. 그
래서 혁진은 종이 위에 메모를 적어서 아내에게 전한다. '이게 아
니야. 내가 지금까지 헛살았어. 지금 내가 여기서 이러고 있을 때
가 아니야.'라는 메모가 적혀 있다. 아내는 메모를 보는 둥 마는
둥 하다가 손 안에 움켜쥔다. 메모지는 아내의 손아귀 안에서 꾸
겨진 휴지가 된다. 메모지가 찢어지지는 않았지만 꾸겨진 휴지
조각으로 변하자 혁진은 자기 마음이 찢어짐을 느낀다. 혁진은
그 순간 죽어버리고 싶다. 다른 사람이면 모른다, 자기와 가장 가
까운 사람인 아내가 내 마음을 이렇게도 몰라줄까 싶어서 교회

밖으로 뛰쳐나가고 싶다.

일요일 하루 동안 예배는 여러 번 있다. 그만큼 교회의 신도는 많다. 그날도 그랬지만 혁진은 주로 첫 번째 예배에 나간다. 첫 번째 예배가 끝나면 교회에서 마련하는 아침 식사가 있다. 식당은 교회 지하층에 있다. 꾸겨진 메모지 때문에 심사가 틀린 혁진은 평소와는 달리 아침 식사를 하지 않고 바로 주차장을 향했다. "여보, 아침 식사는?" 혁진은 아내의 말을 들은 척도 하지 않았다. '저 사람 또 자기 성질 내놓네.'라는 생각을 하면서 아내는 하는 수 없이 남편의 뒤를 따랐다.

혁진은 시력이 좋지 않아 운전하기를 피한다. 그날도 아내가 운전을 했다. 아내의 운전은 서툴다. 차선 바꾸는 일이 제일 서툴다. 아내는 자기 차의 뒤에 혹은 옆에 차가 있으면 차선을 바꾸기 힘들어한다. 주차장을 빠져나온 후 대로로 접어들기 전에 차는 골목길을 달리고 있었다. 혁진은 차가 주차장에서 골목길로 나올 때까지 아무런 말을 하지 않고 있었다. 평소 같으면 설교가 어쨌다느니, 찬양대의 합창이 어쨌다느니 하면서 말이 많은 혁진이었다. 그러고는 아내의 표정을 반드시 살피는 혁진이었다.

"당신, 왜 그래요?" 아내가 입을 열었다. 혁진은 대꾸를 하지 않고 계속 입을 다물고 있었다. 평소와는 달리 혁진은 아내의 표정을 살피려고도 하지 않았다. 운전이 서툰 아내는 운전대를 양손으로 꽉 잡으면서 "당신, 왜 항상 자기 멋대로예요?"라고 했다. 짜증이 섞인 아내의 말투였다. 이건 무슨 소리야. 짜증은 내가 내야 하는데 당신이 무슨 짜증이야라는 생각을 하면서 혁진은 "뭐가?"라고 했다.

"아까, 예배 시간에 말이에요. 당신에게 있는 것은 시간뿐이잖아요. 하필이면 예배 시간에 쪽지는 무슨 쪽지예요. 그것 때문에 지금 화가 나서 그러죠?" 혁진은 계속 입을 열지 않고 있었다. "당신, 오늘 하루 종일 또 저기압에서 살려고 그래요?" 혁진은 좋아, 내가 양보하지, 그러나 할 말은 해야지, 라는 생각을 한 후 입을 열었다.

"말이 나왔으니 말이지. 나는 그 말을 꺼내지 않으려고 지금까지 입을 다물고 있었던 거요. 당신이 그 이야기를 꺼내니 하는 수 없지. 내가 말하리다. 당신은 남의 사정을 잘 봐주는 사람으로 자처하고 있지 않소. 다른 사람의 사정은 잘 봐주면서 내 사정은 왜 잘 봐주지 않는 거요. 당신은 나를 항상 무시하고 있잖소. 지금도 그렇지만, 나는 요즈음 사는 것 같지가 않단 말이오. 모두가 틀린 것 같고, 특히 교회에서 사랑이니, 진실이니, 이런 것들에 대한 이야기가 나오면 나는 미치겠단 말이오."

그때 차는 대로에 들어섰고, 십자로 신호등 앞에서 멈추었다. 혁진이 기침을 하자 목에서 가래가 나왔다. 아내는 핸드백으로부터 휴지를 꺼내서 혁진에게 주면서 "당신 나이가 얼만데, 아직도 젊은 사람같이 왜 그래요?"라고 했다. 휴지에 가래를 뱉으면서 "당신이 내 감정에 동감만 표시해 주면 그것으로 나는 만족이오. 많이 바라는 것도 아니지 않소. 하도 답답해서, 당신의 동의, 그

것 하나밖에 바라는 게 없었소. 당신을 통해서 숨이라도 좀 쉬려고 한 것뿐이었는데."

"잠깐만요. 차선을 바꾸어야 해요." 차가 우리 집으로 가는 방향을 잡은 후 아내가 다시 입을 열었다.

"당신이 급하다고, 남도 급해야 하는 법이 어디에 있어요. 당신은 항상 그게 문제예요." 아내는 물러설 기색이 없었다.

"맞아, 그 말이 맞아. 그 말이 맞다는 걸 나도 알아요. 내가 그걸 모르는 사람이라고 당신은 생각하오? 백번 옳은 소리이지. 그러나 내 말은 말이오. 상대가 누구냐에 따라서 이야기는 달라진다는 거지요. 내가 급하면, 당신에 한에서는 당신도 급해질 사람으로 나는 생각하는 거란 말이오."

"꿈 깨세요. 우리가 지금 신혼살림인가요. 당신이 의도적으로 사랑이라는 미명을 이용하려는 것이 아니라는 것은 알지만, 나는 당신의 그 일방통행에 숨이 막힐 지경이에요. 자기가 급하다고 어찌 남도 그 순간에 당장 급해지길 원해요. 숨 돌릴 시간은 주어야지요. 숨 돌릴 시간을 준대도 그래요. 인간은 전원을 누르면 불이 그 자리에서 켜지는 그런 기계 장치 같은 것은 아니라는 말이에요. 당신의 급한 사정을 이해하지 못하는 것은 아니지요. 그러나 당신에게 급한 사정이 있듯이, 나에게도 급한 사정이 있다면, 당신은 나의 급한 사정을 어떻게 할 셈이에요. 당신은 당신의 급한 사정밖에 모르잖아요. 하필이면 왜 예배당에서만 숨을 쉬려고 해요. 지금도 있고, 집에 가서도 있고, 숨 쉴 시간은 얼마든지 많은데."

"운전이나 하소. 열을 올리다가, 사고 나겠소. 항상 내 잘못으로 하면 모든 문제는 해결되는 거니까."

아내는 남편의 자기 위주적 독선을 참지 못한다. 자기 생각에 아내가 항상 동의해 주길 원하는 남자, 동의하지 않으면 싸우려고 하는 남자, 자기가 한 말을 두고, 그 말이 말이 되는 건지, 되지 않은 건지 몰라서 항상 자기가 한 말을 되씹고 곱씹는 남자, 당신 말, 말이 되네요라고 아내가 말하면, 그때에 가서야 안심을 하는 남자, 아내에게 의존하는 자기를 싫어하면서도 언제나 아내에게 의존하고 있는 남자, 아내의 의견에 따라가면서도, 따라가기 전에 항상 따라가지 않으려고 한바탕 싸우는 남자, 그런 자기 자신을 미워하고 싫어하는 남자, 그래서 항상 자기의 인생은 실패였다고 한탄하는 남자, 아내가 하라면 결국 하게 되지만 끝까지 버티려는 남자, 단 한 가지, 아내가 산보하라는 말을 했을 때에는 절대로 그 말대로 따라 하지 않는 남자, 산보의 경우는 헛말로도 약속을 하지 않는 남자, 대충 이러한 남자가 자기 남편이라는 것을 아내는 너무나 잘 알고 있다.

교회에서 집으로 돌아오는 다른 어느 날.
"당신, 산보 좀 하는 게 어때요?"
"싫어."

"산보하면 건강에도 좋은데."

"건강에 좋은 일, 어디 산보뿐인가?"

"건강뿐만 아니라 당신의 약점을 고칠 수 있는 길인데."

"나의 약점이라니?"

아내가 모는 차 속도가 느리기 때문에 주변에서 빵빵 하고 클랙슨 소리가 터져 나왔다. 클랙슨 소리에 놀란 아내는 차선을 바꾸기가 힘이 들었던 모양인지, "가만있어요. 지금 차선을 바꾸어야 해요."

잠시 후 차는 다시 집을 향해서 조용히 달리고 있었다.

"산보를 하고, 하지 않고에 당신의 운명이 달려 있어요. 그걸 당신 몰라요?"

"그게 무슨 소리오?"

"어렵게 생각할 필요 없어요. 안 하던 일 하나만 해보도록 하세요. 당신이 필요 없다고 생각하는 그 산보 말이에요. 해보면 알아요."

"당신 무슨 잠꼬대 같은 소리를 하고 있소. 해보면 안다니."

"거짓말이라도 좋으니, 제발 산보하겠다는 말을 한번 해봐요."

"거짓말이라도 좋다고? 내가 왜 거짓말을 해. 난 산보 같은 거 싫소."

다른 말은 쉽게 하면서, 또 말을 해놓고 말한 대로 실천을 하지 않고서도 마음의 가책 같은 것은 받지 않으면서, 산보의 경우에만은 말로도 거짓 약속은 하지 않는 혁진이었다. 아내는 그러한 남편을 이해하지 못하고 있다.

"당신은 봄은 다 같은 봄인 줄 알아요."

"그건 또 무슨 홍두깨 같은 소리요. 봄은 봄인 거지, 봄이 여름
이란 말이오."

"저 나무 색깔은 어떤 색이지요?"

"당신, 그걸 질문이라고 하오?"

"대답을 해보세요, 일단."

"빨간색이네."

"아니지요. 검은색이네요."

"무슨 놈의 눈이 그런가. 그런 눈이 어디 있나. 단풍나무 잎을
검은색으로 보는 사람은 당신뿐인 것 같소."

"그렇게 말하는 당신에게 문제가 있다는 걸 당신은 왜 모르시
는지 참으로 알 수가 없네요. 당신같이 머리가 좋은 분이 말이에
요. 당신은 언제나 단풍잎 색깔은 빨간색이다, 라는 생각을 하는
사람이에요. 그러니까 화가는 절대로 되지 못할 거예요!"

"그건 또 무슨 소리요. 갑자기 화가는 또 무슨 화가요. 오늘 당
신, 유식한 소릴 꽤 많이 하네."

"단풍잎이 빨간 색깔이기 때문에 그런 생각을 하는 사람이 당
신이겠지만, 내 말은 단풍나무를 볼 때, 우리 눈에 나타나는 색
깔, 우리 눈에 보이는 색깔을 보라는 말이에요. 단풍 그림을 그린
다고 할 때, 온통 빨간색으로만 그려놓으면 사람들이 그걸 보고
단풍잎으로 보겠어요. 햇빛을 받고 있는 단풍나무와 그늘에 가려

있는 단풍나무의 색깔이 우리 눈에 빨간색 '하나'로만 보이는 것이 아니잖아요. 화가는 보이는 대로 그리는 거거든요. 당신 같은 철학자 타입은 온통 빨간색만 칠할지 모르지만요. 당신 눈에는 단풍잎 색깔이 '같은 색깔'로 생각될지 모르나, 화가의 눈만이 아니라, 우리 보통 인간의 눈에 보이는 것은 '다른 색깔'이거든요. 아침이냐, 대낮이냐, 저녁이냐, 밤이냐에 따라 단풍잎 색깔은 시시각각으로 변하거든요. 변하니까 단풍잎 색깔은 '하나'가 아니라는 것이지요. 간단히 말해서 '여럿'이라는 말이지요. 다시 말하지만 당신은 '하나' 즉 일반성에만 관심이 있는 것이지요. 좋게 말해서요 물론. 나는 '여럿' 즉 개별성에도 관심을 가진다는 것이지요."

"당신 말, 오늘 나를 감동시키고 있소. 당신 정말 유식하네. 당신이 오히려 더 철학자 같소. 그러나 내 말도 들어보소. 당신의 얼굴은 '하나'이오, 아니면 '여럿'이오? 당신 얼굴이 '여럿'이라면 나는 당신이 어떤 얼굴을 가진 여자인지 알 수가 없게 되오. 어떤 때에는 성이 나서 파랗게 되고, 어떤 때에는 심한 시장기 때문에 허옇게 되고, 어떤 때에는 슬프게 보이고, 어떤 때에는 기쁘게 보이기도 하지요. 그러나 당신 얼굴은 언제나 당신 얼굴인 것이지 다른 어떤 사람의 얼굴은 아니라는 사실을 당신은 모르오? 내 얼굴도 마찬가지지요. 당신 얼굴이 당신 동생의 얼굴은 될 수가 없다는 것이오. 단풍나무 잎이 감나무 잎은 되지 못한다는 것 아니오."

"당신 말을 들으니, 출근길과 여행길 같은, 서로 다른 두 개의 길은 없는 것 같네요."

"그건 또 무슨 소리오?"

"한강 다리를 출근길로 사용할 때와 여행길로 사용할 때가 있지요."

"그래서?"

"같은 한강 다리인데, 그 의미가 '하나' 가 아니라 '둘' 이 된다는 거지요. 출근길의 다리와 여행길의 다리의 의미는 같지 않다는 거 당신도 알면서 그래요. 산보길이 바로 여행길 같은 것이기 때문에, 나는 당신에게 산보길에서 비치는 세상을 볼 줄 아는 눈을 좀 가져보라는 것이에요."

교회에 갔다 오는 또 다른 날.

"당신은 너무 사무적이에요. 모든 것을 사회적 성공 아니면 유명해지는 것을 목적으로 삼는 것 같아요. 이른 봄, 능수버들 가지에 물오르는 소리 같은 거 당신 들어본 일 있어요? 물오르는 소리를 듣는다는 것에는 성공이고 유명이고가 없어요. 물오르는 소리 그것뿐이에요. 당신은 음악을 좋아하지요. 음악을 듣는 귀는 가지고 있으면서 물오르는 소리를 듣는 귀는 어디다 두었는지 모르겠어요. 좋아함에 무슨 성공이고 유명이고가 있겠어요. 좋아하는 음악 그것뿐이잖아요. 당신이 그렇게 좋아하는 음악, 내가 그렇게 좋아하는 물오르는 소리, 이런 것들이 이 세상에 있거든요.

내가 당신에게 산보를 하라고 말할 때 그 말을 무시하지 마세요. 출근길이나 업무상 걸어야 하는 길과 산보길은 같은 길이 아니잖아요. 산보길의 의미를 알면 당신의 인생이 좀 더 풍부해질 것이고, 당신이 가장 하고 싶어 하는 '그 일'에 도움이 될 거예요. 자기를 찾고 싶다고 하는 당신이잖아요. 자기를 찾는 것은 남이 아니라 자기 아닌가요. 자기라는 말은 혼자서 찾아야 한다는 말이지요. 땅을 파서 유물을 찾는 것과 같아요. 땅의 어디를 파야 유물이 나올지 모르지만, 죽어라 하고 파야 하는 거예요. 대답을 혼자 찾아야 하는 것이에요. 그런데 당신은 언제나 누구에게 물어요. 특히 나에게 말이에요. 나는 당신이 묻는 것에 이젠 진력이 났어요. 나를 통해서 대답을 얻으려고 하지 말고 당신 스스로 대답을 찾아봐요. 사실 내가 대답을 주지 않은 것도 아니네요. 내가 이미 대답을 여러 번 주었어요. 그건 그렇고, 당신, 그날 오후에 무엇 때문인지 모르지만 술에 취해서 울고 있데요. 며칠 후 내가 왜 울었느냐 물어보니까 다 잊어버렸데요. 당신은 쉽게 울고, 또 울었던 것을 너무 쉽게 잊고 사는 그런 사람 같아요. 그래서 나는 당신의 '취홍'이나 '말'에 흥미가 없어요."

아들이 살고 있는 마을은 사전 설계에 의해서 만든 것 같았다. 차도는 직선이고, 넓이도 2차선 왕복 길이고, 직선 도로가 종적 횡적으로 나 있었기 때문에 마을에는 많은 십자로가 있었다. 십자로가 있는 곳의 모퉁이마다 스톱(stop)이라는 글씨가 빨간 표지 안에 쓰여 있었다. 차도의 좌우에는 사람이 별로 걸어 다니지 않는 인도가 있었고, 인도를 따라 등거리로 넓은 공간을 차지하고 있는 집들이 규칙적으로 서 있었다. 집들은 모두가 깨끗하고 서로 충분한 거리를 두고, 집 사이에는 잔디밭이 있고, 모든 일이 무사하고 평화롭고 골치 아픈 사건 같은 것은 없는 동네였다. 혁진에게 친숙한, 구멍가게가 많은 골목길 주변이나 대포집이 많은 동네와는 달랐다. 평화로운 동네는 심심한 천국, 아옹다옹하면서 사는 동네는 재미있는 지옥이라고 누가 말했던가.

아들 집에서 혁진 부부가 거처하게 될 방에는 침대가 없었다. 두꺼운 매트리스가 침대 대용품으로 방바닥에 깔려 있었고 방바닥은 양탄자로 덮여 있었다. 시차 때문에 혁진은 며칠 간 애를 먹었다.

잠이 많지 않은 혁진과 그의 아내는 동트기 시작할 무렵에 눈을 떴고, 차례로 화장실을 다녀왔다. 화장실에 다녀온 아내는 매트리스에 다시 눕지 않았다. 매트리스를 베개로 삼고 양탄자가 깔려 있는 방바닥에 누웠다. 혁진은 아내 옆에 앉았다. 아내와 혁진의 눈은 희미한 창문 쪽을 향했다. 커튼이 반쯤 열려 있었다. 길 건너편 집의 일부가 그림자와 같이 희미하게 비쳤다. 아내와 혁진은 말없이 밖을 바라보고 있었다. 얼마만큼 바라본 것인지 알 수가 없었지만 가로수의 모습이 조금씩 드러나기 시작했다. 그러나 앞뒤를 분간할 수 있을 정도로 날이 밝으려면 아직 멀다는 생각이 들었다. 주변은 여전히 어두웠다. 방 안에 누워 있으니 여기가 한국인지 미국인지 분간이 가지 않는다고 아내가 말했다.

어디선가 위이잉 하는 소리가 들렸다. "이게 무슨 소리야?" 혁진이 말했다. "파린가 본데요." "미국에도 파리가 있나?" "당신 그게 무슨 소리예요. 미국이라고 파리가 없겠어요?" 파리 한 마리가 방 안의 정적을 깨트렸다. 여러 마리가 윙윙대면 포기를 할 것 같았다. 한 마리가 윙윙대고 있는 소리는 조용한 방 안을 온통 수라장으로 만들었다. 혁진은 파리를 잡아보려는 시도를 했다. "여보, 안 돼요. 파리채도 없는데, 당신 재주로 어떻게 파리를 잡아요." 혁진은 아내의 말을 못 들은 척했다. 혁진의 눈에는 방 밖보다 방 안이 더 어두웠다. 방 전체를 밝히는 전등과 부분만 밝히는 전등이 있었는데, 혁진은 방 안의 한 부분만 밝히는 전등을 켰다. 신문지를 막대기 모양으로 말아서 파리채 대용품으로 만들었다. 혁진은 방 안이 부분적으로 밝은 곳으로 파리가 날아오길 기다렸다. 파리가 나타나면 파리채 대용품으로 후려칠 생각이었다. 후려치는 순간과 불빛이 있는 곳으로 파리가 날아드는 순간이 일치하길 바라면서, 1,2초 간격으로 파리채 대용품을 휘두르기 시작했다. 요행으로 파리를 맞히지 않을까 하는 기대감을 가지면서 혁진은 무사들이 허공에서 칼 놀이를 하듯 파리채 대용품을 휘둘렀다.

불빛 근처로 날아오던 파리가 순식간에 다른 방향으로 날아가 버리는 바람에 파리를 잡으려는 혁진의 무기는 빈번히 무용지물이 되고 말았다. 날고 있는 파리를 그런 식으로 잡기에는 혁진의

무술 수준이 턱없이 낮았다. 그러나 혁진은 꾸준히 요행을 바라
면서, 1,2초 간격으로, "이번에는 걸리겠지."라는 말을 중얼거리
면서 팔을 좌우상하로 휘둘렀다. 혁진은 자기의 시도가 무의미하
다는 것을 알고 드디어 포기를 하고 만다. 포기를 한 순간 희한하
게도 윙윙하는 소리가 중단된다. 휘두른 파리채 대용품 언저리에
파리의 날개가 부딪힌 것일까. 파리는 날개의 아픔을 달래기 위
해서 벽의 어두운 구석으로 내려앉아 있는 것일까. 아무튼 윙윙
소리가 더 이상 나지 않았다.

날이 새더니 낮이 왔고 한동안 햇빛이 세상을 덮더니 해가 지
고 밤이 찾아왔다. 아들 집의 거실에 전등이 켜지고 혁진 부부와
아들은 텔레비전을 보고 있다. 며느리가 "아버님, 어머님 내일 뭘
하실래요?"라고 했다. "시카고에 있는 뮤지엄에 가볼까?" 아내의
말이었다. "아버님도 괜찮으시지요?" 사랑스러운 며느리의 말이
었다. "아이고 마, 나는 집에서 그냥 쉴란다." 혁진의 말이었다.
"당신 그게 도대체 무슨 말이세요. 여기까지 와서, 피카소 그림도
안 보고 가실래요. 피카소만인가요. 시카고 뮤지엄에는 모네, 고
갱, 피사로 등, 우리가 아는 원화들이 다 있대요." "내야 뭐, 봐야
알아야지. 괜히 힘만 들어. 난 집에서 쉴래." "여보. 당신 이럴래
요. 당신 정말 한심한 사람 아니에요."
혁진은 이러다간 며느리 앞에서 무식한 사람 취급을 받을 것
같다는 생각이 들었다. "알았소. 나도 당신과 같이 가리다."라고

한 후 "내일 몇 시에?"라고 했더니, 며느리가 "12시 30분발 기차예요." 혁진은 "기차라?" 하면서 놀랐다. 피카소보다 기차를 타고 시카고로 간다는 것에 더 구미가 당기는 모양이었다. 아들이 살고 있는 시카고 근교에서 급행열차를 타면 시카고까지 3, 40분쯤 걸린다고 했다. "12시 30분에 출발하는 기차는 완행이기 때문에 시간이 더 걸려요, 아버님." 며느리의 말이었다. 출발해서 시카고까지 가는데 20여 개의 작은 역이 있다고 했고, 기차는 모든 역에서 다 서기 때문에 시카고까지 한 시간 조금 더 걸린다고 했다. 20개의 역 주변 구경을 할 수 있다는 것 때문인지 혁진의 구미는 엉뚱한 데로 동했다. "12시 30분에 기차가 출발한다면, 우리는 집에서 몇 시에 출발을 해야 하는데?" "기차 출발 시간 1시간 전이면 충분해요, 아버님." "아, 그렇다면 내일 오전 11시 30분에 집 출발이구먼." "예. 아버님."

이튿날 아침 혁진은 며느리가 마련한 포도 주스를 마신 후, 아침밥을 먹었다. 그러고는 다시 잤다. 오전 11시까지 잤다. 며느리는 시부모가 자고 있는 동안 자기 신랑 출근을 시켰고, 시부모를 모시고 기차역으로 갈 모든 준비를 끝내고 있었다. 11시 30분에 집을 출발해서 역에 도착하니 예상했던 것보다 시간이 많이 남았다. 역에는 승객들이 한 사람도 없었다. 자동차가 주 교통수단인 미국에서 기차를 이용하는 사람은 별로 없구나라는 생각이 들었다. 역의 건물 자체는 멀쩡한 것이었지만, 심리적으로 뭔가 허물어져 가는 듯한 역 풍경이었다. 혁진에겐 그 풍경이 아름답게 느껴졌다. 지금은 허물어져 가는 역이지만 한때에는, 만나고 헤어지면서 사람들의 마음에 많은 추억을 남겼던 역이 아니었겠는가. 여러 어휘와 상관되는 감정이 혁진의 마음에 스며들었다. 상봉, 이별, 포옹, 손짓, 서글픔, 부러움, 의기양양, 안도감, 상실감, 향수, 어찌할 수 없을 정도의 고통스러움, 당황스러움, 죽이고 싶도록 미운 마음, 살 만한 인생 설계에의 욕망 등, 어휘의 수효는 많았다. 이런 어휘들이 공교롭게도 혁진이 언젠가 보았던 「허물어져 가는 역」이라는 영화 속의 장면들과 얽히고 있었다. 혁진은 승객이 없는 역에서 몇 시간이라도 그냥 있어도 좋겠다는 생각을 했다.

시카고까지 가는 동안 기차가 선, 작은 역들 주변을 바라보는 혁진의 마음은 구해 낼 수 없을 지경으로, '깊은 어떤 궁지 속'으로 빠져들고 있었다. 무엇인지 알 수 없는, 방황의 늪 속으로 빠져들어 가고 있다는 느낌에 젖어들었다. 역마다 한두 사람의 승객이 타고 내렸다. 타는 승객과 내리는 승객들의 몸 음직임을 보면서 '저 몸들!' 하는 생각을 했다. 시카고에 도착을 했더니 듣던 대로 어마어마하게 거창한 도시가 나타났다. 며느리는 자기 딸을 안고 "이리로 오세요, 어머님." 하면서 신호등을 건넜다. 버스에 먼저 올라탄 후, "어머님, 이리로요." 했다. 시카고 뮤지엄으로 가는 버스였다. 버스 요금은 무료였다. "여보, 무료지만, 운전수에게 팁을 주는가 봐요." 아내의 말을 듣고, 혁진이 팁을 주려고 했을 때, 며느리가 "제가 주었어요. 아버님."이라고 했다. 민첩한 며느리였다. 우리는 뮤지엄으로 가기 전에 버스 정류소 근처에 있는 어느 가게로 들어갔다. "아버님, 여기가 음악 관계 선물로 유명한 가게예요. 한번 구경해 보세요." 가게 안에 들어가 보니, 선물이 온통 음악과 관계되는 것들이었다. CD는 말 할 것도 없고, 악보가 그려진 넥타이, 크기와 모양새가 서로 다른, 다양한 지휘봉들, 오선보로 말아놓은 듯한 볼펜 등, 음악을 좋아하는 사람들의 마음을 즐겁게 하는 물건들이 즐비했다. 혁진은 선물 몇 개를 고른 후, 가게를 빠져나왔다. 점심시간이 훨씬 넘었지만, 기차역에서 승차 시간을 기다리는 동안 집에서 준비해 온 샌드위치를 먹었기 때문에 시장기는 없었다. 뮤지엄 정문 앞에서 혁진은 촌놈 티를 냈다. 혁진과 아내, 며느리, 그리고 혁진의 손녀, 이렇게 넷이서 기념사진을 찍었다. 뮤지엄 안에는 사람들이 들끓었다. 서로 어깨가 부딪칠 지경이었다. 와! 싶을 정도였고, 그림 애호가들이 정말 이렇게도 많은가라는 생각이 들었다. 이 사람들이 모두 미술을 아는 사람들일까. 남이 장에 간다니까 나도 한번 따라간다는 식의 사람은 아닐까. 그런 사람을 교양인라고 말한다는 것에 문제는 없는 것일까. 교양의 원래 의미를 곡해하는 것은 아닐까. 아무튼 사람이 많았다. 이 많은 사람 중에서 누가 진정으로 피카소를 알까. 혁진은 이런저런 생각을 하면서, 어깨가 부딪칠까 싶어 몸을 조심스럽게 움직였다. 아내의 얼굴은 상기되어 있었고, 며느리는 여러 번 와본 것이 확실했다. 넓고 넓은 뮤지엄

300

안을 샅샅이 알고 있는 며느리는 우리들을 거침없이 안내했다.

"여보, 나는 여기서 쉴래." 혁진의 말이었다. "여보 여기는 미술관 안이에요. 어디서 쉰단 말이에요. 이층으로 올라가면 바로 피카소가 있어요. 이층까지는 30초도 걸리지 않아요." "피카소? 나는 몰라. 피카소 그림, 나와는 상관이 없어. 통 무슨 의미인지 알 수가 있어야지." "여보. 몰라도 돼요. 일단 한번 보세요. 여기까지 와서, 몇 발자국만 옮기면 되는데, 안 가겠다니, 참 당신, 정말, 기가 막히네요." 아내의 성화 때문에 혁진은 무거운 발걸음을 옮겼다. 이층에 올라가니 많이 듣던 이름들이 여기저기 모여 있었다. 피카소, 마티스, 드가, 모네. 고갱, 피사로, 그 이외에도 어렸을 때 미술 교과서에서 보았던 그림들이 한두 점 보이기도 했다. 혁진의 마음에는 '아, 이게 여기 있구나.' 정도의 생각밖에 들지 않았다. 아내는 몇 시간이라도 보낼 심산인지 그림 하나 앞에서 시간 가는 줄 모르고 서 있었다. 혁진은 그럴 수가 없었다. "여보, 난 아래로 내려가서 뭘 좀 먹을래. 배가 고파. 커피도 한 잔 하고 싶고." 했더니, 정말, 못 말릴 사람이라는 표정을 지으면서, "애야, 아버님, 아래층 어디 좀 안내해 드리고 이리로 와. 나 여기 있을 테니."

며느리의 안내로 혁진은 지하층에 있는 식당에 들어갔다. 커피와 샌드위치를 들고 구석 자리에 앉았다. 흰 사람과 검은 사람이 반반이었다. 동양 사람은 혁진 혼자였다. 혁진은 그림은 몰라도 음악, 시, 그리고 소설에 대해서는 자기 나름대로의 소견이 있는 사람이었다. 피카소를 바로 위층에 두고, 지하층에서 사람들 구경을 더 재미있어 하고 있는 자기 자신을 한심한 사람이라고 생각하면서도 속으로 '피카소? 소 왓!('so what!', '그래서, 그게 어쨌다는 거냐.' '그건 나와는 상관이 없는 문제일 뿐이야.' '인간은 각자 자기의 삶을 사는 거야.')' 했다. 미안하지만 나와는 상관이 없는 사람이라고 중얼거리면서 커피를 마시고 있었다.

'너처럼 살기보다 가장 나답게 한번 살아보고 싶거든. 나에겐 피카소 네가 오히려 방해가 되거든. 너와 상관이 없는, '어떤 나'를 찾아야 하는 것이 더 타당한 것 같단 말이야.' 누가 뭐래지도 않는데, 피카소를 이층에 두고 자기는 아래층에서 사람 구경을 하는 것이 미안했던지, 혁진은 자기 삶에 대한 정당화를 하고 있었다.

그때가 오후 4시경이었던 것 같다. 아내와 며느리가 언제 오나 하면서 혁진은 식당에서 그들을 기다리기 시작했다. 컴퓨터 전원을 켜놓고, 이런 생각 저런 생각을 메모 형식으로 입력을 하고 있었기 때문에 지루한 기다림은 아니었다. 오후 4시 30분쯤 되었을까. 식당에서 근무하고 있던, 말도 못하게 뚱뚱한 어떤 여직원이 뒤뚱뒤뚱 걸어와서 건물을 클로우즈한다고 했다. 해가 빠지려면 아직 한참 멀었는데, 벌써 뮤지엄을 닫다니 싫었지만 다른 도리가 없었다. 며느리와 아내를 찾느라고 허둥대다가 결국 5시경에 쫓겨나다시피 뮤지엄을 빠져나왔다. 그다음 혁진이 할 일은 아들의 퇴근 시간을 기다리는 일이었다. 오후 5시경이니까 아들

퇴근 시간이 가까워 오고 있다는 것을 알았다. 밀레니엄 파크라고 하는, 시카고에서 유명한 놀이터에서 잠시 사람들을 구경했다. 어느 야외 공연장 옆에 있는 대로에서 혁진은 아들과 만났다. "아버지, 서울집이라고 하는 한식집이 있는데 음식이 맛있습니다." "아무 데나 좋지." 서울집에 가서 혁진은 술을 마셨고, 아내는 무언가 기분이 좋지 않은 표정을 짓고 있었다.

집으로 돌아오는 길 내내 아내는 어두운 표정이었다. 이유는 두 가지였다. 첫째, 그림을 본 감동의 여운이 가시지 않아서였고, 둘째, 그 좋은 그림을 외면하는 남편이 답답해서였다. 혁진은 아내에게 "나더러 어떻게 하란 말이오. 아무리 의미를 찾아보려고 해도 그런 그림에는 아무런 의미가 발생되지 않는데 나더러 어떡하란 말이오. 나야말로 기가 막히네."

혁진은 잠이 많지 않았다. 이튿날 첫새벽에 눈을 떴다. 잠을 다시 자려고 해도 더 이상 오지 않았다. 아내는 옆에서 자고 있었다. 혁진은 잘못 산 자기 인생, 후회스러운 자기 인생에 대한 생각을 다시 하기 시작했다. 헛되게 살아왔다는 생각을 하면서, 여생이라도 잘 살아야 하는데, 무엇을 어떻게 해야 잘 사는 것인지에 대해서 골몰히 생각하지 않을 수 없었다. 생각을 하면 할수록 머리 속은 텅 비고, 그냥 멍해질 뿐이었다. 피카소는 외면해 놓고, 무엇을 어떻게 잘 살아보려는 것인지 원, 하는 생각이 속으로 들었다. 옆에서 자고 있는 아내의 말을 평소에 좀 더 잘 들었어야 했었나라는 생각도 들었다.

머리맡에 희미하게 보이는 무엇이 있었다. 전날 서점에서 사온 여러 권의 소설 작법 책들이었다. 혁진은 손에 잡히는 책 하나를 들었다. 한두 장을 넘겨보았다. 별 볼일이 없다는 생각이 들었다. 혁진은 창 쪽을 바라보면서 미국으로 건너오기 전 어느 날 아내와 논쟁을 벌였던 일을 생각했다. 자기에겐 의미가 있을지 모르나 아내에겐 아무런 의미가 없는 말만을 혁진은 자주 했었는데 술에 취한 혁진이 그날도 그러한 말을 주절거렸다.

"소설은 말이야. 결국 감정의 문제이거든. 감정의 문제라는 말은 간단한 말이 아니거든. 잘 들어봐. 사람이 가지는 감정은 누구나 같거든. 사람은 누구나 가령 '억울함', '슬픔', '기쁨', '즐거움' 이라는 감정을 가지거든. 그 감정을 유발하는 조건 내지, 원인 제공 격 사건이 다를 뿐이거든. 어떤 사람은 이런 일 때문에 억울하고, 어떤 사람은 저런 일 때문에 억울하거든. 그러니까 억울함의 조건 내지, 원인 제공 격 사건을 한정 지우고 그 한정 지운 것을 잘 서술하기만 하면 되는 거거든. 모두들 자기의 억울함에 대한 이야기를 하는 줄 알고 착각을 하거든." 그날의 논쟁은 혁진의 수다를 참고 듣지 못한 아내가 입을 연 것으로 시작되었다.

"어쨌든 당신은 틀렸어요, 근본이 틀렸어요."라는 아내의 말이 논쟁의 발단이었다.

"내가 왜 틀렸어?"

"당신은 근본적으로 참예술가와는 달라요."

혁진의 얼굴색이 변했다.

"알아 나도. 내가 참예술가가 아니라는 것을. 그리고 내가 언제 예술가라고 그랬나?"

"내 말은 그게 아니에요."

"그럼 뭔데?"

아내는 길게 남편을 다음과 같이 비판했다.

"당신은 예술을 장사로 생각해요. 설사 장사라고 해도 당신은 틀렸어요. 왜냐구요. 장사를 하려면 물건을 만들어야 하는데, 당신은 물건을 만들기도 전에 만들어질 물건을 광고부터 하려고 하는 사람 같아요. 참예술가는 광고의 광 자도 모르거든요. 알려고도 하지 않았구요. 물건 그러니까 작품으로 장사를 할 생각도 없었지만요. 사람들이 물건을 사지 않는다고 물건을 만들지 않는 사람은 참예술가가 아니거든요. 사람이 사든 안 사든 참예술가는 계속 물건을 만들거든요. 안 만들면 못 살기 때문이겠지요. 참예술가는 당신과 다른 점이 또 있지요. 참예술가는 의도적으로 유명해지려는 생각 같은 것은 아예 가지지 않아요. 당신은 의도적으로 유명해지고 싶어서 죽는 사람 아니에요. 당신은 산다는 것을 유명해져야 한다는 것으로 착각하는 사람 같아요. 나는 당신의 그 점이 싫어요. 당신의 집념, 노력, 성실성, 다 좋아요. 그러나 왜 그렇게 욕심이 많아요. 물욕은 별로 없는 사람이 명예욕은 왜 그렇게 많은지 알 수가 없어요."

아내는 턱없이 부족하다는 듯, 아직 할 말은 시작도 하지 않았다는 듯한 표정을 지으면서 남편을 공격했다. 아내에게 칭찬을 받길 좋아하고 동의를 얻길 좋아하는 혁진은 아내의 벼락같은 공격에 기가 죽었다.

"여보, 좋소. 당신 말이 다 맞소. 그래서 내가 말하잖소. 최근에 나의 고민, 당신 잘 알잖소. 내가 헛살았다는 거 말이오. 그래서 내가 여생을 지금과 같이 살지 않겠다고 말하고 있잖소. 아무튼 미안하오. 정말 미안하오. 그러나 내 생긴 꼴이 그러니 어쩌겠소. 아무리 노력을 해도 안 되니 어찌하오. 나도 죽을 지경이오. 나로부터 벗어나고 싶어 발버둥을 쳐도 벗어날 수가 없으니 어떻게 해야 되오. 나는 내가 죽고 싶도록 밉고, 또 싫소. 내가 아닌 다른 사람이 되길 나는 정말로 원하오. 그래서 내가 지금 당신에게 애원하고 있지 않소. 나를 지금부터 좀 달리 봐달라고 말이오. 당신이 나를 무시하는 태도가 나는 죽고 싶도록 싫소."

"내가 언제 당신을 무시했어요?"

"아무튼 속이 상한단 말이오. 당신이 이해하지 못하는 것 하나가 있는데, 그거 당신 알아요? 바둑을 안 두면 몰라도, 둘 바에야, 나는 지고서는 못 살겠단 말이오. 안 태어났으면 몰라도, 태어난 이상, 그러니까 태어남을 바둑 둠에 비유해서 말하면 말이오. 우리는 누구나 바둑을 두는 거거든. 안 둔다면 몰라도, 두기 시작한 이상, 두어야 할 운명에 놓인 이상, 이겨야 하는 거 아니오. 지면서 그냥 죽을 수는 없단 말이오. 당신은 예술을 고상한 무엇으로 생각하는 모양이지만, 나는 예술도 결국 장사라고 생각

하오. 작품이라는 것도 결국 생산과 소비의 관계망 안에서 존재
하는 거라는 생각이거든. 물건을 만들어서 파는 장사 말이오. 장
사를 해야 할 운명에 놓인 이상, 망하는 장사는 안 된다는 말이
오. 나 역시 물건을 만들지 않고서는 하루도 배길 수가 없단 말이
오. 나와의 싸움이든, 남과의 싸움이든 결국 모든 것은 싸움이라
는 생각이고, 기왕 싸우는 것이라면 이겨야겠다는 생각에 무슨
잘못이 있소."

혁진은 자는 아내를 깨워서 자기를 잘 봐달라고 애원하고 싶었
지만 그럴 수가 없었다. 자는 아내를 깨울 수가 없어 계속 기다렸
다. 밖에서는 가끔 쏴아아 하는 소리가 들렸다. 저게 무슨 소리인
가 싶었다. 처음에는 파도 소리인가 싶었지만 도시에서 파도 소
리가 날 리는 없지 않는가. 알고 보니 자동차가 빗길 위를 지나가
는 소리였다. 집 앞을 지나면서 제일 큰 소리를 냈고 집으로부터
멀어지면 멀어질수록 소리는 작아지고 서서히 사라졌다. 자동차
가 지나가면 이젠 재잘거리는 새소리다. 새의 이름은 알 수 없었
다. 집 주변 여기저기에 서 있는 크고 작은 나무들이 온통 새집인
것 같다. 다양한 새소리가 들리다가 끊어지고 들리다 끊어지곤
했다.
커튼을 좀 더 걷어 올리려고 방바닥에 앉았던 혁진이 일어서려
고 했다. 일어서려고 손바닥을 방바닥에 댔다. 왼 손바닥을 짚고
일어서려고 했는데, 손목에 통증을 느낀다. 통증을 느낄 때마다

'시간이 얼마 남지 않았구나.'라는 생각을 한다. 죽기 전에 할 일을 끝내야 하는데라는 생각이 조급증을 느끼게 한다. 혁진은 '이 조급증이 문제다. 이 조금증이 나를 또 실패의 늪으로 처넣는 장본인이다.'라면서 조급증을 퇴치해야 한다고 외쳤다. 조급증을 버리자. 조급증을 버리고 그냥 시작하자. 이 순간부터 당장 실천에 옮기자. 무명을 견디는 위대한 힘에 기댈 수 있게 하는 길을 찾자, 그리고 찾아진 그 길 위에 서서 한 걸음 한 걸음씩 걷자라는 생각을 했다.

자기에게 왜 그런 생각이 드는지 혁진은 알 수가 없었다. 무슨 일을 제일 먼저 해야 하나. 일의 우선순위에 대한 생각을 하다가 혁진은 얼마 전 중학교 동창 셋을 만났던 일을 기억했다. 혁진이 한 친구에게 "우리 모두 은퇴한 늙은이 아닌가. 자네는 요즈음 무엇을 첫 번째의 할 일로 생각하고 있는가."라고 물었다. 한 친구가 주저함 없이 말했다. "나는 두 가지 목표를 세웠어. 교회에 나가서 일주일에 한 번씩 자원 봉사를 하는 것과 바둑 1급을 만드는 것, 이렇게 두 가지의 목표를 세웠어. 바둑은 치매에 좋다나." 그 옆에 있던 또 한 친구는 "나는 매일 아침에 일어나서, '나는 아무것도 아니야. 나는 아무것도 아니야.'라는 말을 외우는 것을 금년 내 삶의 목표로 정했어."라고 했다. '나는 아무것도 아니야.'라는 말을 외우는 것을 삶의 목표로 삼았다는 친구의 생각을 혁진은 잊지 못했다. 그래서 그날 밤에도 유명(有名)보다 무명(無名)에 대한 생각을 했고, 유명하게 되길 그렇게 원했었고, 싸움에서 이

기길, 그렇게 원했던 자기에 대한 반성을 우선순위 제1로 삼아야 겠다는 생각을 한 것인지 모를 일이었다.

"이른 봄, 능수버들 가지에 물오르는 소리 같은 거 당신 들어본 일 있어요? 물오르는 소리를 듣는다는 것에는 성공이고 유명이고가 없어요. 물오르는 소리 그것뿐이에요."라는 아내의 말, "어렵게 생각할 필요 없어요. 안 하던 일 하나만 실제로 해보도록 하세요. 당신이 필요 없다고 생각하는 그 산보 말이에요. 해보면 알아요."라고 했던 아내의 말, 이런 말이 쏴아아 하는 소리와 재잘거리는 새소리를 듣고 있는 혁진에게 다시 들렸다. 아내가 자기의 메모지를 손아귀에 꾸겨 잡았던 기억을 되살리며 혁진은 자기의 그릇된 생각을 자기 손아귀에 꾸겨 넣고 숨도 쉬지 못하게 꽉 잡은 후, 속으로 크게 외쳤다. '달라져야 한다. 많이 달라지지 말고, 조금만 달라지자, 그래, 바로 그거다. 산보를 하는 거다.' 소리 내지 않은 혁진의 외침을 들었는지 아내가 드디어 기적을 했다.

"당신 언제 깼어요?"

"아까."

"잠 좀 더 자야 하는데."

"여보, 내 말을 들어봐." 혁진은 애원하듯이 아내에게 '내 말을 들어봐.'라고 했다.

잠이 덜 깬 아내는 눈을 비비면서 혁진을 쳐다보았다. 밤새도록 잠을 자지 못한 사람처럼 눈이 안으로 쑥 들어가 있는 혁진이 아내의 눈에 불쌍하게 보였다. 늙은이가 그냥 편안히 살면 될 것을, 무엇 때문에 헛삶이니, 잘못 산 삶이니라는 것에 그렇게도 집착을 하고 있는지 이해가 되지 않았다. 늙은 남편이 어린아이가 애원하듯 자기의 '위대한 결심'에 대해서 말하고 싶어 하는 것을 보고, 아내는 "그래, 당신의 '위대한 결심'이라는 것이 도대체 무언가요, 말해 보세요."라고 했다. 포부를 밝힌 것을 포부 성취로 착각을 하는 남편이라서 남편이 하는 말은 대부분 들으나 마나 한 것으로 생각했던 아내, 그래서 언제나 듣는 둥 마는 둥 했던 아내, 아니면 남편의 말에 대부분 부정적 반응을 보냈던 아내였다. 그런데 '위대한 결심' 운운하는 도중에 '산보하길 결심했다.'는 말과 유명 병에 걸려 있는 혁진의 입에서 '무명(無名)을 견디는 힘의 출처'라는 말이 섞여 있었다. 헛말로도 약속을 하지 않던, '산보하길 결심했다.'라는 말과 '무명을 견디는 힘의 출처'라는 말을 들은 아내는 그 말의 뜻이 무엇인지 명확히 알 수가 없었지만 오랜만에 귀가 번쩍하는 것 같았다.

"좋아요. 당신이 정 원하면, 한번 해보세요. 사실상, 내가 언제 당신 그것 하겠다는 거 반대한 일이 있었나요. 가타부타를 하지 않았던 것뿐이 아니었어요."

혁진은 신이 났다. '위대한 결심'에 대한 설명을 추가하려고 했다. 듣지 않아도 뻔한 소리를 할 것이라는 사실을 잘 아는 아내, 칭찬을 한 번 더 들으려고 했던 말을 다시 할 것이라는 사실을 잘 아는 아내는, "마, 됐소. 이 사람아. 나는 좀 더 자야겠어요."라고 한 후, 매트리스를 베개로 삼고 다시 뒤돌아 누워버렸다.

혁진은 아내가 듣건 말건 "나 산보 가오. 생활 습관 고치기 제1호의 실천이오. 브레인스토밍 말이오."라고 중얼거린 후 산보길로 나섰다. 혁진은 '그곳'으로 향해서 걷기 시작했다. 혁진의 손녀가 들어가서 무엇이든 원하는 대로 될 수 있게 한다는 '그곳'을 향해서 새벽길을 걸었다.

어제 보았던 나무라고 해도 산보길에 서면 그 나무가 다른 나무로 보인다고 한 아내 말의 의미를 해독하려고 애를 쓰면서 새벽길을 걸었다. 출근길에서는 보이지 않던 것이 여행길에서는 보인다는 아내의 말이 새로운 의미로 혁진의 귀에 들리길 빌면서 걸었다. 비가 멎었고 공기는 더 이상 맑을 수가 없었다. 산보길이 여행길로 변하기 시작했다. 새벽길에 비치는 아들의 동네 주변이 혁진에게 이상한 세계로 비쳐졌다. 아내가 그동안 나에게 한 말이 이런 것이었구나. 내가 그동안 정말 무엇을 모르고 이 세상을 살았구나. 혁진의 눈에는 모든 것이 이상하게 보이기 시작했다. 모든 것이 이상하게 들리기도 했다. 그리고 스스로 이해할 수 없는, 이상한 생각도 들었다. 나무가 나무같이 보이지 않고, 서 있는 사람같이 보였다. 집이 바다 위에 떠 있는 섬같이 보였다. 혁진은 자기 마음을 의심했다. 자기의 마음이 '하나'가 아니고 '둘'일 수 있다는 사실을 알고 놀랐다. 나무, 길, 집들, 길바닥의 돌들이 '같은 것'들로 보일 때와 '다른 것'들로 보일 때가 있으니, 어느 마음이 자기의 본마음인지 분간이 가지 않았다. '같은 나무'

가 ‘다른 나무로 보인다.’는 말은 무슨 뜻인가. 물리적 대상은 희미해지고 정신적 대상만이 부각된다는 뜻일까. 일상적 공간이 시적 공간으로 변하는 순간이란 뜻일까.

그 순간, 어디선가 이상한 소리가 들렸다. ‘소 왓’이라는 소리였다. 어디서 많이 듣던 목소리였다. 그 소리는 아내의 목소리였다. 혁진은 귀를 기울였다.

“당신이 하려고 하는 그 시도, 쉽지 않을 거요. 하늘의 별 따기만큼 어려울 거요. 시도대로 성공한다면 물론 대단한 일이지요. 그런데 여보, 하늘의 별을 땄을 때 사람들이 당신을 우러러볼 것으로 기대하다간 실망을 할 거요. 당신이 딴 하늘의 별을 보고서 나부터 ‘소 왓’ 할 거니까. 당신이 내 앞에서 아무리 잘나 보았자, 나는 지금의 당신 이상으로 더 좋아하지도 덜 좋아하지도 않는단 말이에요. 어제 당신, 미술관에서 피카소를 보고 ‘소 왓’ 했잖아요. 당신의 시도가 피카소 수준을 넘을 줄 알아요? 어림도 없지요. 설사 당신의 자기 훈련 결과가 피카소 수준을 낳는다고 해도, 당신이 피카소를 ‘소 왓’ 했듯이, 당신을 두고 ‘소 왓’ 할 사람이 이 세상에 많다는 것을 알아야 해요. 당신이 힘겹게 딴 그 하늘의 별이 나에게도 ‘소 왓’인 걸요 뭐. 나만인 줄 아세요. 이 세상에 있는 대부분의 사람들이 모두 그래요. 시나 소설 같은 것들과는 상관이 없는 삶을 살고 있는 사람들이 얼마나 많은 줄 아세요. 그런 사람들은 당신의 별을 보고 모두가 ‘소 왓’이라고 한다는 사실을 당신은 왜 몰라요. 당신 말대로 인간은 각자 ‘자기

312

삶을 살고 있잖아요.' 당신이 특히 더 그렇잖아요. 당신이야말로 당신 삶밖에 모르잖아요. 그런 당신이, 남이 자기 삶을 사는 것을 두고 뭐라고 말하면 안 되지요. 그건 말의 앞뒤가 맞지 않는 거지요. 다시 한 번 더 확실히 말하지만, 당신이야말로, '인간은 각자 자기 삶을 산다. 자기 삶을 사는 거지 남의 삶을 살아주지 않는다.'라고 항상 말한 장본인이잖아요. 당신이 '좋은 소설'을 위한, 훈련 훈련 하고 있지만, 그것 역시 따지고 보면 당신류의 '나는 내 식으로 살 거야.'라고 말하는 것에 불과한 거거든요. 이렇게 생각하면 어떨까요. 인간은 자기 편한 대로 '소 왓' 하면서 산다고요. 또 실제로 그렇게 살고 있구요. 하늘의 별을 따기도 불가능하겠지만, 별을 땄다고 해서 너무 기고만장하지 말아요. 당신이 따도 나는 '소 왓' 이니까요."

아내의 목소리를 들은 혁진은 기가 막혔다.

피카소를 두고 '소 왓' 했던 사람이 바로 어제의 자기가 아니었던가. 아내를 감동시킨 사람은 누구였던가. 피카소가 된다는 것이 쉬운 일이 아니겠지만, 아니 쉬운 일이 아니겠지만이 아니라 불가능한 일이겠지만, 설사 혁진이 피카소가 된다고 해도, 다른 어떤 '혁진'이 또 '소 왓' 할 것이 분명하니 혁진은 기가 막혔다.

혁진은 하던 산보를 그만두고, 헐레벌떡 집으로 돌아왔다. 아내는 계속 자고 있었다. 깰 때가지 기다리기로 했다. 아무리 기다려도 계속 자고 있었다. 더 이상 기다릴 수가 없어 아내를 깨웠다. "여보, 나 좀 더 잘래." 일상적 공간에서 아내가 내는 목소리였다. 졸리다는 아내를 억지로 붙들고 혁진이 입을 열었다. "여보, 당신이 이럴 수가 있소. '좋은 소설' 이야기를 내가 했을 때, 한번 해보라고 하지 않았소. 지금 와서 '소 왓' 하면 나더러 어떻게 하란 말이오. 나는 지금 산보를 하고 있었소. 변하려고 하고 있지 않소. 당신이 날 보고, 산보를 하라고 해놓고, '소 왓' 이라고 하다니, 당신 너무한 거 아니오."

아내가 입을 열었다. "당신은 그게 문제예요. 내가 말했잖아요. 처음부터 틀렸다고요. 남이 '소 왓' 한다고, 안 하고, '소 왓' 이라 말하지 않는다고, 하고, 그럴 바에야 아예 집어치워요. 남이 뭐라고 하든 말든, 쓰고 싶으면 쓰는 거지. 뭐 그렇게 말이 많아요. 사람들이 '소 왓' 이라고 하고, 안 하고가 뭐 그렇게 중요해요. 그게 항상 당신의 문제예요. 유명해지는 것에 상관하지 않고 노력의 과정 그 자체에만 의미를 부여하는 삶을 살겠다고 말하지 않았어요. 당신의 '위대한 결심' 말이에요. 무명을 견디게 하는 힘의 출처는 어디로 갔어요. 피카소 같은 사람은 당신이 '소 왓' 한다고 해서, 그림을 안 그릴 사람인 줄 아세요. 누가 뭐래든 그릴 사람이지요."

무언가 항변을 하고 싶은 혁진은 기가 막혀서 그냥 그 자리에서 죽고 싶었다. 창 밖은 어느덧 훤하고 새소리는 뜸했다. 집 안 한쪽에서는 아들 가족의 하루 삶이 시작되고 있는 것 같다. 혁진은 무얼 어떻게 해야 자기에게도 하루의 삶이 시작될 수 있을지 몰라, 일단 집 밖으로 나갔다. 집 앞에는 어제와 같은 길이 길게 뻗어 있었다.

작가의 말

나는 너와 닮고 싶었다. 죽도록 원했지만 내 마음대로 되지 않았다.

너와 닮게, 화장을 잘하는 미용원이 있다는 소문을 들었다. 어렵게 그 미용원을 찾아갔다. 이게 어쩐 일이냐. 거길 갔더니 너와 닮고 싶은, 먼저 온 사람이 줄을 서 있었다.

나는 너와 닮은, 여러 사람 중의 하나가 되기 싫었다. 그래서 너와 닮기를 포기하고 싶었다. 그런데 그게 내 마음대로 되지 않았다. 너의 아름다움을 내 일이 아닌 것으로 생각할 수가 없었기 때문이었다.

죽도록 싫었지만 먼저 온 사람이 선, 줄의 제일 뒤에 서서 차례를 기다렸다.

그날, 줄 섰던 사람들이 모두 '네가 되어서' 미용원으로부터 걸어 나왔다.

세상 사람들에게 내가 내 이름을 대어도, 너의 이름을 불렀다. 길거리 사람들은 미용원에서 나온 나와 나머지 사람들을 구별하지 못했고, 사람들은 닮은 사람 모두를 도매금으로 넘겼다. 나를 개별적인 인간으로 보지 않았다.

나는 울었고 너와 닮기를 포기하고, 미용원에서 해준 화장을 씻어버렸다.

네 얼굴의 흔적은 순식간에 없어지고 추한 내 모습만이 거울 앞에 드러났다. 나는 내 얼굴에 침을 뱉었다. 뱉으면서도 그게 내 얼굴임을 알아야만 했다. 아니, 알아야 했다는 것을 자각했다. 그날, 나는 어느 누구와도 닮지 않기로 하고 너와 결별 선언을 했다.

나의 얼굴이 너와 같이 아름다울 수 없다는 것은 천 년이 지나고 만 년이 지나도 변함없는 진리 같은 것이 아니겠는가.

추한 얼굴을 닮게 그린 '글 그림'이 있다면, 그 '글 그림'은 '추한 그림'이 아니라 '아름다운 그림'일 수 있지 아니겠느냐, 라는 것을 믿기로 했다. 그 길이 내가 걸어야 할 길임을 믿고서 '글 그림' 그리는 공부를, 늦었지만, 열심히 하려고 한다. 사랑하는 너와의 결별을 선언한 나의 괴로움을 이해해 주길 바란다.

이런 결별 선언을 이해해 줄 박맹호 님과 양숙진 님에게 감사를 드린다.

—2006년 봄에, 이강숙

음악과 문학의 대화

　문학개론에는 즐겁게 하고 가르쳐주는 것이 문학의 목적이라고 적혀 있다. 18세기에는 소설을 읽거나 듣는 것이 정말로 즐거운 일이었던 듯하다. 『정조실록』에 종로의 어느 담배 가게에서 사람들이 둘러앉아 소설 읽는 것을 듣다가 영웅이 실의에 빠진 대목에서 듣던 사람 중 하나가 읽는 사람을 담배 써는 칼로 찔러 죽인 사건에 대하여 정조가 말한 것이 기록되어 있기 때문이다. 1950년대 말에 국도극장에서 「안중근」이란 영화를 상연했는데 안중근 의사가 고문당하는 장면을 보던 관객 한 명이 뛰어나가 스크린을 칼로 자른 일도 있었다. 현대는 소설이 아니라 영화가 사람들을 자극하고 흥분시키는 시대이다. 중세 말의 서민문화와 지방문화는 중세 사회의 동요를 반영하고 있었다. 판소리와 탈놀이, 이야기와 놀이는 바로 새로운 시대를 예고하는 이행기의 시대적 특징을 보여주고 있었던 것이다.

그러나 현대사회의 대중문화는 자극과 흥분 자체가 목적이 되는 산업으로 발전하고 있다. 현대의 대중문화에는 대중도 없고 지방도 없다. 대중의 감각을 일정한 방향으로 유도하고 조작하는 문화 산업의 판매 전략이 있을 뿐이다. 소리판에서는 소리꾼과 청중이 다 같이 주체로서 소리를 주고받았으나 현대의 대중문화에서는 제작자가 주체가 되고 소비자는 객체가 된다. 이러한 상황에서 소설가는 처음부터 즐겁게 하기를 포기하고 소설을 만들 수밖에 없다. 이제 소설은 어떤 개인이 다른 어떤 개인에게 전하는 간절한 이야기가 되었다. 그리고 그 간절함조차도 다른 사람에게 통할 수 있을지 없을지를 미리 확신할 수 없는 의문거리이고 논쟁거리라는 데 현대 작가의 고민이 있다.

현대 소설이 독자에게 무엇을 가르쳐주는 것은 그를 즐겁게 하기보다 더 어려운 일이 되었다. 우리는 『홍루몽』에서 시와 철학을 배우고 『전쟁과 평화』에서 정치와 역사를 배울 수 있었다. 그러나 현대사회에는 독자보다 유식한 작가가 나올 수 없다. 인터넷 웹 페이지에 들어가면 누구나 작가가 아는 것을 능가하는 지식을 얻는다. 작가가 아는 경제 지식은 은행원보다 못하고 작가가 아는 정치 상식은 신문기자보다 못하다. 이제 작가는 독자에게 무엇을 가르쳐주는 데 공을 들이기보다 자기 말에 책임을 안 지면서 이야기하는 방법을 개발하는 데 힘을 들이게 되었다. 이야기하는 서술자와 바라보는 초점자를 구분하여 초점자를 통하여 서술함으로써 서술자와 초점자가 역할을 분담하게 한다거나 서술자가 독자보다 유리한 위치에 있지 않다는 것을 굳이 강조하기 위하여 주석을 최소화함으로써 독자가 서술자에게 책임을 묻지 못하도록 한다거나 하는 기술의 문제가 모두 현대라는 시대 상황의 산물이다. 예전에는 모름을 내세우는 유식한 무지가 소설의 방법이었으나 이제는 모름을 숨기는 무지의 지가 소설의 방법이 되었다.

독자보다 유식한 분야를 가지고 있다는 것이 이강숙의 특징이다. 누구도 이강숙이 독자를 가르쳐줄 수 있는 사람이라는 데 의심을 품지 않는다. 지금까지 그는 학교에서 학생들에게 음악을 가르쳐왔다. 그에게 배운 학생들은 그를 최고의 음악 선생으로 인정하였다. 사람들은 그를 작곡가나 피아니스트라고 부르지 않고 음악 교육자라고 부른다. 음악 선생이 정년을 맞아 더 이상 음악을 가르치지 못하게 되면 무슨 일을 할 수 있을까? 정년을 하는 순간에 그의 앞에는 산보, 등산, 여행, 참선 등 수많은 일거리가 펼쳐질 것이다. 시간은 넘치게 남아 있으니 돈만 있으면 만사형통이다.

이강숙은 그 많은 것들을 다 제쳐놓고 소설을 쓰기 시작하였다. 음악 선생의 소설답게 그의 소설에는 음악 이야기가 중요하게 다루어진다. 소설을 쓰면서도 그는 여전히 음악 선생이다. 소설을 통하여 음악 이야기를 하는 것은 음악 선생으로서도 좋은 점이 있다. 강의를 듣는 학생은 제한되어 있으나 소설의 독자는 (실제야 어떻든 그 가능성으로만 판단한다면) 제한되어 있지 않다. 음악을 가르치는 데 소설은 강의에 못지않게, 아니 어쩌면 강의보다 더 효과적인 수단이 될 수 있다. 학생들의 수준이 고르지 않고 선생의 컨디션도 한결같지 않으므로 강의는 잘 안 되는 때가 있지만, 이상적인 수업 환경과 학습 과정을 인위적으로 만들 수 있으므로 소설을 통한 음악 교육은 실패할 염려가 없다.

진정은 초등학교 시절에 어느 여선생에게 음악의 기초를 단단하게 배울 수 있었다. 여선생님은 "차렷—경례—바로"를 풍금으로 "주화음—속화음—주화음"에 맞추어 소리들이 정지 상태—운동 상태—정지 상태로 바뀌는 것을 느끼게 하였고, 백 52개 흑 36개로 구성된 피아노의 건반 88개의 조직을 알게 하였고, 1 2 3 4 5 6 7 8(=1)이 기본 단위로 반복되는데 그 안에서 3과 4, 7과 8은 반음이고 나머지는 온음이 되는 소리 조직을 사용하여 음악을 만드는 방법을 가르쳐주었다. 도 3개, 미 2개, 솔 2개를 가지고 노는 세 음 놀이를 통하여 그녀는 아이들에게 음정과 박자의 개념을 이해시키고 더 나아가서 '도 미 솔' 세 음만 가지고 놀아야 한다는 규칙을 테두리로 삼고 그 테두리 안에서 소리의 판을 마음대로 자유롭게 짤 수 있게 하는 즉흥연주를 훈련시켰다. 승훈은 신체적 귀와 음악적 귀와 마음의 귀가 있을 것이라고 말하고, 정현은 피아노를 치는 친구에게 손목을 움직일 때와 팔을 움직일 때, 손에 힘을 뺄 때와 힘을 넣을 때를 알아야 한다고 말한다. 준남은 작곡하기와 음악 만들기의 차이가 요리하기와 음식 만들기의 차이와 같다고 본다. 만든다고 할 때 듣는 사람은 너도 한번 만들어보라는 권유를 받는 느낌이 들어 마음이 편해진다는 것이다. 능숙한 사람은 만드는 과정에 관여하는 절차에 민감하고 미숙한 사람은 만드는 일에 필요한 세밀한 절차를 무시한다. 젊었을 때의 음악 병이 도진 노인은 피아노 학원에 가서 다섯 손가락으로 d f a (d) a를 하나씩 누르며 "남이 만든 소리가 아닌 자기가 만든 소리를 통해서 자기가 그렇게도 좋아하는 「홍수」의 선율이 마음 안에서부터 재생되고 있음을 느끼고는 희열에 잠기곤"(26쪽) 한다. 미숙의 극에 달하기는 했지만 자기가 재구성해 낸 소리로부터 「홍수」의 소리 통로를 경험하게 되는 행복감을 아는 사람은 이 세상에 노인밖에 없다고 해도 과언이 아니었다. 호주의 음악 캠프에 참여한 백여 명의 젊은 이들은 작별 파티에서 빈 병을 구해 각자 자기의 음을 훈련하여 빈 병으로 「운명 교향곡」을 연주한다.

음악적 농담치고 이렇게 재미있는 농담은 없었다. 아무리 훌륭한 음악가의 집단이라고 해도 빈 병으로 만들어낸 소리로 균형을 잡기는 쉽지 않았다. 틀리려고 하다가 맞아 들어가고 틀리려고 하다가 맞아 들어가는 과정은 코믹 바로 그것이었다. 이렇게 고급스러운 코믹을 본 적이 없었다. 그곳의 여름 캠프 사상 한 번도 빈 병으로 교향곡을 끝까지 연주한 적은 없었다고 한다. 갈 때까지 가다가, 앙상블에서 균형을 잡지 못하고 넘어지면 그것으로 쫑파티는 끝이 나는 것으로 되어 있었다고 한다. 그런데 그날 밤은 상당히 길게 베토벤의 '빈 병 운명 교향곡'이 진행되었다.(218쪽)

　　결국 이 소설집의 거의 모든 등장인물들이 음악에 대하여 무슨 이야기를 하고 있는 셈이다. 이미 여러 권의 음악 평론서를 쓴 저자가 자기 대신 작중인물을 통하여 이야기하고 싶어 하는 이유는 무엇일까? 음악 평론에는 담을 수 없고 소설에만 담을 수 있는 어떤 속내 이야기가 있는 것일까? 무엇보다 "음악 선생도 사람이다."라는 말을 하고 싶었으리라는 것은 충분히 짐작이 간다. 수술을 받고 시도 때도 없이 찾아오는 설사로 고생한다든가 쇼팽을 좋아하지만 마요르카 섬에도 한 번 가보지 못했다든가 하는 이야기를 음악 평론에 쓰기는 어려울 것이다. "나도 여러분과 같은 사람입니다."라는 말을 하는 데 수필의 고백체보다 소설의 인물 시각이 더 적절할 것 같기는 하다.

　　그러나 이강숙은 자기 자신에 대하여 말하기 전에 음악에 대한 앎을 현실에 대한 앎으로 확대하는 데 흥미를 보인다. 즉흥연주가 규칙의 테두리 내에서 자유롭게 선택하는 것이라면 삶도 즉흥연주라고 할 수 있다. 문제는 테두리를 어떻게 인식할 것인가에 있다. 이 테두리를 우리는 문화라고 부르기도 하고 역사라고 부르기도 한다. 세상에는 테두리를 의식하지 않고 사는 사람들이 많다. 버스를 타고서 버스를 타고 있다는 것을 모르는 사람들이다. 시대착오의 중세주의자와 경박한 현대주의자, 비현실적인 세계주의자와 국수적인 민족주의자가 그러한 사람들이다.

　　음악에 세 개의 귀가 있듯이 현실에도 세 개의 눈이 있다. 승훈은 예전에 사랑했지만 헤어진 여자를 만나고 싶어 한다. 그녀는 집안일을 잘 처리하지 못한다. 남편은 작은 실수도 그냥 넘어가지 않고 그녀도 아이의 실수를 받아주지 않는다. 승훈은 그녀의 집과 반대로 사는 다른 집을 상상해 본다. 남편은 찌개가 타도 탄 찌개의 맛도 괜찮다고 말하고 그녀도 비를 야단치며 비 때문에 소풍을 못 가게 돼서 우는 아들을 역성들어 준다. 왼쪽 집은 불행한 집이고 오른쪽 집은 행복한 집이다. 승훈은 예전에 사귀던 여자에게 행복과 불행이 다 삶의 한 양태라는 것을 가르쳐주고 싶어 한다. 같은 도미솔로 수없이 많은 음 조직을 만들 수 있지만 그것들은 하나하나 다 다른 음 조직이면서도 세 음의 테두리 안에서의 음 조직이라는 동일성을 가지고 있다.

우리는 삶을 일반화하여 같게 볼 줄도 알아야 하그 삶을 개별화하여 다르게 볼 줄도 알아야 한다. 그리고 일반화와 개별화 사이에 있는 칸막이를 치우고 같음과 다름 사이에서 숨 쉴 줄도 알아야 한다. 다름을 보는 눈과 같음을 보는 눈 이외에 고정과 응고를 거부하고 같음과 다름을 오르내리며 살아서 숨 쉬는 눈도 있는 것이다. 관습과 통념은 중요한 것이지만 관습과 통념의 노예가 되면 창조가 불가능해진다.

노인이 슈베르트의 「홍수」를 연습하는 것도, 고구마를 키우며 고구마가 살아서 숨쉬고 있다는 사실을 발견하고 고구마의 죽음에 허무를 절감하는 것도, 고정관념으로부터 거리를 띄울 때만 가능한 일이다. 음악이란 것은 음악적 공간의 인식이고 어떤 무한의 앎이고 행복의 체험이다. 지루한 일상에서 우리는 좀처럼 이러한 행복을 체험하지 못한다. 산신령은 진욱에게 세 번 연애를 하고 마요르카 섬에 가서 쇼팽의 넋을 만나라고 지시했다. 그는 소심하고 신중한 사람이었다. 공항에서마다 묻고 또 묻고 하며 프랑크푸르트, 마드리드를 거쳐 마요르카 섬으로 갔다. 옆 자리에 누운 여자의 다리를 감상하고, 파티에서 환담하는 노파들의 여유를 관조하며 나그네의 해방감을 즐기다가 정신을 차리니 자기 방이었다.

이강숙이 말하고자 하는 것은 꿈과 현실의 대립이 아니라 자유와 구속의 대립이다. 국외자로 사는 정현이 하나의 전형으로 묘사되어 있는 것도 그로 대표되는 어떤 자유의 분위기를 작가가 좋아하기 때문일 것이다. 채규는 답답한 회사 일의 사이사이에 회사 근처를 돌아다닌다. 퇴근 후에는 포장마차에 들어가 오뎅 파는 아줌마와 소주를 나누며 속을 터놓고 출근 때마다 마주치는 과일 장수 아저씨를 육지의 등대라고 부르며 그에게 남몰래 속마음을 준다. "어떤 것이 누구의 눈에 좋게 보인다는 것에 이유 같은 것이 있을까. 첫눈에 그냥 끌리는 남자가 있으면 있는 것이지. 그리고 끌리게 되면 끌리게 되는 것이지. 그것이 그런 것이 아니라고 할 수 있겠는가. 그냥 끌린다는 것이지 뭘 어떻게 하자는 것은 아니지 않은가."(52쪽) 어느 날 그가 사라지고 그가 걷고 있을 길이 어딜지 알 수 없는 그녀는 "한 발짝도 움직이지 못한 채로 그 자리에 멍하니 서 있다."(73쪽) 예술은 이강숙에게 견딜 수 없는 시간을 버티게 해주는 어떤 경험이다. "좋은 음악은 그에게 아무런 간섭을 하지 않는다. 그에게 해석의 자유를 준다."(202쪽) "그 밤은 그에게 '좋은 그림'이었다. 연애할 수 있는 '그림'이었다."(220쪽)

자유와 구속의 갈등을 평론보다 더 잘 다룰 수 있기 때문에 이강숙은 소설을 쓰게 되었을 것이다. 그러나 이강숙이 소설을 쓰게 된 이유로서 그것보다 더 절실한 것은 내가 보기에 삶의 어쩔 수 없는 균열이다. 정말 오래간만에 이국에서 만난 딸이 아버지의 무관심을 탓할 때, 날마다 머리를 맞대고 사는 아내에게 서운함을 느낄 때, 그것이 자신의 허물 때문이라는 사실을 스스로 인정한다 하더라도 잘잘못을 떠나서 인간은 삶의 균열을 경험하게 된다. 소설은 깊은 사랑에도 불구하고 운명처럼 피할 수 없는 삶의 균열을 이야기할 수 있는 유일한 장르이다. 이강숙은 소설 속 아내에게 하나이냐 둘이냐 여럿이냐고 묻지만 그것은 자기 자신에게도 해당되는 질문이다. 그는 아내의 입을 빌려 세상의 칭찬과 동의를 구하려는 마음, 반대를 견디지 못하는 마음을 비판하고 있지만, 혼자서 자기를 찾아 나가야 한다거나 무명을 견뎌야 한다거나 하는 말의 내용은 중요한 것이 아니다. 우리가 눈여겨 보아야 할 것은 그와 아내의 사이에 있는 거대한 사랑과 그 사랑이 가리지 못하는 두 사람 사이의 틈이다. 인간은 어떠한 비극도 파괴하지 못하는 신비이면서 동시에 어떠한 행복도 채울 수 없는 결여이다.

—— 김인환(고려대학교 국어국문학과 교수)

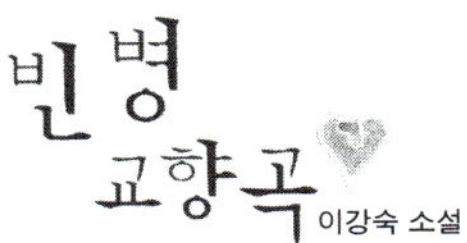

빈 병
교향곡 이강숙 소설

1판 1쇄 찍음 · 2006년 4월 10일
1판 1쇄 펴냄 · 2006년 4월 15일

지은이 · 이강숙
발행인 · 박맹호, 박근섭
펴낸곳 · (주) 민음사
출판등록 · 1966. 5. 19. 제16-490호
서울시 강남구 신사동 506번지 강남출판문화센터 5층(135-887)
대표전화 515-2000 · 팩시밀리 515-2007
www.minumsa.com

값 9,500원

ⓒ 이강숙, 2006. Printed in Seoul, Korea

ISBN 89-374-8090-5 (03810)